JOERDIS

Windbrüder
Buch II

von
Karin Ann Müller

AF235350

Karin Ann Müller

JOERDIS

Windbrüder

Buch II

Roman

Impressum

1. Auflage: November 2020
Copyright: © 2020 Karin Ann Müller
karinann@hotmail.de

Umschlaggestaltung:
Jaqueline Kropmanns: www.jaqueline-kropmanns.de
Covermotive:
© AndrewLozovyi – depositphotos/ © pasha66 – depositpho-
tos/ © rabbit75_dep – depositphotos

ISBN: 978-3-752-64469-2

Herstellung und Verlag: BoD – Books on Demand,
Norderstedt

Bibliografische Information der Deutschen Nationalbibliothek:
Die Deutsche Nationalbibliothek verzeichnet diese Publikation in
der Deutschen Nationalbibliografie; detaillierte bibliografische Da-
ten sind im Internet über http://dnb.dnb.de abrufbar.

Für meine Eltern

In Liebe und Dankbarkeit

Prolog

„Komm", wisperte er und er hoffte, sein Anblick würde sie nicht allzu sehr abschrecken. „Du bist hier richtig. Im Grunde habe ich schon auf dich gewartet."

Erleichtert sah er, dass sie einen zögernden Schritt nach vorne tat. Sie war klein und so zart, dass sie fast ätherisch wirkte. Das verhaltene Lächeln, das sie ihm plötzlich schenkte, traf ihn bis ins Mark. In seiner Brust rasselte es hässlich, als er nach Luft schnappte. Ein erbarmungsloser Hustenanfall folgte. Als sich sein Blick geklärt hatte, war sie fort.

„Joerdis!", rief er – und erwachte.

Sein Kopf, heiß vom Husten, lag noch immer auf der Tischplatte. Vor ihm flackerte unruhig der letzte Rest der Kerze. Er richtete sich auf und rieb sich die schmerzenden Schultern. Ein Lächeln stahl sich auf seine Lippen. Er hatte geahnt, dass etwas passieren würde. Ihr Name war Joerdis. Soviel wusste er nun. Und sie war unterwegs zu ihm.

Grundgütiger! Er hatte nicht gewusst, dass etwas so Schönes existierte.

Kapitel I

Draußen tobte wütend der Wind und klatschte Fetzen von welkem Laub gegen die Scheibe. Pralle Regentropfen, von Böen getrieben, zerbarsten vor ihren Augen in unzählige Teile. Fasziniert beobachtete Rieke dieses Schauspiel, und nicht zum ersten Mal fragte sie sich, weshalb sie im Winter geboren war und nicht im Herbst. Sie liebte den Herbst. Sie mochte den kristallklaren Morgen im Oktober, wenn der Himmel wie blankgeputzt war und die Sonne alles in schreiend rote und braune Farben tauchte. Auch durch den geheimnisvollen Novembernebel lief sie gerne, der beinahe alle Geräusche verschluckte und der einem das Gefühl gab, alleine auf der Welt zu sein. Vor allem aber liebte sie den Herbststurm, der die Wolken vor sich herjagte und die Kronen der Bäume zu einem wilden Tanz zwang. Wenn sie ihm dabei zusah, hatte sie das Gefühl, ein Teil dieses unbändigen Spiels zu sein. Und in ihr regte sich die unerklärliche Sehnsucht, sich aufzulösen und mit dem Wind davonzuziehen.

In diesem Jahr war der Herbst ganz plötzlich und mit unerwarteter Heftigkeit hereingebrochen. Keiner hatte eine Erklärung dafür, auch nicht der Wetterdienst. Es war nicht einmal Mitte Oktober, und schon jetzt hatten die Bäume einen Großteil ihres Laubs verloren. Der Wald, der hinter dem Haus begann, war übersät von abgebrochenen Zweigen und es schien, als wären die Herbststürme noch lange nicht erschöpft.

Sobald das Tosen für einen Augenblick nachließ, konnte Rieke das Klavierspiel aus dem Erdgeschoss hören. Henni, ihre jüngste Schwester, übte ein neues Stück und war kaum von dem Instrument wegzuholen. Es sei denn, es ging um

Mathe oder um die Band, in der sie vor einigen Wochen als Sängerin und Keyboarderin aufgenommen worden war.

„Essen ist fertig!", rief ihr Vater herauf. Rieke verzog das Gesicht und wandte sich vom Fenster ab. Sie hatte weder Hunger noch Appetit. Ihr Blick fiel auf Rusty. Der kleine Hund, der sich auf ihrem Bett zusammengerollt hatte, hob den Kopf und sah sie mit seinen klugen Augen aufmerksam an. Das Wort *Essen* kannte er sehr gut, und er wusste, dass sie seinen Napf füllen würde, sobald sie unten waren. Am liebsten würde sie sich neben ihn legen, dem Sturm zuhören und darauf warten, dass sie einschlief. Sie wusste jedoch, dass ihre Familie sie zum Essen holen würde, ob sie nun wollte oder nicht. Das Klavierspiel hatte aufgehört, und jemand lief die Treppe herauf. Zaghaftes Klopfen an der Tür.

„Ich komme ja schon", sagte sie. Rusty stand bereits an der Tür. Sie hatte mit Henni gerechnet, aber es war Marla, die eintrat.

„Alles in Ordnung?"

Sie nickte. „Ich habe zum Fenster rausgesehen. Es geht recht wild zu dort draußen. Der Herbst, er ist anders als sonst."

Marla trat ans Fenster und blickte hinaus. „Du hast recht. Es ist anders." Als würde sie eher zu sich selbst sprechen als zu Rieke, murmelte sie: „Ich frage mich schon die ganze Zeit, was ihn so wütend gemacht hat."

Wieder einmal stellte Rieke fest, dass ihre Schwester sich verändert hatte. Es hatte mit dem zu tun, was im Sommer passiert war. Damals, als – als *er* noch da war. Marla hatte Henni und ihr zwar erzählt, weshalb sie so oft in den Wald gegangen war, und dass es mit der alten Ruine auf dem Klagehügel zu tun hatte. Dennoch vermutete Rieke, dass mehr dahintersteckte, und dass Marla ihnen bis heute einige Dinge verschwieg. Nun, es war ihr gutes Recht, nur das zu erzählen, was sie erzählen wollte. Auf jeden Fall – und das wusste die ganze Familie – war Marla seit dieser Zeit glücklich verliebt. Vermutlich wäre sie auch niemals in der Lage, es zu verbergen. Die Leichtigkeit, mit der sie sich bewegte, das Leuchten, das auf ihrem Gesicht erschien, wenn sie sich unbeobachtet fühlte, all dies sprach Bände. Rieke kannte die Anzeichen nur zu gut. Sie wusste, wie es sich anfühlte, wenn man glücklich verliebt war.

„Riechst du es? Ich habe dein Lieblingsessen gekocht", sagte ihre Schwester und drückte sich vom Fensterbrett ab.

„Das ist lieb von dir." Riekes Magen zog sich schmerzhaft zusammen. Sie hoffte, dass sie ein paar Happen würde essen können.

„Habt ihr eure Mutter mitgebracht?", fragte Lorenz, als sie den Wohnraum betraten.

„Ich hole sie! Sicher hat sie die Musik laut gestellt und nichts gehört." Schon stürmte Marla die Treppen hinauf in den zweiten Stock, wo Mama ihr Atelier besaß. Seit sie aus dem Himalaya heimgekehrt war – mit Papa im Schlepptau – war sie voller Inspiration, und wenn sie nicht gerade ihrer Arbeit als Malerin nachging, so fand man sie meistens vor ihrer Staffelei.

„Oh, riecht das gut", stöhnte Henni, lunzte in den Ofen und half Rieke beim Tischdecken. „Echt eine coole Sache, dass Marla sich so konsequent im Kochen versucht. Ich finde, sie hat definitiv Talent. Aber sag ihr das bloß nicht. Sonst hört sie womöglich damit auf, und ich muss wieder Zwiebeln schälen."

„Das habe ich gehört, Henni", kam es trocken von Marla, die hinter Mama die Treppen herablief. „Und Zwiebeln schälen könntest du auch für mich."

Henni grinste. „Ich füttere lieber die Hühner."

„Hast du es dir durch den Kopf gehen lassen?", fragte Lorenz, als sich alle aus der Auflaufform bedient hatten. Dabei sah er Rieke an. Vorher hatte Marla sichtlich geschmeichelt das Lob ihrer Familie entgegengenommen.

„Ja, das habe ich." Rieke schob sich eine gehäufte Gabel in den Mund und ließ sich Zeit. *Du brauchst Urlaub*, hatte ihr Vater vor einigen Tagen zu ihr gesagt, als sie, wie jetzt, beim Abendbrot saßen und sie lustlos an einem Stück Brot geknabbert hatte. Ihr Vater, der erst seit kurzer Zeit wieder bei ihnen lebte und von ihrem Gefühlsleben sicher nicht viel wusste, hatte intuitiv das vorgeschlagen, was am meisten Sinn machte. Genaugenommen war es sogar das *Einzige*, das Sinn machte. Sie brauchte Urlaub. Ablenkung, die sie bei der Arbeit nicht fand. Denn alles im Wildpark erinnerte sie an *ihn*. An den Mann, den sie liebte. An den Mann, der sie verlassen hatte. Ihr Hals wurde eng, wie immer, wenn sie an Waldemar dachte, und sie brachte den Bissen kaum herunter.

Die ganze Zeit schon hatte sie gewusst, dass Abstand die einzige Möglichkeit für sie war, zum normalen Leben zurückzufinden. Dennoch sehnte sie sich nach ihrem Arbeitsplatz, sobald sie ihn verlassen hatte. Hier hatten sie sich kennengelernt. Vom ersten Moment an hatten sie gewusst, dass sie zueinander gehörten. Gesprochen hatten sie darüber nie. Es hatte keiner Worte bedurft. Ihr Zusammensein hatte sich so – vollkommen angefühlt. Als könnte es niemals mehr anders sein. Wie sehr sie sich doch geirrt hatte!

„Frederike?" Ihre Mutter sah sie fragend an, das Haar wie immer dunkel und zerzaust um ihren Kopf stehend.

„Ich habe gemacht, was du vorgeschlagen hast, Papa. Ich habe heute gefragt, ob ich meinen Urlaub vorverlegen kann. Die nächsten zwei Wochen habe ich frei." Mit diesen Worten schob sie ihren Stuhl vom Tisch zurück. Rusty, der seinen Napf leergegessen hatte, sprang auf ihren Schoß und rollte sich ein.

Henni quietschte vor Freude. „Das ist ja prima! Dann bist du in den Herbstferien mit Marla und mir zuhause! Wir könnten mal wieder Monopoly spielen, oder Siedler, oder was anderes."

„Ich bin nicht zuhause", korrigierte Marla sie. Mit Mühe unterdrückte sie ein breites Grinsen.

„Oh, stimmt ja. Das hatte ich ganz vergessen! Du fährst zu deinem Lieblingsfranzosen. Wann bekommen wir ihn mal zu sehen?"

„Vielleicht in den Weihnachtsferien. Zwischen den Jahren oder so." Marla warf ihrer Mutter einen fragenden Blick zu.

„Ich habe nichts dagegen", sagte Mama. „Auch ich würde Kelian gerne persönlich kennenlernen." Marla sprang auf, umarmte ihre Mutter stürmisch und setzte sich wieder.

„Dann eben du und ich", sagte Henni zu Rieke. „Loreen ist mit ihren Eltern in Spanien. Somit könnten wir was unternehmen. Außer Dienstagabend, da ist Bandprobe."

„Ich glaube nicht, dass ich zurzeit eine gute Gesellschafterin bin." Rieke strich Rusty über den Kopf. „Außerdem möchte ich lieber alleine sein. Ich werde zusammen mit Rusty lange Spaziergänge durch den Wald machen."

„Allein zu sein macht die Sache bestimmt nicht besser, oder?" Henni hatte missbilligend die Augenbrauen gehoben. „Wenn du alleine bist, passiert genau das, was du gerade gar nicht brauchst. Du denkst dann immerzu an ..."

„Ich habe eine Idee!", unterbrach Marla die Jüngere, bevor diese einen Namen aussprechen konnte. „Rieke, was hältst du davon, wenn du mit mir zu Kelian fährst? Die Küste dort ist ein Traum. Du könntest stundenlang spazieren gehen und über die Klippen klettern. Und falls du doch Gesellschaft brauchst, so bin ich für dich da! Oder auch Estelle und Luc, Kelians Eltern. Sie sind sehr nett. Sie haben einen Garten, der dir gefallen würde. Er ist so groß, dass man sich darin verlaufen kann, und er ist sehr geheimnisvoll. Man rechnet jeden Moment damit, auf irgendein mystisches Wesen zu treffen. Einmal dachte ich, ein pelziges Etwas kreuzt meinen Weg, und ich habe mich total erschrocken. Es war aber nur Monsieur, Kelians Kater. Rieke", endete Marla ein wenig atemlos und sah ihre Schwester bittend an. „Lass mich Kelian fragen. Er und seine Eltern würden sich freuen, dich kennenzulernen. Sie haben Platz genug. Die Saison ist rum und die Gästezimmer sind sicher größtenteils leer." Sie hatte Riekes Hand ergriffen.

„Ich weiß nicht so recht", entgegnete Rieke zweifelnd und suchte nach einem vernünftigen Grund, den Vorschlag abzulehnen. „Ich würde dir mit meiner Schwermut die Zeit mit Kelian gründlich vermiesen. Außerdem brauchen mich die Hühner."

Marla lachte. „Glaub mir, Rieke: Es ist unmöglich, mir etwas zu vermiesen, wenn ich mit Kelian zusammen bin. Dieses Argument lasse ich ganz bestimmt nicht gelten. Und die Hühner werden auch ohne dich versorgt sein, immerhin bist du nicht zum ersten Mal weg." Sie wandte sich an ihre Eltern. „Was haltet ihr davon?"

Mama, die dem Gespräch mit ausdrucksloser Miene gefolgt war, warf Lorenz einen langen Blick zu und schwieg.

„Ich finde die Idee gut", sagte dieser, legte seine Hand auf die seiner Frau und drückte sie sanft. „Eine Ortsveränderung ist genau das, was du brauchst, Frederike. Weshalb also nicht die Bretagne?"

Schließlich nickte auch Mama. „Ja, warum nicht? Es klingt, als wäre es genau das Richtige." Trotz ihrer zustimmenden Worte schien sie nicht ganz überzeugt.

„Das finde ich auch!", rief Henni und fügte im selben Atemzug hinzu: „Ich komme mit!"

Einen Augenblick lang herrschte Schweigen.

„Kommt nicht in Frage, Henriette!" Mama hatte sich aufrecht hingesetzt und sehr energisch gesprochen. „Es reicht, wenn Magdalena und Frederike bei Kelians Familie auftauchen. Es gibt keinen Grund, dass ihr im Dreierpack kommt."

„Keinen Grund? Ich soll als Einzige von uns hierbleiben und den ganzen Tag alleine sein? Ich werde mich zu Tode langweilen!"

„Du wirst nicht alleine sein", versprach Lorenz. „Ich habe einige Vorträge vorzubereiten und bin daher zuhause."

„Und abends könnten wir zusammen etwas spielen", schlug Mama vor.

„Ach!" Hennis Augen blitzten gefährlich, und mit unverhohlenem Sarkasmus meinte sie: „Wir spielen jetzt also Mutter, Vater, Kind? Besser spät als nie, oder was? Nein, danke! Darauf verzichte ich."

„Sei nicht frech", mahnte Mama in einem Ton, der keinen Widerspruch duldete. Henni kniff die Lippen zusammen und schwieg, die Wangen vor Zorn gerötet.

„Ich bleibe hier." Rieke schickte ein verständnisvolles Lächeln in Hennis Richtung. „Ich bin gerne zuhause, und es stimmt, wir könnten zusammen etwas unternehmen. Das ist eine gute Idee, Henni."

„Nein", stieß Henni reumütig hervor. „Das wollte ich nicht. Du solltest auf jeden Fall mit Marla in die Bretagne fahren. Aber", dabei sah sie ihre Schwester bittend an, „vielleicht lässt du mir Rusty hier? Dann fühle ich mich nicht ganz so alleine und könnte mit ihm spazieren gehen. Er darf auch bei mir schlafen."

Rieke antwortete nicht sofort. Rusty nicht bei sich zu haben würde ihr das Gefühl geben, nicht vollständig zu sein. Er würde ihr schrecklich fehlen. Der Hund hatte den Kopf gehoben, als sein Name gefallen war.

„Was ist mit Darius?", wollte Marla wissen. „Ihr habt euch doch außerhalb der Bandproben öfter mal getroffen. Ist er auch im Urlaub?"

„Ich habe ihm gesagt, dass es keinen Sinn macht." Henni zog eine Grimasse.

„Was macht keinen Sinn? Du magst ihn doch, oder? Im Sommer sah es so aus, als ob du ziemlich …"

„Ja, ich mag ihn", unterbrach Henni sie. „Aber mehr wird auch nicht draus. Ich finde es unangebracht, wenn man zusammen in einer Band spielt und gleichzeitig ein Paar ist. Falls dann nämlich Schluss ist, ist auch Schluss mit der Band. Und das wäre blöd. Die Musik ist mir wichtiger als irgendwelche Jungs!"

„Hm", brummte Marla zweifelnd. Sie wusste, dass ihre Schwester für Darius geschwärmt hatte, bevor dieser sie gebeten hatte, Mitglied der Band zu werden. Er war ein feiner Kerl, und die Mädchen, die auf dem Schulhof um ihn herumschlichen, schien er nicht mal zu bemerken. Er hatte nur Augen für Henni. Und jetzt das! Nun, ihre Schwester war seit ein paar Tagen sechzehn Jahre alt und sollte wissen, was sie tat.

„Ist gut, ich lasse Rusty bei dir. Aber du kümmerst dich gut um ihn." So richtig glücklich sah Rieke nicht aus. Zu

Marla gewandt sagte sie: „Ich komme gerne mit, aber nur für eine Woche."

„Ich danke dir, Rieke!", rief Henni. „Ich werde mich gut um Rusty kümmern, versprochen!"

„Um die Hühner kannst du dich während der Ferien auch gerne kümmern." Mama schmunzelte, als sie hinzufügte: „Außerdem hätte ich da noch ein paar andere Dinge, die seit Ewigkeiten darauf warten, erledigt zu werden. Du wirst dich also ganz sicher nicht langweilen."

„Wenn du möchtest", mischte sich Lorenz zögernd ein, wohl wissend, dass es ihn noch viel Mühe kosten würde, Hennis Vertrauen zu gewinnen, „könnte ich dir Klavierstunden geben."

„Du kannst Klavier spielen?" Sie sah ihn verblüfft an. Ihr Zorn schien vergessen.

Lorenz lächelte. „Recht gut sogar. Meine Großtante Henriette, nach der du benannt bist, war Klavierlehrerin und hat mich unterrichtet, so oft ich sie darum bat. Und das war ziemlich oft."

„Auf diesem Klavier?" Mit dem Kinn wies Henni zum Wohnzimmer, wo das alte Klavier stand, das im Sommer endlich gestimmt worden war und an dem sie seitdem viele Stunden verbracht hatte. Ihr Vater nickte.

„Ja, auf diesem betagten Klavier, das in diesem Haus steht, seit ich denken kann."

„Warst du oft bei deiner Großtante?"

Rieke sah, dass Mama der Unterhaltung aufmerksam folgte. Es war das erste Mal, seit ihr Vater wieder nach Hause gekommen war, dass Henni sich offenkundig für ihn interessierte. Während der letzten Wochen hatte sie eher den Eindruck vermittelt, dass es ihr lieber wäre, Lorenz würde wieder dorthin verschwinden, woher er gekommen war. Rieke vermutete, dass es dafür zwei Gründe gab. Zum einen hatte er sich seit der Geburt seiner Töchter nur selten zuhause aufgehalten, was Henni für unverzeihlich hielt. Und jetzt, da er nach einem Urlaub mit Mama wieder heimgekehrt war, mussten die Mädchen ihre Mutter mit ihm teilen. Etwas, das sie nicht kannten und das zumindest Henni schwerzufallen schien.

„Bevor meine Eltern sich haben scheiden lassen", erzählte er nun, „haben sie jahrelang schrecklich viel miteinander gestritten. Ich flüchtete oft zu Tante Henriette, die immer einen Platz für mich hatte. Auch meine Ferien verbrachte ich häufig hier, und ich liebte es, zuzuhören, wenn ihre Schüler zum Unterricht kamen."

„Ich kann mich nicht daran erinnern, dich jemals Klavier spielen gehört zu haben", sagte Henni, die Stirn gerunzelt.

„Wenn ich hier war, wollte ich die Zeit, die ich hatte, mit euch verbringen."

„Aber ich kann mich daran erinnern", meldete sich Rieke zu Wort. „Ich muss noch recht klein gewesen sein."

„Ja, damals habe ich mich noch hin und wieder drangesetzt. Du bist immer auf meinen Schoß geklettert und hast meinen Händen zugesehen, wie sie über die Tasten gewandert sind."

Ein paar Sekunden lang herrschte Schweigen. Jeder von ihnen schien sich vorzustellen, wie es gewesen wäre, ein ganz normales Familienleben zu führen. Mit einem Vater an ihrer Seite.

„Spielst du auch Bach?", fragte Henni schließlich.

„Ja, ich spiele auch Bach." Er verzog ein wenig das Gesicht, bevor er fortfuhr. „Tante Henriette war großer Bach-Fan. So kam ich nicht umhin, einige seiner Stücke zu lernen. Anfangs mochte ich ihn nicht besonders. Später aber habe ich ihn lieben und schätzen gelernt."

Henni sah ihn mit großen Augen an. „Kannst du etwas von ihm spielen?"

Lorenz wirkte ein wenig verlegen, als er sich erhob. „Es ist schon lange her. Bitte sieh mir meine Fehler nach." Mit federnden Schritten durchquerte er den großen Raum. Man sah ihm förmlich an, dass er hoffte, seine jüngste Tochter zu beeindrucken. Als er sich an das Instrument gesetzt hatte und sich sammelte, sprach niemand ein Wort. Endlich senkte er die Hände auf die Tasten und schlug die ersten Töne an.

„Das Präludium." Henni nickte anerkennend. Er spielte das bekannte Stück dynamisch und fehlerfrei bis zum Ende.

„Es ist das einzige Stück überhaupt, das ich bis heute auswendig kann", sagte Lorenz entschuldigend, als er sich wieder an den Tisch setzte. „Allerdings", fügte er an Henni gewandt hinzu, „müssten im Keller noch alte Notenbücher sein, darunter auch welche von Bach. Wenn du möchtest, sehen wir die Kisten zusammen durch. Vielleicht ist ja etwas Brauchbares dabei."

Henni sprang auf. „Au ja! Lass uns nachsehen!"

Ihr Vater schüttelte den Kopf. „Dafür haben wir ausreichend Zeit, wenn deine Schwestern in der Bretagne sind."

„Wann fahrt ihr?", wollte Henni von Marla wissen.

„Mein Zug geht Sonntag früh. Rieke, du brauchst noch eine Fahrkarte, wir können sie gleich buchen. Oder fährst du mit dem Auto?"

„Lieber nicht. Es macht seit ein paar Tagen Probleme beim Starten. Ich fahre auch mit der Bahn."

Kapitel 2

Er hatte sich zurückgezogen. Weit weg vom menschlichen Treiben, in völlige Abgeschiedenheit. Normalerweise suchte er, wenn er Kraft schöpfen wollte, seinen Gefährten auf, der ihm mit seiner Güte und Sanftheit bedingungslos zur Seite stand. Der Windfürst stöhnte gequält auf. Gut und sanft, das war auch *sie*. Und sie war der Grund, weshalb er von jeder Normalität weit entfernt war. Erst jetzt wurde ihm bewusst, wie viel sie gemein hatten. Die Frau, die seinen Wesenskern zum Schmelzen gebracht hatte und sein Gefährte, der sein ruhiger Hafen war. Noch hoffte er, dass der Schmerz vergehen würde. Er brauchte nur ein wenig Zeit. Deshalb hatte er sich in die tiefen Wälder Nordeuropas geflüchtet. Dennoch war ihm, als würde seine Energie von Tag zu Tag schwinden. Das war nicht gut, denn er musste mit seinen Kräften haushalten. Es dauerte nicht mehr allzu lange, bis auf der Nordhälfte der Erde der Winter einzog. Das war seine Zeit. Die Zeit des Nordwinds, der klirrenden Kälte und des Frostes. Wochenlang würde er unterwegs sein, pausenlos. Bis zu dem Augenblick, da der Frühling seinen grünen Atem über das Land hauchte und er selbst sich erschöpft zurückziehen würde.

Es war nicht etwa so, dass er den Rest des Jahres nichts zu tun hatte und nur ausruhen konnte. Sobald ihn der Hilferuf einer seiner Windbrüder ereilte, war er zur Stelle. Er schlichtete, wenn es Probleme gab und half, wenn um Rat gefragt wurde. Dafür musste er oft weite Strecken zurücklegen, immer hoch genug, um nicht aus manch lauer Sommernacht ein eisiges Erlebnis zu machen.

Zudem war es seine Aufgabe, sich zu vergewissern, dass jeder der Windbrüder zuverlässig seinen Job tat. Nachlässigkeiten wurden geahndet. Meist genügte eine kurze Unterredung in freundlichem Ton. Wenn jedoch einer der Windbrüder wiederholt sein Eingreifen erforderte, so war es an ihm, jenen Wind zu beobachten und gegebenenfalls zur Rechenschaft zu ziehen. Glücklicherweise geschah dies nicht allzu häufig.

Seit Anbeginn der Erde war er der Fürst der Winde und hatte so manchen seiner Brüder kommen und gehen gesehen. Er liebte diesen wunderschönen Planeten, der so einzigartig war. Hatte gestaunt über die unzähligen Wunder, die entstanden waren und ärgerte sich über die unbegreifliche Gedankenlosigkeit, mit der die Menschen deren Existenz aufs Spiel setzten.

Dennoch mochte er die Geschöpfe, die sich die Erde untertan gemacht hatten. Er wusste um das helle Zentrum ihrer Seelen und gab die Hoffnung nicht auf, dass dieses Licht, das in jedem Einzelnen von ihnen leuchtete, sie eines Tages auf den richtigen Pfad führen würde. Weg von Krieg, Zerstörung und Ausbeutung. Weg von Hass und Habgier. Nur so würde diese Spezies, die sich *Mensch* nannte, überleben. Sollten die Menschen es wider Erwarten nicht schaffen, so würde ihr geliebter Planet – versklavt und seiner Ressourcen beraubt – sie überdauern und sich von ihnen erholen. Soviel war gewiss.

Während der Vergangenheit war Borg mit Hingabe Herr der Windbrüder gewesen. Inzwischen aber verging kein Tag, ohne dass er sich wünschte, er wäre es nicht. Ohne zu zögern würde er alles riskieren, alles verlieren, um nur für kurze Zeit bei ihr zu sein. Von Angesicht zu Angesicht. Um ihr zu versichern, dass sie sich nicht geirrt hatte, als sie an seine Liebe glaubte. Um ihr zu sagen, dass er, wenn es möglich wäre, seine Existenz aufgeben würde, von einem Moment auf den anderen, um bei ihr zu bleiben. Zu sein wie sie. Ein Sterblicher, in dessen Brust ein Herz pulsierte. Warm, stark und menschlich.

Er, der das Gesetz verkörperte und es nicht verändern konnte, befand sich in einem Zustand der völligen Zerrissenheit. Die Weisheit, für die man ihn bewunderte und die ihm die Hochachtung seiner Windbrüder eingebracht hatte, hatte ihn in dem Moment, als es um ihn selbst ging, verlassen. Er hatte nicht einmal die leiseste Ahnung, wie das, was passiert war, überhaupt hatte geschehen können. Wie war es möglich gewesen, dass er sich in eine Frau verliebt hatte, die nicht für ihn bestimmt war? Schlimmer noch. In eine Frau, die ganz offensichtlich für einen seiner Windbrüder vorgesehen war. Eine Windbestimmte.

Das Wissen um seine Unzulänglichkeit bescherte ihm seit Wochen schlechte Laune. Viel zu oft schon hatte er den ein oder anderen seiner Windbrüder rau angefahren und Kleinigkeiten bemängelt. Dinge, über die er sonst großzügig hinweggesehen hätte. Dafür hasste er sich noch mehr, und das wiederum machte alles noch schlimmer.

Zu allem Überfluss hatte er sich vorgenommen, etwas zu tun, das ihn endgültig zu zerreißen drohte. Alles in ihm sträubte sich dagegen, dennoch würde er derjenige sein, der ihnen zu ihrem Glück verhalf. Wer so offensichtlich zusammengehörte, sollte zueinanderfinden. Erst dann war die Sache für ihn endgültig erledigt.

Borg stöhnte und versuchte, den Schmerz zu ignorieren, der seinen Wesenskern zu sprengen drohte. Halblaut rief er:

„Gawain!"

Er wartete. Die Entfernung von Deutschland bis zu den nördlichsten Wäldern Norwegens war nicht gerade gering, und sogar Gawain, der ein außergewöhnlicher Stürmer war, konnte nicht zaubern.

Endlich kam ein Luftzug auf, schwer vom Geruch nach Moos und feuchtem Waldboden.

„Hier bin ich!", rief Gawain ein wenig außer Atem und sah sich neugierig um. „Stets zu Diensten, Euer Gnaden!"

„Gawain, bitte lass das! Du weißt, dass ich solche Anspielungen nicht mag."

„Ja, weiß ich Chef! War nur Spaß! Norwegen also. Meine Güte, ist das kalt hier!"

Borg mochte Gawain. Mit seiner Heiterkeit, die ihm scheinbar nie abhandenkam, erhellte er jede noch so finstere

Stimmung. So auch jetzt. Borgs Mundwinkel verzogen sich unwillkürlich zu einem Lächeln, wenn auch etwas schiefgeraten.

„Ich brauche deine Hilfe", sagte er.

„Was soll ich tun?" Gawain sah ihn erwartungsvoll an. „In die Bretagne stürmen wie zuletzt? Per Luftpost irgendwem eine Nachricht übermitteln?"

„Nichts in dieser Art." Borg zögerte. Gab es keine andere Möglichkeit? Musste er es wirklich seinem Windbruder überlassen? Die einzige Alternative war, dass er es selbst übernahm. Doch er hatte sich geschworen, nicht mehr in ihre Nähe zu gehen.

„Sondern?", fragte Gawain behutsam, als sich der Blick seines Fürsten grübelnd in der Ferne verlor.

„Es ist – ein wenig heikel." Borg hatte seinen Blick wieder eingefangen und richtete ihn auf den Windbruder, der ihn interessiert musterte.

„Heikel?"

„Ja. Ich möchte erstens, dass keiner der Windbrüder davon erfährt, und zweitens wünsche ich, dass du nichts hinterfragst."

„Versprochen. Der Wind wird schweigen, als wäre Flaute. Und keine Fragen stellen."

„Gut. Ich verlasse mich auf dich." Bevor Borg weitersprach, atmete er tief durch. „Du kennst den großen Wald, in dessen Mitte sich der Klagehügel befindet?"

Gawain nickte verwundert. Natürlich kannte er den Wald. Er gehörte schließlich zu seinem Wirkungsfeld.

„Es geht um das bunte Haus am Waldrand."

Wieder nickte er. Auch dieses Haus kannte er. Borg wusste genau, weshalb.

„Es gibt dort drei Schwestern. Mein Anliegen betrifft die Älteste von ihnen. Ich möchte wissen, ob sie zuhause ist und ob es ihr gut geht."

„Okay", sagte Gawain und zog das Wort in die Länge, genau so, wie er es bei jungen Leuten schon gehört hatte. Nachdenklich setzte er hinzu: „Bei allem Respekt, Fürst, ich bin mir sicher, dass es für dich unzählige Möglichkeiten gibt, das selbst herauszufinden. Bei deinen Fähigkeiten!"

„Das brauchst du mir nicht zu sagen", knurrte der Windfürst unwirsch. „Ich habe dich gebeten, keine Fragen zu stellen. Und Bemerkungen dazu brauche ich ebenso wenig. Finde heraus, wie es ihr geht. So schnell wie möglich."

„Egal mit welchen Mitteln?" Gawain grinste und fügte, als er den Ausdruck im Gesicht seines Fürsten sah, schnell hinzu: „War ein Scherz! Natürlich werde ich mich an die Regeln halten, Hoheit!"

„Gawain!"

„Sorry, Chef! Bin schon weg! Ich melde mich, sobald ich etwas weiß."

Schon hatte Gawain sich in die Lüfte geschwungen und eilte zurück. Im Vergleich zu den letzten Wochen war der Fürst erfreulich umgänglich gewesen, längst nicht so schlecht gelaunt und miesepetrig. Gawain kannte ihn schon lange, und es war überhaupt nicht Borgs Art, an allem etwas auszusetzen. Aber die ständige Nörgelei seines Fürsten – noch dazu meist völlig unberechtigt – hatte dafür gesorgt, dass Gawain hin und wieder richtig sauer auf ihn gewesen war. So sauer, dass er viel zu oft wütend durch den Wald gefegt war und Unmengen von Blättern von den Bäumen gezerrt hatte.

So schnell wie es ging würde er seinem Fürsten die Information bringen, nach der er verlangte. Vielleicht ging es ihm dann endlich besser.

Gawain selbst freute sich darauf, ein wenig Abwechslung in seine Tage zu bringen. Diese Aufgabe könnte interessant werden. Spannender, als tagein und tagaus Laub von den Bäumen zu reißen und Zapfen auf den Boden zu befördern. Überdies war es allerhöchste Zeit, mal wieder an diesem bunten Haus vorbeizuschauen. Seit Monaten schon plagte ihn sein schlechtes Gewissen. Zumindest ein bisschen.

***

23

Die Landschaft flog an ihr vorüber. Weitläufige Flächen ab-
geernteter Felder. Hier und da ein kleiner Ort, ein Wäldchen.
Ansonsten nur Weite unter einem trostlosen, herbstgrauen
Himmel. Frankreich. Seit dem frühen Morgen waren sie unterwegs und fuhren nun im TGV von Paris nach Brest.
Neben ihr saß Marla, vertieft in ein Buch, und lernte Französisch. Rieke fand, dass ihre Schwester die Sprache schon
recht gut beherrschte. Marla aber war anderer Meinung.

„Naja, es ist nur das Schulfranzösisch", hatte sie gemeint.
„Wenn ich Kelian im Lokal und in der Küche helfen möchte,
dann will ich mich nicht blamieren. Außerdem spricht sein
Vater kein Deutsch. Und Luc ist der Chefkoch."

„Dafür blamierst du dich mit mir", hatte Rieke geantwortet, denn sie selbst sprach kaum ein Wort dieser Sprache. Das
bisschen, das sie bis zur mittleren Reife gelernt hatte, war
längst vergessen.

„Ach, Rieke!" Marla hatte sie stürmisch umarmt. „Niemals würdest du mich blamieren. Es funktioniert auch prima
ohne Französisch, du wirst sehen."

Rieke war aufgeregt. Nie zuvor war sie im Ausland gewesen. Die wenigen Urlaube, die sie mit Mama gemacht hatten,
hatten sich auf die deutschen Mittelgebirge beschränkt und
waren zudem selten gewesen. Rieke selbst hatte nie das Bedürfnis gehabt, zu verreisen. Sie liebte ihr familiäres Umfeld
über alles und war am liebsten zuhause. Das Backsteinhaus,
in dem sie lebten, war, seit sie denken konnte, mit Wärme
und mit Leben gefüllt. Mit seinen bunten Fenstern und Türen
wirkte es wie eine Einladung zum Glücklichsein. Es stand
inmitten eines wilden Gartens voller alter Obstbäume und
Rosensträuchern. Das Schönste aber war der Wald, der hinter
dem Haus begann und direkt an den Garten grenzte. Schon
als Kind hatte sie Stunden dort verbracht, umgeben von Buchen, Fichten und Tieren. Wie oft hatte ihre Mutter sie geschimpft, weil sie sich alleine im dunklen Unterholz
herumtrieb, und hatte sie ermahnt, nicht ohne Begleitung in
den Wald zu gehen. Trotzdem war Rieke immer wieder
heimlich entwischt, denn irgendetwas in der Natur zog sie

unwiderstehlich an. Es waren nicht nur die hohen Bäume, die sich sanft im Wind wiegten und ein grünes Blätterdach über ihr bildeten. Oder das Wild, das sich nicht vor ihr zu fürchten schien. Es gab dort auch allerlei geheimnisvolle Wesen, denen sie begegnete. Hohe Farne, die ihre fedrigen Arme nach ihr ausstreckten, um sie zu streicheln. Oder mächtige, von Moos überzogene Baumwurzeln, die wirkten, als wären sie verwunschene Gestalten, die zum Leben erweckt werden wollten. Sie alle schienen ihr Dinge zuzuflüstern, und schon als sie noch keine acht Jahre alt war, hatte sie das Gefühl, sie müsste verstehen, was sie ihr erzählten.

Dass es all jene Wesen nicht gab, war ihr sehr wohl bewusst, und sie hütete sich davor, Mama zu erzählen, dass sie mit Bäumen und Farnen sprach, als wären sie ihre Freunde. Dennoch war nicht zu bestreiten, dass sie sich im Wald genauso zuhause fühlte wie bei ihrer Familie.

Das war auch der Grund, weswegen sie im Tierpark arbeitete. Schon sehr früh hatte für sie festgestanden, dass sie Tierpflegerin werden wollte. Etwas anderes hätte sie sich niemals vorstellen können. Schon jetzt spürte sie leises Bedauern, weil sie die Tiere des Parks, die sie ins Herz geschlossen hatte, vierzehn lange Tage nicht sehen würde.

Da war das Rotwild, das von Natur aus so scheu war und doch ihre Nähe suchte, sobald es sie witterte. Die Sanftheit der Tiere berührte sie jeden Tag aufs Neue. Außerdem erkannte sie sich in ihnen wieder, denn auch sie selbst war Fremden gegenüber ausgesprochen scheu. Dann gab es die Wölfe. Eyota kam ihr in den Sinn, die junge, hochbeinige Wölfin, die im Frühjahr zum ersten Mal Junge geboren hatte. Wie stolz sie ihre Wolfskinder präsentierte, wenn Rieke sich näherte! Sie mochte Wölfe, und die Wölfe mochten sie. Es war wie mit den Hunden. Auch zu ihnen spürte sie eine tiefe Verbundenheit.

„Vielleicht ist es gar nicht schlecht, dass Henni und Papa ein bisschen Zeit miteinander verbringen müssen", sagte Marla und klappte das Buch zu. Sie öffnete ihren Rucksack und reichte Rieke eine Brotdose. „Du kannst nicht neun

Stunden lang nur von Nüssen und Sonnenblumenkernen leben", mahnte sie, bevor Rieke ablehnen konnte. Also griff Rieke nach der Dose, nahm ein Käsebrot heraus und biss eine Ecke ab.

Marla schmunzelte. „Sie werden sich irgendwie zusammenraufen. Die beiden sind sich in vielem so ähnlich, sie würden sich gut verstehen. Mit dem Klavier kriegt er sie ganz bestimmt. Wer hätte gedacht, dass Henni ihr Talent für die Musik von Papa geerbt hat?" Plötzlich wurde sie ernst. „Was meinst du: Wird er diesmal bleiben? Unsere Eltern sind so glücklich miteinander. Ich kann mir kaum vorstellen, dass es ihn wieder in die Ferne zieht. Aber was, wenn doch?"

Rieke wiegte nachdenklich den Kopf. „Nun ja, bisher ist ihre Liebe nicht daran zerbrochen. Vielleicht ist dies das Geheimnis ihrer Beziehung, auch wenn es schwer nachvollziehbar ist. Zudem ist jemand, der Sehnsucht nach der Ferne hat, nicht aufzuhalten. Er wäre todunglücklich, wenn er nicht gehen könnte."

„Wenn Papa tatsächlich wieder fortginge, wird er Henni endgültig verlieren. Soviel steht fest. Vielleicht sollte ihm das jemand sagen." Energisch öffnete Marla ihre Wasserflasche und trank ein paar Schlucke.

„Das weiß er, Marla. Das weiß er ganz sicher."

***

Obwohl Rieke von der Reise und dem langen Tag erschöpft war, konnte sie nicht einschlafen. Eine seltsame Unruhe hatte sie erfasst, und es war ihr unmöglich, sie zu deuten. Das verwirrte sie, denn bisher war es selten geschehen, dass sie nicht wusste, was in ihr vorging.

Durch das geöffnete Fenster hörte sie den Wind seufzen, der nun, da es Nacht war, nicht mehr so kräftig blies wie bei ihrer Ankunft. Neben sich vernahm sie die tiefen Atemzüge ihrer Schwester. Im weißen Mondlicht, das von Zeit zu Zeit zwischen den Wolken hervorschimmerte, erkannte sie, dass das Glück, das sich auf Marlas Gesicht gestohlen hatte, seit sie in der Gesellschaft von Kelian war, sie noch im Schlaf lächeln ließ.

Kelian, der darauf bestanden hatte, die Schwestern vom Bahnhof in Brest abzuholen, hatte Marla bei der Begrüßung in die Arme geschlossen und nicht wieder loslassen wollen. Während die beiden sich auf der Fahrt ausgelassen und fröhlich unterhalten hatten, betrachtete Rieke, die schweigsam im Heck des Wagens saß, die Umgebung. Mit jedem Kilometer wurde die Landschaft rauer, die Straßen schmaler, Dörfer seltener. Den letzten Teil der Strecke fuhren sie über einen engen asphaltierten Weg, der voller Schlaglöcher war, und obwohl Kelian den Wagen geschickt lenkte, konnte er nicht verhindern, dass seine Insassen ordentlich durchgeschüttelt waren, als sie das Ziel erreichten. Es nieselte noch immer.

Der Empfang war sehr herzlich. Kelians Familie lebte auf einem großen Anwesen mit einem weitläufigen Garten, zu welchem, wie Marla ihr erzählt hatte, ein kleiner Wald gehörte. Neben dem Wohngebäude befand sich das Fischlokal, das Kelian gemeinsam mit seinen Eltern führte. Es war nach einer Vorfahrin der Familie benannt und hieß *Chez Louise*.

Der junge Franzose hatte ein wundervolles Essen vorbereitet, und zusammen verbrachten sie einen geselligen Abend. Kelian und seine Mutter Estelle sprachen gutes Deutsch, dafür konnte Luc kaum eine Silbe. Trotzdem war es Kelians Vater, den Rieke sofort in ihr Herz schloss. Er war ebenso ruhig und zurückhaltend wie sie selbst, und obgleich sie kaum miteinander reden konnten, entwickelten sie innerhalb von wenigen Stunden eine besondere Zuneigung zueinander.

Nicht lange nach dem Essen waren die jungen Frauen in das Gästezimmer gegangen, das Estelle für sie hergerichtet hatte. Sie waren müde. Der Tag war lang und anstrengend gewesen. Doch an Schlaf war nicht zu denken. Rieke war hellwach. Daher erhob sie sich und tappte ans Fenster. Unter ihr lag der Garten, umgeben von Sträuchern und Bäumen. Weiter hinten begann, dunkel und geheimnisvoll, der kleine Wald. Marla hatte versprochen, ihr morgen die Umgebung zu zeigen. Vor allem das Meer und einen Felsenberg, der eine Höhle unter sich barg. Rieke hatte ein schlechtes Gewissen, denn sie wollte nichts weniger, als Marla von Kelians Gesellschaft abzuhalten. Doch ihre Schwester hatte abgewinkt. Frühmorgens fuhr Kelian zum Fischen hinaus, und sie würde ihn nicht gleich am ersten Tag begleiten.

„Wenigstens einmal ausschlafen", hatte sie mit einem schiefen Lächeln gemeint. „Immerhin habe ich Ferien. Dann aber fahre ich mit ihm raus, denn ich möchte ja das Fischen lernen."

Eine plötzliche Windbö fegte durch das gekippte Fenster und bauschte den Vorhang. Der Geruch von Salz und Meer fuhr ihr in die Nase, vermischt mit der Kühle des Herbstes. Rieke versuchte, noch mehr dieser Luft einzufangen. Sie war prickelnd und belebend. Am liebsten würde sie nach draußen gehen. Vielleicht würde das diese unerklärliche Unruhe lindern. Wieder mogelte sich der Mond durch die Wolken. Wenige Tage, und er würde sich runden. Das Silber, das er über den Garten goss, machte aus dem Rasen einen schimmernden Teppich. Ein Schatten huschte darüber hinweg, und Rieke erkannte Monsieur, den Kater des Hauses. Er hatte während des Essens wiederholt versucht, auf ihren Schoß zu springen, bis Estelle ihn schließlich hinausbeförderte.

„Es macht mir nichts aus, wirklich", hatte Rieke gesagt und dem Kater bedauernd hinterhergesehen. Sie vermisste Rusty. Wie gerne hätte sie das vertraute, warme Gefühl auf ihrem Schoß gehabt. Doch Estelle war unnachgiebig gewesen.

„Tut mir leid, chérie. Aber ich darf nicht zulassen, dass er unsere Gäste belästigt. Allerdings hat er es noch nie so hartnäckig versucht wie bei dir."

„Bei Rieke ist das normal", hatte Marla erklärt. „Egal ob Hunde oder Katzen, sie wollen immer zu ihr. Als wir Kinder waren, war das auch schon so. Sogar unsere Hühner lieben sie über alles und legen mehr Eier, wenn Rieke zuhause ist."

Kelian sah vom Essen auf und grinste. „Wie war das? Molli, Polli, Dolli …"

„... Jolli und Holli", ergänzte Marla vergnügt, als Kelian nicht weiterwusste.

„Naja, so ist das nun auch wieder nicht." Verlegen hatte Rieke nach ihrem Wasserglas gegriffen. Aber sie wusste, dass es die Wahrheit war. Und sie kannte nur einen einzigen Menschen, über den man dasselbe sagen konnte. Sie hatte sich fest vorgenommen, nicht an ihn zu denken. Ebenso hatte sie sich vorgenommen, sich nicht immer wieder dieselbe Frage zu stellen. Und irgendwie hatte es während der letzten Stunden ganz gut funktioniert. Sie vermutete, dass es mit diesem seltsamen Gefühl zusammenhing, das sich ihrer in dem Augenblick bemächtigt hatte, als sie aus dem Auto gestiegen war. Wieder fand der Wind den Fensterspalt und füllte ihre Nase mit Seeluft.

Entschlossen zog sie Pulli und Jeans an, öffnete die Tür und schlüpfte hinaus. Sie musste nach draußen, unbedingt. Sie wollte diese Luft um sich haben, sie spüren, sie einatmen, ihre Lungen damit füllen. Barfuß lief sie die Treppen hinab und hoffte, dass die Tür zum Innenhof nicht abgeschlossen war. Erleichtert trat sie vor das Gebäude. Es hatte zu nieseln aufgehört, und die Luft schmeckte nach Meer. Sie schmeckte nach Leben und nach – da war noch etwas, aber sie konnte es nicht benennen. Nachdem sie sich umgesehen hatte, lief sie zu einer Holzbank, die an der Hauswand stand, und setzte sich. Mit geschlossenen Augen lauschte sie der Nacht. Von irgendwo hinter dem Haus erklang ein feines Klirren. Weit in der Ferne heulte kurz darauf ein Hund. Es klang traurig und schön zugleich. War er einsam? Vermisste er jemanden? Wie ging es Rusty, der sich jede Nacht auf ihre Füße legte, sich dort geborgen fühlte und zugleich auf sie achtgab? Vermisste er sie so wie sie ihn? Es würde ihm hier gefallen.

Erst jetzt vernahm sie das leise Grollen. Es schien von überallher zu kommen. Konnte dies das Meer sein? Das Rauschen der Brandung? War sie dafür nicht zu weit weg vom Wasser? Plötzlich konnte sie es kaum erwarten, an die See zu kommen. Sich in den Wind zu stellen und das Gesicht von der Gischt benetzen zu lassen. Barfuß über die Klippen zu klettern, über ihr die Möwen, die ihr Spiel mit dem Wind trieben. Oder war es nicht eher so, dass der Wind sein Spiel mit ihnen trieb, wenn er sie gegen den Himmel schleuderte? Sie hatte keine Ahnung, woher all diese Bilder kamen, denn sie war nie am Meer gewesen. Dennoch wusste sie, dass es ihr vertraut sein würde.

Als der Kater plötzlich auf ihren Schoß sprang, erschrak sie kaum. Zufrieden schnurrend ließ er sich von ihr streicheln und drückte seinen Kopf an ihre Brust

„Na, Monsieur", sagte sie mit kosender Stimme. „Da hast du aber Glück gehabt, dass ich Rusty nicht mitgebracht habe. Niemals hätte er zugelassen, dass mich eine Katze belagert."

Monsieur gab ihr maunzend eine Antwort, legte sich hin und räkelte sich zufrieden. Er schien genau verstanden zu haben. Rieke lächelte. Sie griff in die Tasche ihrer Jeans und steckte sich einige Sonnenblumenkerne in den Mund. Es gefiel ihr hier, und sie war froh, dass sie sich von ihrer Familie hatte überreden lassen, Marla zu begleiten. Nie hätte sie gedacht, dass sie sich so weit weg von zuhause wohlfühlen könnte. Sie mochte Kelian, den dunkelblonden jungen Mann, der Marla offensichtlich vergötterte. Es war nicht schwer, sich vorzustellen, dass ihre Schwester nach dem Abitur ein Jahr lang hier leben würde, der Familie im Restaurant half und mit Kelian zum Fischen fahren würde.

Wenn sie tatsächlich eine Ausbildung zur Köchin machte und sich für Kelian und dieses Leben entschied, so hatte Marla ihre Bestimmung und ihr eigenes kleines Paradies gefunden. Rieke gönnte es ihr von ganzem Herzen, auch wenn sie sie jeden Tag vermissen würde. Es gab keinen Menschen, dem Rieke so nah war wie ihrer Schwester. Man musste sie einfach mögen. Sie war lebhaft und liebenswert. Und neugierig obendrein. Ihre Neugier hatte sie letzten Sommer in eine ziemlich missliche Lage gebracht.

Energisch schob Rieke diesen Gedanken beiseite, zog die Beine auf die Bank und streckte sich aus. Manchmal war es von Vorteil, wenn man nur anderthalb Meter maß wie sie.

Der Kater lag auf ihrem Bauch und gab ein glückliches Seufzen von sich.

Kapitel 3

Sie erwachte, als jemand sie am Arm schüttelte.

„Rieke! Wach auf! Was, um Gottes Willen, machst du hier draußen? Es ist eiskalt! Du holst dir noch den Tod!" Marla hörte sich ernsthaft besorgt an. Als Rieke sich aufsetzte, sprang der Kater zu Boden und suchte das Weite. Sie blickte zum Himmel. Es war noch nicht richtig hell.

„Ich konnte nicht einschlafen und hatte das Bedürfnis, nach draußen zu gehen."

„Es ist saukalt draußen! Du hast nicht einmal Strümpfe an, geschweige denn Schuhe an den Füßen!"

„Mir geht es gut", sagte Rieke heiter. Sie streckte sich. „Du weißt, dass mir nie kalt ist. Außerdem hatte ich Monsieur auf mir. Katzen haben eine höhere Körpertemperatur als wir Menschen, daher war er wie ein Heizkissen."

Marla brummte eine unverständliche Erwiderung. Dann meinte sie: „Ich gehe in die Küche und mache uns Frühstück. Kommst du mit?"

Rieke erhob sich. „Ich kämme mir noch die Haare und putze meine Zähne." Mit diesen Worten lief sie ins Haus.

Als sie mit der Bürste durch ihr Haar fuhr, warf sie einen Blick in den Spiegel und entdeckte einen rosa Schimmer auf ihren Wangen. Zum ersten Mal seit langer Zeit spürte sie so etwas wie Hoffnung. Sie band ihr Haar zu einem dicken Knoten, schlüpfte in ihre Turnschuhe und lief zum Gasthaus.

„Zuerst zeige ich dir den Garten", sagte Marla eifrig, als sie nach dem Frühstück ihre Jacken angezogen hatten und durch den Innenhof liefen. „Danach gehen wir zum Strand. Wie schön, dass es aufgehört hat zu regnen!"

Als sie wenig später auf dem Weg zum Meer waren, den Rucksack gefüllt mit Proviant, war Rieke mit ihren Gedanken noch immer in dem herrlichen Garten von Kelians Familie. Er war geheimnisvoll, verwunschen und voller Überraschungen. Sie hatte die Ursache für das zarte Klirren entdeckt, das sie in der Nacht gehört hatte. Es waren Muscheln, auf Kordeln gefädelt wie Perlen auf eine Kette. Sie schlugen im leichtesten Luftzug aneinander und sangen ihr Lied von Meer und Wind. Es klang wunderschön, und am liebsten hätte sich Rieke unter einen der efeubewachsenen Bäume gelegt, um der zauberhaften Musik zu lauschen. Doch es gab hier noch mehr zu entdecken. In dem feuchten Dunst, der sich über dem Boden gesammelt hatte, vermutete man unwillkürlich unsichtbare Wesen, die die Menschen beobachteten und sich wispernd über sie unterhielten. Mehrere Male hatte sich Rieke umgeblickt. Gesehen hatte sie jedoch nichts. Wahrscheinlich hätte Monsieur, der ihnen auf den Fersen folgte, Alarm geschlagen, wenn er etwas Außergewöhnliches gewittert hätte.

Marla hatte ihr den Seerosenteich gezeigt, der in der Nähe des Hauses lag, und sie hatte bei Kelians Großmutter an den Wintergarten geklopft. In bewundernswertem Französisch hatte sie ihr Rieke vorgestellt. Die Dame hatte sie lange mit weisen Augen angesehen und sie dann, genau wie Marla, zur Begrüßung auf die Wangen geküsst. Bevor sie gegangen waren, hatte sie etwas zu Marla gesagt.

„Justine meinte vorhin, wüsste sie es nicht besser, so würde sie schwören, du seist eine Fee aus ihrem Garten", erzählte Marla jetzt. „Sie habe zwar noch nie eine gesehen, sei sich aber sicher, sie müsste aussehen wie du. Klein, zart und so schön wie der Tag selbst."

„Die Menschen hier glauben wirklich daran, dass es eine Welt außerhalb der unseren gibt, nicht wahr?"

„Ja. Diese andere Welt ist ein fester Bestandteil ihres Lebens. Es liegt an den keltischen Wurzeln der bretonischen Bevölkerung. Kelian hat mir davon erzählt."

„Ich bin auch davon überzeugt, dass es Dinge gibt, die wir nicht sehen können", bekannte Rieke ernst. „In der letzten Zeit habe ich immer öfter das Gefühl, als ob um mich herum etwas ist. Manchmal denke ich, es würde sich mir gerne zeigen. Aber ich bin unfähig, es zu sehen. Ich weiß, dass du dir das nicht vorstellen kannst. Du bist genauso bodenständig wie Henni, die jeden auslachen würde, der so etwas behauptet."

Marla gab darauf keine Antwort. Schweigend liefen sie über Pfade, die durch struppiges Dünengras führten. Kurze Zeit später deutete Marla mit der Hand nach vorne und rief:

„Dort können wir auf das Meer sehen! Lass uns laufen!" Sie rannte los, Rieke hinterher. Lachend und völlig außer Atem erreichten sie den Rand der Düne. Der Wind zerrte wild an ihren Jacken und schien von allen Seiten gleichzeitig zu kommen. Rieke starrte auf das Bild, das sich ihr bot. Ihr Herz schlug schnell und hart gegen ihre Brust. Es war schwer zu sagen, ob es aus Anstrengung war oder wegen des Anblicks, der vor ihr lag.

Sie hatte keine Worte für das, was sie empfand. Es war, als hätte sie ihr ganzes Leben auf diesen Augenblick gewartet. Es war wie … heimkommen. Das Wort füllte ihren Kopf aus, gleichzeitig überzog eine Gänsehaut ihren Körper. Ihr Verstand sagte ihr, dass das nicht sein konnte, denn sie war hier nie gewesen.

„Wunderschön, nicht wahr?", hörte sie Marlas Stimme neben sich. Sie nickte mechanisch.

„Das ist es", flüsterte sie und sie spürte, wie ihr der Wind das Gesprochene von den Lippen riss und mit sich forttrug.

„Du müsstest diesen breiten Sandstrand im Sommer sehen, wenn die Sonne scheint und das Meer türkis leuchtet. Jetzt wirkt das Wasser schwarz. Man könnte meinen, es sei ein großes, dunkles Ungeheuer", plapperte Marla weiter und deutete auf eine kleine Bucht unweit von ihnen. Kleine Fischerboote wiegten sich dort gemächlich auf den Wellen. „Da hinten liegt die *Louise*, Kelians Boot. Wenn er nicht gerade ausgefahren ist." Ihre Augen glitten suchend übers Wasser. Scheinbar ohne Ergebnis, denn sie packte Rieke am Ärmel und zog sie zu einer Treppe, die zum Strand hinabführte. Am Wasser angekommen, blieb sie stehen und krempelte ihre Jeans hoch.

„Was hast du vor?"

„Ich ziehe Schuhe und Strümpfe aus", erklärte Marla und tat, während sie sprach, genau dies. Anschließend tauchte sie vorsichtig einen Fuß ins Wasser und quietschte entsetzt auf. Aber sie war fest entschlossen. Mit zusammengebissenen Zähnen lief sie bis zu den Waden ins Meer.

„Wer eine richtige Bretonin sein will, muss von März bis November durchs Meer laufen können, ohne mit der Wimper zu zucken!"

„Und du hast vor, eine richtige Bretonin zu werden?"

„Aber ja! Wie Elaine!" Marla platschte vergnügt durch die Wellen.

„Die Frau vom Klagehügel?"

„Genau! Sie kam von hier, und das Schicksal hat sie nach Deutschland verschlagen. Bei mir wird es genau umgekehrt sein! Ich komme aus Deutschland, und das Schicksal verschlägt mich nach hier!" Lachend drehte sich Marla ein paarmal um ihre eigene Achse. Sie sah unglaublich hübsch aus: Das offene Haar vom Wind zerzaust, die Wangen gerötet, und ihre Augen sprühend vor Leben. Keine zwei Minuten später verließ sie das kalte Nass, setzte sich auf einen Felsen und zog sich wieder an. „Das muss ich noch üben. Himmel, ist das kalt!"

Während sie an der kleinen Bucht vorüberliefen, entgingen Rieke die Blicke nicht, die ihre Schwester immer wieder verstohlen aufs Meer warf. Aber es war noch zu früh. Erst am späten Vormittag würde Kelian mit seinem Fang zurückkehren.

Hinter der Bucht mit den Booten erhob sich ein Felsmassiv, das sich bis zum Strand erstreckte. Auf dem Hügel, eingebettet zwischen Steinen und Felsen, stand ein kleines Haus.

„Dort klettern wir nachher hinauf", bemerkte Marla, die ihren Augen gefolgt war. „Vorher aber zeige ich dir das alte Fischerdorf, das direkt hinter dem Berg liegt. Das ist der Ort, wo an den Sonntagen im Sommer das Tanzfest stattfindet, von dem ich erzählt habe."

Bald darauf spazierten sie an niedrigen, mit Reet bedeckten Häusern vorbei, die um einen Dorfplatz gruppiert waren. Hier war es genauso einsam wie am Strand. Nicht ein einziger Mensch war zu sehen.

„In diesem Dorf haben bis vor hundert Jahren noch Algenfischer gelebt", erläuterte Marla. „Im Krieg wurden die Häuser vom Militär genutzt, und vor einiger Zeit hat man diesen Ort zu einem Freilichtmuseum hergerichtet. Während der Feste ist es hier sehr hübsch. In den Häusern, die aus winzigen Räumen bestehen, sind Künstlerateliers, die man sich ansehen kann. Und am Ende des Dorfes, wo die Holztische und Bänke stehen, ist ein Gasthaus. Wenn Fest ist, ist es hier voll von Menschen, und die Plätze vor dem Lokal sind alle besetzt. Einige Musiker spielen traditionelle bretonische Musik, und viele der Besucher kommen nur zum Tanzen her."

Es fiel Rieke nicht schwer, sich das Treiben vorzustellen. Es war schön hier und auch ein wenig geheimnisvoll. Jetzt allerdings, da der Himmel trüb und grau war, kalte Windböen zwischen den verwitterten Häusern hindurchfegten und sich das Grün der Gräser und Sträucher in Braun verwandelt hatte, sah der Ort nicht sonderlich einladend aus. Allerdings war sie froh, dass es Herbst war und nicht Sommer. Sie fühlte sich zwischen vielen Menschen nicht besonders wohl.

Als sie Marla zu dem Felsenhügel folgte, stieg ihre Schwester nicht, wie Rieke erwartet hatte, den Pfad hinauf, der sich zwischen den Steinen emporschlängelte, sondern führte sie über einen sandigen Weg an seinem Fuß entlang. Plötzlich standen sie vor der Öffnung zu einer Höhle. Rieke versuchte hineinzuspähen, doch das spärliche Tageslicht reichte nicht aus, um mehr als den Eingangsbereich zu sehen.

„Dort drinnen befindet sich ein Labyrinth aus hohen Steinen", sagte Marla in andächtigem Ton und legte ihre Hände auf den Felsen neben dem Höhleneingang. Es war ein wenig, als würde sie ihn begrüßen.

„Sicher scheint in den nächsten Tagen mal die Sonne, dann kommen wir wieder." Sie verharrte einen Augenblick. Schließlich wandte sie sich ab und begann, die Felsen hinaufzuklettern. Rieke folgte ihr leichtfüßig, und kurze Zeit später betraten sie das kleine Haus aus Stein, das zwischen den Felsen thronte und aufs Meer hinabschaute. Marla nahm den Rucksack von den Schultern und legte ihn auf eine der Bänke, die an der Wand standen.

„Hier machen wir unser Picknick", verkündete sie fröhlich und ging zu einer der beiden Luken. „Noch immer nichts zu sehen." Ein wenig enttäuscht setzte sie sich und räumte den Proviant aus.

Rieke lehnte sich über die steinerne Brüstung und sah hinaus. Vor ihr lag schwarzglänzend der mächtige Atlantik. Der Wind drückte gewaltige Wellen an Land, die Muscheln und Steine auf den Sand spuckten und brausend zurückrollten.

Die Kraft der Natur wirkte berauschend, und unwillkürlich hatte Rieke das Gefühl, als fegte die Energie durch ihre Adern wie ein reißender Strom. Als Marla sie zum Essen rief, verließ sie nur ungern den Platz, von wo aus sie diesem mitreißenden Spektakel zusehen konnte.

„Gefällt es dir hier?", fragte Marla kauend, als Rieke neben ihr Platz genommen hatte.

„Ich finde kaum Worte, um zu beschreiben, wie schön es ist. Die Naturgewalten sind so allgegenwärtig, dass man zu einem Teil davon wird. Zumindest fühlt es sich so an." Sie steckte sich ein Stück Gurke in den Mund und brach ein Stück von dem Baguette ab, das Marla ihr reichte. „Ich bin dir wirklich dankbar, dass du mich mitgenommen hast."

„Und ich bin froh, dass du dabei bist. So kann ich endlich mit jemandem meine Begeisterung teilen, wenn wir wieder zuhause sind." Marla grinste. „Ich habe mir schon gedacht, dass du dieses raue Klima magst. Wahrscheinlich brauche ich dir gar nicht erst vorzuschwärmen, wie schön es hier im Sommer ist, da du ja eher auf Wind und Regen stehst."

„Ja, Regen und Sturm liebe ich. Ich bin froh, dass es Herbst ist."

„Es ist dir hier also nicht zu düster?"

Rieke schüttelte den Kopf. „Ich fühle mich so lebendig, wie schon seit Wochen nicht mehr."

Marla musterte sie skeptisch, als wollte sie ergründen, ob das, was Rieke behauptete, der Wahrheit entsprach.

„Es ist tatsächlich so", versicherte Rieke lachend und stieß ihr den Ellenbogen in die Seite. Marlas Miene entspannte sich. Erleichtert meinte sie:

„Dann habe ich ja alles richtig gemacht."

„Ja, das hast du." Rieke stand auf und stellte sich abermals ans Fenster. Die Weite zog sie wie magisch an. „Marla, sieh mal!"

Ihre Schwester sprang auf und trat an ihre Seite. Es dauerte keine Sekunde. „Da ist Kelian! Komm, lass uns einpacken und ihn begrüßen! Ich bin neugierig, was er gefangen hat!" Sie wollte die Reste ihres Essens in den Rucksack packen, als Rieke ihren Arm ergriff und sie daran hinderte.

„Lauf zu ihm, Marla! Sag ihm, wie sehr du dich freust, dass er wieder da ist und fahr mit ihm nach Hause. Genießt eure gemeinsamen Stunden."

„Aber …"

„Kein *aber*", sagte Rieke ungewohnt energisch und schob ihre Schwester zum Ausgang. „Ich packe die Sachen in den Rucksack und erkunde Strand und Klippen. Und jetzt erzähle mir nicht, dass ich auf die Flut achtgeben soll und beim Klettern aufpasse, dass ich nicht abrutsche. Das alles weiß ich, mach dir keine Sorgen. Ich bin zwar traurig, aber ich liebe mein Leben und habe nicht vor, es aufs Spiel zu setzen. Wir sehen uns später."

Marla warf ihr einen verblüfften Blick zu. Selten sprach Rieke so viel an einem Stück, noch dazu mit so viel Nachdruck. „Und du findest den Weg zurück?", fragte sie dennoch.

Rieke lächelte amüsiert. „Habe ich mich jemals verlaufen?"

„Stimmt. Du bist als Kind schon stundenlang im Wald verschwunden und hast nie ein Problem damit gehabt, zurückzufinden", räumte Marla ein. „Anders als ich."

„Na, bitte! Zum Abendessen bin ich wieder da. Im Rucksack ist noch ausreichend Wasser, verdursten werde ich also auch nicht. Und jetzt ab mit dir!"

Marla umarmte sie und drückte ihr einen Kuss auf die Wange. Daraufhin stürmte sie aus dem Gebäude, und Rieke beobachtete, wie sie eilig die Felsen hinabkletterte. Sie stand noch immer an den Eingang gelehnt, als ihre Schwester die kleine Bucht erreichte und Kelian zuwinkte, der das Fischerboot geschickt zwischen den anderen Booten hindurchmanövrierte.

Nachdem Rieke den Rucksack verschlossen und auf ihren Rücken gesetzt hatte, verließ sie das steinerne Haus und machte sich auf den Weg zum Strand. Endlich war sie alleine! Wie sehr hatte sie sich das gewünscht. Natürlich war es schön, dass Marla sich so rührend um sie kümmerte. Beinahe könnte man meinen, sie wäre die Ältere von ihnen beiden. Was ihre Schwester nicht ahnte, war, dass sie sich seit dem Augenblick, da sie die Küste erreicht hatte, danach sehnte, alleine zu sein. Sie wollte nur eines: Die Luft atmen, die nach Salz, Tang und Meer schmeckte; den Wind spüren, der über ihre Gestalt glitt, als wollte er sie zärtlich umarmen. Und sie wollte dieses Gefühl auskosten, ein Teil all dessen zu sein.

Dort, wo die Wellen auf den Sand rollten, blieb sie stehen. Wie Marla vorhin zog sie ihre Schuhe aus und steckte sie in den Rucksack. Als sie bis zu den Knöcheln im Wasser stand, grub sie ihre Zehen in den weichen Sand. Sie empfand die Kälte nicht als unangenehm und lief ein Stück weiter hinein. Erst als der Stoff ihrer Jeans bis zu den Knien durchnässt war, hielt sie inne. Wenn sie nicht achtgab, würde sie sich den Tod holen. Man musste nicht unbedingt frieren, bevor man krank wurde. So ging sie ein Stück zurück und lief den Strand entlang. Vorbei an der Bucht, in der nun auch die *Louise* schaukelte, weiter bis zu der Stelle, wo sie heute Morgen von der Düne gekommen waren.

Wohin man auch sah, standen Steine in allen Größen und Grauschattierungen. Manche rötlich schimmernd. Es gab sie einzeln, in Gruppen aneinandergeschmiegt, glatt und kantig, im Wasser und auf dem Strand.

Bald würde sie die Klippen erreichen, die Marla ihr gezeigt hatte, und die dort begannen, wo der Strand endete. Die Flut hatte das Meer bereits weit aufs Land gedrückt, und sie vermutete, dass der höchste Stand bald erreicht war. Der feine Schaum, der zusammen mit Tang und Seegras auf den Sand gespült wurde, fühlte sich unter ihren Füßen kühl und weich an. Ein Tuch aus feinster Seide. Für einen Augenblick hielt sie inne und ließ das Gefühl der Verbundenheit zu Land und Ozean auf sich wirken. Die Unruhe, die sie bei ihrer Ankunft erfasst hatte, war verschwunden. Dafür spürte sie umso deutlicher die Anziehung, die dieser Teil der Erde auf sie ausübte. Begleitet von einer Sehnsucht, die sie noch immer nicht verstand.

Was Sehnsucht war, wusste sie. Seit Wochen nagte sie an ihr und drohte sie Stück für Stück auszuhöhlen. Sie zu ignorieren, kostete sie Kraft. Aber die Liebe ihrer Familie würde ihr helfen, dass sie darüber hinwegkam. Irgendwann.

Das, was sie hier empfand, war anders. Es war ihr nicht möglich, sich dagegen zu wehren. Es schien mächtig und stark. Auf eigenartige Weise surreal. Was auch immer es war, sie hoffte, es würde nicht zu groß für sie sein.

Der raue Küstenwind riss an ihrer Kleidung und versuchte, ihr Haar aus dem Knoten zu lösen. Sollte er doch seinen Willen bekommen! Mit wenigen Griffen hatte sie die Nadeln aus dem schweren Knoten gezogen und schüttelte den Kopf. Im nächsten Augenblick floss das dunkle Haar auf ihre Hüften hinab, wurde vom Wind erfasst und um ihren Kopf gewirbelt. Lachend strich sie es aus dem Gesicht und ließ sich die Wangen kühlen. Plötzlich wusste sie mit deutlicher Klarheit, dass das, was sie suchte, nicht mehr weit war. Sie begann zu laufen und hielt erst an, als sie die Klippen erreicht hatte.

Leichtfüßig sprang sie von Felsen zu Felsen, in den Ohren das Tosen der Brandung. Dass sie barfuß war, machte ihr nichts aus. Die Böen wurden stärker, und das Meer, das mit Wucht zwischen die schwarzglänzenden Steine geworfen wurde, spritzte hoch auf. Erst als sie Salzwasser schmeckte, merkte sie, dass ihr Gesicht von Wasser benetzt war und ihre Hosen an ihr klebten.

Kurz darauf gelangte sie an eine Landspitze. Der flache Felsen, auf dem sie stand, war beinahe vollständig von Wasser umgeben. Um sie herum war nichts als der schwarzblaue Atlantik, wild und gefährlich. Bis heute wussten die Menschen nicht, welche Geheimnisse seine dunklen Tiefen bargen. Rieke hoffte, dass einige dieser Rätsel niemals gelöst würden. Die Erde ohne Geheimnisse konnte sie sich nicht vorstellen.

Über ihr hörte sie die Schreie der Möwen, die ihr Spiel mit dem Wind trieben und sich von ihm zu Boden schleudern ließen. Kurz vor dem Aufprall machten sie eine Kehrtwende, um erneut zum Himmel getragen zu werden. Wie gebannt beobachtete Rieke das gewagte Treiben, wurde mitgerissen von seiner Wildheit und Wahrhaftigkeit. Ihre Arme begannen zu prickeln, und einen Wimpernschlag lang hatte sie das Gefühl, als würde sich ihr Körper auflösen. In Nichts. In Luft. In Wind.

Wäre *er* jetzt doch bei ihr! Er würde es genauso lieben wie sie! Das allgegenwärtige leise *Warum* drängte sich in den Vordergrund, und da sie sich ihm hier so nah fühlte wie schon lange nicht mehr, gelang es ihr nicht, es zu ignorieren. Würde sie jemals den Grund erfahren, weshalb er sie verlassen hatte? Sie war ihm nicht einmal böse. Sie liebte ihn. So sehr, dass sie nur eines wollte: Er sollte glücklich sein. Und wenn er es mit ihr nicht war, so würde sie damit leben können. Sie hätte nur so gerne gewusst *warum*? Als er gesagt hatte, dass er sie liebte, hatte sie es geglaubt. Noch immer wollte sie es glauben.

Eine Träne stahl sich aus ihren Augen. Bevor sie an ihrer Wange herabgeperlt war, hatte der Wind sie bereits mitgenommen. Tief atmete sie die salzschwangere Luft ein, und ihre Gedanken kehrten in die Gegenwart zurück. Die Stelle, auf der sie stand, hatte unbestritten etwas Magisches. Ein winziges Fleckchen Erde, das in den tosenden Atlantik hineinragte und einem das Gefühl gab, winzig klein zu sein und trotzdem zu allem dazuzugehören.

Die Gischt hatte sie inzwischen vollständig durchnässt. Ihr Haar lag in schweren, feuchten Strähnen auf ihrem Rücken. Ein letztes tiefes Durchatmen, und sie wandte sich um. Es war Zeit zurückzugehen, denn ihre Schwester würde sich bald sorgen. Als sie aufsah, traf ihr Blick auf eine Felswand, die hinter den Klippen steil emporragte. Ohne dass sie einen Grund dafür hätte nennen können, näherte sie sich.

Völlig unerwartet tat sich vor ihr eine Art Höhle auf, die hoch und breit, aber nicht besonders tief war. Man hätte meinen können, eine riesige Hand hätte in die schroffe Wand gegriffen. Eine Oase in der Wildnis. Ein Schutz vor Wind, Regen und dem rauen Atlantik.

Sie vergaß zu atmen. Hier war es! Sie wusste es ohne jeden Zweifel. Dies war der Ort, den sie gesucht hatte!

Sie zwang sich, Luft zu holen und sprang auf den Boden der Höhle. Ihre bloßen Füße landeten in hellem, weichem Sand. Sofort verebbten die Geräusche von Wind und Meer. Andächtig lief Rieke an den Felsen entlang, die die Höhle schützend umgaben, ließ ihre Hände darüber gleiten und versuchte zu verstehen. Dieser Ort hatte auf sie gewartet. Aber warum? Niemals zuvor war sie hier gewesen, soviel war gewiss.

Angenehm warm war es hier. Sie ließ den Rucksack von den Schultern gleiten, streifte ihren Anorak ab und legte ihn zum Trocknen über einen Stein. Keinen Windhauch gab es. Kaum ein Geräusch. Auch der Regen würde diese Grotte nicht erreichen. Es war ein bezaubernder Platz. Sie setzte sich auf den Sand, lehnte sich an den Felsen hinter ihr und zog den Rucksack auf ihren Schoß. Nachdem sie einen großen Schluck Wasser getrunken hatte, knabberte sie eine Handvoll Sonnenblumenkerne. Schließlich streckte sie ihre

Beine aus und schloss die Augen. Aufmerksam horchte sie in sich hinein.

Sie war zur Ruhe gekommen. Endlich! Nichts war von dieser rätselhaften Sehnsucht geblieben. Auch gab es nicht das geringste Anzeichen dafür, dass irgendetwas sie weitertrieb. Hier war das Ziel! Gedankenverloren ließ sie den Sand durch ihre Finger rieseln. Wieder war da dieses merkwürdige Gefühl, als würde sie sich auflösen. Diesmal nur eine vage Andeutung. Beinahe wünschte sie, es würde tatsächlich passieren. Es schien nichts Unangenehmes zu sein. Doch bevor sie dieser Empfindung nachspüren konnte, war sie verschwunden. Sie öffnete die Augen. Über ihr der mächtige Fels, der sie schützte, vor ihr der Blick über die Klippen. Direkt in den Himmel. Dahinter der offene Ozean, den sie nur erahnen konnte.

„Warum bin ich hier?" Sie blinzelte schläfrig. Die Müdigkeit übermannte sie so plötzlich wie eben noch dieses Gefühl, zu Wind zu werden. Träge ließ sie sich an dem Stein hinabgleiten und bettete ihren Kopf auf den Rucksack. Es war schön hier. Wunderschön. Ein wenig wie Heimkommen.

Ich wünschte, ich könnte es verstehen, dachte sie noch, bevor ihr die Augen zufielen.

Rieke hatte eben den Innenhof des *Chez Louise* betreten, als Marla ihr, das Handy in der Hand schwenkend, entgegenlief.

„Da bist du ja! Ich wollte schon losziehen, um dich zu suchen! Henni ist am Telefon und will dich sprechen!" Sie drückte ihr das Gerät in die Hand und bückte sich nach Monsieur, der bereits, nach Aufmerksamkeit heischend, um Riekes Beine strich.

„Ist was passiert, Henni?" Rieke setzte sich auf die Holzbank, die ihr letzte Nacht als Bett gedient hatte.

„Nein, nichts Schlimmes! Ich will nur wissen, wo die Mäusefalle ist. Die Lebendfalle, die du im Sommer aus dem Wildpark mitgebracht hast. Ich finde sie nicht."

„Oh. Ist die Maus wieder aufgetaucht?"

„Allerdings! Papa und ich haben gestern Abend die Kisten im Keller durchgesehen. In einer von ihnen hatte sie sich ein gemütliches Nest gebaut."

„Die Arme!", bemerkte Rieke, voller Mitgefühl für die Maus.

„Von wegen *die Arme*!", entgegnete Henni ungerührt. „Sie hat Notenhefte angeknabbert. Glücklicherweise scheint sie eher auf Schubert zu stehen als auf Bach. Wo ist denn nun die Falle?"

„Sie steht im Fahrradschuppen auf dem Regal. Willst du nicht warten, bis ich wieder zuhause bin? Es sind nur ein paar Tage."

„Damit sie noch mehr Schaden anrichtet? Nein, danke. Ich lege Speck hinein und hoffe, dass wir sie endlich fangen."

„Falls ihr sie habt, dann bringt sie bitte in den Wald", bat Rieke, die die Maus ehrlich bedauerte. Sicher hatte sie nur ein warmes Bett für den Winter gesucht. „Wie geht es Rusty?"

„Ihm geht es sehr gut, keine Sorge. Obwohl es bei uns in einer Tour regnet, bin ich Stunden mit ihm unterwegs und jedes Mal pitschnass. Ich bin froh, dass er hier ist. Wie ist es bei euch so? Marlas glückseliges Gesicht kann ich fast durchs Telefon sehen. Was ist mit dir? Geht es dir gut?"

„Es geht mir sogar sehr gut, Henni. Es ist wundervoll hier."

Als sie kurze Zeit später Marla das Handy reichte, steckte diese es in ihre Hosentasche und setzte sich neben sie.

„Du warst viel länger fort, als ich gedacht habe! Ich wollte dir gerade entgegengehen, als Henni anrief. Sie hatte es bei dir probiert, aber vermutlich hast du dein Telefon ausgeschaltet, nicht wahr? Kelian und Luc sind schon in der Küche. Du glaubst gar nicht, wie gut es dort duftet! Mein Magen knurrt, seitdem ich es gerochen habe. In der Nebensaison ist montags Ruhetag, da kommen keine Gäste und wir sind unter uns. Kelian hatte heute früh einen guten Fang. Das ist im Herbst nicht immer selbstverständlich, meinte er. Wo warst du denn gewesen? Hast du den Rückweg problemlos gefunden? War es okay, so ganz alleine?"

Rieke wartete einen Moment, um sicher zu sein, dass Marlas Redefluss zu Ende war.

„Es war einzigartig schön", erzählte sie dann. „Ich bin über die Klippen geklettert. Ich hatte immer das Bedürfnis, stehenzubleiben und zu schauen."

„Genauso ging es mir im Sommer, als ich zum ersten Mal hier war. Kelian hat mir viele dieser hübschen Fleckchen gezeigt!"

„Morgen fährst du mit ihm raus?"

Marla zögerte. „Nur, wenn es dir recht ist. Ich könnte dir auch zeigen …"

„Auf keinen Fall!", rief Rieke. „Das ist lieb gemeint, Marla, danke. Aber ich freue mich darauf, alleine am Strand zu wandern und die Klippen zu erkunden. Ich fühle mich gut und brauche nichts anderes."

„Wirklich? Und du grübelst nicht die ganze Zeit darüber nach, dass …"

Rieke schüttelte lachend den Kopf. „Überhaupt nicht, glaub mir. Irgendwie – er ist ganz weit weg, weißt du? Es gab heute nur einen ganz kleinen Augenblick, aber das war in Ordnung. Es gibt hier so viele Dinge, die mich beschäftigen, dass er – Waldemar – mein Denken und Fühlen nicht mehr bestimmt. Ich kann dir nicht sagen, weshalb es so ist. Ich weiß es ja selbst nicht. Aber es ist der Grund dafür, dass es mir so gut geht, wie schon lange nicht mehr."

Marla glaubte ihr. Seit Wochen hatte Rieke nicht mehr so froh ausgesehen. Außerdem hatte ihre Schwester zum ersten Mal wieder seinen Namen ausgesprochen. Das war ein gutes Zeichen, entschied Marla.

„Gut. Ja, dann fahre ich mit Kelian zum Fischen hinaus. Noch vor der Morgendämmerung, wenn es gerade am allerschönsten im Bett ist, werde ich aufstehen und dich beneiden."

Ihre Miene verriet, dass sie sich trotzdem darauf freute. „Das Frühstück wird für dich im Gastraum bereitstehen. Luc hat versprochen, dir Tee zu kochen."

„Ich will nicht, dass Kelians Familie mich bedient, Marla. Ich kann mir selbst ein kleines Frühstück machen."

Marla gluckste vergnügt. „Ich habe versucht, Luc zu erklären, dass du nicht sonderlich begeistert sein wirst. Aber er besteht darauf."

Rieke erhob sich seufzend von der Bank. Sie hasste es, jemandem zur Last zu fallen. Während sie zum Haus liefen, legte Marla den Arm um sie.

„Luc mag dich sehr", sagte sie leise. „Er ist ein ganz besonderer Mensch. Ein wenig wie du."

Kapitel 4

Henni hörte einen lauten Rumms und ließ das Buch in den Schoß sinken. Ihr Kopf war voller Zahlen und Formeln, und wie immer, wenn sie in die faszinierende Welt der Mathematik abtauchte, brauchte sie eine Weile, um aus der Versenkung wieder auf den Boden der Gegenwart zu gelangen. Ihr Vater hatte ihr das Buch zum Geburtstag geschenkt. Sie musste zugeben, dass sie es bis vor zwei Tagen aus Trotz nicht näher angesehen hatte, obwohl es ihr unter den Fingern brannte, darin zu blättern. Sie liebte die Mathematik, und nun, da sie beschlossen hatte, dass es an der Zeit war, ihrem Vater eine Chance zu geben und sein Geschenk anzunehmen, konnte sie das Buch kaum noch aus der Hand legen.

Wieder tat es einen Schlag. Rusty lag in seinem Korb und beobachtete sie mit schläfrigen Augen. Als es zum dritten Mal rummste, sprang sie von der Couch und spähte zum Fenster hinaus. Der Regen hatte aufgehört. *Na super*, dachte sie und betastete ihre Zöpfe, die noch immer feucht waren. Hätte es eine Stunde eher zu regnen aufgehört, so wäre sie nicht schon wieder pitschnass geworden.

Eine Windbö fegte durch den Garten, als es abermals scheppterte. Es hörte sich an, als würde draußen eine Tür schlagen. Henni seufzte. Nun gut, dann würde sie eben rausgehen. Sie wollte ohnehin nach der Mausefalle sehen, das würde sie gleich miterledigen. Unwillkürlich sah sie zum Klavier, wo auf dem Notenhalter ein altes, vergilbtes Notenheft stand. Erfreulicherweise hatte dieses nicht gelitten.

„Warte nur ab", murmelte sie grimmig, während sie ihre Schuhe band. „Ich kriege dich, du wirst sehen!"

Kaum hatte sie die Haustür geöffnet, kam Rusty träge angelaufen. Vor der Schwelle blieb er stehen. Unschlüssig.

„Keine Panik, wir gehen nicht schon wieder spazieren. Geh zurück in dein Körbchen." Wieder eine Windbö, und sie fuhr zusammen, als die Tür vom Fahrradschuppen gegen die Gebäudewand krachte. Zügig überquerte sie den Hof und verschwand in dem Nebengebäude, wo nicht nur die Fahrräder standen, sondern auch Werkzeuge und allerhand andere Gerätschaften. Die Falle hatte sie schnell gefunden. Sie nahm sie vom Regal und drehte sie in den Händen. Sich vorzustellen, dass sich eine Maus darin befand, die sie in den Wald bringen und dort aussetzen sollte, behagte ihr nicht sonderlich. Nicht, dass sie sich vor Mäusen fürchtete, aber sie ekelte sich vor ihnen. Sie wünschte, Rieke wäre hier. Ihre Schwester würde das Tier mit einem zärtlichen Leuchten in den Augen in den Wald tragen und ihm dabei eine Geschichte erzählen.

Als Henni den Schuppen verließ, achtete sie sorgsam darauf, dass die Tür ins Schloss fiel und nicht erneut Opfer des Windes wurde. In dem Augenblick, da sie sich umwandte, um ins Haus zurückzugehen, sah sie ihn sitzen.

Auf den ersten Blick sah er aus wie ein Knabe von etwa zwölf Jahren, gekleidet in Jeans, Turnschuhe und dunkelgrüner Jacke. Henni hob überrascht die Augenbrauen. Vor ein paar Sekunden war er noch nicht dagewesen. Sie hätte ihn sehen müssen. Er saß auf der kleinen Mauer neben dem Gartentor, die Beine unbekümmert baumelnd, und streichelte Rusty, der sich wie verrückt gebärdete und an ihm hochzuspringen versuchte. Keine Spur mehr von Müdigkeit.

„Du bist ja ein freundlicher Kerl", hörte sie den Jungen sagen. Neugierig trat sie näher, und der Fremde hob den Kopf.

„Hallo!", begrüßte er sie vergnügt und rutschte von der Mauer. Verblüfft stellte Henni zwei Dinge gleichzeitig fest. Er war erstens ein ordentliches Stück kleiner als sie und zweitens längst nicht so jung, wie sie angenommen hatte. Sein Alter zu schätzen fiel ihr allerdings nicht leicht. Mitte zwanzig? Vielleicht aber auch Anfang oder Ende zwanzig, dachte sie verwirrt. Für einen Mann war er außergewöhnlich feingliedrig. Sein Gesicht war schmal, beinahe ein wenig zu spitz, um hübsch zu sein. Es schien ihm nichts auszumachen, dass sie ihn so ungeniert musterte. Ganz im Gegenteil.

„Nochmal: Hallöchen!" Er grinste, als amüsierte er sich prächtig.

„Hallo", sagte sie und gab Rusty ein Zeichen, worauf er sich neben sie setzte. „Wer bist du? Und was machst du hier, auf unserer Mauer?"

Seine Augen, deren Farbe sie an das Moos erinnerte, das sie vorhin im Wald gesehen hatte, funkelten.

„Ich heiße Gawain. Als ich euer Haus bewundert habe, kam dein Hund rausgelaufen und hat mich begrüßt."

„Weshalb hast du das Haus bewundert?", wollte Henni wissen und ahnte die Antwort, bevor sie den Satz beendet hatte.

„Es ist sehr hübsch! Vor allem ist es sehr bunt. Es hebt sich definitiv von den anderen Häusern ab."

Henni zog eine Grimasse. Solche Bemerkungen hatte sie schon oft gehört.

„Meine Mutter mag es lebhaft!", erklärte sie ohne große Begeisterung. Dann: „Wie, sagtest du, ist dein Name? *Gawain*? Klingt seltsam. Außergewöhnlich."

„Ja, das ist er wohl. Er bringt ein wenig frischen Wind in das tägliche Einerlei der Namen." Er kicherte, als hätte er einen Witz gemacht. Den Henni nicht verstand.

„Und wie ist *dein* Name?" Erwartungsvoll sah er sie an.

„Henni."

„Ist doch auch ganz in Ordnung."

„Danke", sagte sie trocken. Sie fand ihn interessant und ziemlich unterhaltsam. Wenn auch ein wenig merkwürdig. Rusty mochte ihn offensichtlich. Rieke hatte vor einiger Zeit gesagt, dass der kleine Hund instinktiv wusste, ob jemand vertrauenswürdig war. Also konnte Gawain so schlimm nicht sein.

„Was ist das?" Der junge Mann fixierte die Mäusefalle, die sie noch immer in den Händen hielt.

„Ach", meinte sie und rümpfte die Nase, „wir haben seit Monaten eine Maus im Keller. Bislang hat sie sich nicht einfangen lassen. Aber sie muss weg, sonst frisst sie mir noch den *Bach* auf. Ich probiere es noch mal und hoffe, sie hat mehr Appetit auf Speck."

„Ihr habt einen Bach im Keller?" Er sah sie an, als würde er an ihrem Verstand zweifeln. „Wieso sollte sie ihn essen? Daraus trinkt man."

Henni kicherte. Die Unterhaltung begann ihr Spaß zu machen.

„Wir haben keinen Bach im Keller! Ich meine die Klaviernoten von *dem* Bach. Johann Sebastian."

Gawain hob die Schultern. „Nie gehört."

„Lebst du hinterm Mond?"

Anstatt zu antworten, deutete er auf den kleinen Käfig. „Wird es ihr wehtun?"

„Du hörst dich an wie meine Schwester! Nein, es ist eine Lebendfalle. Wenn die Maus an den Speck geht, klappt sie zu, und ich bringe sie in den Wald. Rieke sagte, weit genug weg, damit sie den Weg zurück nicht findet."

„Rieke ist deine Schwester?", fragte er interessiert.

Henni nickte. „Sie ist die Älteste von uns."

„Ich könnte versuchen, die Maus einzufangen", schlug Gawain vor. „Dann wärst du sie sofort los und müsstest dich nicht mehr um den Bach sorgen."

Henni musterte ihn argwöhnisch. „Kannst du das?"

Ein spitzbübisches Grinsen erschien auf seinem Gesicht. „Ich denke, ja!"

Sie zögerte. Mama würde ihr etwas erzählen, wenn sie wüsste, dass sie einen Fremden ins Haus ließe. Aber Gawain schien wirklich harmlos. Außerdem war da noch Rusty, der zwar klein war, aber sie mit seinen spitzen Zähnen verteidigen würde, falls es sein musste. Und wenn das mit der Maus tatsächlich klappte, dann hätten sie endlich Ruhe.

Plötzlich lachte sie auf und schlug sich die Hand gegen die Stirn. Wie blöd war sie eigentlich? Sie war ja gar nicht alleine! Noch immer hatte sie sich nicht daran gewöhnt, dass ihr Vater wieder bei ihnen lebte.

„Komm mit!", forderte sie Gawain auf, der ihren Ausbruch verdutzt beobachtet hatte.

Mit Rusty auf den Fersen betraten sie das Haus. Henni lief zur Treppe. „Lorenz, ich habe Besuch! Wir sind im Keller und fangen die Maus!"

„Viel Erfolg!", tönte es von oben.

„Wer ist Lorenz?", wollte Gawain wissen, als sie die Treppen in den alten Gewölbekeller hinabliefen.

„Mein Vater."

„Nennt man seinen Vater nicht *Papa* oder *Vater* oder so etwas?"

„Ach, das ist eine lange Geschichte." Sie öffnete eine Tür und spähte hinein. „Hier drinnen war sie." Sie zeigte auf einen Karton, der neben anderen im untersten Regal stand. „In dieser Kiste hat sie gewohnt. Ich habe die ganzen Papierschnipsel entfernt, aus denen sie sich ihr Nest gebaut hatte."

„Armer Pius", murmelte Gawain so leise, dass Henni die Worte nicht verstehen konnte, und sah sich um.

Während er den Raum absuchte, der mit allen möglichen Dingen – einige nützlich, die meisten überflüssig – vollgestellt war, beobachtete sie ihn. Sein mittelbraunes Haar stand ihm wirr vom Kopf und schimmerte unter dem Licht der Kellerfunzel rötlich. In seine Miene war ein konzentrierter Ausdruck getreten, als sei er ernsthaft darum bemüht, das Tier zu finden. Er machte merkwürdige, kehlige Geräusche und kroch in jede unübersichtliche Ecke. Schließlich murmelte er erneut etwas vor sich hin und richtete sich auf. Sein Haar war voller Spinnweben, in seinen Augen aber las sie stillen Triumph. Er hielt ihr seine Hände hin, die er schützend um etwas gewölbt hatte. Ungläubig starrte sie ihn an.

„Du hast sie nicht wirklich, oder?"

„Du glaubst mir nicht? Sieh her!" Vorsichtig hob er einen Daumen an, und sofort erschien eine spitze, graue Nase, dahinter zwei stecknadelgroße Augen.

„Das ist ja – unfassbar!", rief Henni begeistert. „Du bist unglaublich! Wie hast du das gemacht?"

„Ich habe mit ihr gesprochen." Wie er es sagte, klang es, als sei es nichts Besonderes. Zärtlich strich er dem Tierchen über den Kopf. „Nicht wahr, Pius?"

„Pius?"

„So habe ich sie eben getauft. Passt zu ihr, oder?"

Henni betrachtete die Maus, die sich in seinen Händen recht wohl zu fühlen schien. „Hm, findest du? Pius ist ein Männername."

„Dann heißt sie eben Pi. Besser?"

Henni nickte und grinste breit. Pi fand sie super. Ob er wusste, dass Pi eine mathematische Konstante war? Sie wagte nicht, ihn zu fragen. Wer Bach nicht kannte, konnte vermutlich mit Pi ebenso wenig anfangen.

„Wenn du möchtest, bringe ich Pi in den Wald", sagte er eifrig. „Tief in den Wald, wie deine Schwester es aufgetragen hat."

„Das würdest du tun?"

„Klar. Ein kleiner Spaziergang, mehr nicht." Behutsam steckte er die Maus in die Tasche seiner Jacke. „Oder meinst du, sie will die Maus lieber selbst in Sicherheit bringen?"

Henni schüttelte den Kopf. „Rieke ist gar nicht hier. Meine Schwestern sind in die Bretagne gereist, wo der Freund von Marla lebt. Marla ist die Mittlere von uns."

„In die Bretagne?" Gawain hatte überrascht die Augen aufgerissen.

„Genau", bestätigte Henni und fügte hinzu: „Das ist in Frankreich. An der Küste."

„Ich weiß, wo das ist. Ich war schon dort. War ziemlich cool, dieser Ausflug. Eine stürmische Angelegenheit."

Die Erinnerung an diese Reise ließ seine Augen leuchten. Es schien dort nicht übel gewesen zu sein. Das nächste Mal, wenn Marla ihren Freund besuchte, würde Henni sie darum bitten, sie begleiten zu dürfen.

„Dann gehe ich jetzt mal und bringe Pi fort."

Sie verließen den Kellerraum, und als Henni hinter Gawain die Treppe hochstapfte, hatte sie plötzlich gar keine Lust, ihn gehen zu lassen. Sie mochte ihn. Er war witzig, sagte lustige Dinge und schien das Leben nicht allzu ernst zu nehmen. Sie fand ihn bemerkenswert unterhaltsam.

„Du kennst Bach wirklich nicht?"

Er stand vor der Haustür, die Hand auf der Klinke, und zuckte die Achseln. „Nie gehört."

„Soll ich dir was von ihm vorspielen? Vielleicht kennst du ja seine Musik."

„Gerne."

Er folgte ihr durch den großen Wohnraum zum Klavier und sah sich neugierig um. Henni setzte sich vor das Instrument und begann zu spielen. Es war ein einfaches, aber bekanntes Menuett, das sie inzwischen recht gut beherrschte. Sie wollte sich ja nicht blamieren! Gawain hatte sich an das Klavier gelehnt, sah zum Fenster hinaus und streichelte gedankenverloren die Maus in der Tasche.

„Das war schön", sagte er, als sie das Stück fertig gespielt hatte und auf seinen Kommentar wartete. „Ich glaube sogar, ich habe es schon mal gehört. Aber das ist sehr lange her. Darf ich mal probieren?" Zögernd streckte er einen Finger aus.

„Nur zu." Sie beobachtete amüsiert, wie er auf eine Taste tippte. Zaghaft. Dann noch einmal.

„Magst du dich setzen?" Sie erhob sich und er setzte sich auf den Hocker.

Sofort legte er seine Hände auf die Tasten und drückte sie alle gleichzeitig. Ein ziemlich lauter und nicht besonders harmonischer Klang ertönte.

„Wow!", rief Gawain, offensichtlich angetan, wartete einen Augenblick und begann zu spielen. Wahllos drückte er schwarze und weiße Tasten hinunter, schlug immer wieder mehrere gleichzeitig an und schien sich kein bisschen daran zu stören, dass der Lärm, den er machte, mit Musik nicht das Geringste zu tun hatte. Versunken in sein Spiel mit Tönen und Klängen wuchs mit seiner Begeisterung auch die Lautstärke, die durchs Haus dröhnte.

Nun, dachte Henni und verzog das Gesicht, ein großes Genie war an ihm sicherlich nicht verlorengegangen. Im Augenwinkel sah sie Rusty die Treppe hochrennen. Sie nahm an, dass er in Riekes Zimmer Zuflucht suchte. Einen kurzen Moment spielte sie mit dem Gedanken, es ihm gleichzutun.

Endlich hob Gawain die Hände von den Tasten. Erwartungsvoll blickte er zu ihr herauf.

„Das war … das war … außergewöhnlich", stieß Henni hervor und hoffte, er würde kein weiteres Urteil von ihr verlangen.

„Das war es, nicht wahr?" Er stand auf, glättete sein verstrubbeltes Haar und brach unvermittelt in lautes Gelächter aus. „Das war das Schrecklichste, das ich je gehört habe! Aber es hat enorm viel Spaß gemacht! Danke, dass du es ausgehalten hast!"

Erleichtert stimmte Henni mit ein. „Wir könnten daran arbeiten", schlug sie vor und war davon überzeugt, dass sie Spaß haben würden.

„Nein, lieber nicht. Aber hin und wieder könnte ich dir beim Spielen zuhören. Es klingt wirklich toll!"

„Naja, so gut bin ich nun auch wieder nicht", räumte sie ein, fühlte sich aber geschmeichelt. „Mein Vater wird zukünftig mit mir üben." Plötzlich hatte sie eine Idee.

„Hast du Samstagabend Zeit? Ich mache mit ein paar Leuten zusammen Musik. Eigentlich wäre heute Bandprobe, aber weil einer der Jungs krank ist, haben wir sie verlegt. Ich singe und spiele Keyboard. Ich bin mir sicher, dass dir die Musik besser gefallen würde als der alte Johann Sebastian."

Gawain überlegte nicht lange und nickte.

„Dann sei um achtzehn Uhr hier. Hast du ein Fahrrad?"

„Habe ich nicht. Aber ich …"

„Macht nichts", unterbrach sie ihn. „Du kannst das von Lorenz nehmen."

Vergnügt sah sie ihm hinterher. Er schloss das Gartentor hinter sich, winkte ihr ein letztes Mal zu und verschwand aus ihrem Blickfeld. Summend lief sie die Treppen hinauf, um nach Rusty zu sehen.

„Hat das arme Klavier den Anschlag überlebt?", hörte sie ihren Vater aus dem Arbeitszimmer rufen.

Sie kicherte. „Ja, aber nur knapp!"

Sie fand den kleinen Hund friedlich schlummernd auf Riekes Bett, setzte sich zu ihm und kraulte ihn hinter den Ohren.

„Was für ein verrückter Kerl", murmelte sie, noch immer lachend. „Weißt du, Rusty, hätte der Wind vorhin nicht die Schuppentür aufgeschlagen, dann hätte ich ihn gar nicht kennengelernt. Das wäre ziemlich schade gewesen. Gawain." Sie hörte dem Klang des Namens hinterher. Etwas eigenartig war er schon. Der Name. Aber auch Gawain selbst, fand sie. Er war anders als alle Jungs, die sie kannte.

Was wohl Darius sagen würde, wenn sie jemanden zur Probe mitbrachte? Ihr Lächeln erstarb auf der Stelle. Dass sie mit Darius Schluss gemacht hatte, bevor es ernst wurde, war richtig gewesen. Das versicherte sie sich jeden Tag aufs Neue. Auch den Grund dafür fand sie noch immer plausibel. Die Band und die Musik waren ihr wichtig. So wichtig, dass sie ihr Zerbrechen nicht riskieren wollte. Mit Darius zusammen zu sein, wäre daher keine gute Idee. Was, wenn es nicht halten würde? Es würde alles kaputtmachen.

Darius hatte behauptet, er würde ihre Beweggründe verstehen. Er hatte aber auch gesagt, dass sie bereit wäre, das Risiko einzugehen, wenn er ihr wirklich etwas bedeutete. Demnach hatte er den Schluss gezogen, dass sie längst nicht so verliebt in ihn war, wie er in sie.

Aber das war sie. Mehr als je zuvor. Und jede Bandprobe machte ihr deutlich, dass sich daran so schnell nichts ändern würde. Die Blicke, die er ihr zuwarf, wenn er dachte, sie sähe es nicht, bereiteten ihr ein solches Kribbeln im Bauch, dass sie sich kaum auf die Musik konzentrieren konnte. Aber sie hatte sich entschieden. Seufzend verbannte sie den Gedanken an Darius in den Hintergrund und nahm ihr Handy aus der Hosentasche.

Die Maus ist ausgezogen, schrieb sie ihren Schwestern. *Ich brauchte die Falle gar nicht aufzustellen, denn ich habe jemanden kennengelernt, der hat sie tatsächlich mit der Hand gefangen! Er hat sie angelockt, und sie ist rausgekommen. Ist das nicht unglaublich? Es war ihm sehr wichtig, dass ihr nichts geschieht. Stellt euch vor, er gab ihr sogar einen Namen! Sei also beruhigt Rieke, es geht ihr gut!*

„Wollen wir?" Lorenz stand am Türrahmen.

„Klar!" Sie strich Rusty ein letztes Mal über den Kopf und folgte ihrem Vater ins Erdgeschoss. Die Noten lagen bereits wartend auf dem Klavier.

Sobald Gawain aus Hennis Sichtweite war, nahm er die Maus aus der Tasche und hielt sie in Augenhöhe.

„Mannomann, Pius", raunte er. „Das hätte ganz gehörig schiefgehen können! Irgendwann hättest du dem Speck nicht mehr widerstehen können und wärest in dieser Falle gelandet. Es gibt Mäuse, die überleben diesen Schock nicht!"

Vorsichtshalber würde er ihn mitten im Wald aussetzen. Zugegeben, dort gab es nicht solch warme, geschützte Plätzchen wie in diesem Keller, aber Pius würde etwas finden, wo er sich den Winter über verkriechen konnte. Das war haarscharf an einer Katastrophe vorbeigegangen! Wie gut, dass Henni ausgerechnet jetzt die Falle aus dem Nebengebäude geholt hatte. Zärtlich drückte er Pius an seine Wange. Ob Männlein oder Weiblein, das war ihm immer egal gewesen. Dieser Pius war ein Mäuserich. Aber es waren schon etliche Mädels darunter gewesen.

Bevor er vor mehr als hundert Jahren Arvids Wirkungsbereich übernommen hatte, hatte er nie einen Tier- oder Baumgefährten gehabt. Doch bereits am ersten Tag, als er durch den mächtigen Wald gestreift war und den Bäumen gezeigt hatte, dass von nun an ein neuer Wind wehte, hatte er Pius getroffen. Die vorwitzige Maus war ihm damals über den Weg gelaufen und hatte sich ihm entgegengestellt. Dort, wo

Gawain hergekommen war, hatte es so etwas wie Mäuse nicht gegeben. Neugierig hatten sie sich beäugt. Sie hatten einander auf der Stelle gemocht, und es war keine Woche vergangen, da waren sie zu Gefährten geworden. Das Tier gewährte ihm Schutz, wann immer er Ruhe brauchte. Während des Winters wohnte er einige eiskalte Wochen lang in seinem warmen, weichen Körper.

Natürlich war der jetzige Pius nicht mehr jener von damals. Unzählige Generationen lagen dazwischen. Aber er war einer seiner leiblichen Nachfahren, und das allein machte ihn genauso besonders wie alle anderen vor ihm. Dass sein Tiergefährte so nahe bei den Menschen lebte, hatte Gawain jener Maus zu verdanken, die vor vielen Jahren aus dem Wald geflohen war. Damals hatte es im Herbst ununterbrochen geregnet, und Pius hatte die Nase voll von nassen, kalten Löchern im Waldboden. So hatte er beschlossen, sich eine neue Bleibe zu suchen und war im Keller dieses Hauses fündig geworden. Zu dieser Zeit lebte dort eine alte Dame, die glücklicherweise selten den Weg in den Keller fand. Sie verbrachte ihre Tage, indem sie Schüler auf dem Klavier unterrichtete. In den Wochen der Winterruhe hatte Gawain der Musik gerne zugehört. Am liebsten aber war es ihm gewesen, wenn die Dame alleine gewesen war und dem Instrument wundervolle Töne entlockt hatte.

Seitdem verbrachte er die Zeit – jene, in der der Nordwind das Zepter schwang – im geschützten Keller. Er kicherte. In der Kiste und dem Bett aus Notenpapierschnipseln war es außerordentlich behaglich gewesen.

„Aber das ist jetzt vorbei", sagte er zu Pius, der inzwischen auf seiner Schulter saß. „Wo auch immer du bist, ich werde dich finden." Bei dem Wort *finden* fiel ihm mit einem Schrecken Borg ein. Hastig nahm er die Maus von der Schulter und setzte sie auf den Boden.

„Such dir was Nettes, Kumpel. Wir sehen uns."

Er verwandelte sich, brachte das welke Laub der Bäume zum Tanzen und stürmte los. Nach Norwegen.

57

„Ich weiß, wo sie ist", erstattete er schnaufend Bericht. „Sie befindet sich in der Bretagne, zusammen mit ihrer Schwester."

Allein um den verblüfften Ausdruck in der Miene seines Fürsten zu sehen, hatte sich dieser Auftrag gelohnt. Neben so einigem anderen. Klavierspielen zum Beispiel und einer sehr amüsanten Bekanntschaft.

Eine ganze Weile sagte Borg nichts. Dann:

„Wiederhole das bitte." Es klang, als fiele ihm das Sprechen schwer.

„Rieke, so heißt die junge Dame, ist mit ihrer Schwester – das ist jene Brünette, die wir im Sommer bereits kennengelernt haben – in die Bretagne gereist. Wenn du mehr darüber erfahren möchtest, könnte ich Torin …"

„Die Information reicht völlig aus. Danke, Gawain." Borg nickte ihm zu.

Somit war der Auftrag erledigt und er selbst entlassen. Jetzt konnte er sich auf das konzentrieren, was vor ihm lag. Eine Bandprobe! Das klang aufregend. Menschen interessierten ihn sehr, vor allem, wenn sie jung waren. Noch nie hatte er mit einem von ihnen gesprochen. Bis heute. Fahrrad fahren wollte sie mit ihm. Er hatte keinen Schimmer, wie man sich auf so einem Ding fortbewegte. Nun, darüber würde er sich den Kopf zerbrechen, wenn es soweit war.

Er rauschte über den Waldboden, einen Wirbel aus trockenen Blättern hinter sich lassend. Weiter vorne entdeckte er einen Spaziergänger. Übermütig glitt er an ihm vorbei und warf ihm den Hut vom Kopf.

Es war gekommen, wie es kommen musste. Das Unvermeidliche würde geschehen. Womöglich war es bereits passiert. Ganz ohne sein Zutun. Er sollte zufrieden sein.

Auf der einen Seite war er es. Denn seit jenem Tag im Sommer, als er zum ersten Mal die menschliche Gestalt des bretonischen Windbruders gesehen und er auf der Stelle gewusst hatte, was Sache war, war es nur eine Frage der Zeit gewesen, bis sich alles fügte.

Aber weshalb schmerzte es so sehr? Warum drohte sein Seelenwesen zu zerbrechen, wenn er sich vorstellte, dass sie sich begegneten? Er verstand es einfach nicht, so sehr er auch grübelte. Ein Windbruder traf auf seine Windbestimmte. Das hatte es schon immer gegeben.

Borg selbst hatte jetzt nichts mehr mit der Sache zu tun. Er hatte nichts mehr mit *ihr* zu tun. Vielleicht – wenn einige Zeit verstrichen war und er ein wenig Abstand gewonnen hatte – würde er erkennen, weshalb er sich so hatte irren können.

Viel hätte nicht gefehlt, und er hätte laut und zornig aufgeschrien. Erst im letzten Augenblick riss er sich zusammen. Es war Oktober. Ein Wutausbruch des Nordwinds war vollkommen unangemessen. Während er überlegte, ob er nicht ganz nach Norden reisen sollte, dorthin, wo er sein konnte, wer er war, und wo sich niemand daran störte, wenn wütend ein eisiger Wind über die Landschaft preschte, erreichte ihn eine Nachricht aus Sibirien.

***

Ein Lied vor sich hin summend, befreite Rieke ihre Füße vom Sand und schlüpfte in die Turnschuhe. Der Tag war schön gewesen. Die schwere Wolkendecke hatte sich ins Land verzogen, und die Sonne hatte bereits am Morgen das Meer Funken sprühen lassen. Die Luft war kühl, aber sie hatte ja gestern diese besondere Stelle gefunden. In deren Schutz hatte sie fast den ganzen Tag verbracht. Hin und wieder war sie über die Klippen geklettert, hatte sich vom Wind durchpusten lassen und war wieder in die Grotte zurückgekehrt. Auch beim zweiten Mal hatte dieser Ort nichts von seiner Faszination verloren. Und morgen – sie lächelte, als sie die Treppen zur Düne hinauflief – würde sie wieder hingehen. Sie hatte nicht die geringste Lust, etwas anderes zu unternehmen.

Auf der Düne angekommen, drehte sie sich noch einmal um. Nur noch wenige Minuten, und die Sonne, ein großer, glühender Ball, würde auf den Horizont sinken. Der Strand war menschenleer.

„Bis morgen", sagte Rieke, die Nase erfüllt von Seeluft. „Ich komme wieder."

Während sie über den Pfad zum *Chez Louise* lief, kramte sie ihr Handy aus dem Rucksack und schaltete es ein. Marla hatte gestern Abend noch angekündigt, sie würde heute ein paar Fotos vom Fischen schicken. Sobald das Gerät Empfang hatte, piepste es auch schon, und Rieke tippte auf die Nachrichten. Marla hatte nichts geschickt, dafür aber Henni. Sie begann zu lesen und blieb stehen. Ungläubig las sie es ein zweites, dann ein drittes Mal. Noch immer stand sie wie versteinert. Das Blut rauschte in ihren Ohren.

Das konnte nicht sein! War er zurückgekommen? Hatte er sie sehen wollen? Und sie? Sie war nicht da gewesen. Das Handy glitt ihr aus den Händen und fiel zu Boden. Bebend hob sie es auf und packte es weg.

Sie stand vor dem Fenster und versuchte vergeblich, mit der Bürste ihr Haar zu entwirren, als Marla eintrat.

„Wie war dein Tag?", rief sie fröhlich, trat auf Rieke zu und nahm ihr die Bürste aus den Händen. Mit geschickten Bewegungen fuhr sie durch die langen Strähnen und half mit den Fingern nach, wo die Borsten nicht durchfanden.

„Es war schön. Und bei euch?"

Marla erzählte vom Aufstehen bei Morgendämmerung, vom Fischen bei Sonnenaufgang, von Kelian, der in seinem Element gewesen war, und von dem weniger schönen Teil des Fischfangs, nämlich die Tiere zu töten und auszunehmen. Während sie sprach, legte sie eine Strähne nach der anderen über Riekes Schulter.

Rieke schüttelte sich.

„Ich weiß, dass du das schrecklich findest. Aber das Ausnehmen gehört nun mal dazu, wenn ich Köchin werden möchte." Marla zog die Nase kraus. „Das Fischen selbst hat mir Spaß gemacht. In der Stille und der Weite da draußen fühlt man sich zwar winzig, aber irgendwie auch groß."

„Ich weiß, was du meinst. Dasselbe Gefühl hatte ich, als ich über die Klippen geklettert bin und plötzlich auf einem Felsen stand, wo außer Wasser und Wind nichts um mich herum war. Es war überwältigend."

„Die Stelle kenne ich! Kelian hat sie mir gezeigt. Sie hat etwas Magisches, Wildes."

Sie schwiegen, bis Marla auch die letzte Strähne entwirrt hatte. Ohne ihre Schwester zu fragen, flocht sie ihr das Haar zu einem dicken Zopf. Als sie fertig war, nahm sie Rieke bei den Schultern, drehte sie zu sich herum und sah sie prüfend an.

„Du hast Hennis Nachricht gelesen?"

Rieke nickte. Plötzlich war der Kloß wieder da. „Ich kenne nur einen einzigen Menschen, der eine Maus mit Worten aus ihrem Versteck locken könnte."

„Ich kenne zwei", entgegnete Marla, und Rieke wandte überrascht den Kopf. „Natürlich du, Rieke. Vielleicht hast du es noch nie versucht, aber ich bin mir sicher, auch du könntest sie ohne Falle einfangen."

Rieke hob die Achseln. „Meinst du, es war Waldemar? Du hast ihn kennengelernt. Wäre es vorstellbar?"

„Ich weiß es nicht", gab Marla zu. „Es ging mir wie dir. Ich dachte auch sofort an Waldemar. Aber dann … Irgendwie passt es nicht zu ihm, einfach zu erscheinen und einen Smalltalk mit Henni zu machen."

„Ja, nicht wahr?" Schließlich sagte sie erstickt: „Aber vielleicht war er es ja doch. Ich wünsche mir so sehr, dass er es war."

Marla zog sie an sich. „Ich weiß. Ich würde mir auch wünschen, dass er es war."

„Ich war mir so sicher, dass er mich liebt." Riekes Stimme brach. „Tief in meinem Herzen glaube ich es noch immer. Das ist dumm, oder?"

Marla hielt sie fest umschlungen. „Er liebt dich, Rieke. Ich weiß es, denn er hat es mir gesagt. Ich habe nie daran gezweifelt."

„Aber weshalb ist er dann gegangen?"

„Ich habe keine Ahnung. Aber weißt du: Es gibt … Menschen, die ein Geheimnis haben. Vielleicht ist es auch bei ihm so."

Rieke machte sich von Marla los und wischte sich die Tränen aus dem Gesicht. „Über sich selbst hat er selten gesprochen. Ich habe vermutet, dass es etwas gab, das er verschwieg. Aber ich war so sicher, dass er es mir irgendwann erzählen würde. Meinst du, er hat mir nicht ausreichend vertraut?"

Marla schüttelte energisch den Kopf. „Das ist es ganz bestimmt nicht. Aber vielleicht durfte er nicht darüber sprechen."

„Ja, mag sein", nickte sie und schnäuzte sich die Nase. „Ich werde es nie erfahren, das ist das Schlimmste. Danke, Marla." Sie gab ihrer Schwester einen Kuss auf die Wange. „Geh nur schon nach unten. Ich komme gleich nach."

Kapitel 5

Sie hatte kaum ein Auge zugetan und war erst eingeschlafen, als Marla aus dem Bett geschlüpft war, um mit Kelian zum Fischen zu fahren. Zwei Stunden später war sie aufgewacht, erschöpft und völlig zerschlagen. Eine Nacht, die jenen glich, nachdem Waldemar sie verlassen hatte. Hastig hatte sie sich angekleidet, im Kopf nur den einen Wunsch: Sobald wie möglich zur Grotte zu kommen, um sich auf dem sandweichen Boden zusammenzurollen und all ihre quälenden Gedanken dem Wind zu überlassen, der sie weit wegtragen würde.

Im Gastraum, wo sie nur schnell einen Tee hatte trinken wollen, war sie auf Luc gestoßen, der sie nachdenklich gemustert und sie sanft am Arm genommen hatte. Er führte sie an einen gedeckten Tisch und drückte sie auf einen Stuhl. Bereits gestern hatte sie vergeblich abgewinkt und versucht, ihm zu erklären, dass sie diese Sonderbehandlung nicht wollte. Er hatte gelächelt, die Augen schwarz wie Kohlen, und hatte keinen Widerspruch geduldet. So hatte sie in seiner Gesellschaft ein kleines Frühstück aus Baguette, Käse und Marmelade zu sich genommen. Ein weiteres Mal hatte sie festgestellt, dass es angenehm war, mit ihm zusammen zu sein.

Auch heute Morgen hatte er ihr ein Frühstück bereitet, und falls er sich über die fahrigen Bewegungen ihrer Hände wunderte, so ließ er es sich nicht anmerken. Estelle, Kelians Mutter, die ebenso fröhlich und gesprächig wie ihr Sohn war, hatte sich für ein paar Minuten zu ihnen gesetzt, einen Milchkaffee getrunken und ein Croissant gegessen.

Nachdem Luc mit ernstem Gesicht ein paar Worte mit seiner Frau gewechselt hatte, sagte Estelle an Rieke gewandt:

„Luc bittet dich darum, vorsichtig zu sein. Ihm fehlen die deutschen Worte dafür, aber es ist ihm wichtig. Ich kann mich ihm nur anschließen. Die Natur, vor allem das Wasser und die Klippen, können tückisch sein. Das Meer ist unberechenbar, sogar für uns Einheimische. Marla wird dir erzählt haben, dass wir Kelian im Sommer beinahe verloren hätten. Keiner von uns möchte so etwas noch einmal erleben. Gib auf dich Acht, mein Kind."

„Ich passe auf mich auf", hatte Rieke versichert und warme Zuneigung für Kelians Eltern empfunden.

Daraufhin hatte Estelle sich erhoben und ihrem Mann einen Kuss gegeben. „Ich fahre jetzt in die Stadt."

Nun war Rieke auf dem Weg zur Grotte, im Rucksack ein viel zu üppiges Picknick. So sehr sie sich auch bemüht hatte, sie hatte heute Morgen kaum etwas heruntergebracht und Luc, der sie schweigend beobachtet hatte, hatte ihr beim Abschied ein Lunchpaket in die Hände gedrückt.

Als sie den Strand erreichte, streifte sie ihre Schuhe ab und grub die Zehen in den Sand. Die kühle Feuchtigkeit war angenehm, und sie spürte, dass ihr leichter ums Herz wurde. Suchend ließ sie ihre Augen über das Meer wandern, das tiefblau vor ihr lag und auf dessen Oberfläche harmlose Wellen tanzten. Die *Louise* war nirgendwo zu sehen. Sie dachte an Estelles Worte. Marla hatte nie erzählt, dass Kelian dem Tod nur knapp entronnen war. Rieke würde sie nicht drängen. Irgendwann würde die Zeit kommen, da Marla dazu bereit war. Bei der Vorstellung, dass ihre Schwester um das Leben ihres Freundes hatte bangen müssen, erschauerte sie. Wie hatte Marla das nur ausgehalten, ohne sich jemandem anzuvertrauen?

Je näher sie den Klippen kam, desto leichtfüßiger bewegte sie sich. Sie zog das Haarband vom Ende ihres Zopfes und löste die Strähnen. Im Nu wurde es vom Wind ergriffen, der es wild um ihren Kopf wirbelte und schließlich auf ihrem Rücken ausbreitete.

„Danke!", rief sie lachend und wusste, dass sie vergeblich hoffte, sie würde später mit dem Kämmen weniger Probleme haben als gestern. Aber das Gefühl, wenn ihr Haar, das sonst so schwer war, plötzlich federleicht in der Luft schwebte, war die Mühe am Abend wert.

Endlich sprang sie auf den Boden der Grotte und legte den Rucksack ab. Versonnen lief sie an der Rückwand der Felsenhöhle entlang und ließ ihre Hand über den rauen Stein gleiten. Sie hatte nie von diesem Ort gewusst. Dennoch würde sie sich ab jetzt zuhause merkwürdig deplatziert fühlen. Es war, als gehörte ein Teil von ihr hierher. Das konnte jedoch nicht sein. Sie gehörte nach Hause. Zu ihrer Familie. Wo sie von Liebe umgeben war und sich geborgen fühlte.

Der Schrei einer Möwe riss sie aus ihrer Grübelei. Sie verließ den Schutz der Grotte und setzte sich auf einen flachen Felsen. Von hier aus hatte sie freien Blick über den Atlantik. Der Horizont ließ sich nur erahnen und verschwamm im Dunst zwischen Himmel und Meer. In den Klippen gluckste das Wasser, harmlos, ein zärtliches Flüstern. Es gebärdete sich heute lange nicht so rau und unbändig wie in den Tagen zuvor. Sie holte ein paar Kerne aus ihren Jeans hervor und dachte an den Proviant, der im Rucksack steckte. Später würde sie davon essen. Den Rest würde sie für Marla aufheben, die immer Hunger zu haben schien, entschied sie und zerbiss einen Kürbiskern.

„Du isst wie ein Spatz", hatte ihre Mutter oft zu ihr gesagt, als sie noch ein Kind war. Sie war nie eine große Esserin gewesen, und je älter sie wurde, desto weniger nahm sie zu sich. Bereits im Alter von drei Jahren hatte sie sich geweigert, Fleisch zu essen. Mama hatte verzweifelt die Hände über dem Kopf zusammengeschlagen und war mit ihr zum Arzt gegangen. Ihre Tochter sei klein und außergewöhnlich zierlich, hatte er zu Mama gesagt, aber sie sei rundum gesund. Er riet Mama, sie das essen zu lassen, was sie wollte. Nur nicht zum Essen zwingen, es könnte womöglich das Gegenteil bewirken. Als Jugendliche hatte Rieke eine Vorliebe für Nüsse und Kerne aller Art entwickelt, und nie ging sie aus dem Haus, ohne sich eine Handvoll davon einzustecken. Jetzt bemerkte Mama hin und wieder:

„Du isst nicht nur wie ein Spatz, sondern du bist bald einer, wenn du weiterhin nur Körner knabberst." Aber sie lächelte dabei. Rieke war nämlich das einzige ihrer drei Kinder, das noch nie krank gewesen war. Ihre Älteste schien gesünder zu sein als alle Menschen, die sie kannte.

Rieke steckte sich den Rest der Kerne in den Mund und schloss die Augen. Die Sonne war am Himmel hochgeklettert und wärmte ihr den Rücken. Sie spürte tiefen Frieden, der direkt aus ihrer Mitte zu kommen schien. Dieses Gefühl überraschte sie. Denn seit Hennis Nachricht war ihr Kopf nicht mehr zur Ruhe gekommen, und die Stelle in ihrem Herzen, die noch immer wund war, hatte erneut zu schmerzen begonnen. Jetzt war es, als hätte sich eine heilende Hand darübergelegt. Während sie noch überlegte, wie das sein konnte, wurden ihr die Lider schwer. Kein Wunder, dass sie müde war. Hatte sie doch in der Nacht kein Auge zugetan. Es würde nicht schaden, im Schutz der Grotte ein wenig zu schlafen, überlegte sie. Immerhin hatte sie noch den ganzen Tag vor sich.

So ging sie zurück und wählte zwischen den Steinen eine sandige Mulde. Kaum hatte sie sich zusammengerollt und die Augen geschlossen, fand der Wind den Weg zu ihr und strich ihr zärtlich über die Wangen. Er roch nach Muscheln, Tang und Fisch. Eine angenehme Schwere breitete sich in ihr aus. Wenige Augenblicke später war sie fest eingeschlafen.

Sie erwachte. Blinzelnd öffnete sie die Augen und erkannte, dass die untergehende Sonne die Felsen bereits rot färbte. Erschrocken setzte sie sich auf. Und erlebte eine weitere Überraschung. Denn sie war nicht alleine. Jemand stand, in sicherem Abstand zu ihr, an einen Felsen gelehnt und beobachtete sie aus halb geschlossenen Augen. Seine Haltung wirkte aufmerksam und distanziert. Als wäre er neugierig, fürchtete jedoch den Augenblick, da sie aufwachte.

Seine schmächtige Gestalt erinnerte sie an Waldemar. Doch im Vergleich zu ihrem ehemaligen Freund hatte dieser junge Mann tiefschwarzes Haar. Zudem war seine Haut alles andere als blass. In der späten Nachmittagssonne schimmerte sie samten und warm wie Bronze. Seine Gesichtszüge waren außergewöhnlich ebenmäßig und von einer Schönheit, die man als makellos bezeichnen musste. Rein äußerlich betrachtet war er der schönste Mensch, den Rieke jemals gesehen hatte.

Nun, da sie erwacht war und ihn musterte, schien er darauf zu warten, dass sie etwas sagte. Als sie ihm diesen Gefallen jedoch nicht tat, stieß er sich vom Felsen ab und kam zögernd ein paar Schritte näher. Rieke erhob sich. Er war nur wenig größer als sie.

Sein Mund verzog sich zu einem scheuen Lächeln. Unvermittelt dachte sie an ihr eigenes.

„Du bist noch viel schöner als damals", sagte er mit einer Stimme, die sie nicht erwartet hatte. Sie klang wie die Natur, die sie umgab. Zerklüftet wie die Klippenlandschaft und rau wie der Atlantik selbst, dessen wildes Brausen leise zu hören war.

„Damals?" Rieke strich sich verwirrt eine Strähne aus der Stirn. Sie war sicher, dass sie ihn noch nie gesehen hatte. Solch ein Gesicht vergaß man nicht. Er trat einen weiteren Schritt auf sie zu.

„Du erkennst mich nicht?"

Verwundert schüttelte sie den Kopf. „Nein, tut mir leid. Sollte ich?"

Er schien enttäuscht und richtete seinen Blick zum Himmel, wo sich laut kreischend eine Vielzahl von Möwen tummelte. Jetzt, da er gegen die Sonne blickte, sah sie zum ersten Mal seine Augen. Und das leuchtende Türkis darin. Jäh wurde ihr die erstaunliche Ähnlichkeit zwischen diesem Mann und ihr selbst bewusst. Wäre es nicht geradezu absurd, so würde sie vermuten, dass er ihr Zwillingsbruder war! Doch das konnte nicht sein. Sie hatte keinen Zwillingsbruder! Aber weshalb nahm er an, sie würden sich kennen? Und weshalb kam ihr dieser Ort so merkwürdig vertraut vor? Ein flaues Gefühl huschte durch ihren Körper. Gleichzeitig stellten sich die Härchen auf ihren Armen. Vielleicht war es besser, wenn sie ging. Vielleicht wollte sie diese Fragen lieber nicht beantwortet haben.

Sie überlegte, wie sie sich verabschieden konnte, ohne unhöflich zu sein, als er sprach.

„Ich heiße Torin. Es ist einige Jahre her. Es war dort draußen." Er deutete in die Richtung, wo sich die Wellen an den Klippen brachen. „Ich habe dich vor einem Sturz bewahrt."

Wieder schüttelte sie ratlos den Kopf.

„Aber an diese Stelle erinnerst du dich." Er deutete auf den Boden der Grotte und auf die Felsen, die sie umgaben. „Denn sonst wärst du nicht jeden Tag hier."

„Nein", sagte sie und sie wusste im selben Moment, dass es nicht ganz die Wahrheit war. Aber wie sollte sie sich an etwas erinnern, das sie noch nie gesehen hatte?

Er bedachte sie mit einem nachdenklichen Blick. Sie hatte den Eindruck, dass er ihr nicht glaubte. Plötzlich aber lächelte er triumphierend und rief:

„Warte!"

Er lief auf die andere Seite der Grotte und verschwand hinter einem Felsen. Als er wieder zum Vorschein kam, streckte er ihr seine offene Hand entgegen. Darauf lag ein hübsches Armband aus Leder, verziert mit Perlen in leuchtendem Türkis. „Daran erinnerst du dich ganz sicher! Du hast es mir damals geschenkt."

Rieke nahm den Schmuck und betastete die Glasperlen. Die ganze Situation schien ihr seltsam bizarr. Inzwischen hatte sie sich wieder gefangen. Es gab merkwürdige Zufälle, und dies war zweifellos einer davon.

„Ich kenne es nicht. Es tut mir leid, Torin, aber ich kann es wirklich nicht gewesen sein."

Sie gab ihm das Armband zurück. „Ich habe noch niemals Schmuck getragen, und außerdem bin ich zum ersten Mal überhaupt in Frankreich."

Schweigend sah er zu, wie sie ihre Haare zu einem Pferdeschwanz band. Falls auch er diese erstaunliche Ähnlichkeit zwischen ihnen bemerkt hatte, so ließ er es nicht erkennen.

„Ich muss gehen", sagte sie, bückte sich und griff nach ihrem Rucksack. „Ich bin schon viel zu spät dran."

Torin nickte bedauernd. „Schade, ich war mir so sicher." Abermals hielt er ihr das Armband hin. „Ich schenke es dir."

Rieke griff danach, und um ihm einen Gefallen zu tun und seine Enttäuschung etwas zu mildern, streifte sie es über ihre Hand. Das Lächeln, das auf seinem anmutigen Gesicht erschien, war längst nicht mehr so verlegen wie zu Beginn.

Sie wollte sich gerade zum Gehen wenden, als ihr Blick auf einen winzigen Anhänger fiel, der zwischen den Perlen baumelte. Sie beäugte ihn genauer.

„Es hängt ein Buchstabe dran. Ein *G*", bemerkte sie und hob ihre Hand, damit er es sehen konnte. „Ich heiße Rieke. Eigentlich Frederike. Siehst du, es passt also nicht zusammen."

Sie drehte sich um und verließ die Grotte. Als sie über die ersten Klippen geklettert war, hörte sie ihn rufen:

„Die Frau! Ich weiß es wieder! Sie hieß Grit!"

Beinahe wäre sie gefallen. Erst im letzten Moment fing sie sich und lief weiter. Als sie das Ende der Klippen erreichte und auf den Sandstrand sprang, hatte sich ihr Herzschlag noch immer nicht beruhigt.

Grit! So hieß ihre Mutter!

War das möglich? Sie konnte sich nicht daran erinnern, dass Mama jemals von der Bretagne erzählt hatte. Konnte es tatsächlich sein, dass der Mann sie gemeint hatte? Die Ähnlichkeit zwischen ihrer Mutter und ihr war nicht zu leugnen. Mama war nur wenig größer als sie und hatte fast ebenso dunkles Haar. Sie war bemerkenswert lebhaft und wirkte in einem Maße jugendlich, dass man sie schon für Schwestern gehalten hatte. Rieke mit ihr zu verwechseln wäre also durchaus möglich.

Das Armband! Wie ein Fremdkörper schmiegte es sich an Riekes Knöchel. Es war ein ungewohntes Gefühl, Schmuck zu tragen. Zumindest für sie. Mama aber liebte solche Dinge. Lederarmbänder und bunte, leuchtende Perlen. Je länger sie darüber nachdachte, desto überzeugter war sie davon, dass Torin sie mit ihrer Mutter verwechselt hatte. Aber was bedeutete das? Und warum sahen sie selbst und dieser Mann sich so ähnlich?

Sie war einundzwanzig Jahre alt. So ungefähr würde sie auch Torins Alter schätzen. Wenn sie darüber nachsann, könnte er aber auch dreißig oder achtzehn Jahre alt sein. Schwer zu sagen.

Als sie über einen faustgroßen Stein stolperte und auf die Knie fiel, kauerte sie sich auf den Boden. Sie nahm eine Handvoll Sand und ließ ihn durch ihre Finger rieseln. Wieder und wieder. Inzwischen hatte der Himmel über dem Horizont zu brennen begonnen und verwandelte alles um sie herum in eine traumhafte und unwirkliche Szenerie. So unwirklich wie die Gedanken, die ihren Kopf zu sprengen drohten. Mit jeder Minute wuchs ihr Unbehagen. Und die Befürchtung, dass sie etwas Entscheidendes nicht wusste.

Sie hatte keine Ahnung, wie lange sie so verharrt hatte. Erst als sie zu frösteln begann und sie den Wind wahrnahm, der ihr T-Shirt an ihren Körper presste, bemerkte sie, dass die Sonne längst hinter den Horizont gesunken war. Schwerfällig stand sie auf, die Hosen feucht und klamm, und streifte halbherzig den Sand ab, der an ihr klebte. Sie war zu dem Schluss gekommen, dass es nur einen einzigen Menschen gab, der ihr eine Antwort auf ihre Fragen geben konnte. Daher musste sie nach Hause fahren. So schnell wie möglich. Ihre Mutter würde es ihr erklären können. Wahrscheinlich war alles ein großer Irrtum, und sie würden gemeinsam darüber lachen.

Entschlossen machte sie sich auf den Weg, um kurz darauf stirnrunzelnd festzustellen, dass sie zu frieren begonnen hatte. Vielleicht hätte sie eine Jacke in den Rucksack stecken sollen, überlegte sie. Aber sie hatte in ihrem ganzen Leben noch nicht gefroren. Sicher ging es ihr so, weil sie den ganzen Tag nichts gegessen hatte außer ein paar Kürbiskernen.

Beim *Chez Louise* angekommen, lief sie durch die Gaststube und öffnete die Tür zur Küche. Zuerst entdeckte sie Kelian, der an einem gewaltigen Gasherd stand und mit Töpfen hantierte. Luc, beide Hände voll mit Kräutern, sprach mit einer Frau, die Rieke nicht kannte und drückte ihr das Grünzeug in die Hand. Marla, die gerade damit beschäftigt war, einen Fisch zu zerlegen, sah auf.

„Rieke! War es schön am Strand?"

Rieke nickte. Ihr Hals wurde eng. Die Szene vor ihren Augen wirkte so harmonisch, dass sie sich nichts mehr wünschte als ein Teil davon zu sein. Doch sie war es nicht. Es war Marlas neue Welt, und sie bewegte sich bereits darin, als würde sie dazugehören. Plötzlich begriff Rieke, dass ihre Schwester, der sie so innig verbunden war, ihr zu entgleiten begann. Sie würde sie verlieren und konnte nichts dagegen tun.

„Rieke?" hörte sie Marlas besorgte Stimme. Sie nahm sich zusammen.

„Ich wollte dir nur sagen, dass ich zurück bin", brachte sie heraus und sie hoffte, dass es nicht allzu verzweifelt klang.

„Prima! In einer halben Stunde gibt es was Feines zu essen!"

Rieke verließ das Haus und trat in den Garten. Essen. Obwohl ihr Magen knurrte, würde sie nichts runterbekommen. Sie schlenderte über die schmalen Pfade aus Kopfsteinpflaster durch die Beete und gelangte in den kleinen Wald dahinter. Es war jetzt nahezu dunkel, und die Bäume lagen einer dunklen Wand gleich vor ihr. Etwas huschte an ihr vorbei.

„Monsieur, bist du das?"

Nichts. Vielleicht hatte sie sich geirrt. Kalte Finger berührten ihr Gesicht. Als sie danach griff, waren es Efeuranken, die von einem Baum herabhingen und wie ein Vorhang den Weg versperrten. Zärtlich strich sie an der Pflanze entlang. Sie mochte Efeu. Es war immer grün und bot vielen kleinen Tieren Schutz und Nahrung.

Als sie eine verwitterte Holzbank fand, setzte sie sich. Sie hatte kaum Platz genommen, als ein warmes Fellbündel auf ihren Schoß sprang und sich schnurrend an sie schmiegte.

„Hallo, Katerchen", murmelte sie und legte ihre Hand auf seinen weichen Körper.

„Rieke", flüsterte es unweit von ihr. „Rieke, bist du hier?"

„Ich sitze hier. Auf der Bank."

Marla ließ sich neben sie sinken. „Ich habe dir etwas mitgebracht."

Rieke roch den Kräutertee, noch bevor Marla ihr den Becher in die Hand drückte.

„Danke." Wieder kämpfte sie mit den Tränen. Trotzdem nahm sie einen Schluck und spürte, wie er warm in ihren Magen rann.

„Was ist los? Und sag mir jetzt nicht, es geht dir bestens. Ich kenne dich zu gut, als dass ich es glauben würde."

„Ich werde morgen früh abreisen."

„Aber warum? Gefällt es dir hier nicht? Ist etwas passiert? Kelians Familie hat dich ins Herz geschlossen, das weiß ich."

„Das ist es nicht, Marla. Ich mag die Familie deines Freundes sehr. Es könnte keine freundlicheren Menschen geben."

„Was ist es dann?"

Rieke schwieg.

„Rieke, sprich mit mir!", verlangte Marla energisch und setzte sich aufrecht. „Bitte! Du weißt, dass du mir vertrauen kannst!"

„Ich kann nicht darüber reden. Du würdest mich für komplett irre halten." Als Marla daraufhin schrill auflachte, fuhr sie erschrocken zusammen.

„Oh nein, Rieke! Glaub mir: Ich wäre die Letzte, die dich für verrückt halten würde, egal, was du mir erzählst. Du hast ja keine Ahnung …"

„Also gut. Ich habe einen Mann kennengelernt. In den Klippen, draußen am Strand. Er heißt Torin."

Sie hörte Marla nach Luft schnappen. Dann kam ungläubig: „Torin? Bist du sicher?"

„Kennst du ihn?"

„Ich – kenne ihn flüchtig. Eigentlich kaum. Nur …"

Rieke hörte sie schwer atmen und wartete vergeblich darauf, dass sie fortfuhr. Schließlich brach sie selbst die Stille mit den Worten:

„Er hat gedacht, ich sei Mama."

„Er hat – *was* gedacht?", rief Marla fassungslos und sprang auf. Aufgeschreckt flüchtete Monsieur von Riekes Schoß.

„Er dachte, ich sei Mama", wiederholte Rieke, verwundert über Marlas Reaktion. „Er war davon überzeugt, ich würde ihn erkennen. Er wusste sogar ihren Namen."

„Wie – was …?", stotterte ihre Schwester und lief geistesabwesend vor der Bank auf und ab. „Das verstehe ich nicht", meinte sie endlich und blieb vor Rieke stehen.

„Weißt du denn", begann sie zögernd, während sie sich wieder setzte. „Weißt du, wer er ist?"

„Kannst du dich daran erinnern, wie er aussieht?", gab Rieke anstelle einer Antwort zurück.

„Wie sollte man das vergessen?"

„Eben." Mehr wollte Rieke dazu nicht sagen, denn sie hasste es, über ihr Aussehen zu sprechen. Echte Schönheit, fand sie, war im Inneren des Menschen verborgen. Das Äußere war unwichtig und zählte nicht. Leider sahen das nicht alle so.

„Meinst du, er könnte unser Bruder sein? Mein – Zwillingsbruder?"

Marla wiegte nachdenklich den Kopf. „Ich weiß nicht, Rieke. Ihr seht euch zweifellos ähnlich. Aber, weißt du – ich glaube nicht, dass – ach Scheiße!", brach es aus ihr heraus, und erneut zuckte Rieke vor Schreck zusammen. „Ich kann es mir nicht vorstellen." Marla sprach plötzlich sehr leise. „Ich glaube nicht, dass er dein Bruder ist. Das kann einfach nicht sein."

„Genau das denke ich auch", stimmte Rieke ihr zu. „Aber ich muss es von Mama wissen. Aus diesem Grund fahre ich morgen zurück."

***

Er wuchtete den gefüllten Holzkorb durch die Tür und stieß diese mit der Schulter zu. Als er seine Last neben den Ofen gestellt hatte, rieb er sich sein schmerzendes Bein. Es war immer dasselbe. Sobald der Herbst mit seiner feuchten Luft angekommen war, schlich sich der Dauerschmerz in seine alte Verletzung und ging erst dann wieder, wenn die Frühlingssonne die ersten Knospen aus den Bäumen trieb. Doch er wollte nicht klagen. Lange bevor er eingeschult wurde, hatte seine Mutter ihm prophezeit, dass er kaum alt genug werden würde, um seine Jugend zu erleben. Sie war nie besonders rücksichtsvoll mit ihm umgegangen. Aber in diesem Punkt hatte sie sich geirrt. Inzwischen war er dreiundfünfzig Jahre alt. Konnte er auch nicht von sich behaupten, dass er vor Gesundheit strotzte, so führte er dennoch ein glückliches und zufriedenes Leben. Möglicherweise nicht so, wie andere Menschen es sich wünschen würden, dafür aber so, wie er es liebte.

Mit einem Handschuh öffnete er die Ofentür und schob einen Scheit Holz in die Glut. Er mochte es, dem prasselnden Feuer zuzusehen und genoss dabei die Wärme, die über sein Gesicht glitt. In Gedanken ging er seine täglichen Aufgaben durch und überlegte, was er als nächstes tun würde. Er musste nach den Futterstellen sehen und nach ausgelegten Fallen suchen. Jetzt war wieder die Zeit, da die Wilderer heimlich durch die Wälder schlichen. Sicher, er wusste nur zu gut, dass es Menschen gab, die sich kaum etwas zu essen leisten konnten. Das karge Mahl hin und wieder mit einem Kaninchenbraten oder einer Rehkeule aufzubessern, bot sich geradezu an, wenn man in der Nähe dieses ausgedehnten Waldes lebte. Er selbst würde es ihnen sogar von Herzen gönnen. Aber es war nun mal verboten, zumal die meisten Menschen keine Ahnung davon hatten, wie man ein Tier erlegte, ohne es schrecklichen Qualen auszusetzen. Ein Hustenreiz schlich ihm in die Brust, und er schloss den Ofen.

Erschöpft ließ er sich einige Zeit später auf einen Stuhl sinken. Sein Atem ging rasselnd, und ihm war schwindelig. Das war nicht gut. Gar nicht gut. Mit dem Ärmel wischte er sich den Schweiß von der Stirn, als er ein Gesicht vor sich sah. Blitzartig.

Fedor stöhnte. Wie viel Zeit hatte er noch? Zehn Minuten? Eine Stunde? Mühsam erhob er sich. Er wollte nicht, dass sein Freund ihn so sah. Mit schleppenden Schritten lief er zum Spülstein, benetzte ein Tuch mit Wasser und säuberte sich das Gesicht. Kurz darauf trat er, noch immer atemlos, an seine Werkbank und begann konzentriert zu arbeiten.

Als es klopfte, legte er die Arbeit hin, streifte die Späne von den Fingern und öffnete die Tür. Beim Anblick des Mannes, der vor ihm stand, erschrak er. Im Sommer hatten sie sich zuletzt gesehen. Nur kurz, aber der Besuch war ihm unvergesslich geblieben. Denn sein Freund hatte glücklich gewirkt wie nie zuvor. Über den Grund hatten sie damals nicht gesprochen. Jetzt aber schien das Gegenteil der Fall. Borg sah verloren aus. Betrübt und niedergeschlagen. Sein Kummer traf Fedor ins Mark.

„Komm rein, mein Freund", sagte er und zog den Mann in die Hütte. „Was ist passiert? Du siehst nicht gut aus."

„Du stiehlst mir das Wort aus dem Mund. Dasselbe gilt für dich", entgegnete Borg. Sie setzten sich an den massiven Tisch. Der Windfürst strich anerkennend über das glattpolierte Holz. „Du warst fleißig. Er ist schön geworden."

Fedor nickte. „Der alte Tisch war mir schon lange ein Dorn im Auge. Hab ihn verfeuert."

„Wie geht es dir?" Borg musterte ihn besorgt.

„Du weißt, wie es um meine Gesundheit steht. Es gibt sowohl Höhen als auch Tiefen. Daran bin ich gewöhnt. Aber wir sprechen jetzt nicht über mich. Was ist los?"

Der Windfürst fuhr sich mit den Händen durchs Haar, das weiß wie Schnee war und mit den Spitzen seine Schultern berührte. Er seufzte und schloss für einen Moment die Augen.

„Darüber zu sprechen macht wenig Sinn. Es würde nichts daran ändern, dass ich wünschte, ich wäre jemand anders. Nur nicht der Herr der Winde. Deswegen bin ich auch nicht hier. Ich bin gekommen, um dich zu sehen. Möchte für einen Moment meine Beine unter deinem Tisch ausstrecken und Kraft aus deiner Anwesenheit schöpfen."

„Wenn es auch nichts an dem ändert, was dich umtreibt, so bringt es dennoch Erleichterung, darüber zu sprechen. Du weißt, dass meine Schultern breit genug sind, um deine Last mitzutragen. Dafür sind sie da. Gib also davon ab."

Borg schwieg. Seine eisblauen Augen waren eine Spur dunkler als sonst. Der Kummer musste hart an ihm nagen, dachte Fedor und wünschte, er könnte helfen.

„Es ist etwas geschehen, das niemals hätte geschehen dürfen", brach es unvermittelt aus Borg heraus. „Nur durch einen Zufall habe ich erkannt, dass ich auf dem Weg war, einen unverzeihlichen Fehler zu begehen. Durch Zufall, verstehst du? Ich habe bis heute keine Erklärung dafür, wie es passieren konnte. Der Windfürst macht keine Fehler! Er ist weise und kann zwischen richtig und falsch unterscheiden. Ich bin nicht würdig …"

„Borg!", unterbrach ihn Fedor. „Weise zu sein heißt nicht, allwissend zu sein. Du sagtest, das Schlimmste wurde verhindert? Dann hat doch alles seine Richtigkeit."

„Ja", sagte Borg mit einem bitteren Zug um den Mund. „Alles hat seine Richtigkeit." Sein Blick war starr auf seine Hände gerichtet. Schließlich begann er zu reden.

„Ich existiere schon länger, als es diesen Planeten gibt. Über Liebe habe ich nie nachgedacht. Es gibt sie seit Zeiten und sie ist den Menschen so wichtig wie nichts anderes. Für die Liebe würden sie alles tun. Lügen, Betrügen, Töten. Das alles weiß ich. Was es jedoch wirklich bedeutet, zu lieben, habe ich nicht annähernd geahnt. Bis zu diesem Augenblick, als ich *sie* sah. Plötzlich fühle ich wie ein Mensch. Ich möchte mit ihr Hand in Hand gehen und darüber sprechen, was wir abends kochen. Ich stelle mir vor, wie ich unseren Kindern einen Gutenachtkuss gebe und das Licht im Flur anlasse. Ich will mit ihr alt werden und sterben, wenn mein Körper müde und verbraucht ist. Nach all dem sehne ich mich. Alles würde ich dafür tun, um sie nicht zu verlieren. Sogar töten, wenn es mir möglich wäre. Verstehst du? Ich würde töten! Aber ich bin der Windfürst. Ich bin das Gesetz und kann es nicht brechen. Ich weiß nun, dass die Liebe für mich niemals etwas anderes sein wird als ein Traum. Denn die Einzige, die ich jemals lieben werde, ist einem anderen zugedacht. Ja", setzte er abschließend hinzu, „es ist geklärt. Aber ich weiß nicht, ob ich es ertragen kann."

„Natürlich kannst du das. Du wirst es ertragen, da du kein Mensch, sondern der Windfürst bist."

Borg lächelte schief. „Wie immer hast du recht. Ich werde es ertragen." Er stand auf und schob den Stuhl an den Tisch. „Ich danke dir, Fedor. Dafür, dass du für mich da bist und mir zuhörst, wann immer ich dich brauche. Und dass du mir Halt gibst in den dunklen Stunden, von denen keiner ahnt, dass ich sie habe."

„Du weißt, dass es selbstverständlich ist." Auch Fedor hatte sich erhoben.

„Ich muss für eine Weile fort. In Sibirien haben sich zwei Hitzköpfe in die Haare gekriegt und haben dabei ein Dorf zerstört. Ich melde mich mit dem Winter zurück. Pass auf dich auf, mein Freund."

Als Fedor den Windfürsten zum Abschied an seine Brust zog, nahm er dessen Geruch nach Winter und Schnee wahr. Die innige Verbundenheit, die er zu Borg spürte, tat beinahe weh. Er ahnte, dass ihm nicht mehr viel Zeit blieb, und wer wusste schon, ob er bei Anbruch des Winters noch hier war. Aber damit wollte er den Windfürsten nicht noch zusätzlich belasten. Borg würde ohnehin wissen, wenn seine Zeit gekommen war.

„Mach dich auf den Weg." Sanft schob er ihn zur Tür. „Und bezweifle nie, dass hinter allem, sowohl dem Guten, als auch dem Schlechten, ein verborgener Sinn steckt."

Borg hatte sich kaum zwanzig Meter vom Blockhaus entfernt, als er zu dem wurde, was er war. Ein Windbruder. Eisige Kälte umfing Fedor. Eine letzte Umarmung. Erschauernd blieb er stehen und starrte auf die Stelle, wo sich sein Freund aufgelöst hatte.

Eine Frau also. Die Liebe. Das hatte er nicht erwartet.

Kapitel 6

Rieke war sich nicht ganz sicher, ob sie überhaupt zuhause ankommen wollte. Seit Stunden saß sie im Zug, und die Landschaft flog, zusammen mit der Zeit, viel zu schnell an ihr vorüber. In weniger als einer Stunde würde ihr Vater sie vom Bahnhof abholen. Sie freute sich darauf, ihn zu sehen. Auch wenn er nur selten bei seiner Familie gewesen war, so hatte sie doch eine besondere Beziehung zu ihm. Vielleicht lag es daran, dass sie mehr Zeit mit ihm verbracht hatte und somit mehr Erinnerung an gemeinsame Stunden besaß als zum Beispiel Henni, die immerhin fünf Jahre jünger war als sie. Rieke liebte es, wenn er lachte. Und das tat er gern. Allein das Wissen darum, dass es den großen, schlanken Mann mit den blonden Locken gab, war immer ein gutes Gefühl gewesen. Ihn zu umarmen würde ihr nach den Erlebnissen der letzten Tage ein wenig Sicherheit geben. Er würde dafür sorgen, dass ihre Füße wieder auf festen Boden zurückfanden.

Sie konnte es kaum erwarten, Rusty in die Arme zu schließen. Kommende Nacht würde er bei ihr auf dem Bett liegen, seinen warmen Körper eng und tröstend an sie geschmiegt. Sie hoffte, dass sich bis dahin alle Bedenken in Luft aufgelöst hatten. Endlich würde sie aufatmen können und überlegen, wie sie ihren restlichen Urlaub verbringen würde. Sie blickte zum Waggonfenster hinaus und fragte sich, weshalb ihr Herz dennoch so angstvoll pochte.

„Meine wunderschöne Tochter", begrüßte ihr Vater sie kurze Zeit später und schloss sie in die Arme. Der herbe Duft seines Rasierwassers, das er benutzte, seit sie denken konnte, stieg ihr in die Nase, und sie sog ihn tief ein. „Deine Mutter wollte mitkommen, aber eines der Hühner ist nicht ganz gesund. Sie hat den Tierarzt angerufen und wartet nun auf ihn."

„Was Schlimmes?" Rieke machte sich von ihm los. Hörte es denn gar nicht mehr auf? Wieso musste denn jetzt noch eines ihrer geliebten Hühner krank sein?

Lorenz legte ihr beruhigend eine Hand auf den Arm. „Ich denke nicht. Während der Mauser sehen sie ja alle ein wenig zerrupft aus, aber – ich glaube, es war Jolli – wollte seit zwei Tagen nichts essen. Sie verhält sich aber nicht anders als sonst, sagt Grit. Daher vermutet sie nichts Ernstes, möchte aber die Bestätigung vom Arzt haben."

Rieke atmete erleichtert auf. Das klang recht harmlos. Sie wusste nicht, ob sie sich gewünscht hätte, dass Mama mitgekommen wäre. Sie hätte sofort gemerkt, dass ihre Älteste nicht wie sonst war. Rieke konnte sich nicht daran erinnern, ihrer Mutter gegenüber jemals anders als unbefangen gewesen zu sein. Sie hatten nie ernsthaft gestritten. Wieder beschlich sie das Gefühl der Angst, und sie wollte das Gespräch mit Mama so schnell wie möglich hinter sich bringen.

„Und Rusty?", fragte sie zaghaft, als sie in Mamas verbeulten Wagen stiegen.

„Henni hat ihn mitgenommen. Als du heute Mittag anriefst, um zu sagen, dass du auf dem Weg nach Hause bist, war sie schon weg."

„Oh." Die Enttäuschung trieb ihr die Tränen in die Augen, und sie blinzelte verzweifelt. Um sich abzulenken, bemerkte sie: „Henni hat geschrieben, dass die Maus nicht mehr im Keller ist."

Ihr Vater lachte, während er den Wagen durch den Feierabendverkehr lenkte. „Das war allerdings eine interessante Geschichte. Henni wird sie dir erzählen. Sie möchte ihn zur Bandprobe mitnehmen."

„Wen?"

„Den jungen Mann, der die Maus eingefangen hat. Ich glaube, er hat deine Schwester ziemlich beeindruckt."

„Hast du ihn gesehen?"

„Nein, aber ich habe ihn gehört. Ich habe befürchtet, dass er Tante Henriettes Klavier zerlegt."

„Er hat Klavier gespielt?" Rieke vergaß Rusty und starrte ihren Vater verblüfft an.

„Nun", meinte dieser und verzog das Gesicht, „es *spielen* zu nennen wäre wohl reichlich gewagt."

Niedergeschlagen wandte sie den Blick auf die Straße. Zumindest wusste sie nun mit Bestimmtheit, dass es nicht Waldemar gewesen war. Sie war sowohl enttäuscht als auch erleichtert. Dass er sie nicht angetroffen hätte, hätte sie sich nie verziehen.

Erst als ihr Vater auf das Grundstück fuhr und sie vom Kopfsteinpflaster durchgeschüttelt wurde, sah sie, dass sie angekommen waren.

„Danke fürs Abholen, Papa", sagte sie, als sie ausgestiegen war. Sie nahm ihr Gepäck aus dem Kofferraum und küsste ihn auf die Wange. Im Haus streifte sie die Turnschuhe von den Füßen, rannte die Treppen hoch in ihr Zimmer und warf Jacke und Tasche aufs Bett. Mit zitternden Fingern öffnete sie ihren Rucksack. Einen Augenblick später hielt sie das Armband in der Hand. *Lass es nicht ihres sein*, betete sie im Stillen.

„Rieke, Schatz!", hörte sie ihre Mutter rufen. Der Schmuck glitt ihr aus der Hand, als sie zusammenfuhr. Sie nahm ihn vom Boden auf und verließ das Zimmer. Kaum war sie am Fuß der Treppe angekommen, kam Mama auf sie zugestürmt und rief:

„Mit Jolli ist alles gut, mach dir keine Sorgen! Sie hatte nur …"

Der Blick, den ihre Tochter ihr zuwarf, ließ sie verstummen. Rieke ging an ihr vorbei und setzte sich an den Tisch.

„Ist … ist etwas passiert?"

Ihr Vater, der die Post aus dem Briefkasten geholt und mit Werbeprospekten in der Hand im Flur gestanden hatte, trat hinzu. „Alles in Ordnung?"

Grit hob ratlos die Schultern. „Ich weiß es nicht", sagte sie und sah ihre Älteste fragend an. Wortlos legte Rieke das Armband auf den Tisch. Ihre Mutter kam einen Schritt näher.

„Was …?" Ihre Augen weiteten sich. Während sie sich auf einen Stuhl sinken ließ, starrte sie das Lederband an. Sichtlich um Fassung bemüht.

„Du kennst es?" Rieke hörte selbst, wie dünn ihre Stimme war. Hatte sie bis zu diesem Augenblick noch Hoffnung gehabt, dass alle Bedenken umsonst gewesen waren, so war diese bei der Reaktion ihrer Mutter verpufft. Mit ungläubiger Miene nahm Grit das Armband in die Hand, betrachtete es von allen Seiten und fand den Anhänger.

„Gehörte es einmal dir?", wiederholte Rieke.

Ihre Mutter sah auf. Erschrocken. Aus ihren Gedanken gerissen. „Ja", flüsterte sie und warf einen verunsicherten Blick zu Lorenz.

Ihr Mann trat hinter sie und legte seine Hände auf ihre Schultern.

„Grit", sagte er ruhig. „Wir haben immer gewusst, dass dieser Augenblick kommen könnte. Rieke hat ein Recht darauf, es zu erfahren. Das hatten wir beschlossen, weißt du noch?"

Schwerfällig erhob sich Grit und trat ans Fenster. Als sie gedankenverloren über die Kräuter strich, die dort standen, verbreitete sich in der Küche der herbe Geruch nach Basilikum und Petersilie.

„Wie hätte ich es vergessen sollen", presste sie gequält hervor. „Keine Stunde ist seitdem vergangen, ohne dass ich mich davor gefürchtet habe. Ich habe so sehr gehofft, dieser Tag würde nie kommen."

Aufmerksam und von Angst erfüllt war Rieke dem Wortwechsel ihrer Eltern gefolgt. Sie war inzwischen davon überzeugt, dass sie nichts von dem wissen wollte, was sie ihr zu sagen hatten. Sie würde jetzt aufstehen und gehen. Ihnen sagen, dass es sie nicht interessierte. Aber sie würde lügen. Alles in ihr brannte darauf, zu erfahren, was ihre Eltern ihr verschwiegen hatten.

„Er dachte, ich sei du", sagte sie tonlos.

„So? Dachte er das?" Grit drehte sich um und lehnte sich gegen die Fensterbank. Ihre Hände bebten, als sie sich das wirre Haar aus der Stirn strich.

„Ich koche uns einen Tee." Ihr Vater füllte bereits den Wasserkocher. „Und du erzählst Rieke, was damals geschehen ist."

„Also gut." Grit setzte sich an den Tisch und schlang die Hände ineinander. Eine Weile schien sie nach Worten zu suchen. Schließlich räusperte sie sich und begann zu erzählen.

„Es war in jenem Sommer, bevor du geboren wurdest. Dein ... dein Vater und ich machten damals Urlaub in der Bretagne ..."

Sie warf dem verlöschenden Feuer einen letzten Blick zu. Im Licht der verbliebenen Glut konnte sie schemenhaft die Gestalten erkennen, die sich in der Nähe des Lagerfeuers in ihre Schlafsäcke gewickelt hatten und sich nicht mehr rührten. Sie wandte sich ab, achtete darauf, dass sie nicht über umherliegende Bierflaschen stolperte und lief zu der Stelle, an der die Wellen auf den Sand trafen. Inzwischen war es nicht mehr das sanfte Plätschern, das sie den ganzen Abend über begleitet hatte wie gedämpfte Hintergrundmusik. Kraftvoll wurde der Atlantik jetzt an Land gespült, und dort, wo sie noch vor einer Stunde den weichen Sand durch ihre Finger hatte rieseln lassen, lagen nassglänzende Muscheln, die die hereinkommende Flut an Land gespuckt hatte. Vor ihr lag dunkel und geheimnisvoll das Meer, funkelnd im Licht des vollen Mondes.

Sie hatte keine Ahnung, wie oft Sommersonnenwende und Vollmond auf ein und dieselbe Nacht fielen, sie nahm jedoch an, dass es nicht allzu häufig geschah. Daher empfand sie diese Stunden als magisch und verzaubernd. Vielleicht waren sie auch schuld an dem Kribbeln in der Magengegend, das sie seit einer Weile verspürte.

Das Gras, das sie heute Abend geraucht hatten, war von umwerfend guter Qualität gewesen. Sie kicherte bei diesem Gedanken. Umwerfend war der treffende Ausdruck, denn außer ihr lagen alle, sowohl Lorenz als auch die drei Franzosen, um das Lagerfeuer drapiert und schliefen. Sie selbst hatte ebenfalls zu schlafen versucht, war jedoch viel zu aufgekratzt, um ein Auge schließen zu können. Also war sie wieder aufgestanden und hatte sich noch ein Bier geholt. Sie würde alleine die Magie dieser besonderen Nacht genießen. Mit einem *Plopp* öffnete sie die Flasche, nahm einen Schluck des bretonischen Bieres und ließ ihre Augen über den breiten Strand wandern. Der Sand glänzte silbern im Mondlicht und sah aus wie ein erlesener Teppich. Dieser Teil der Bretagne war wunderschön.

Nur durch Zufall waren sie hier gelandet. Hätten sie und Lorenz gestern nicht die drei jungen Männer kennengelernt, so hätten sie dieses Fleckchen Erde nie zu Gesicht bekommen. Sie hatten auf einem Campingplatz in der Nähe von St. Malo vor ihrem VW-Bus gesessen, und während Lorenz Gitarre gespielt und dazu gesungen hatte, hatten sich die Franzosen zu ihnen gesellt. Schnell waren sie ins Gespräch gekommen, was ein fröhliches Durcheinander aus Deutsch, Französisch und Englisch gewesen war. Am Ende des Abends, nach einigen leeren Flaschen Rotwein, angeregter Unterhaltung und Lagerfeuerromantik, war es beschlossene Sache gewesen, dass sie alle zusammen an das *Ende der Erde* fahren würden: In die Finistère, wie sich dieser Teil der Bretagne nannte. So waren sie am nächsten Morgen gemeinsam aufgebrochen. Grit und Lorenz in ihrem Bus, Gilles, Mathieu und Bernard in Gilles altem Kombi.

Sie hatten es keine Sekunde bereut. Als sie angekommen waren und die Fahrzeuge auf einem kleinen Parkplatz oberhalb des Strandes abgestellt hatten, liefen sie ausgelassen die Düne hinunter zum Meer und spritzten sich gegenseitig nass. Riesige Felsen standen dort, wo der Atlantik auf das Land traf, und ganz in der Nähe befand sich eine Erhöhung, worauf, eingebettet zwischen Steinen, ein kleines Gebäude stand. Es war ein malerischer Anblick, und ihre neugewonnenen Freunde grinsten stolz, als sie sahen, wie beeindruckt die beiden Deutschen waren. Der breite Sandstrand war nahezu menschenleer, und schnell war klar, dass sie die kommende Nacht hier verbringen würden.

In Gedanken vertieft und ohne es zu merken, war Grit ins Wasser gelaufen. Sie schnappte nach Luft. Schon tagsüber war das Meer frisch, aber in der Nacht, da die Luft abgekühlt war und der Wind ihr T-Shirt blähte, wirkte es um ein Vielfaches kälter. Sie setzte sich in Bewegung und lief platschend am Wasser entlang. Ihr Kopf war frei und klar, nichts erinnerte an das übermütige und ausgelassene Gefühl von vorhin, als sie die Selbstgedrehten von Gilles geraucht hatten. Ganz im Gegenteil: Ihre Sinne schienen seltsam geschärft. Die

Luft, die sie einatmete, roch und schmeckte intensiv nach Salz, Fisch und Meer. Und die Brise, die sie umschmeichelte, empfand sie, als würde der Wind sie liebkosen und ihr mit zärtlicher Stimme Dinge ins Ohr flüstern, die sie nicht verstand. Vermutlich waren das noch die Nachwirkungen des Joints.

Die großen Steine, die am Ufer standen, wirkten mit ihren dunklen Umrissen ein wenig bedrohlich, und sie war froh, sie bei Tage gesehen zu haben und zu wissen, dass es nur gewaltige Basaltsteine und keine Riesen waren, die in der Mittsommernacht plötzlich ihr Unwesen trieben. Man konnte ja nie wissen. Sie hielt sich zwar für einen bodenständigen Menschen, aber in solchen Nächten war alles möglich.

Es war ein faszinierendes Bild: die geheimnisvollen Giganten mitsamt ihren Schatten auf dem hellen Sand, dahinter der schwarze Atlantik, auf dem das Mondlicht tanzte, als würden sich Abertausende kleine Laternen darauf befinden. Unwillkürlich und natürlich vergeblich tastete sie nach ihrem Stift und dem kleinen Notizbuch. Dinge, die sie normalerweise immer bei sich trug, egal, wo sie war. Doch das Einzige, das sie gerade trug, waren eine Bierflasche, ihre Unterwäsche und das T-Shirt, das ihr bis zur Mitte der Oberschenkel reichte. Außerdem das hübsche Armband, das sie ein paar Tage zuvor in Paris gekauft hatte. Morgen musste sie unbedingt ein paar Skizzen machen. Selten hatte eine Landschaft sie so inspiriert wie diese.

Je weiter sie lief, desto mehr Klippen tauchten vor ihr auf. Irgendwann ragten sie bis ins Meer. Da sie ohne Schuhe unterwegs war und nicht klettern wollte, musste sie tiefer ins Wasser gehen, um ihnen auszuweichen.

Nicht lange darauf stand sie bis zum Saum ihres Shirts im Meer und schnatterte vor Kälte. Sie stellte die leere Bierflasche auf einem Felsen ab und nahm beide Hände zu Hilfe, um aus dem Wasser zu gelangen. Das war barfuß nicht unbedingt ein Vergnügen. Als sie auf einen Stein geklettert war und sich umblickte, schoss ihr zum ersten Mal der Gedanke durch den Kopf, dass ihr Ausflug unvernünftig gewesen sein könnte. Die Flut hatte deutlich an Land gewonnen, und auf demselben Weg zurückzugehen, den sie gekommen war, schien unmöglich.

Ihr blieb nur eines: Um dem Wasser zu entkommen, das unaufhörlich anstieg, musste sie die Klippen weiter hinaufklettern. Die Flasche ließ sie stehen. Als sie versuchte, auf den nächsthöheren Stein zu steigen, entfuhr ihr ein Stöhnen. Der Fels, der kantig und spitz war, drückte sich schmerzhaft in ihren Fuß. Auf diese Weise würde sie kaum vorankommen. Der Wind zerrte an ihrem T-Shirt, und der Saum klatschte nass und kalt gegen ihre Haut. Es wurde definitiv ungemütlich. Ihr Körper begann zu schlottern, und sie konnte nicht sagen, ob es aus Kälte oder aus Angst war.

Verzweifelt sah sie sich um. Schon längst bereute sie, dass sie das warme Lagerfeuer und den behaglichen Platz neben Lorenz verlassen hatte. Würde er aufwachen, so wusste er nicht einmal, wo er nach ihr suchen sollte. Er würde sich sorgen und vielleicht sogar den Strand entlanggehen und sich selbst in Gefahr bringen. Entschlossen presste sie die Lippen zusammen. Sie musste so schnell wie möglich zurück.

Sich auf den Händen abstützend, kletterte sie Stück für Stück weiter. Den Schmerz ihrer Füße versuchte sie, so gut es ging, zu ignorieren. Um sich abzulenken, begann sie leise vor sich hin zu singen, begleitet vom Rauschen des Meeres und vom Wind, der ihr um die Ohren pfiff. Auf einer Klippe, die die anderen um ein Stück überragte und ein wenig Fläche zum Stehen bot, hielt sie inne und richtete sich auf. Sie stemmte sich gegen die Böen, und als sie ihr Gleichgewicht gefunden hatte, sah sie sich ergriffen um.

Trotz ihrer misslichen Lage empfand sie die Nacht als wunderschön. Ein ganz besonderer Zauber lag über ihr, und Grit hatte das seltsame Gefühl, als wäre die Luft erfüllt von vibrierender Energie. Sie legte den Kopf in den Nacken. Der schwarze Himmel war von Sternen übersät, und der Mond prangte wie ihr Hirte dazwischen. In ohrenbetäubender Lautstärke zerbarsten neben ihr die Wellen an den Felsen, und Tropfen der Gischt, fein wie Staub, wurden ihr ins Gesicht getrieben. Plötzlich war sie überwältigt von der Einzigartigkeit dieses Augenblicks. Es war, als würde die Welt stillstehen. Alles Leben konzentrierte sich allein auf den Ort, wo sie stand. Als wäre sie der einzige Mensch auf der Erde, umgeben von der Erhabenheit der Natur. Ihr ausgeliefert. Aber so empfand sie es nicht. Sie fühlte sich sicher und gut aufgehoben. Leicht. Geliebt von der Schöpfung. Ein Teil von ihr.

Sie fragte sich, wieso sie sich eben noch Gedanken gemacht hatte, weil sie hier draußen war. Die Wahrheit war, dass sie nirgendwo anders sein wollte, denn sie fühlte sich so lebendig wie nie zuvor. Ausgelassen breitete sie ihre Arme aus, den Blick noch immer zum Himmel gewandt. Sie wollte sich um ihre eigene Achse drehen und wusste in dem Moment, als sie einen Schritt nach vorne machte, dass es ein Fehler war. Sie fiel –

Starke Arme trugen sie. Es war, als würde jener, zu dem sie gehörten, den Boden kaum berühren. Gemeinsam schienen sie zu schweben. Es musste ein Traum sein. Lag sie neben Lorenz am Lagerfeuer? Hatte sie nur geträumt, dass sie über die Klippen geklettert war? Doch nein – ihre Füße brannten nach wie vor.

Sanft wurde sie auf den Boden gelegt. Unter ihr war weicher Sand. Sie grub die Hände hinein und meinte, noch die Wärme des vergangenen Tages darin zu spüren. Das Rauschen des Atlantiks war nur leise zu hören, und der Wind schien sich von einem auf den anderen Moment gelegt zu haben. Angenehm war es hier. Warm und trocken. Sie öffnete die Augen. Es war eine Art Felsengrotte, in der sie sich befand. Zum Meer hin war sie offen, und sie konnte den Himmel erkennen, an dem wie eine riesige Lampe der Vollmond hing. Sein kaltes Licht ergoss sich über die Felsen, die rings um sie herum einen geschützten Ort bildeten. Das Meer selbst war nicht zu sehen.

Nicht weit von ihr entfernt saß ein Junge. Oder ein Mann? Gegen den Nachthimmel konnte sie seine Umrisse erkennen, nicht aber sein Gesicht. Er war klein. Schmächtig. Sie fragte sich, wie er sie hatte tragen können, als ob sie nicht mehr wog als eine Feder. Er betrachtete seine Hände, dann seine Arme, als wäre er selbst erstaunt darüber, welche Kraft er besaß.

Er musste sie im letzten Moment aufgefangen haben. Vorsichtig richtete sie sich auf. Nichts schmerzte. Er hob den Kopf, und das Mondlicht beleuchtete sein Gesicht. Als sich ihre Augen trafen, hielt Grit die Luft an. Niemals zuvor hatte sie einen Menschen mit solch erlesenen Zügen gesehen. Sie konnte nicht anders, als ihn *schön* zu nennen. Das schwarze Haar fiel ihm weich auf die Schultern, sein Gesicht hatte den Ton von dunklem Elfenbein. Alles an diesem jungen Mann wirkte edel und anmutig. Er war der schönste Mensch, den sie je gesehen hatte.

All das war jedoch nichts gegen seine Augen. Grit spürte, wie sich die Härchen auf ihren Armen stellten. Obwohl es dunkel war, leuchteten seine Augen wie Smaragde. Sie hatte so etwas noch nie gesehen. Waren es ihre Sinne, die ihr gerade einen Streich spielten? Nachwirkungen der Droge, die sie vor Stunden geraucht hatte? Morgen musste sie unbedingt Gilles fragen, woher er dieses Zeug hatte, dessen Wirkung so unglaublich war.

Sie sahen sich noch immer an. Schweigend. Endlich fasste sie sich ein Herz. Immerhin hatte er sie gerade vor einem schlimmen Sturz bewahrt.

„Danke, dass du mich aufgefangen hast."

Er deutete ein Nicken an.

„Wie hast du das gemacht?"

Nur ein Achselzucken.

„Ich heiße Grit. Und du?", versuchte sie abermals, ihm ein Wort zu entlocken. Vielleicht konnte er gar nicht sprechen? Jemand, der sich mitten in der Nacht in den Klippen herumtrieb, war vermutlich ein Sonderling. Ein Außenseiter. Oder etwas in der Art. Grits Phantasie begann, mit ihr durchzugehen. Es war die Nacht der Sommersonnenwende. Die geheimnisvollste Nacht des Jahres. Eigentlich glaubte sie nicht an Magie und solche Dinge. Aber diese Nacht war anders. Das spürte sie.

Plötzlich öffnete er den Mund.

„Torin." Er legte den Kopf ein wenig schief, als horchte er dem Klang des Wortes nach. „Mein Name ist Torin", wiederholte er nun lauter. Seine Stimme war tief und rau, und Grit hatte den Eindruck, als hätte er sie seit langer Zeit nicht benutzt.

Torin. Was für ein merkwürdiger Name. Passend zu einer merkwürdigen Nacht. Mit einem Male kam ihr alles unwirklich vor. Ihr Spaziergang über die Klippen, der erhabene Moment auf dem Stein, ihr Sturz, der keiner war, und schließlich dieser Mann, der zwar da war, aber so wenig greifbar schien.

„Hast du dir wehgetan?"

Seine Frage überraschte sie. Er hatte von sich aus das Wort ergriffen.

„Nein", sagte sie und erhob sich. Es wurde Zeit, dass sie sich auf den Weg machte. Kaum, dass sie stand, entfuhr ihr ein Schrei. Sie hatte nicht mehr an ihre Füße gedacht. Keinen Schritt würde sie heute noch tun können.

„Du bist verletzt!" Er rutschte von dem Stein, auf dem er gesessen hatte.

„Meine Füße", stöhnte sie gequält, sank nieder und betrachtete im Schein des Mondes ihre brennenden Fußsohlen. Sie waren blutig und von Schnitten übersät.

Ein sanfter Luftzug umfing sie, als er sich zu ihr kniete und sich über die Verletzung beugte. Mit seiner Hand fuhr er über die schmerzende Haut. Er berührte sie nicht. Es fühlte sich an, als würde sich eine wunderbar wohltuende Kühle über die Wunden legen.

„Besser?" Verlegen sah er sie an, ein Lächeln auf den fein geschwungenen Lippen.

Grit starrte fassungslos auf ihre Fußsohlen. Sie waren heil. Hier und da ein wenig verbliebenes Blut, die Haut jedoch war glatt und unversehrt. Sie schnappte nach Luft und wollte rufen, dass das nicht möglich war und sie auf der Stelle wissen wollte, wie er das gemacht hatte. Dann aber stieß sie die Luft wieder aus, und sie schwieg. Die ganze Zeit hatte sie es geahnt. Jetzt wusste sie es mit Gewissheit. Sie träumte tatsächlich. Die Kombination aus Mittsommernacht, Vollmond und Gras musste eine gigantische Wirkung haben und hatte ihr einen verrückten und dennoch bezaubernden Traum geschenkt. Jetzt, da sie das wusste, hatte sie nicht die geringste Lust, wieder aufzuwachen.

Lächelnd wandte sie sich zu ihm. Alle Scheu war verloren, nun, da geklärt war, dass nichts hiervon real war. „Du bist großartig und der beste Traum, den ich je hatte."

„Du denkst, du träumst?"

„Natürlich. Real kann das alles ja nicht sein." Sie machte eine umfassende Bewegung und schloss darin auch ihn mit ein. „Ich hoffe, dass ich mich morgen früh an dein Gesicht erinnere. Es ist so wunderschön, als wärest du ein Engel. Bist du das? Mein Schutzengel?"

Er antwortete nicht.

„Egal. Ich werde dich zeichnen und somit nie vergessen. Bis an mein Lebensende werde ich an diese Nacht denken."

„Mittsommer und Vollmond zugleich", sagte er leise. „Energien, gegen die man sich nicht wehren kann. Ich habe noch nie …" Er brach ab.

„Was hast du noch nie?" Interessiert sah sie ihn an, und wieder erschauerte sie beim Anblick seiner Augen. Nach kurzem Überlegen schob sie ihr Armband vom Handgelenk. „Ich möchte es dir schenken. Es ist nur ein kleines Dankeschön für das, was du getan hast, aber es kommt von Herzen." Sie fasste nach seiner Hand. Und zuckte zurück.

„Du bebst ja!", rief sie.

Er musterte sie überrascht. „Du spürst es?"

„Wie sollte ich nicht? Es ist, als ob ein reißender Strom durch deinen Körper jagt."

„Und du fürchtest dich nicht?" Er klang verwundert.

„Sollte ich das?" Nachdenklich sah sie ihn an. „Ich glaube, in dieser Nacht fürchte ich mich vor nichts und niemandem", meinte sie schließlich, griff abermals nach seiner Hand und streifte das Lederband darüber. Die Perlen, die darin eingeflochten waren, hatten dieselbe Farbe wie seine Augen.

„Dafür gibt es auch keinen Grund. Denn heute ist eine ganz besondere Nacht." Während Torin sprach, betrachtete er das Armband, das sich dunkel von seiner Haut abhob.

Ihre Gesichter befanden sich direkt voreinander. Seine Smaragdaugen funkelten, und einen Wimpernschlag lang hatte sie den Eindruck, dass hinter ihnen ein Orkan lauerte, den er nur mit Mühe zu verbergen vermochte.

„Es wäre mir eine Ehre, mit dir zusammen diese Nacht zu krönen. Sie zu zelebrieren, wie sie es verdient." Seine Stimme war ein heiseres Flüstern. Er hielt ihr seine Hände hin. Grazile, schmale Hände, die im Mondlicht beinahe durchscheinend wirkten. Sie zögerte nur kurz. Was auch immer geschehen würde, es war nicht wirklich. Es war ein Traum. Und es fühlte sich richtig an.

In jenem Augenblick, da sich ihre Hände berührten, verlor sie den Boden unter den Füßen. Der Orkan, den sie eben noch hinter seinen Augen vermutet hatte, erfasste sie und schleuderte sie gegen den Himmel. Von einem auf den anderen Moment hatte sie kein Gefühl mehr für das, was oben und was unten war, und sie befürchtete, ihr würden die Sinne schwinden. Der Sturm trug sie auf seinen Armen und wirbelte ihr Sein durcheinander. Sie schrie. Nicht aus Angst, sondern aus Begeisterung, Überraschung und Übermut. Es gab nur noch sie, den Sturmwind und die Gewissheit, dass sie sich gleich in Abertausende Teile auflösen und für immer mit Torin durch die Nacht preschen würde.

Irgendwann … sie hatte keine Ahnung, wie lange es gedauert hatte, verringerte sich das Tempo ihres Sturmfluges, und sie schwebte in sanften Wogen durch die Dunkelheit. Es war, als würde jemand sie in den Armen wiegen … bis sie schließlich erschöpft einschlief.

„Grit!"

Von weither drang eine Stimme in ihr Bewusstsein. Sie räkelte sich verschlafen.

„Grit, bist du hier irgendwo?"

Meinte er sie? *Grit?* Ja, er musste sie meinen.

„Kannst du mich hören? Grit!"

Sie öffnete die Augen und blinzelte ins Licht des jungen Tages. Verwirrt setzte sie sich auf und fuhr sich durchs Haar. Wieso lag sie nicht auf ihrer Isomatte? Ihr Kopf schmerzte, als hätte sie von gestern einen gehörigen Kater. Dabei hatte sie nicht viel getrunken. Der Spaziergang am Wasser fiel ihr plötzlich ein. Die Flut, die sie überrascht hatte.

„Grit!" Lorenz Stimme. Es hörte sich an, als würde er sich wieder entfernen.

„Lorenz!" Sie sprang auf. „Ich bin hier!" Als sie sich umsah, noch immer benommen, stellte sie verwundert fest, dass sie sich in einer Grotte befand. Die ihr plötzlich vage bekannt erschien. Es dauerte eine Weile, bis sie wusste, weshalb. Schlagartig war sie hellwach. Sie hatte geträumt in dieser Nacht. Unter anderem von einer Felseneinbuchtung oberhalb der Klippen, geschützt vor Wind und Wasser. Dies hier war genau jener Ort! Fröstelnd rieb sie sich die Arme.

„Grit! Da bist du ja!" Die hochgewachsene Gestalt von Lorenz erschien auf den Klippen vor der Grotte. Die blonden Locken standen ihm wirr vom Kopf, und richtig ausgeschlafen wirkte er auch nicht. Rasch kletterte er über die Felsen zu ihr und schloss sie in die Arme. „Mensch, Grit! Ich habe mich gesorgt! Warum bist du weggegangen? Hast du hier geschlafen? Weißt du eigentlich, wie gefährlich es in den Klippen ist, wenn die Flut kommt?"

„Mir ist ja nichts passiert." Unwillkürlich erinnerte sie sich an den Augenblick, als sie vom Felsen gefallen und beinahe in die tosende Flut gestürzt war. Wie echt es sich angefühlt hatte. Ihre verletzten Füße! Sie hatten gebrannt wie Feuer. Hatte sie sich das alles eingebildet? Alles nur geträumt? Nie wieder würde sie Drogen zu sich nehmen!

„Gott sei Dank!" Er drückte ihren Kopf gegen seine Brust und vergrub sein Gesicht in ihrem Haar.

Grits Blick fiel auf ihre Hand, die an der Schulter ihres Freundes lag. Das Lederarmband war weg! Wie ärgerlich! Wie konnte – und plötzlich stand ihr klar und deutlich der Traum vor Augen. Jede einzelne Szene. Einer Eingebung folgend löste sie sich von Lorenz, setzte sich auf einen Felsen und besah ihre Fußsohlen. Nicht die geringste Verletzung war zu sehen. Das allein wäre nicht weiter beunruhigend gewesen, denn sie hätte sich einreden können, dass sie sich niemals Schnitte unter den Füßen zugezogen hatte. Die deutlichen Spuren getrockneten Blutes allerdings belehrten sie eines Besseren. Ein Schauer rieselte durch ihren Körper.

Lorenz setzte sich neben sie. „Du bist ja doch verletzt!"

„Nein, bin ich nicht", entgegnete sie mit belegter Stimme und starrte noch immer auf ihre Füße. Unerbittlich begann ihr zu dämmern, was das alles zu bedeuten hatte. Endlich ließ sie sich von dem Stein gleiten, auf dem sie saß, zog die Knie unters Kinn und schlang die Arme um ihre Beine.

„Setz dich zu mir", bat sie mit zitternder Stimme. „Ich muss dir was erzählen."

Sie begann mit dem Moment, als sie ihren Schlafplatz verlassen, sich ein Bier geschnappt hatte und am Strand entlanggelaufen war. Von ihren blutenden Füßen berichtete sie und von ihrem Sturz. Dann von dem Traum. Von dem schönen Mann mit der eigenartig rauen Stimme, der mit seinen Händen ihre Wunden geheilt hatte und der anders gewesen war als alle Menschen, die sie bisher kennengelernt hatte. Und sie erzählte von dem Augenblick, als ein Sturm sie von den Füßen gerissen hatte und sie sich an nichts anderes mehr erinnern konnte, als an das Gefühl, vom Wind getragen zu werden.

Lorenz hörte ihr zu, ohne sie ein einziges Mal zu unterbrechen. Als sie schwieg und darauf wartete, dass er etwas sagte, fragte er:

„Du meinst, der Traum war vielleicht gar kein Traum?"

Ratlos hob sie die Schultern. „Ehrlich gesagt habe ich keine Ahnung. Zuerst dachte ich, dass vielleicht der Joint so stark gewirkt hat. Aber er hätte meine Füße nicht wieder heil gemacht. Und das Blut beweist ja, dass dort Wunden waren. An den Schmerz kann ich mich noch sehr deutlich erinnern."

„Jetzt mal unabhängig davon, ob dieser Mann tatsächlich hier in den Klippen war oder du ihn nur geträumt hast: Hat er dir irgendetwas gegeben? Zu essen oder zu trinken?"

Grit schüttelte den Kopf.

„Hat er dich berührt?"

„Nur meine Hände. Es ging nichts Bedrohliches von ihm aus. Er wollte mir nichts Böses, das habe ich gespürt. Alles war wie – verzaubert. Real und unwirklich zugleich. Wäre da nicht die Sache mit meinen Füßen, so würde ich voller Überzeugung behaupten, dass nichts davon wirklich geschehen ist. Dass auch dieser Mann nur ein Traum war."

Lorenz sah sie voller Zweifel an. Ernst legte er ihr seinen Arm um die Schultern. „Und du bist ganz sicher, dass er – dass er nicht …?" Er konnte es nicht aussprechen. Die Befürchtung, dass der Mann Hand an Grits Körper gelegt und sie zu etwas gezwungen haben könnte, schnürte ihm die Kehle zu.

„Nein! Hat er nicht. Ganz sicher." Sie stand auf. „Lass uns gehen. Ich brauche jetzt unbedingt einen Kaffee und etwas zu essen!"

Lorenz schien nicht ganz überzeugt, sprang jedoch auf und meinte: „Bernard ist schon weggefahren, um Baguette zu kaufen. Die anderen beiden schliefen noch, als ich gegangen bin. Ich hoffe, dass sie inzwischen aufgewacht sind und Kaffee gekocht haben."

Sie kletterten über die Klippen bis zum Meer und liefen am Strand zurück. Das Wasser hatte sich längst zurückgezogen. Nur die Unmengen von Muscheln und Tang, die auf dem Sand verstreut lagen, erinnerten an die Flut.

Nach dem Frühstück zogen die Franzosen weiter.

„Und wir?" Lorenz trat zu Grit, die im Schneidersitz auf dem Sand saß und auf den Atlantik blickte. Ein Meer aus flüssiger Tinte. Zwischen den Händen hielt sie ihren Becher mit dem kalt gewordenen Kaffee.

„Ich möchte noch bleiben. Eine Nacht. Vielleicht auch zwei." Bittend sah sie zu ihm auf. „Es ist so schön hier und ich würde gerne ein paar Skizzen machen. Wir könnten auf den Campingplatz gehen, den wir gesehen haben."

In den kommenden Tagen lief Grit ausschließlich mit dem Skizzenblock in der Hand umher und zeichnete. Wenn Ebbe war, lief sie zur Grotte, setzte sich auf einen der sonnengewärmten Felsen und rief sich Torins Gesicht in Erinnerung, um es zu Papier zu bringen. Lorenz ließ sie gewähren, befand sich jedoch immer in ihrer Nähe.

Vielleicht ahnte er, dass sie hoffte, den Mann wiederzusehen, der sie in jener Nacht gerettet hatte, und von dem sie nicht wusste, ob er Traum oder Wirklichkeit war. Von dieser seltsamen Verbundenheit, die sie empfand, wenn sie an Torin dachte, hatte sie Lorenz nicht erzählt. Sie hätte es ihm nicht erklären können. Sie konnte es sich nicht einmal selbst erklären.

Sie sah Torin nicht wieder. Als sie die Bretagne einige Tage darauf verließen, war sie davon überzeugt, dass sie alles nur geträumt hatte. Das Armband hatte sie vermutlich schon nachmittags beim Schwimmen verloren und es nicht bemerkt. Und das mit den Füßen, nun ja, darüber versuchte sie nicht nachzudenken.

Braungebrannt, gutgelaunt und erholt fuhren sie nach Deutschland zurück.

Kaum zuhause angekommen, geschah innerhalb von kürzester Zeit so viel, dass sie nicht mehr an dieses Erlebnis dachte. Einen Tag nach ihrer Rückkehr starb unerwartet Lorenz Großtante Henriette und hinterließ ihm ihr altes Haus am Rande eines Dorfes, direkt am Wald. Es war nicht weit weg von der Stadt, in der sie mit drei anderen jungen Leuten in einer WG lebten. Ohne zu zögern kündigten sie das winzige Zimmer, das sie sich dort geteilt hatten und zogen in das geräumige Haus, das vor vielen Jahren als Gemeindehaus gebaut worden war. Die freie Zeit, die ihnen blieb – Lorenz studierte und Grit arbeitete als Malerin und Restauratorin – verbrachten sie damit, das Haus zu renovieren. Als wäre dies für das junge Paar nicht schon Herausforderung genug – sie waren beide gerade zweiundzwanzig Jahre alt geworden – wartete eine weitere Überraschung auf sie: Grit war schwanger.

„Ich verstehe das nicht", meinte sie kopfschüttelnd, nachdem Lorenz sie durch die Luft gewirbelt und ihr einen Kuss auf die Stirn gedrückt hatte. „Wir haben doch immer verhütet."

„Manchmal geschehen Wunder einfach so!", rief er und drückte sie an sich. „Sie fragen nicht nach dem Wann und Wo!" Er zupfte klebrige Tapetenreste aus ihrem Haar; der Schwangerschaftstest lag irgendwo zwischen Tapetenrollen und Malutensilien auf dem Boden. „Wir haben es aus dem Urlaub mitgebracht. Ist das nicht großartig? Gewöhnliche Menschen bringen kitschige Souvenirs mit nach Hause und wir ein Baby!"

Grit bestand stur darauf, dass er trotz ihrer Schwangerschaft seine Zukunftspläne nicht änderte und ab dem nächsten Semester sein Stipendium für das Auslandsstudium wahrnahm. Sie wusste um das Fernweh, das ihn plagte. Um seine Sehnsucht, die Welt zu bereisen, Länder kennenzulernen und die Menschen, die dazugehörten. Und sie wollte die Letzte sein, die ihn daran hinderte und zusehen würde, wie er sich um ihretwillen zusammenriss und unglücklich war. Dafür liebte sie ihn zu sehr. Eine Zeitlang würde es sicher gutgehen, aber wenn sie ihn nicht verlieren wollte, musste sie ihn ziehen lassen. Sie wusste, dass er immer wieder zurückkommen würde. Zu ihr.

Viele Stunden diskutierten sie darüber, bis Lorenz sich schließlich geschlagen gab. Er versprach, jede Gelegenheit wahrzunehmen, um neben dem Studium Geld zu verdienen und es ihr und dem Kind zu schicken, denn eine Weile würde sie selbst nicht arbeiten können.

Dann kam der Augenblick, da sie abends unter dem Apfelbaum saßen, der im Garten ihres neuen Heims stand. Er bog sich bereits unter der Last seiner reifen Früchte. Mit leuchtenden Augen sank Lorenz vor ihr auf die Knie und machte ihr einen Antrag. Den sie umgehend ablehnte.

„Ich will nicht, dass du dich dazu verpflichtet fühlst, mich zu heiraten, Lorenz. Ich bin auch ohne Trauschein glücklich mit dir. Sieh mal, meine Eltern sind geschieden und deine auch. Wieso also sollten wir heiraten? Lass uns so zusammenleben. Ich liebe dich. Für immer. Ob mit oder ohne Ehering."

Diesmal jedoch bewies Lorenz, dass auch er stur sein konnte.

„Es geht mir nicht um die Tatsache, dass wir verheiratet sind, Liebes. Ich will, dass ihr abgesichert seid und dass ihr ein Heim habt. Falls mir jemals etwas zustoßen sollte, egal, ob hier oder woanders, so weiß ich doch, dass du und unser Kind in Sicherheit seid und niemand euch das Haus wegnehmen kann. Das ist der einzige Gedanke, der dahintersteckt. Dass wir beide den gleichen Ring am Finger haben werden, finde ich außerdem eine schöne Vorstellung!"

Er sah wie ein frecher Junge aus, als er sie verschmitzt ansah und hinzufügte: „Entweder du hast meinen Ring am Finger, oder du hast mich an der Backe. Ich werde dann nämlich nicht nach Spanien gehen, sondern mein Studium hier fortsetzen."

„Schon gut, du verrückter Mann! Ich bin einverstanden und werde dich heiraten."

Bis zur Hochzeit – sie würde Ende August stattfinden, eine Woche bevor Lorenz nach Madrid reiste – war noch einiges zu tun. Sie hatten nicht viel Geld und kauften das, was unbedingt nötig war, gebraucht. Die Einrichtung der Großtante, die von guter Qualität war, aber aus dunklen, schweren Möbeln bestand, übernahmen sie größtenteils. Grit verpasste ihnen im Handumdrehen ein neues Gesicht, und schließlich leuchtete der riesige Raum, der das ganze Erdgeschoss einnahm, in bunten Farben. Die Wohnzimmerregale prahlten mit ihrem dunklen Rot, die alte Couch fand sich unter einem bunten Überwurf wieder, und die Fensterbänke leuchteten hellgrün. Der lange Esstisch aus Holz und die dazugehörigen

Stühle, die im Küchenbereich standen, strahlten warm und einladend in Maisgelb und bildeten einen lebhaften Kontrast zu dem Rot der Küchenschränke. Das unzerstörbare, rote Ledersofa, das sie aus ihrer Bude in der Stadt mitgebracht hatten, deponierten sie direkt neben dem Hauseingang im Flur. Nur vom Klavier, das als Raumteiler zwischen Küche und Wohnbereich stand, ließ Grit ehrfurchtsvoll die Finger. Manchmal, wenn sie am späten Abend endlich zur Ruhe kamen, setzte Lorenz sich an das Instrument und ließ – anfangs zögerlich, bald darauf sicherer – seine Hände über die Tasten gleiten. Es war eine Seite von ihm, die ihr neu war, und sie war überrascht, wie gut er spielte.

„Tante Henriette war Klavierlehrerin", erzählte er, als Grit eines Abends neben ihm stand und ihm zuhörte. „Wenn ich sie besuchte, was während der Trennungsjahre meiner Eltern oft geschah, bat ich sie, mich ein wenig zu unterrichten."

In der oberen Etage gestalteten sie ein Kinderzimmer. Sie hatten sich für den hellsten Raum entschieden, jenen, der nach Osten und Süden Fenster hatte. Grit bemalte die Wände liebevoll mit Märchengestalten und sang währenddessen alle Kinderlieder, die ihr einfielen. Das Schlafzimmer, das sie mit Lorenz teilte, lag direkt daneben.

„Ich freue mich darauf, mit dir zusammen dieses Haus mit Leben zu füllen", sagte Lorenz, als sie Arm in Arm im fertig bemalten Kinderzimmer standen und die Zwerge betrachteten, die sich um Schneewittchen scharten. Zärtlich küsste er Grits Nasenspitze. „Meinst du, wir schaffen die Sieben?"

Grit machte sich lachend los und zog ihn an der Hand hinter sich her, über den Flur, an leeren Zimmern vorbei, die Treppe hinauf. Sie öffnete eine Tür. Licht strömte ihnen entgegen. Als sie eintraten, standen sie in dem hell getäfelten, geräumigen Dachstudio, in das sie sich gleich am ersten Tag verliebt hatte. Hier hatte Lorenz Großtante alles aufbewahrt, was ihr im Weg gewesen war: Alte Bettgestelle und Regale, einen protzigen Schreibtisch, einen Schuhschrank und ein paar Kartons, befüllt mit Krimskrams.

„Hier haben wir früher oft gespielt, meine Cousins und ich", erzählte Lorenz. „Wir konnten herumtoben, ohne dabei die Erwachsenen zu stören. Manchmal kam Tante Henriette herauf und hat uns Süßigkeiten gebracht, augenzwinkernd und mit der Bitte, dass wir sie nicht bei unseren Eltern verrieten. Das war einer der Gründe, weswegen ich sie so gerne besucht habe und sie mochte. Ich bin sicher, sie fände es prima, dass hier bald eine junge Familie wohnt." Er stieß mit dem Fuß gegen einen Karton. „Hast du eine Idee, was wir aus diesem Raum machen könnten? Es wäre schade, ihn nicht zu nutzen."

„Und ob ich die habe", hauchte Grit und drückte seine Hand, die sie noch immer hielt, ein wenig fester. „Seit ich ihn gesehen habe, träume ich davon, aus diesem Raum ein Atelier zu machen. Ich könnte anfangen, es herzurichten, wenn du fort bist. Dann werden mir die Wochenenden nicht so lang. Meinst du, das wäre möglich? Oder bin ich unverschämt?"

Lorenz war von dieser Idee begeistert. Grit musste ihm allerdings versprechen, es langsam angehen zu lassen, um sich und ihr Kind nicht zu gefährden. So schleppte er alles, bis auf den klobigen Schreibtisch und die Regale, aus dem Haus und entsorgte es. Die Kartons samt Inhalt wanderten in den Keller.

Schneller als gedacht kam der Abschied. Sie waren seit einer Woche verheiratet.

„Ein Wort von dir, und ich bleibe." Sein Mund lag auf ihrem Scheitel.

„Du kommst ja wieder. Was will ich mehr? Schon an Weihnachten bist du wieder hier und kannst meinen dicken Bauch streicheln. Ich werde unserem Baby jeden Tag von dir erzählen." Tapfer blinzelte sie die Tränen weg. Sie hatte gewusst, dass der Abschied wehtun würde. Umso schöner würde das Wiedersehen werden.

„Ich liebe dich, mein Herz. Und dich, kleiner Zwerg", er kniete vor Grit nieder und legte seine Hände auf ihren Bauch, „dich liebe ich auch."

Dann war er weg.

Während sie tagsüber in der Stadt ihrem Beruf nachging, baute sie nach Feierabend unermüdlich an ihrem Nest, das ihr mit jedem Tag mehr ans Herz wuchs. Sie spürte weder Müdigkeit, noch war ihr übel. Dinge, die ihre Ärztin ihr vorausgesagt hatte. Doch die Schwangerschaft schien ihr Flügel zu verleihen.

Als Lorenz über Weihnachten für einige Tage nach Hause kam, zeigte sie ihm stolz das Ergebnis ihrer Arbeit. Er jedoch schien nichts zu sehen außer seiner zierlichen Frau, deren Bauch inzwischen sichtlich gewölbt war und die in einem Maße strahlte, als würde sie kein Baby, sondern eine Sonne in sich tragen.

„Unser Kind *ist* wie die Sonne", entgegnete sie lachend, als er ihr das sagte. „Ich spüre es. Ein wenig kommt es mir vor, als würde es *mich* tragen und nicht umgekehrt. Es ist ganz sanft und es bewegt sich, wenn ich mit ihm rede. Die Ärztin meint, es sei sehr klein, denn mein Bauch müsste viel runder sein, als er ist. Aber ich weiß, dass es ihm gut geht. Ich spüre es ganz deutlich."

Sie begannen, über einen Namen nachzudenken und waren sich einig, dass ihr Kind keinen Modenamen bekommen sollte.

„Meine Oma hieß Frederike. Was hältst du davon? Wenn es ein Junge wird, könnte er Frederik heißen", schlug Grit vor.

„Der Name gefällt mir! Richtig gut sogar. Und unser nächstes Kind könnte nach meiner Großmutter heißen. Magdalena."

„Und wenn's ein Junge wird?" Grit grinste.

Lorenz überlegte kurz. „Magnus."

„Einverstanden."

Der nächste Abschied fiel noch schwerer. „Du meldest dich bei mir, falls es dir schlecht geht und ich heimkommen

soll, versprochen?“ Lorenz hatte sie an den Schultern gepackt und sah sie ernst an.

„Versprochen. Aber es wird mir nicht schlecht gehen, das
weiß ich.“

„Ende der ersten Märzwoche bin ich hier und bleibe, bis
Freddie geboren ist.“ Das hatten sie seit langer Zeit bespro-
chen, da ihr Baby Ende März zur Welt kommen sollte.

„Ja, mein Liebster. Wir warten auf dich. Aber versprich
mir, dass wir unser Kind niemals *Freddie* nennen werden.
Das klingt ja entsetzlich!“

„Keine Abkürzungen. Versprochen.“

„Was willst du denn jetzt schon auf der Erde, kleines
Menschlein?“ Grit legte die Hände auf ihren Bauch, der sich
hart anfühlte und sich in regelmäßigen Abständen schmerzhaft zusammenzog. Es war ein eiskalter Wintermorgen im
Februar. Der Frost umklammerte die Natur mit hartem Griff
und hatte schimmernde Eisblumen an die Fenster gemalt.

Wieder stöhnte sie unter einer Wehe.

„Du meinst es ernst, nicht wahr? Dein Vater wird traurig
sein, dass wir nicht auf ihn gewartet haben.“ Sie griff zum
Telefon, und als eine erneute Wehe sie taumeln ließ, wusste
sie, dass es bis zum Krankenhaus nicht mehr reichen würde.

Der erste Schrei des Babys ertönte in dem Moment, als
der Notarzt vorfuhr. Die Nachbarin, die Grit hinzugerufen
hatte, öffnete die Haustür. Fast gleichzeitig mit dem Arzt traf
auch die Hebamme ein.

Eine Stunde später versank das Haus in Stille. Es war, als
wäre nichts geschehen. Und doch hatte sich alles verändert.
Auf der Couch im Wohnzimmer lag Grit, im Arm ihre neugeborene, schlafende Tochter. Winzig war sie. So winzig,
dass der Arzt befürchtet hatte, dass mit dem Baby etwas
nicht stimmte. Nach Abschluss seiner Untersuchungen jedoch war ihm nichts Bedenkliches aufgefallen. Auch die
Hebamme befand die Kleine als völlig gesund. Nichts wies
darauf hin, dass sie fünf Wochen zu früh geboren war. Ganz

im Gegenteil. Sie hatte einen kräftigen Herzschlag, einen festen Griff und dazu einen ungewöhnlich vollen Haarschopf.

Nachdem sowohl die Nachbarin als auch die Hebamme versichert hatten, regelmäßig bei Grit und dem Baby vorbeizusehen, erklärte sich der Arzt zähneknirschend damit einverstanden, Mutter und Kind in der gewohnten Umgebung zu lassen.

Zärtlich fuhr Grit ihrem Baby über das weiche Haar, das noch eine Spur dunkler war als ihr eigenes. Nie hatte sie ein schöneres Kind gesehen. Dass jede Mutter ihr Kind schön fand, war ihr klar. Trotzdem war dieses anders. Sein Gesichtchen war von außergewöhnlicher Anmut. Die Lippen besaßen einen sanften Schwung und waren von einem vollen Rot. Die schmalen Augenbrauen hatten bereits die dunkle Farbe des Kopfhaars, und die kleinen Ohren erinnerten ein wenig an helle, perfekt geformte Muscheln. Nur die Augen hatte ihre Tochter noch nicht geöffnet. Welche Farbe mochten sie haben, später, wenn das erste Babyblau sich verflüchtigt hatte? Würde Frederike die blauen Augen ihres Vaters haben, oder die braunen Augen ihrer Mutter? Grit betrachtete die winzigen Hände, die so vollkommenen aussahen, dass es schmerzte.

„Wie kann etwas so Winziges nur so wunderschön sein?", flüsterte sie, und Tränen liefen ihr über die Wangen. „Wie soll man sich ein solches Wunder erklären? Von einem Augenblick auf den anderen machst du mein Herz zu einem Ort, der vor Glückseligkeit so weit ist wie das Universum selbst. Mein Alles, mein Liebstes. Dein Vater wird dich vergöttern."

Als hätte es die Worte verstanden, schenkte ihr Kind ihr ein Engelslächeln und räkelte sich zufrieden. Dann schlug es die Augen auf.

Zwei Tage später war Lorenz da.

„Es tut mir so leid, dass ich nicht bei dir war", murmelte er in ihr Haar und wollte sie gar nicht wieder loslassen. „Sie hat es ganz schön eilig gehabt, unsere Kleine, nicht wahr?"

Grit nickte und klammerte sich an ihn.

„Schläft sie? Kann ich sie sehen?"

Wieder nickte sie wortlos. Alarmiert hob er ihr Kinn. „Sieh mich an", bat er, als sie die Augen gesenkt hielt. Sie sah zu ihm auf.

„Was ist los? Ist mit unserem Baby alles in Ordnung? Ist es krank?" Vor Angst klang seine Stimme spröde.

„Es geht ihm gut. Es ist das liebste Kind auf der Welt und hat noch nie geweint. Wenn es wach ist, sieht es so aufmerksam zum Fenster hinaus, als würde es die kahlen Zweige der Bäume betrachten, oder die vielen Vögel, die sich neuerdings darauf niederlassen. Unsere Tochter ist etwas ganz Besonderes."

Er folgte ihr die Treppen hinauf, und zusammen betraten sie das Kinderzimmer. Die Wiege aus Korb stand am Fenster. Drei lange Schritte, und Lorenz beugte sich darüber.

„Oh, mein Gott." Seine Stimme war nicht ganz fest, als er mit dem Ärmel über seine Wangen fuhr. „Sie sieht aus wie du. Sie ist wunderschön! Ich wusste nicht, dass Babys so schön sind. Und so winzig." Er wandte sich zu Grit und schloss sie in die Arme. „Wir haben ein Wunder vollbracht, wir beide. Ein winziges, aber gewaltiges Wunder."

Wieder beugte er sich über das Baby. Grit schob ihn sanft beiseite und hob das schlafende Kind aus der Wiege.

„Du brauchst sie nicht zu wecken", wandte Lorenz erschrocken ein. „Ich kann sie noch oft genug halten."

„Es muss sein", entgegnete sie energisch und trat ans Fenster, ihre Tochter in der Armbeuge. Behutsam strich sie ihr über das dunkle Haar. „Wach auf, kleine Elfe. Dein Vater ist da."

Das Kind schmatzte verschlafen, streckte sich und öffnete die Augen.

Grit spürte Lorenz neben sich erschauern. Ihre Wangen glühten, als sie sagte: „Ich liebe sie mehr als mein Leben."

Es waren nur Augenblicke, die vergingen, bis Lorenz sagte: „Wir sind die Eltern des schönsten Mädchens der Welt. Einen stolzeren Vater als mich hat es nie zuvor gegeben."

Er legte die Arme um seine kleine Familie und küsste erst Grit, dann seine Tochter. Das Baby indessen betrachtete seine Eltern aufmerksam, ein weises Lächeln auf den Lippen. Mit Augen in der Farbe von Smaragden.

Kapitel 7

Erst als die Stille in ihren Ohren zu einem Dröhnen herangewachsen war, merkte Rieke, dass ihre Mutter zu sprechen aufgehört hatte. Ihre Hände hielten die Tasse umklammert. Der Tee dampfte schon lange nicht mehr und getrunken hatte sie davon keinen Schluck. Sie fühlte sich wie betäubt. Alles in ihr sträubte sich dagegen, über das nachzudenken, was sie eben gehört hatte. Ihr Vater sagte etwas. Nur Fetzen davon erreichten sie. Worte wie *egal* und *trotzdem*. Sie sah über den Tisch zu Mama, die sie schweigend anblickte. Die Augen groß, dunkel und verschleiert von Tränen. In ihrem Gesicht verhaltene Hoffnung, dass alles gut würde.

Rieke schob ihren Stuhl zurück und erhob sich. Beinahe gleichzeitig sprangen ihre Eltern auf. Ihre Mutter umrundete den Tisch. Kam auf sie zu, die Arme nach ihr ausgestreckt. Abwehrend hob Rieke die Hände und wich zurück.

„Rieke", flüsterte Grit, während Tränen über ihre Wangen rollten. „Rieke, bitte …"

Lorenz trat zu seiner Frau und legte den Arm um sie. „Gib ihr Zeit, Liebes. Du wirst verstehen, dass das, was sie eben erfahren hat, ihr einen Schock versetzt haben muss." Über Grits Kopf hinweg suchte er den Blick seiner Tochter.

„Rieke", begann er, aber sie hatte sich bereits umgedreht, durchquerte den Raum und lief zum Flur. Bevor sie die Haustür hinter sich ins Schloss zog, hörte sie noch, dass ihre Mutter laut aufschluchzte. Auf dem Weg zum Hühnerstall presste sie die Hände auf die Ohren. Sie wollte nichts hören. Nichts sehen. Sie wollte gar nichts. Am allerwenigsten wollte sie etwas fühlen. Aber sie konnte es nicht abstellen. Ihr Vater war nicht ihr Vater. Sie spürte, dass in ihr etwas zerbrach.

Als sie das Gehege öffnete und sich auf einen der Stroh-
ballen setzte, dauerte es kaum eine Minute, bis sich alle fünf
Hennen um sie geschart hatten. Zwei von ihnen flogen auf
ihren Schoß, zwei andere machten es sich neben ihr bequem.
Warm und weich drückten sie sich an Riekes Körper und
glucksten ihr zärtliche Botschaften zu. Holli flatterte auf ihre
Schulter und knabberte aufmunternd an ihrem Ohr. Während
sie dankbar über flaumige Federkleider strich, schloss sie die
Augen. Das Mitgefühl der Tiere tat ihr gut. Warum war nur
Rusty nicht hier? Henni nahm ihre Aufgabe, sich um ihn zu
kümmern, offensichtlich sehr ernst. Dabei brauchte sie den
kleinen Hund jetzt so sehr. Seine Gegenwart würde ihre verwundete Seele trösten.

Der Wind pfiff scharf und kalt um die Hausecke. Erzählte
von Jahreszeiten, von Naturgewalten und von Weite. Weite!
Rieke öffnete die Augen. Es war schon fast dunkel. Sie
schob die Hühner von sich, verließ das Gehege und ver-
schloss es sorgsam. Erleichtert darüber, dass die Tür ange-
lehnt war, trat sie ins Haus. Ohne sich umzusehen, rannte sie
die Treppe hinauf in ihr Zimmer, zog ihre Jacke über und
nahm den Autoschlüssel vom Regal. Sie konnte nicht bleiben. Sie musste raus hier. Für all das, was in ihr vorging,
schien weder in ihrem Körper noch im Haus ausreichend
Platz zu sein. Sie brauchte Raum. Weite.

Zwei Stufen auf einmal nehmend rannte sie die Treppe
wieder hinab. Ihre Eltern standen noch immer in der Küche,
Arm in Arm an den Tisch gelehnt, und beobachteten ihr Tun.
Ohne sie zu beachten, lief Rieke an ihnen vorbei in den Flur,
setzte sich auf das alte Ledersofa und zog ihre Turnschuhe zu
sich. Erst jetzt bemerkte sie ihre schmutzigen Füße. War sie
ohne Schuhe im Hühnerstall gewesen? Mit zitternden Fingern streifte sie den Schmutz ab und schlüpfte in ihre Schuhe. Vergeblich versuchte sie, eine Schleife zu binden, als ihr
Vater zu ihr trat und vor ihr auf die Knie sank. Behutsam
nahm er ihr die Schnürsenkel aus der Hand.

„Hör zu, Rieke", sagte er sanft, als er ihr die Schuhe gebunden hatte und sie voreinander standen. Sie ließ zu, dass

der große Mann sie an seine Brust zog und sie fest mit den Armen umschlang. Verzweifelt klammerte sie sich an ihn, ihr Ohr an seinem Herzen. Es pochte laut und längst nicht so ruhig, wie er sich gab.

„Ich möchte, dass du eines weißt: Zwischen meiner Liebe zu dir und deinen Schwestern gab es nie den geringsten Unterschied. Und solange mein Herz schlägt, wird sich daran nichts ändern. Genau dasselbe gilt für deine Mutter, aber ich bin mir sicher, das weißt du. Bis heute können wir uns nicht erklären, was genau damals geschehen ist. Aber es ist nicht wichtig. Denn es ändert nichts daran, dass du unsere Tochter bist und wir dich lieben. Jetzt und immer."

Rieke machte sich von ihm los und wandte sich zur Tür. „Danke, Lorenz." Sie brachte es nicht über sich, ihn *Papa* zu nennen. Die Betroffenheit in seinem Gesicht schmerzte sie. „Ich muss für eine Weile alleine sein."

„Das verstehe ich. Bitte, tu nichts Unbesonnenes."

Sie schenkte ihm ein bitteres Lächeln. „Habe ich jemals etwas Unbesonnenes getan?"

„Nein, soweit ich weiß, hast du das nie." Zärtlich strich er ihr über die Wange. „Aber es gibt Momente im Leben, die uns verändern. Jene, in denen die Verzweiflung nach unserem Herzen greift. Solche Momente führen uns dazu, Dinge zu tun, die uns fremd sind. Davor habe ich Angst. Am liebsten würde ich dich überreden zu bleiben. Aber ich weiß, dass ich dich gehen lassen muss." Nach kurzem Schweigen fügte er hinzu: „Du kommst doch heute Abend wieder?" Er sah sie bittend an. Als sie nicht antwortete, bat er leise: „Pass auf dich auf, Liebes."

„Macht euch keine Sorgen um mich." Mit diesen Worten öffnete Rieke die Tür und trat in die Dämmerung.

Sie startete ihren Wagen und fuhr los. Ein Ziel hatte sie nicht. Nur weg von hier. Distanz schaffen zwischen sich und dem Ort, der ihr Zuhause gewesen war. Irgendwohin, wo sie atmen konnte. Und nachdenken.

Ganz gegen ihre Gewohnheit schaltete sie das Radio ein und drehte es laut. Das belanglose Gerede und die nichtssagende Popmusik kamen ihr entgegen und vertrieben ihr die Zeit. Als nach vielen Kilometern ihre Tankleuchte blinkte, fuhr sie die nächste Tankstelle an und füllte Benzin auf. Sie hatte keine Ahnung, wo sie sich befand. Es war ihr ohnehin gleichgültig. Auf dem Weg zur Kasse griff sie nach zwei Flaschen Wasser und einer Packung Studentenfutter.

Im Wagen zurück, trank sie ein paar Schlucke und knabberte einige Nüsse. Im Radio liefen die Zweiundzwanzig-Uhr-Nachrichten. Sie musste den Motor mehrere Male starten, bis er endlich ansprang. Aufatmend verließ sie die Tankstelle. Sie hatte gar nicht mehr daran gedacht, dass sie das Auto in die Werkstatt hatte bringen wollen, sobald sie aus Frankreich zurück war.

Frankreich. Kaum vorstellbar, dass sie noch heute Morgen im *Chez Louise* gewesen war. Ursprünglich hatte sie geplant, den ersten Bus nach Brest zu nehmen. Luc jedoch hatte gestern Abend energisch den Kopf geschüttelt und Marla seinen Wagen angeboten. So waren die Schwestern gleichzeitig mit Kelian aufgestanden und hatten sich nach einem kurzen Frühstück auf den Weg gemacht.

„Bitte melde dich, wenn du mit Mama gesprochen hast", hatte Marla beim Abschied gebeten. Rieke hatte den Eindruck gehabt, als hätte ihre Schwester sie am liebsten begleitet. Das aber hätte sie niemals zugelassen. Sie hatte Marla fest versprochen, ihr zu berichten, sobald sie etwas wusste. Wenn sie das nächste Mal den Wagen anhielt, würde sie ihr wenigstens eine kurze Nachricht schreiben. Sie verließ die Landstraße und fuhr über schmale Straßen weiter. Die Namen der Orte, die sie passierte, hatte sie nie gehört. Sie hätte nicht einmal sagen können, in welche Himmelsrichtung sie fuhr.

Bald begegneten ihr kaum noch Autos. Die Augenlider begannen ihr schwer zu werden, und immer häufiger musste sie blinzeln, damit sie ihr nicht zufielen. Seit einer Weile schlängelte sich die Straße in engen Kehren bergauf durch einen Wald. Mehrere Male sprangen Wildtiere über den Weg, und als Rieke erst im letzten Augenblick eine Wildschweinrotte erkannte, die auf der Fahrbahn stand und den Wegrand nach Essbarem durchwühlte, erschrak sie fürchterlich. Sie hielt an und wartete, bis sich die Tiere verzogen hatten. Weiterzufahren war unvernünftig. Sie würde einen Parkplatz suchen und für eine Weile die Augen schließen. Wenn sie sich ein wenig ausgeruht hatte, würde sie überlegen, wie es weiterging.

Kurz darauf bog sie auf einen Waldparkplatz ein. Sie stellte den Wagen in die äußerste Ecke, stoppte den Motor und stieg aus. Die Nachtluft war kalt und würzig. Sie atmete sie bis tief in ihre Lungen ein und spürte, wie sie sich in ihrem Körper ausbreitete. Um sie herum war Stille. Nichts außer Stille. Eine Wohltat nach der langen Zeit im Auto. Ruhe legte sich über sie. Ihre Lippen, die sie während der letzten Stunden mit den Zähnen bearbeitet hatte, schmerzten, als sie sie zu einem angedeuteten Lächeln verzog. Es war richtig gewesen, wegzufahren.

Sie nahm ihr Handy vom Beifahrersitz und bereute auf der Stelle, dass sie Marla nicht sofort geschrieben hatte. Wieso hatte sie nicht daran gedacht, das Gerät aufzuladen? Missmutig legte sie es zurück. Wenn Marla nichts von ihr hörte, würde sie sicher Papa fragen. Ein gequältes Stöhnen entfuhr ihr, als eine kalte Hand nach ihrer Brust griff. Papa.

Fest entschlossen, nicht darüber nachzudenken, holte sie die Picknickdecke aus dem Kofferraum. Als sie wieder eingestiegen war, kurbelte sie den Sitz nach hinten und kippte die Lehne zurück. Während sie die karierte Decke um sich drapierte, schossen ihr Bilder in den Kopf. Sie selbst auf der Decke sitzend, ein Picknick darauf ausgebreitet. Vor ihr der See. Ein schmächtiger Mann mit weißen Haaren, der lachend und bis zu den Knien im Wasser stehend mit Rusty spielte.

Bilder aus einem anderen Leben, dachte sie resigniert, öffnete das Fenster einen Spaltbreit und zog die Decke bis zum Kinn. Bilder aus einem Leben, als der Mann, den sie liebte, noch an ihrer Seite war. Bilder aus einem Leben, als sie noch einen Vater hatte.

Die Geräusche des Waldes drangen an ihr Ohr. Hin und wieder ein Knacken, das unnatürlich laut durch das Unterholz hallte. Der erschreckte Ruf eines aufgescheuchten Vogels. Der Wind, der durch die Wipfel der Bäume fuhr und den verbliebenen Blättern ein Säuseln entlockte. Mitunter ein Schrei. Laut. Bedrohlich. Die Jäger der Nacht waren erwacht.

Die Augen fielen ihr zu. Bevor der Schlaf sie übermannte, hörte sie ein Flüstern. Sie versuchte, es zu verstehen. Gab sich Mühe. Verstand nichts. Und wusste doch, sie würde es verstehen, wenn sie sich nur darauf konzentrierte. Aber sie war so müde …

***

Unruhig lief Fedor in seiner Hütte hin und her. Schon drei Mal hatte er sich ins Bett gelegt und war wieder aufgestanden. Er hatte sich aus Kräutern einen Tee bereitet, war ein paar Schritte durch den nächtlichen Wald gelaufen und hatte ein wenig aufgeräumt. Sogar Holz für die nächsten Tage hatte er hereingetragen. Nach wie vor war er hellwach. An Schlaf war nicht zu denken. Was ihn umtrieb, vermochte er nicht zu benennen. Sich in der Nacht Gedanken zu machen über etwas, das ihn bedrückte, hatte er sich schon vor langer Zeit abgewöhnt. Nachdenken konnte er am besten tagsüber bei der Arbeit.

Aber was war es dann, das ihn unbewusst beschäftigte? Hatte es mit dem zu tun, was kommen würde? War es sein zweites Gesicht, das sich vorsichtig meldete? Ihm war sehr wohl bewusst, wie es um seine Gesundheit stand. Es war nur eine Frage der Zeit, da sich die Dinge regeln würden.

Geistesgegenwärtig griff er nach der Werkbank und hielt sich daran fest, während ein Hustenkrampf ihn schüttelte. Als er wieder normal atmen konnte, wischte er sich mit einem feuchten Tuch den Schweiß aus dem Gesicht. Völlig entkräftet setzte er sich an den Tisch und fuhr, wie Borg am Tag zuvor, mit den Händen über das glatte Holz. Er liebte Holz. Es war der vollkommenste Rohstoff, den es gab. Mit ihm zu arbeiten, erfüllte ihn jeden Tag aufs Neue mit Zufriedenheit und – ja, auch mit Glück. Holz steckte voller Leben und war ein Geschenk der Natur. Nicht nur die Möbel, die man daraus baute, bereicherten das Dasein. Die behagliche Wärme, die es verbreitete, wenn seine letzte Bestimmung der Ofen war, war unbezahlbar.

Er dachte an die unzähligen Male, da er sich mit seinem schlimmen Bein vor das Feuer gesetzt hatte, ein Buch in der Hand. Wie schnell war der Schmerz in den Hintergrund gerückt. Da war das Knistern der brennenden Scheite und die Wärme, die bis in die Seele strahlte. Dann die Buchstaben auf Papier, die Geschichten in seinen Kopf zauberten und ihn, den Krüppel, auf große Abenteuer schickten. Was hatte er schon alles erlebt! Es gab kaum einen Ort auf der Erde, den er nicht schon besucht hatte. Als Ritter, als Arzt, als Pirat. Er war auf Reisen gegangen, hatte geliebt, gelitten, hatte studiert, war gestorben. Um als Held im nächsten Buch wiedergeboren zu werden. Er, der Krüppel, den keiner gewollt hatte.

Liebevoll glitt sein Blick über die großen Klassiker, die auf dem einfachen Bretterregal in der Ecke des Raumes standen. Wie jedes Mal, wenn er die Buchrücken betrachtete, sann er darüber nach, ob alles anders gekommen wäre, hätte Ragna ihn damals nicht gefunden. Und wie immer antwortete seine innere Stimme, dass diese Möglichkeit niemals eine Option gewesen war. Denn alles, was ihn, Ragna und jene anging, die vorher dagewesen waren oder nachher noch kommen würden, war von jeher festgelegt.

Fedor legte sein heißes Gesicht auf die Tischplatte und schloss die Augen. Morgen, bei Tageslicht, würde er die Arbeit an dem Stuhl beenden. Noch zwei davon würde er anfertigen müssen. Er schätzte, dass er den Auftrag im Laufe der kommenden Woche erledigt hatte. Vielleicht sollte er sich von einem Teil des Geldes, das Sven ihm dafür geben würde, ein oder zwei gute Gaslaternen kaufen. Während der langen, dunklen Tage wäre es etwas heller und freundlicher im Blockhaus. Die Idee fand er nicht schlecht. Allein die Vorstellung, bei besserem Licht lesen zu können, hatte etwas erbauliches. Seine Gedanken entfernten sich und gingen auf Reisen, dorthin, wo sich der Held seines aktuellen Romans zurzeit aufhielt. Weiter und weiter ließ er sich treiben, träumte sich in eine fremde Welt und verlor sich darin - als er sie sah.

Er hielt den Atem an. Niemals zuvor hatte er eine schönere Frau gesehen. Ihre Augen waren sanft und von außergewöhnlicher Farbe. Unsäglicher Kummer spiegelte sich darin. Mehr noch. Verzweiflung. Das nahezu schwarze Haar fiel bis auf ihre Hüften und ließ ihren Teint heller schimmern als er eigentlich war. Sie war so zierlich gebaut, dass er nicht lange darüber nachdenken musste, wer sie war. *Was* sie war. Scheu blickte sie ihn an, bereit, jeden Augenblick die Flucht zu ergreifen. Langsam, um sie nicht zu erschrecken, hob er seine Arme und streckte sie nach ihr aus.

„Komm", wisperte er und hoffte, sein Anblick würde sie nicht allzu sehr abstoßen. „Du bist hier richtig. Im Grunde habe ich schon auf dich gewartet."

Erleichtert sah er, dass sie einen Schritt nach vorne tat. Zögernd. Ihre elfengleiche Erscheinung ließ sie fast ätherisch wirken und das verhaltene Lächeln, das sie ihm ganz unerwartet schenkte, traf ihn bis ins Mark. In seiner Brust rasselte es hässlich, als er nach Luft schnappte. Ein erbarmungsloser Hustenanfall folgte. Als sich sein Blick geklärt hatte, war sie fort.

„Joerdis!", rief er – und erwachte.

Sein Kopf, heiß vom Husten, lag noch immer auf der Tischplatte. Vor ihm flackerte unruhig der letzte Rest der Kerze. Fedor richtete sich auf und rieb sich die schmerzenden Schultern. Ein wissendes Lächeln stahl sich auf seine Lippen. Er hatte geahnt, dass etwas passieren würde. Ihr Name war Joerdis. Soviel wusste er nun. Und sie war unterwegs zu ihm. Grundgütiger! Er hatte nicht gewusst, dass etwas so Schönes existierte.

Mühsam erhob er sich und streckte seine Glieder. Ein Blick zum Fenster zeigte ihm, dass der neue Tag nicht mehr fern war. Wie lange würde es dauern, bis sie bei ihm war? Zwei, drei Tage? Verlegene Röte stieg ihm ins Gesicht, als er sich vorstellte, dass sie an seine Tür klopfte.

„Du verrückter, hässlicher Mann", murmelte er. Dennoch nahm er die Kerze vom Tisch und ging zu der Stelle in seiner Hütte, die er für gewöhnlich mied. Denn hier hing ein Spiegel an der Wand. Trotzig stellte er sich davor und blickte auf das, was Joerdis sehen würde, wenn sie aufeinandertrafen. Was würde er tun, wenn sie schreiend das Weite ergriff? Würde sie ihm die Zeit geben, ihr zu sagen, was sie wissen musste?

Vorsichtig, um nicht einen weiteren Hustenanfall auszulösen, blies er die Kerze aus und trat vor das Blockhaus. Der herbe Geruch nach feuchtem Holz und Fichtengrün zog ihm in die Nase. Es musste geregnet haben, denn von den Bäumen tropfte das Wasser. Unwillkürlich glitt sein Blick erst den Waldweg entlang, der an seinem Haus vorbeiführte, dann über das Unterholz. Ertappt schüttelte er den Kopf. Sie würde kommen. Aber nicht heute.

Zurück in der Hütte, schürte er das Feuer und legte sich ins Bett. Er würde versuchen, noch ein wenig zu schlafen. Anschließend würde er ausgeruht an die Arbeit gehen.

***

„Joerdis!"

„Ja!"

Sie setzte sich auf und schlug sich den Kopf an. Verwirrt rieb sie sich die Augen. Bis sie verstand, dass sie im Auto saß, vergingen ein paar Sekunden. Gleichzeitig fiel ihr ein, weshalb sie hier war, und ihr Magen wurde zu einem Stein. Es grenzte an ein Wunder, dass sie überhaupt geschlafen hatte. Zuhause hätte sie kein Auge zugetan, das war gewiss. Jäh wurde ihr bewusst, dass sie erwacht war, weil jemand nach ihr gerufen hatte. Oder hatte sie es nur geträumt und erst ihre eigene Stimme hatte sie geweckt? Sie hatte sich laut und deutlich *ja* sagen gehört. Aber wer sollte sie rufen? Kein

Mensch wusste, wo sie war. Und außerdem – das fiel ihr merkwürdigerweise erst jetzt auf, und ein Schauer lief ihr übers Rückgrat – war es gar nicht ihr Name gewesen! Er hatte ganz anders geklungen als ihr eigener. Aber weshalb hatte sie dann geantwortet?

Mit dem Ärmel wischte sie die beschlagene Scheibe frei und versuchte, etwas zu erkennen. Der Tag dämmerte grau heran und wirkte nicht besonders einladend. Es schien geregnet zu haben, überall waren Pfützen. Rieke schob die Decke von sich und öffnete die Tür. Der Parkplatz schien so verlassen wie in der Nacht. Weit und breit war kein Mensch. Sie griff nach der Wasserflasche und stieg aus dem Wagen. Die kalte Luft tat gut und wirkte belebend. Vermutlich befand sie sich einige Meter über dem Meeresspiegel, denn sie war gestern ziemlich lange bergauf gefahren. Während sie ein paar Schritte über den Platz lief und sich die Beine vertrat, blickte sie aufmerksam in den Wald. Er musste mächtig groß sein. Und wie jeder Wald übte er einen nahezu unwiderstehlichen Reiz auf sie aus.

An der Stelle, wo ein Weg in den düsteren Fichtenwald führte, entdeckte sie eine Holzbank, direkt daneben eine Tafel mit einer Karte darauf. *Nationalpark Harz - Wanderwege und Ausflugsziele* las sie. Da war sie also gelandet! Im Harz, der mehr als zweihundert Kilometer von zuhause entfernt war. Nie war sie in dieser Gegend gewesen, und wären die Umstände andere, so würde sie mit Vergnügen einen Teil des Waldes erkunden, der, wie sie wusste, zu den schönsten des Landes gehörte. So aber lief sie zum Wagen zurück, steckte die Packung Studentenfutter in die Jackentasche, klemmte sich das Wasser unter den Arm und zog die Decke vom Fahrersitz.

Als sie auf der Bank saß, zum Schutz gegen das nasse Holz die Decke unter sich, steckte sie sich eine Rosine in den Mund. Sie versuchte, sich auf die Süße der Frucht zu konzentrieren und schob sie kauend zwischen den Zähnen umher. Nachdem sie sie heruntergeschluckt hatte, steckte sie eine weitere in den Mund. Auch diese schmeckte nach Sommer, nach Sonne und nach Unbeschwertheit.

Ohne Vorwarnung kam die Erinnerung an den Sommer, der – wie keiner zuvor – erfüllt gewesen war von Hoffnung und von Glück. Der Gedanke, dass von all dem nichts mehr geblieben war, schnürte ihr den Hals zu. Mühsam schluckte sie den Rest der Rosine hinunter und blinzelte die Tränen weg. Wie hatte sich ihr Leben nur in so kurzer Zeit so sehr verändern können? Widerwillig dachte sie an ihre Mutter. *Dinge ändern sich*, hatte sie früher oft gesagt. *Es muss nicht heißen, dass das Leben dadurch schlechter wird. Es wird anders.*

„Wie du siehst, Mama“, sagte Rieke, und ihre Stimme klang merkwürdig verloren in der Stille, „haben sich die Dinge geändert. Aber mein Leben ist dadurch fraglos schlechter geworden. Das Schlimmste ist, dass du dabei die entscheidende Rolle gespielt hast.“

Wer war dieser geheimnisvolle Mann, der Mama damals so geschickt verführt hatte, dass sie sich nicht einmal daran erinnern konnte? Konnte es tatsächlich derselbe Torin gewesen sein, den sie vor zwei Tagen in den Klippen kennengelernt hatte? Der Ort schien übereinzustimmen. Aber wie war das möglich? Er hatte ausgesehen, als könnte er ihr Bruder sein. Jung. Schön. Eigenartig alterslos. Torin konnte unmöglich ihr Vater sein!

Diesmal hielt sie die Tränen nicht zurück.

„Ach, Papa“, weinte sie und wünschte sich, Lorenz würde neben ihr sitzen, den Arm um sie legen und ihr mit seiner tröstenden Stimme versichern, dass sie seine Tochter war. So wie gestern. Vielleicht sollte sie nach Hause fahren. Zu Papa, zu Henni und zu Rusty. Und Mama? Rieke schniefte und zog ein Tempo hervor, um sich das Gesicht zu trocknen. Würde das Verhältnis zu ihrer Mutter jemals wieder so sein, wie es gewesen war? Sie würden miteinander sprechen müssen. Mama musste ihr erklären, weshalb dieser Mann sie so sehr beeindruckt hatte, dass es dazu gekommen war. Sie hatte doch bereits ihre große Liebe gefunden! Das zu verstehen, lag jenseits Riekes Vorstellungskraft.

Ihr Kopf hatte zu schmerzen begonnen. Sie schnäuzte sich die Nase und erhob sich. Nachdem sie die Decke ausgeschlagen und zusammengefaltet in den Kofferraum gelegt hatte, stieg sie in den Wagen und startete den Motor. Vergebens. Sie versuchte es noch einmal. Dann erneut.

Ich hätte es wissen müssen, dachte sie, als das Auto keinen Laut mehr von sich gab. *Aber wieso gerade jetzt? Es ist der denkbar ungünstigste Augenblick dafür.*

Seufzend verließ sie den Wagen und schloss ihn ab. Sie sah sich um. Wie spät mochte es sein? Sechs Uhr? Halb sieben? Eine Uhrzeit, da die Menschen üblicherweise zur Arbeit fuhren. Dieser Parkplatz musste ziemlich abgelegen sein, denn bisher war kein einziges Auto vorbeigefahren. Demnach blieb ihr keine andere Wahl als zu warten, oder sich auf den Weg zu machen. Vielleicht war sie nicht weit von einem Dorf entfernt. Womöglich traf sie auch auf einen Jäger oder auf jemanden, der seinen Hund spazieren führte. Die Wasserflasche in der Hand, verließ sie den Parkplatz und trat in den angrenzenden Nadelwald.

Hohe Fichten umgaben sie, gekleidet in sattes Grün, das bei diesem Wetter noch dichter schien. Von den ausladenden Ästen fielen Tropfen und feuchter Dunst waberte über dem Waldboden. Finster war es hier. Zwischen den Bäumen, gebettet auf hellgrünem Moos, entdeckte sie wunderlich geformte Steine. Verwittert und mit Flechten überzogen sahen sie aus, als würden sie verborgenen Waldwesen als Unterschlupf dienen. Überzeugt davon, eine Bewegung wahrgenommen zu haben, spähte sie ins Unterholz. Aber nichts regte sich. Mit der Zeit veränderte sich der Wald. Gewaltige Buchen und Kiefern standen beieinander, und wo eben noch undurchdringliches Dickicht gewesen war, wuchsen zarte, hochaufgeschossene Sprösslinge. Rieke musste an schlaksige Halbwüchsige denken, die nicht wussten, wohin mit ihren langen Gliedern.

Nachdem sie über einen Bachlauf gesprungen war und stehenblieb, um bizarr gemusterte Steine zu betrachten, hatte sie das unbestimmte Gefühl, dass jemand sie beobachtete. Noch immer hing Nebel über dem Boden, und man brauchte nicht viel Fantasie, um sich vorzustellen, dass sich jemand darin verbarg. Doch so sehr sie ihre Augen auch anstrengte: Sie sah niemanden. Kopfschüttelnd lief sie weiter. Es war still im Wald. Der Nebel schien alle Geräusche zu verschlucken. Nicht einmal die Tritte der Rehe hörte sie, die hin und wieder ihren Weg kreuzten, sie ohne Furcht musterten und weiterliefen.

Inzwischen hatte Rieke die Hoffnung aufgegeben, auf jemanden zu treffen, den sie um ein Handy bitten konnte. Würde sich ihre Familie bereits sorgen? Sie stellte sich vor, wie Mama, Papa und Henni am Frühstückstisch saßen. Daneben Rusty in seinem Korb, Musik aus dem Radio tönend. Mama in ihrer Arbeitskleidung, das verstrubbelte Haar mit einem Tuch aus dem Gesicht gebunden, den dampfenden Kaffee in der Hand und wie immer auf dem Sprung, weil sie zu spät dran war. Henni würde, ob Ferien oder nicht, ihr geliebtes Mathebuch neben dem Teller liegen haben und es kaum erwarten können, die Nase reinzustecken. Dass ihre Schwester um diese Uhrzeit noch fest schlafen würde, kam Rieke nicht in den Sinn. Papa – sie fühlte einen Stich im Magen – hatte sich angewöhnt, jeden Morgen den Tisch für sie alle zu decken. Das war seine Art, ihnen zu zeigen, dass es ihm gefiel, wieder zuhause zu sein. Bei seiner Familie.

Ihre Knie gaben nach, als der Schmerz sie überrollte. Hilflos sank sie zu Boden. Ihre Hände krallten sich ins feuchte Laub unter ihr, und sie schluchzte gequält auf. *Seine* Familie. Im Grunde gehörte sie gar nicht dazu. Sie hatte noch nie dazugehört. Auch wenn er es versichert hatte. Vielleicht – bei diesem Gedanken wurde ihr übel, und sie presste die Hand auf ihren Mund – war sie der Grund dafür, dass er immer wieder von zuhause fortgegangen war. Weil er es nicht ertragen konnte, sie jeden Tag zu sehen. Eine andere Erklärung konnte es nicht geben.

Von einem Weinkrampf geschüttelt würgte sie, ohne dass sie etwas herausbrachte. Was auch? Gegessen hatte sie schon lange nichts mehr. Mühsam erhob sie sich und lief ein paar Schritte weiter zu einem umgestürzten Baum. Als sie sich auf das nasse Holz gekauert hatte, legte sie ihr Gesicht in die Hände. Wie sollte sie ihren Schwestern jemals wieder in die Augen sehen? Wäre sie nicht gewesen, hätten sie womöglich ein ganz normales Familienleben geführt, mit ihrem Vater an ihrer Seite. Wie sehr musste Lorenz darunter leiden, dass Henni ihm nicht verzeihen konnte, dass er sich in der Welt herumgetrieben hatte, anstatt bei seiner Familie zu sein? Gerade Henni, die ihrem Vater wie aus dem Gesicht geschnitten und ihm in vielen Dingen so unglaublich ähnlich war. Weshalb hatte Rieke nie erkannt, dass sie als Einzige ihrem Vater kein bisschen glich? Je länger sie darüber nachdachte, desto dümmer kam sie sich vor. Es war so offensichtlich!

Vielleicht fanden sie es gar nicht so schlimm, wenn sie nicht mehr zurückkam. Ein verzweifeltes Wimmern löste sich aus ihrer Brust. Sie war allein. Gehörte zu niemandem. Zu keinem Menschen. Zu keinem Ort.

Fröstelnd schlang sie die Arme um sich und sah auf. Wieder hatte sie das Gefühl, dass der Wald Augen hatte. Und abermals war da nichts. Mit bebenden Händen fuhr sie sich übers Gesicht und stand auf. Ihr Haar hatte sich aus dem Knoten gelöst und fiel in wirren Strähnen herab. Ungeduldig warf sie es hinter die Schultern. Während sie überlegte, in welche Richtung sie gehen würde, kam leichter Wind auf. Ihre Füße waren nass und ihr Körper von Gänsehaut überzogen. Sie fror! Sogar ziemlich stark, stellte sie befremdet fest. Mit klammen Fingern zog sie die Jacke enger um ihren Körper und dachte an die wärmende Decke, die im Auto lag. Sie sollte zurückgehen. Im Wagen würde sie überlegen, wie es weiterging. Außerdem würde irgendwann jemand auf den Parkplatz kommen.

Der Nebel wurde mit jedem ihrer Schritte dichter. Bald konnte sie nicht über zehn Meter hinaussehen. Überdeutlich nahm sie dafür die Gerüche des Waldes wahr. Verrottendes

Holz, feuchtes Laub. Den Boden, der beim Gehen unter ihren Füßen federte und den herben Duft der Waldkiefern. Sie roch Wasser, das sich nicht weit von ihr entfernt befinden musste. Ein kleiner Tümpel vielleicht. Sogar den Nebel, der sie wie ein Mantel umhüllte, konnte sie riechen. Er roch seltsam erregend, nach Kälte, Wasser und Sauerstoff, und plötzlich war sie sicher, dass er sie verschlucken würde.

Überrascht stellte sie fest, dass sie keine Angst davor hatte. Zaghaft streckte sie eine Hand aus, um ihn zu berühren und ihn durch ihre Finger fließen zu lassen. Nein, er würde sie nicht verschlucken. Sie selbst würde sich darin auflösen. Sie würde zu einem Waldgeist werden und für immer hierbleiben. Verborgen im Dunst. Eins mit dem Wald, den sie so liebte. Wie oft hatte sie sich danach gesehnt, mit dem Wind zu fliegen und ein Teil von ihm zu sein. Vielleicht würde es so kommen.

Gebannt starrte sie auf ihre Hände, die zu prickeln begannen. Es passierte. Jetzt. Sie spürte es. Das Kribbeln zog über ihre Knöchel bis zu den Ellenbogen hinauf. Weiter zu den Schultern. Entsetzt keuchte sie auf, als die Konturen ihrer Fingerspitzen zu verschwimmen begannen. Es geschah tatsächlich, dachte sie, bestürzt und fasziniert zugleich.

Ein lautes Heulen zerriss die Stille. Rieke fuhr zusammen. Ihr Herzschlag drohte ihre Brust zu sprengen, in ihren Ohren rauschte das Blut.

Was war das? dachte sie, noch immer benommen. *Ein Wolf?* Er konnte nicht weit von ihr entfernt sein. Der Nebel jedoch glich einer Mauer. Undurchdringlich. Sie konzentrierte sich auf ihr Gehör, schloss die Augen und öffnete ihren Mund. Kein Rascheln. Kein Atmen. Nichts. Einzig das Rasen ihres Herzens war zu hören. Sie stieß den Atem aus, öffnete die Augen und betrachtete ihre Hände. Vorsichtig bewegte sie die Finger. Das Prickeln war verschwunden. Sie sahen aus wie immer.

Hatte sie sich alles nur eingebildet? War sie so erschöpft, dass ihre Sinne ihr nicht mehr gehorchten und sie unter Wahnvorstellungen litt? Dass seelische Verletzungen solche

Dinge auslösen konnten, davon hatte sie gehört. Es war so real gewesen! Vor allem war es nicht das erste Mal, dass sie so empfunden hatte. Sie erinnerte sich an die Bretagne. Als sie auf den Klippen stand und den Windböen getrotzt hatte. Das Gefühl, dass sie sich mit dem Wind auflösen würde, hatte nur einen Wimpernschlag lang gedauert. Aber es war da gewesen.

Überrascht hob sie den Kopf. Ein weiterer, kaum vernehmbarer Geruch, zog ihr in die Nase. Es war der Geruch nach Holzfeuer, der von Behaglichkeit erzählte, von einer warmen Stube und heißem Tee. Sie schnupperte und versuchte festzustellen, in welche Richtung sie gehen musste, um das Feuer zu finden. Denn wo Feuer war, waren auch Menschen. Und wo Menschen waren, würde sie vielleicht die Nacht verbringen können. Sofort machte sie sich auf den Weg.

Gab es hier tatsächlich Wölfe? Sie dachte an Eyota, die ihr vertraute wie sonst niemandem. Außer Waldemar, als er noch im Tierpark arbeitete. Die Wölfe waren immer ganz aus dem Häuschen gewesen, wenn sie zusammen zu ihnen gekommen waren. Sie waren ein ausgesprochen gutes Team gewesen, sie und Waldemar. Nie hatten sie sich besprechen müssen. Die Kommunikation zwischen ihnen hatte ohne Worte funktioniert. Abermals zog sie ihre Jacke enger um sich und stolperte müde weiter.

Suchend sah sie zum Himmel. Wie spät mochte es sein? Die Uhrzeit zu deuten war unmöglich. Immerhin war der Nebel nicht mehr ganz so dicht, und sie konnte schemenhaft die Umgebung erkennen.

Sie zwang sich, ein wenig Wasser zu trinken und steckte sich mit zitternden Fingern ein paar Nüsse in den Mund. Sie fror erbärmlich. Immer seltener roch sie das lockende Feuer, und inzwischen war es ihr beinahe gleichgültig, ob sie es erreichte oder nicht. Sie war zum Umfallen müde und sehnte sich nach nichts anderem, als sich hinzulegen und zu schlafen. Sehr viel weiter würden ihre Beine sie nicht tragen. Wehmütig dachte sie an ihr Bett. Was würde sie drum geben, sich hineinlegen und die Augen schließen zu können! Nach dem Aufwachen würde sie erkennen, dass all dies nur ein Traum gewesen war.

Als kurz darauf mit der Dämmerung heftiger Regen einsetzte, blieb sie stehen. Der Hochsitz kam ihr in den Sinn, den sie vor nicht allzu langer Zeit gesehen hatte. Sie sollte versuchen, ihn wiederzufinden. Dort wäre es zumindest trocken. Sie könnte ein wenig ausruhen und vielleicht sogar schlafen. Als sie sich umwandte, um zurückzugehen, fiel ihr Blick auf eine Kiefer, die gegen ihren Baumnachbarn gekippt war. Ihre flache Wurzel hatte sich auf einer Seite aus dem Boden gelöst und bildete unter sich ein geschütztes und wie es schien trockenes Nest.

Rieke zögerte nicht lange und kletterte über Brombeerdornen und Äste, bis sie schließlich vor der Wurzel stand, die den großen Baum bis vor kurzem mit der Erde verbunden hatte. Die geschützte Mulde darunter war tatsächlich trocken, und das plattgedrückte Laub zeigte ihr, dass sie nicht das erste Lebewesen war, das diesen Ort für einen geeigneten Schlafplatz hielt. Sie kroch darunter, rollte sich zusammen und legte den Kopf auf ihren Arm. Ihr Körper schlotterte vor Kälte; ihre Zähne schlugen hart aufeinander. Zum ersten Mal kam ihr der Gedanke, dass die Nächte hier oben vermutlich schon sehr kalt waren. Vielleicht würde sie bis zum Morgen erfroren sein.

„Wir sind hier." Das undeutliche Wispern kam von allen Seiten. „Wir werden nicht zulassen, dass dir etwas passiert."

Ich habe wirklich Halluzinationen, dachte Rieke, schon halb im Schlaf, und drückte sich fester in die Mulde.

Fürchte dich nicht. Kein Wispern diesmal, aber eine stille Botschaft, die nicht an ihr Ohr drang, sondern in ihr Herz.

Wenn ihr mich doch auch nur wärmen könntet, dachte sie verzweifelt und war im selben Augenblick eingeschlafen.

Jemand legte sich an ihre Seite und schmiegte sich an sie. Warm. Weich. Nicht lange, und das Beben ihres Körpers ließ nach. Gleichzeitig mit der Wärme erfüllte sie Dankbarkeit.

Sie würde nicht sterben. Nicht heute Nacht. Denn da war jemand, der sie beschützte.

Kapitel 8

Es vergingen einige Sekunden, bis sie wusste, wo sie sich befand. Durch den Spalt zwischen Erde und Wurzel erkannte sie den jungen Tag, der im trostlosen Einheitsgrau herandämmerte. Vorsichtig bewegte sie ihre schmerzenden Glieder, bevor sie unter der Wurzel hervorkroch und sich streckte. Nach ihrem warmen Nest empfand sie die Luft als bitter kalt, und kurz war sie versucht, sich wieder unter der Wurzel zusammenzurollen. Einfach liegenbleiben und warten. Aber auf was? Dass sich ihr gebrochenes Herz wie von selbst zusammensetzen würde? Dass alles wieder gut wurde?

Mit einem Mal fiel ihr der Traum von letzter Nacht ein. Jemand hatte sich zu ihr gelegt und sie gewärmt. Es hatte sich so wirklich angefühlt. Es hatte sich angefühlt, als würde sich jemand um sie kümmern. Als wäre sie nicht ganz allein auf der Welt. Ein trauriges Lächeln umspielte ihre Lippen. Gleichzeitig liefen ihr Tränen übers Gesicht. Sie merkte es nicht einmal.

Was sollte sie jetzt tun? Abermals versuchen, den Ort zu finden, woher der Rauch gekommen war? Ihre Finger zitterten so sehr, dass es ihr kaum gelang, die Wasserflasche zu öffnen. Sie trank den letzten Schluck und steckte die leere Flasche in ihre Jackentasche. Aus der anderen zog sie das Studentenfutter. Angeekelt und ohne Appetit zerkaute sie eine Haselnuss und hatte Mühe, den Brei herunterzuschlucken. Hustend zwang sie sich, loszugehen. Die Richtung spielte längst keine Rolle mehr, denn die Orientierung hatte sie ohnehin verloren. Das Wort *verloren* schien ihr ständiger Begleiter geworden zu sein. Zum Schluss würde sie sich selbst verlieren, dachte sie verzweifelt und überlegte, wie sie die Kraft aufbringen sollte, sich dagegen zu wehren.

Der neue Tag brachte nicht nur Kälte mit sich, er prahlte außerdem mit einem wolkenlosen Himmel. Vom gestrigen Nebel war nichts geblieben außer einem Schleier aus Feuchtigkeit, der zwischen den Bäumen hing und geheimnisvoll in der Sonne glitzerte. Vielleicht hatte sie Glück und es würde heute nicht regnen. Ihre Kleidung war noch immer klamm, und sie wusste schon jetzt nicht mehr, wie es sich anfühlte, wenn man nicht fror. Kurze Zeit später blieb sie stehen. Das, was vor ihr lag, erinnerte sie schmerzhaft daran, wie es in ihr selbst aussah.

Ein Sturm, der sehr zornig gewesen sein musste, hatte eine breite Schneise der Verwüstung in den Wald geschlagen. Unzählige Bäume hatte er samt Wurzel aus der Erde gerissen und zu Boden gedrückt, andere wiederum hatte er umgeknickt wie Streichhölzer. Nur vereinzelte Bäume hatten ihm standgehalten. Sie ragten – erschöpften Helden gleich – gebeugt, aber stolz in den Himmel. Sie hatte Mühe, sich von dem Anblick zu lösen. Der zerstörte Wald in seiner abstrakten Schönheit und die Sonne, deren Spiel von Licht und Schatten das Bild noch bizarrer erscheinen ließ, machten ihr deutlich, dass Verwüstung und Vollkommenheit ein und dasselbe sein konnten.

„Wie kann man nur gleichzeitig so schön und so traurig aussehen?", murmelte sie mitfühlend und nahm ihren Weg wieder auf. Bald hatte sie diesen Teil des Waldes hinter sich gelassen. Keuchend kämpfte sie sich Schritt für Schritt durch das Unterholz, strauchelte über herabgefallenes Geäst und kletterte über Steine, die zuhauf umherlagen. Nicht nur einmal rutschte sie auf deren feuchter Oberfläche aus und fiel auf die Knie.

Erschöpft ging sie weiter, bis ihr Blick auf einige uralte Bäume fiel. Sie standen auf einer Lichtung beieinander wie eine Gruppe hünenhafter Wächter. Sie liebte alte Baumriesen. Vielleicht konnte sie bei ihnen ein wenig Kraft tanken.

Mit Mühe nur schaffte sie es, ihre Füße zu heben und über die dornigen Brombeerranken zu steigen, die den Boden bedeckten. Mehrmals verfing sie sich und machte sich mit blutenden Fingern los. Aber die Dornen waren hartnäckig. Wieder und wieder klammerten sie sich an ihre Jeans und versuchten, sie am Fortkommen zu hindern. Wütend und am Ende ihrer Kräfte befreite sie sich ein weiteres Mal von widerspenstigen Trieben. Als es ihr gelungen war, machte sie einen großen Schritt nach vorn, um ihnen zu entkommen.

Im nächsten Augenblick hörte sie ein merkwürdig gleitendes Geräusch. Dann ihren eigenen schrillen Schrei. Sie fiel. Jetzt gab es nur noch Schmerz. Scharfe Zähne hatten sich in ihren Unterschenkel gegraben. Gnadenlos und mit brutaler Gewalt zerrten sie an ihm, als wollten sie ihn von ihrem Bein trennen. Sie hörte ihre Schreie im Wald verhallen, der so einsam war, dass kein Mensch sie hören würde.

Innerhalb von Sekunden ging ihr Körper in Flammen auf. Sie würde verbrennen. Oder aber der Schmerz würde sie umbringen. Kaum in der Lage, klar zu denken, warf sie sich hin und her, die Finger ins Laub gekrallt. Hatte ein Wolf sie angegriffen? Jener, dessen Heulen sie gestern gehört hatte? Wimmernd hob sie den Kopf, um etwas zu erkennen. Ihre Augen jedoch versagten ihr den Dienst. Nur flimmernde Schwärze. Überall. Resigniert blieb sie liegen und lauschte. Außer ihrem keuchenden Atem war da nichts.

Nach einer Weile bewegte sie vorsichtig ihr Bein. Und schrie abermals auf. Niemals würde sie aufstehen können. Nicht in der nächsten Zeit. Vielleicht nie wieder. Sie sollte sich ein wenig ausruhen. Vielleicht würde der Schmerz weniger werden. Ihr war kalt. Sie versuchte, das krampfhafte Zittern ihres Körpers zu unterdrücken. Außerdem war sie müde. So unendlich müde. Die Welt begann ihr zu entrücken, wurde weniger und weniger. Bis sie verschwunden war. Wie sie selbst.

Ein warmer Körper schmiegte sich an sie. Sie hob eine Hand und griff in weiches Fell. Rusty war da! Eine Welle aus Trost und Dankbarkeit strömte in ihr Herz und verdrängte den Schmerz. Wie hatte er sie nur gefunden? War er alleine gekommen? Als könnte er ihre Gedanken hören, leckte er ihr die Hände.

Schlaf jetzt, vernahm sie eine stille Botschaft. *Ich werde dich mit meinem Leben beschützen. Immer.*

Stunden später weckte sie das Feuer in ihrem Körper. Obwohl ihre Kleidung schweißnass war, bebte sie vor Kälte. Zögernd öffnete sie die Augen. Stellte erleichtert fest, dass sie sehen konnte und hob hoffnungsvoll den Kopf. Rusty war bei ihr gewesen! Er hatte sich zu ihr gelegt und sie gewärmt. Ihr die Hand geleckt. Aber wo war er?

„Rusty!" Ihre Stimme war nicht viel mehr als ein heiseres Krächzen. „Rusty, wo bist du?", versuchte sie es noch einmal. Nichts passierte. Als sie verstand, dass sie abermals nur geträumt hatte, brach sie in Tränen aus.

„Bitte, helft mir", wimmerte sie und blickte zum Himmel empor. Zu wem genau sie diese Worte sagte, wusste sie nicht. Vielleicht sprach sie mit den Bäumen, deren Kronen über ihr ein Dach aus kahlem Geäst bildeten. Wie aber sollten sie ihr helfen? Vermutlich hatte alles so kommen müssen, wie es jetzt war. Und nun war sie am Ende angelangt. An dem Punkt, da sie sich selbst verlieren würde. An den Nebel. An die Dunkelheit. An das Nichts.

Es war in Ordnung, sagte sie sich, ohne dabei eine Spur von Bedauern zu empfinden. Denn was war ihr Leben noch wert? Hatte sie doch all jene verloren, die sie liebte. Angst hatte sie vor dem Ende nicht. Sie würde sich wie ein Tier zusammenrollen und darauf warten.

Als sie sich bewegte, um die Knie an ihre Brust zu ziehen, zerriss der Schmerz ihr Dasein. Schwindel erfasste sie. Sie fiel. Tiefer und tiefer. Griff dankbar nach den Schatten, die ihr die Hände zum letzten Tanz reichten.

***

Fedor stand an der Werkbank. Die gleichmäßigen Bewegungen, mit denen er das Schleifpapier über das Holz zog, hatten etwas Beruhigendes. Von Zeit zu Zeit hielt er inne, blies den Holzstaub weg und strich mit der Hand über die Oberfläche, die sich anfühlte wie warmer Samt. Er lächelte zufrieden und fuhr mit seiner Arbeit fort. Den gestrigen Tag hatte er nichts anderes getan, als an dem Stuhl zu arbeiten. Nicht mehr lange, und auch dieser war fertig. Danach würde er sich einen Tee kochen und – ja, warum nicht? Er würde es sich gemütlich machen, sich mit seinem Buch vor das Fenster setzen und das verbleibende Tageslicht ausnutzen. Als er an die Abenteuer dachte, die er an der Seite von Hans von Hohenberg bereits erlebt hatte, und an jene, die ihm noch bevorstanden, überkam ihn prickelnde Erregung. Zurzeit waren sie Gefangene der Mongolen, lebten in einer Jurte und tranken vergorene Stutenmilch. Er schüttelte sich ein wenig. Vergorene Stutenmilch.

Ein seltsames Grollen lenkte ihn von seinen Erlebnissen ab. Er sah auf, die Hand mit dem Schleifpapier auf dem Holz verharrend. Das Grollen hatte aufgehört. Als Fedor mit seiner Arbeit fortfahren wollte, hörte er ein Bellen. Tief und kraftvoll. Er trat ans Fenster. Nicht weit vom Blockhaus entfernt stand ein Hund, groß wie ein Kalb. Tiere im Allgemeinen mochte er zwar, aber seit er als Kind von einem Hund gebissen worden war, hielt er sich lieber von ihnen fern. Nun gut, der Dackel Waldemar war eine Ausnahme gewesen. Aber dieser hier war nicht gerade ein Kuscheltier, das man mit ins Bett nahm.

Wieder bellte der Hund. Laut und fordernd. Seufzend legte Fedor das Papier aus der Hand und öffnete die Tür einen Spaltbreit.

„Was willst du hier?", rief er barsch. „Hau ab!" Mit der Hand machte er eine vertreibende Bewegung. Doch die Reaktion des Tieres war eine andere, als er gehofft hatte. Der Hund – eine Rasse war nicht zu erkennen – tappte ein paar Schritte näher und setzte sich, die dunklen Augen auf ihn gerichtet.

„Was ist? Bist du entlaufen? Hau ab, ich habe nichts für dich!" Er schloss die Tür und blieb abwartend stehen. Als sich nichts mehr tat, ging er erleichtert an die Arbeit zurück. Er hatte gerade die Hand gehoben, als abermals das Bellen ertönte. Noch fordernder. Noch drängender. Er warf das Schleifpapier hin und riss verärgert die Tür auf. Sofort schwieg der Hund.

„Dass du nicht reden kannst, ist mir klar, Grauer", begann er ungeduldig. „Trotzdem wüsste ich gerne, was du von mir willst!"

Das Tier musterte ihn mit seinen klugen Augen aufmerksam.

„Warte!" Fedor ging ins Haus, füllte eine Schüssel mit Wasser und trat damit vor die Tür. Auf der Hut und jederzeit bereit, wieder ins Haus zu verschwinden, stellte er die Schüssel in sicherer Entfernung vor dem Eingang ab. Der Hund trat näher und tauchte seine Zunge ein paarmal hinein. Dann sah er auf. Mit einer schnellen Bewegung wandte er sich um, rannte einige Meter weg, blieb stehen und blickte zurück.

„Ich soll dir folgen?", fragte Fedor überrascht.

Das graue Tier bellte auffordernd und entfernte sich erneut ein paar Meter, bevor es innehielt und zurücksah.

„Ich glaube, du meinst es tatsächlich ernst", murmelte Fedor. Er ging ins Haus, zog Stiefel und Jacke an. Bevor er die Hütte verließ, hängte er sich sein Jagdgewehr über die Schulter und steckte sein Messer ein. Man konnte nie wissen.

Der Hund schien überglücklich und rannte voraus, während Fedor ihm keuchend durch den Wald folgte. Als der Graue den Weg verließ und wie eine Feder über Geäst und Steine setzte, fluchte Fedor leise vor sich hin. Mühsam und mit schmerzendem Bein kämpfte er sich voran, im Ohr seinen rasselnden Atem.

„Wie weit denn noch?" Er machte hustend Halt und hielt sich die Seiten. Ihm war schwarz vor Augen und er sah Sterne tanzen. Lange würde er dieses Tempo nicht durchstehen. Auch der Hund hatte angehalten. Sah zurück und bellte. Entschlossen wischte Fedor sich den Schweiß aus dem Gesicht.

„Ich komme ja schon!", rief er und lief humpelnd weiter. Erst als der Felsen in sein Blickfeld kam, wurde ihm bewusst, wohin der Hund ihn geführt hatte. Nur wenig weiter blieb der Graue wie angewachsen stehen und wartete. Neben ihm auf dem Waldboden lag zusammengerollt ein Bündel Mensch.

***

„Was sagst du da?"

„Rieke ist weg", wiederholte Henni, und vor Erregung rutschte ihr das Handy aus der Hand. Im letzten Augenblick fing sie es auf. „Marla? Bist du noch dran?"

„Ja. Was sagen Mama und Papa?" Sie klang besorgt.

„Mama flippt fast aus vor Sorge. Sie sagt, es sei ihre Schuld. Papa versucht die ganze Zeit, sie zu beruhigen. Was ist denn ihre Schuld? Weißt du was?"

„Haben sie eine Suchmeldung rausgegeben?"

Henni schnalzte ungeduldig mit der Zunge. „Die Polizei meint, wenn Rieke freiwillig weggefahren ist, gibt es erstmal keinen Grund, sie zu suchen. Wir sollen ihr ein paar Tage Zeit geben und uns gegebenenfalls noch mal melden."

„Okay. Ich komme morgen nach Hause."

„Was ist denn mit Rieke? Weshalb ist sie so sauer, dass sie abgehauen ist? Das sieht ihr gar nicht ähnlich. Sie war noch nie böse. Oder ist es wegen Waldemar?"

„Wir reden morgen Nachmittag, wenn ich da bin, in Ordnung? Genaueres weiß ich auch nicht."

„Ja, gut. Ich bin froh, dass du kommst", sagte Henni und steckte seufzend das Telefon in die Hosentasche. Den ganzen Tag lang hatte sie überlegt, ob sie ihre Schwester anrufen sollte oder nicht. Sie wusste um die enge Bindung zwischen Rieke und Marla, und wenn schon ihre Eltern nicht weiterwussten, so würde Marla vielleicht eine zündende Idee haben. Mit Mama war überhaupt nicht zu reden, sie war ein einziges Nervenbündel. Und Papa machte nur vage Andeutungen. Rieke habe etwas erfahren, was sie ziemlich mitgenommen habe. Mehr war aus ihm nicht herauszukriegen. Rieke selbst sollte entscheiden, ob sie es ihren Schwestern erzählen wollte. Pfff! Erwachsene!

Zärtlich fuhr sie Rusty übers Fell.

„Wir werden dein geliebtes Frauchen schon finden. Ganz bestimmt." Der kleine Hund wedelte mit dem Schwanz. „Weißt du was? Wir gehen nochmal spazieren. Hier ist es ja nicht auszuhalten!"

Sie zog ihre Jacke über, nahm die Leine vom Schuhschrank und verließ das Haus. Als sie das Gartentor hinter sich zugezogen hatte, stand plötzlich Gawain vor ihr.

„Oh, shit!", rief Henni und schlug sich gegen die Stirn. Ihn hatte sie in der Aufregung total vergessen! Und die Bandprobe auch!

„Das ist ja mal ein Empfang", grinste Gawain bestens gelaunt. Er bückte sich zu Rusty, der ihn begeistert begrüßte.

„Sorry, ich muss mal telefonieren!" Henni drückte ihm die Leine in die Hand. Schnell hatte sie Darius Nummer eingetippt und entfernte sich einige Schritte. Gawain musste nicht unbedingt die Röte sehen, die ihr jedes Mal in die Wangen stieg, wenn sie mit Darius sprach. Nach dem Gespräch wandte sie sich an Gawain.

„Tut mir leid, aber das mit der Probe wird heute nichts."

Sie nahm ihm die Leine aus der Hand und hakte sie in Rustys Halsband. „Ich bin viel zu aufgeregt, um mich jetzt mit etwas anderem zu beschäftigen. Ich gehe mit Rusty in den Wald. Wenn du magst, kannst du mich begleiten." Noch während sie sprach, war sie losgelaufen.

„Was ist passiert?", wollte Gawain wissen, der ihr gefolgt war, die Hände in den Taschen.

„Rieke ist verschwunden!"

„Deine ältere Schwester?"

Henni nickte. Mit ihren langen Beinen lief sie so schnell, dass Gawain Mühe hatte, mitzuhalten.

„War sie nicht zusammen mit deiner anderen Schwester verreist?"

„Das war sie. Aber vor zwei Tagen ist sie ganz überstürzt zurückgekommen, hat irgendetwas erfahren und wollte fort von daheim. Seitdem haben wir nichts mehr von ihr gehört."

„Warum wollte sie weg?"

„Tja", meinte sie, ungehalten schnaubend. „Wenn ich das wüsste! Mir sagt ja keiner was!" Eine Weile marschierten sie nebeneinander her.

„Hat sie nicht auch so ein Ding?" Gawain deutete auf Hennis Handy, das aus ihrer Hosentasche lugte.

„Schon, aber da geht immer nur die Mailbox dran."

„Ah", machte Gawain.

„Morgen kommt Marla nach Hause. Dann suchen wir sie. Ich hoffe so sehr, dass es ihr gut geht. Weißt du, Rieke ist jemand, der keiner Fliege etwas zuleide tut. Eigentlich ist sie viel zu gut für diese Welt. Sie hat noch nie mit mir geschimpft. Nicht so richtig. Dabei kann ich ganz schön nerven, das weiß ich selbst am besten. Wenn ich mir vorstelle, dass ihr was passiert ist, wird mir ganz schlecht."

Gawain schwieg und betrachtete nachdenklich den Waldboden. Plötzlich hob er den Kopf.

„Ich muss gehen", verkündete er, das spitze Gesicht ungewohnt ernst. Henni sah ihn bedauernd an. Mit ihm zusammen zu sein machte Spaß und es war eine willkommene Ablenkung von der finsteren Stimmung im bunten Haus.

„Wirklich? Jetzt schon?"

„Ich muss etwas erledigen. Es ist dringend."

„Schade", sagte Henni und blieb stehen. Gawain hatte sein Lächeln bereits wiedergefunden.

„Wenn du mich sehen willst, dann geh einfach in euren Garten oder in den Wald und ruf mich. Ich bin sicher, ich werde dich hören."

„Wie soll das funktionieren?", fragte sie verwirrt.

„Du wirst sehen: Es *wird* funktionieren", grinste er, wandte sich ab und war im Unterholz verschwunden.

„Irgendwie scheinen alle verrückt geworden zu sein", murmelte sie kopfschüttelnd und ging weiter.

Gawain verwandelte sich, sobald er außer Sichtweite war.

„Fürst!", rief er, während er durch den Wald rauschte. Keine Antwort.

„Borg! Wo bist du? Es ist dringend!"

132

Wieder nichts. Wo trieb er sich nur rum, der Herr der Winde? Gawain versuchte es noch einige Male, bevor er resigniert über ein abgeerntetes Feld fuhr und die verbliebenen Halme über eine Landstraße trieb. Nun gut, dachte er. Morgen würde er es erneut versuchen.

Kapitel 9

Sie verbrannte. War das die Hölle? Was hatte sie getan, dass sie im Feuer enden musste? Wie barmherzig war dagegen doch die Dunkelheit, die sie eben noch umfangen hatte.

Hol mich zurück, flehte sie. *Hol mich zurück und halt mich, bis es vorbei ist.*

Wieder hatte sie geträumt. Jemand hatte sie vom Boden gehoben und auf den Armen getragen. Es hatte sich gut angefühlt. Schade, dass der Traum hatte enden müssen. Gerne hätte sie ihn weitergesponnen. Vielleicht wäre es dann Waldemar gewesen, der sie eng an sich gedrückt durch den Wald trug. Könnte es so gewesen sein? Hatte er sie gerettet? Um ihr zu sagen, alles sei ein Irrtum gewesen? Um ihr zu versichern, dass sie sich nie wieder trennen würden?

Etwas Kühles berührte ihre Stirn. Er war da! Linderte das Feuer, das in ihr brannte.

„Waldemar!", wollte sie rufen, aber es kam kein Laut über ihre Lippen. Verzweifelt versuchte sie es noch einmal. Diesmal gelang ihr ein heiseres Stöhnen. Die Berührung, die so wohlgetan hatte, war verschwunden.

Bitte, bitte geh nicht fort. Tränen liefen ihr aus den Augenwinkeln und hinterließen heiße Spuren auf ihrer Haut. Ob er sie schon vergessen hatte?

„Du musst ein wenig essen", hörte sie leise und von weit her eine Stimme. Etwas berührte ihre Lippen. Angeekelt drehte sie sich weg. Sie wollte allein sein. Allein mit der Dunkelheit. Erschöpft bahnte sich ihr Geist den Weg ins Nichts. Schwärze griff nach ihr. Zog sie in die Tiefe. Erleichtert folgte sie.

Sie erwachte. Lag sie noch immer auf dem feuchten Waldboden? Es fühlte sich anders an. Weich. Warm. Ihre Kleidung war nicht mehr nass vom Schweiß, und die Flammen in ihrem Bein schlugen nicht ganz so hoch. Sie versuchte, die Augen zu öffnen, doch es gelang ihr nicht.

„Hallo, Joerdis." Eine Stimme, die sie nicht kannte. Sie hörte Schritte. Ungleichmäßig. Stoff raschelte, als sich jemand an ihre Seite setzte. Würziger Geruch erfüllte die Luft. Ein sachtes Klappern.

„Du musst essen", sagte der Mann sanft. „Eine Fleischbrühe. Sie wird dich stärken." Der Löffel berührte ihren Mund. Sie wandte den Kopf zur Seite.

„Ich will dich nicht zwingen müssen, Joerdis."

Joerdis? Wer war Joerdis? Sie hatte den Namen schon einmal gehört.

„Bitte, öffne den Mund."

Sie versuchte ein Kopfschütteln.

„Nichts essen", flüsterte sie kaum hörbar. „Lass mich. Sie waren schon da, um mich zu holen."

Ein Schnauben. Dann sehr energisch:

„Wer auch immer *sie* sind, die dich holen wollten. Da ich dich gefunden habe, werden sie noch warten müssen. Wenn auch nur die geringste Chance besteht, dass ich dich gesund pflege, dann ist deine Zeit zum Sterben noch nicht gekommen."

Ein weiteres Mal drückte er den Löffel an ihre Lippen. Widerwillig gehorchte sie, und eine warme Flüssigkeit rann in ihren Mund. Ein weiterer Löffel folgte.

Angeekelt verzog sie das Gesicht. „Fleisch", brachte sie heraus und kämpfte gegen einen Brechreiz.

„Du musst zu Kräften kommen", erklärte der Mann, und sie hörte, dass er dabei lächelte. „Und das geht am besten mit einer stärkenden Fleischbrühe. Ich habe sie extra für dich gemacht."

„Mein Bein …"

„Ich weiß. Es schmerzt sicher fürchterlich. Es wird verheilen, jedoch nur, wenn du hilfst. Indem du etwas isst."

Wieder versuchte sie, die Augen zu öffnen. Diesmal gelang es. Das Bett, in dem sie lag, stand an einer Holzwand. Der Raum war nicht besonders groß und schien zu einer Hütte zu gehören. Außer einem Esstisch mit Stühlen sah sie eine schwere Werkbank. Ihr gegenüber stand ein Ofen, in dem es behaglich knisterte. Rieke konnte seine Wärme auf ihren Wangen spüren. Der Mann, der neben ihr auf einem Stuhl saß, hatte sein Gesicht von ihr abgewandt und fixierte den Fußboden. In den Händen hielt er eine Schale mit dampfender Suppe. Endlich drehte er sich zu ihr. Langsam, beinahe unwillig.

Das Auge, das sie sehen konnte, war von einem warmen Honigbraun und sah sie freundlich an. Ein wenig trotzig vielleicht. Über dem zweiten Auge trug er eine Augenklappe. Ein gepflegter Bart bedeckte den größten Teil seines Gesichts. Dennoch war nicht zu übersehen, dass er mit einem gespaltenen Kiefer auf die Welt gekommen war. Die Narbe einer schlecht ausgeführten Operation verzerrte seine Oberlippe und verlief bis zur Nase.

Bevor Rieke etwas sagen konnte, führte er den Löffel an ihren Mund. Folgsam schluckte sie die Brühe. Als die Schale leergegessen war, stand er auf.

„Wo bin ich? Und wer bist du?", fragte sie matt. Das Essen hatte sie ermüdet und sie hatte große Mühe, die Augen offen zu halten.

„Ich heiße Fedor. Du bist in meinem Blockhaus, mitten im Wald."

„Wie lange schon?"

„Seit gestern. Schlaf jetzt. Wir werden später reden."

„Reden? Über was?"

„Über dich. Über mich. Über die Aufgabe, die vor dir liegt und die es ganz sicher wert ist, am Leben zu bleiben."

Eine Aufgabe? Ihre Lider senkten sich unaufhaltsam. Bevor sie in einen erschöpften Schlaf fiel, hörte sie ihn sagen:

„Borg, mein Freund. Du hättest es wirklich schlechter treffen können."

Stöhnend warf sie den Kopf zur Seite. Fedor tauchte das Tuch in frisches Wasser, wrang es aus und tupfte ihr den Schweiß von der Stirn. Er hoffte, dass der Kräutersud, den er gemacht hatte, bald Wirkung zeigte und das Fieber senkte. Auch die Schmerzen sollte das Gebräu lindern, sodass sie zu einem ruhigen und erholsamen Schlaf fand.

Joerdis Körper zeichnete sich unter der Decke kaum ab. Das Haar lag wie ein dunkler Kranz um ihren Kopf, ihre Wangen waren fiebrig gerötet. Fedor stand vor dem Bett und konnte nicht damit aufhören, sie zu betrachten. Niemals hatte er etwas so Schönes gesehen wie diese junge Frau. Sie auf den Armen zu tragen und ihre Wärme an seinem Körper zu spüren, war ein Erlebnis gewesen, das er so schnell nicht vergessen würde. Sie hatte kaum mehr gewogen als eine Feder, und er hätte sie, trotz der Schmerzen in seinem Bein, bis ans Ende der Welt getragen.

Abermals tupfte er ihr Gesicht ab. Der Duft nach Blumen und Sommernacht, den sie verströmte, brachte ihn zum Träumen und erinnerte ihn daran, dass er noch immer ein Mann war. Überrascht wich er einen Schritt zurück. Von vornherein war klar gewesen, dass sie seinen Schutz nicht brauchte. Es wäre dumm, etwas anderes zu erwarten. Sein Verstand nickte zustimmend. Sein Herz aber erzählte von der Sehnsucht, das Geschöpf, das vor ihm lag, zu umsorgen. Ihm Geborgenheit zu geben und es mit dem eigenen Leben vor allem zu bewahren. Solange er lebte. Genau das war der Punkt, dachte er, und ein trauriges Lächeln schlich sich auf sein Gesicht. Sie würden sich sozusagen die Klinke in die Hand geben.

Seufzend legte er das Tuch in die Schüssel, griff nach seinem Buch und setzte sich neben das Bett. Joerdis Brust hob und senkte sich gleichmäßig. Wenn sie einige Zeit tief schlafen würde, sollte sie das Schlimmste überstanden haben. Jemanden ins Leben zurückzurufen, dem es nichts mehr bedeutete, war nicht einfach. Ragna hatte ihn gelehrt, mit Kräutern umzugehen, und er hoffte, dass sie ihm – wo auch immer sie jetzt war – zur Seite stand und auf die Finger sah.

Du wirst alles richtig machen, mein Junge, erklang tief aus seinem Herzen ihre Stimme, die er nie vergessen hatte.

„Wasser, bitte", stöhnte die junge Frau und Fedor, der sich weit weg im fernen Osten herumgetrieben hatte, sprang auf und warf das Buch auf den Tisch. Im Nu hatte er ihr den Becher an den Mund gesetzt und sah wohlwollend zu, wie sie ihn in kleinen Schlucken leerte.

„Hier ist ein Kräutersud", sagte er, als er den Becher weggestellt hatte und mit einer kleinen Tasse ans Bett trat. „Er hilft gegen die Schmerzen." Sie zog eine Hand unter der Decke hervor, griff danach und schnupperte.

„Das riecht grauenvoll", meinte sie naserümpfend.

Fedor schmunzelte. „So schmeckt es auch. Aber es wirkt."

Vorsichtig nippte sie daran, hielt inne und trank schließlich den Rest. Anschließend schüttelte sie sich.

„Was ist mit meinem Bein?" Sie versuchte vergeblich, die Decke von ihrem Körper zu schieben. „Was ist passiert?"

„Du bist in eine Falle getreten." Fedor setzte sich neben sie, einen Becher Tee in der Hand. „Es grenzt an ein Wunder, dass die Zähne deinen Unterschenkel nicht durchgeschlagen haben."

Ihr Blick ruhte nachdenklich auf seinem Gesicht. Selten war ihm seine Hässlichkeit so bewusst gewesen wie in diesem Moment. Um ihren Augen nicht so gnadenlos ausgesetzt zu sein, hätte er sich am liebsten abgewandt. Plötzlich blitzte Argwohn in ihnen auf.

„Hast *du* sie gelegt?" Noch immer klang ihre Stimme erschöpft. Der Vorwurf darin war jedoch nicht zu überhören.

„*Was* soll ich gelegt haben?"

„Die Falle. Hast du sie ausgelegt? Bist du ein Wilderer und tötest hilflose Tiere?"

Zum ersten Mal ahnte er die Kraft, die in ihrem Wesen steckte.

„Nein", entgegnete er, froh, ihr keine andere Antwort geben zu müssen. „Ich bin weder ein Wilderer, noch habe ich

138

jemals eine Falle aufgestellt." Fedor streckte die Beine aus und trank einen Schluck Tee.

„Wird es verheilen?"

„Ich gehe davon aus. Aber du selbst musst es wollen. Wenn sich dein Geist gegen das Leben sträubt, gibt es für deinen Körper keinen Grund, gesund zu werden."

Sie drehte sich weg und starrte gegen die Wand. Eine Träne stahl sich aus ihrem Auge und rann aufs Kopfkissen.

„Es ist kompliziert", stieß sie hervor.

„Das Leben ist nun mal kompliziert", stimmte er zu. „Es liegt an uns, was wir daraus machen. Glaub mir, Joerdis, ich weiß, wovon ich rede."

„Ich habe alles verloren, was mir mal etwas bedeutet hat. Ich weiß nicht einmal mehr, wer ich bin. Welchen Grund sollte es für mich geben, das Leben festzuhalten?" Verzweiflung verzerrte ihr schönes Gesicht.

„Nichts ist so zerbrechlich wie das menschliche Herz", sagte er mitfühlend und verhinderte im letzten Moment, dass er seine Hand auf die ihre legte. „Aber es kann heilen, um nachher stärker und größer zu sein, als es je war."

„Du glaubst das wirklich?"

„Oh ja. Ich weiß es ganz sicher."

Sie dachte eine Weile nach, als würde sie abwägen, ob es diese Möglichkeit tatsächlich geben konnte. „Hat es mit dem zu tun, was du mir erzählen wirst?"

Er nickte.

„Warum erzählst du es mir nicht jetzt?"

„Weil du erschöpft bist und dein Körper Schlaf und Kraft braucht, damit er heilen kann."

„Ich bin wirklich sehr müde", gab sie zu und gähnte. Fedor erhob sich und trat ans Fenster. Leise hörte er sie sagen: „Danke, dass du mich gefunden hast."

„Nicht ich habe dich gefunden. Das große, graue Ungeheuer, das dort draußen steht und sich noch immer nicht vom Fleck rührt, hat mich zu dir geführt."

„Ein Ungeheuer?"

„Ein Hund. Er hat mir die Stelle gezeigt, wo du gelegen hast. Ohne ihn wärest du nicht mehr am Leben."

„Ich habe von einem Hund geträumt. Er hat mich mit seinem Körper gewärmt und mich beschützt. Dann war es womöglich gar kein Traum?"

„Ich denke nicht. Seit du hier bist, sitzt er wie angewurzelt vorm Haus und hält Wache."

Sie hob den Kopf. „Darf ich ihn sehen?"

„Hm", brummte er. Angst hatte er vor dem Kalb keine mehr, sie begegneten sich inzwischen mit freundlichem Respekt. Aber in die Hütte lassen?

„Bitte, Fedor."

Er seufzte. Wie sollte er diesen Augen widerstehen? Zwei türkisfarbene Seen, die ihn flehend ansahen. Noch dazu hatte sie ihn zum ersten Mal beim Namen genannt. Nun gut, dachte er machtlos und öffnete die Tür.

„Dann komm halt rein!", rief er dem Hund zu. „Aber nur für einen Moment."

In zwei Sätzen war der Graue da und stürmte an ihm vorbei ins Blockhaus. Als Fedor sich umdrehte, stand das Tier bereits am Bett und leckte Joerdis übers Gesicht.

„Hallo, du schönes Mädchen", hörte er sie sagen. Sie hatte die Hände unter der Decke hervorgezogen und fuhr dem Hund zärtlich über das struppige Fell. „Ich danke dir. Dafür, dass du mich gewärmt hast und an meiner Seite warst. Und dafür, dass du Fedor zu mir geführt hast."

Er hatte sich neben der Tür an die Wand gelehnt und sah ihnen verblüfft zu. Man hätte annehmen können, dass sich innige Freunde nach langer Zeit endlich wieder begegneten. Dass es so nicht war, wusste er. Unvermittelt schoss ihm ein Gedanke durch den Kopf. Konnte es tatsächlich das sein, wonach es aussah? Je länger er darüber nachdachte, desto sicherer war er, dass seine Vermutung stimmte.

„Unglaublich", murmelte er, stieß sich von der Wand ab und verließ den Raum, um in die Vorratskammer zu gehen. Als er – die Hände voller Kartoffeln und Karotten – wieder in den Wohnraum trat, hatte Joerdis die Augen geschlossen

140

und schien fest zu schlafen. Der Hund hatte sich neben das Bett gelegt und folgte Fedor argwöhnisch mit den Augen. Ein leises Knurren war zu hören. Die Botschaft war unmissverständlich. *Eine falsche Bewegung, ein falscher Blick, und du bist ein toter Mann.*

„Ist gut, Grauer. Bleib liegen", beschwichtigte er und lächelte verständnisvoll. „Du willst sie beschützen, ich weiß. Genau das will ich auch. Also lass uns Freunde sein."

***

Henni stand an der Bushaltestelle und trat ungeduldig von einem Fuß auf den anderen. Neben ihr schnüffelte Rusty voller Hingabe den Boden ab. Nicht mehr lange, und es würde zu dämmern beginnen. Wenn es dunkel war, konnten sie nichts mehr unternehmen. Scheinwerfer näherten sich. Aber es war schon wieder nicht der Bus. Weshalb nur hatte Marlas Zug nicht pünktlich sein können? Er war in Paris ganze zwei Stunden später als geplant abgefahren. Marla hatte sie angerufen, um es ihr mitzuteilen.

„Sag bitte Papa, dass er mich nicht abzuholen braucht. Ich nehme den Bus", hatte sie zu Henni gesagt.

„Aber dann bist du ja noch später daheim als sowieso schon!" Henni war davon nicht besonders begeistert gewesen. Marla jedoch hatte darauf bestanden.

„Ich bin sicher, dass unsere Eltern gerade andere Sorgen haben. Außerdem werden wir heute sowieso nichts mehr tun können. Wenn du magst, dann koch uns was Leckeres. Ich habe schon jetzt einen Bärenhunger!"

Das war wieder typisch für Marla. Immer hatte sie Hunger!

Während Henni das Ende einer ihrer Zöpfe um den Finger wickelte und auf die Kurve starrte, wo irgendwann der Bus erscheinen würde, dachte sie an den süßen Auflauf, der im Backofen steckte. Sie freute sich auf Marlas Augen, wenn sie beim Betreten des bunten Hauses den Duft roch.

Endlich war der Bus da. Kaum hatte er angehalten, sprang ihre Schwester auch schon heraus, den vollgepackten Rucksack auf dem Rücken. Henni fiel ihr um den Hals.

„Ich bin so froh, dass du hier bist! Tut mir leid, dass du deinen Franzosen verlassen musstest."

Marla strich ihr über den Rücken. „Schwestern müssen zusammenhalten, nicht wahr? Ich werde nie vergessen, dass du für mich da warst, als es mir richtig schlecht ging, Henni. Und jetzt sind wir für Rieke da."

Die Stimmung beim Abendessen war lange nicht so gedrückt wie in den Tagen zuvor. Es schien, als hätten ihre Eltern, vor allem Mama, ein wenig Hoffnung geschöpft, nun, da Marla wieder hier war. Marla unterhielt sich mit Papa über das Abitur, das ihr im Frühjahr bevorstand, und über das Jahr, das sie nach der Schule in der Bretagne verbringen wollte. Rusty lag friedlich schlafend unter dem Tisch, und Mamas Augen sahen nicht mehr ganz so trüb aus. Sogar ein wenig Appetit schien sie zu haben.

„Es schmeckt sehr gut, Schatz", sagte sie zu Henni und strich ihr liebevoll über den Arm. Plötzlich legte sie ihr Besteck beiseite.

„Das, was passiert ist, tut mir so leid. Ich hoffe, es geht Rieke gut. Ich mache mir unendlich Sorgen um sie."

„Wir werden sie finden, Mama." Marla hörte sich zuversichtlich an. „Wollt ihr uns nicht sagen, was vorgefallen ist? Henni und ich sind immerhin ihre Schwestern."

„Ich bin sicher", meldete sich Papa zu Wort, als Mama nicht antwortete, „dass ihr es erfahren werdet. Aber Rieke selbst soll es euch erzählen. Alles andere wäre ihr gegenüber nicht richtig."

Marla nickte nachdenklich. „Hat es etwas mit Torin zu tun?"

Mama fuhr zusammen und starrte ihre Tochter an, als wäre sie ein Geist.

„Auch du kennst Torin?", flüsterte sie und rang sichtlich mit ihrer Fassung.

„Zu behaupten, ihn zu kennen, wäre übertrieben. Aber ja, ich habe ihn kennengelernt. Er ist immerhin ein Bretone. Durch und durch."

Der merkwürdige Ton, mit dem sie das gesagt hatte, ließ Henni verwundert aufblicken. Wusste Marla mehr, als sie zugab?

Da Mama nicht die Absicht zeigte, sich dazu zu äußern, stand Marla auf und räumte den Tisch ab. Henni half ihr dabei.

„Geht nur. Wir machen den Rest." Papa öffnete die Spülmaschine und begann, das Geschirr einzuräumen.

„In mein Zimmer", raunte Marla Henni zu. Sie liefen die Treppen hinauf, Rusty bellend hinterher.

„Wer ist dieser Torin?", fragte Henni neugierig, nachdem sie die Tür hinter sich zugemacht und sich neben Rusty auf Marlas Bett geworfen hatte. Sie sah ihrer Schwester zu, die ihren Rucksack auf den Schreibtischstuhl wuchtete.

„Zu ihm kommen wir noch." Marla warf benutzte Wäsche zu Boden. „Mich interessiert viel mehr, wer die Maus eingefangen hat. Einfach so, mit freundlichen Worten. Hast du einen Namen? Wie sah er aus?"

Verdutzt blickte Henni von dem Stapel Wäsche zu Marla auf. „Er hieß Gawain. Wieso?"

„*Gawain*?" Marla ließ die Hände sinken und starrte Henni an. „*Gawain* hat die Maus gefangen?"

„Ja. Kennst du ihn etwa auch?"

Marla antwortete nicht. Sie ließ sich neben Henni aufs Bett sinken und rieb sich versonnen das Kinn. „Gawain und eine Maus. Aber ja, es würde passen", murmelte sie.

„Marla!" Henni setzte sich auf. „Ich kapier gar nichts! Könntest du mir bitte erklären, was das alles mit Rieke zu tun hat?"

„Hör zu, Henni", sagte Marla energisch und legte ihr einen Arm um die Schultern. „Ich versichere dir, dass ich dir alles erklären werde. Aber nicht jetzt. Ich habe versprechen müssen, dass ich nicht darüber rede. Lass uns morgen pünktlich aufstehen." Plötzlich grinste sie breit. „Ich könnte wetten, dass du etwas erleben wirst, was du nie für möglich halten würdest."

„Was denn?"

„Lass dich überraschen."

***

Als Rieke erwachte, schmerzte ihr Bein noch immer, das starke Pochen jedoch hatte aufgehört. Der Kräutertrunk, den Fedor ihr gegeben hatte, musste eine wundersam starke Wirkung haben. Im Raum war es dämmerig und still. Einzig das Knistern der Holzscheite war zu hören, die im Ofen steckten und von den Flammen gefressen wurden. Sie drehte ihren Kopf zur Seite und sah den Mann, der sie unbedingt gesund pflegen wollte, am Tisch sitzen. Das Kinn war ihm auf die Brust gesunken. Er schlief, ein aufgeschlagenes Buch vor sich. Fedor. Sie mochte ihn. Vertraute ihm, obwohl sie ihn nicht kannte. Intuitiv wusste sie, dass sie sicher war, hier, bei ihm. Dass das der beste Ort für sie war. Seine Augenklappe war verrutscht, was ihn verletzlich aussehen ließ. Ihr war nicht entgangen, wie ungern er sein Äußeres präsentierte, und sie hätte ihm gerne gesagt, dass sein Aussehen ihr gleichgültig war.

Ohne ein Geräusch zu machen ließ sie ihre Hand aus dem Bett gleiten und lächelte, als ein Augenblick später eine weiche Zunge über ihre Finger fuhr. Sie spürte eine seltsame Verbundenheit zu dieser Hündin. Ein wenig so, als würden ihre Herzen im gleichen Rhythmus schlagen. Zärtlich kraulte sie das Tier zwischen den Ohren. Sie fühlte sich umsorgt und beschützt. Nachdem sie bis vor wenigen Stunden noch gedacht hatte, sie würde zu niemandem mehr gehören, kam dies unerwartet.

„Du bist aufgewacht!" Fedor erhob sich und zündete ein paar Kerzen an. Sofort war der Raum in warmes Licht getaucht. Fast ein wenig scheu trat er zu ihr und legte für einen Augenblick seine Hand auf ihre Stirn.

„Das Fieber ist gesunken", stellte er erleichtert fest. „Was macht dein Bein? Sind die Schmerzen auszuhalten?"

Der Hund hatte sich aufgesetzt. Wachsam verfolgte er jede Bewegung des Mannes.

„Es ist schon viel besser." Rieke sah ihn dankbar an. „Du musst ein außergewöhnlicher Heiler sein."

„Ich glaube kaum, dass das einzig auf die Wirkung meiner Kräuter zurückzuführen ist. Darf ich?" Er schob die Decke zur Seite, und sie beobachtete, wie er den Verband von ihrem Unterschenkel wickelte. Als er die Kompresse von der Verletzung nahm, biss sie die Zähne zusammen. Die Fleischwunde, die zum Vorschein kam, ließ sie erschrocken nach Luft schnappen.

„Tut mir leid, dass ich dir weh tun muss", knirschte er.

„Das ist es nicht. Es ist der Anblick."

„Im Vergleich zu gestern sieht die Wunde gut aus! Du musst enorme Selbstheilungskräfte besitzen. Jeder andere hätte sein Bein vermutlich verloren."

Er strich eine grüne Paste darauf und legte mit geschickten Händen einen neuen Verband an. Der Hund war aufgestanden und legte seinen Kopf auf Riekes Brust.

„Calla, meine Schöne", murmelte sie und fuhr mit den Händen über den Rücken des Tieres.

„Calla?"

„So heißt sie."

„Du hast sie so getauft?"

„Nein", gab sie zurück. „Ich weiß, dass das ihr Name ist. So ist es doch, nicht wahr, Calla?" Die Hündin hob den Kopf und sah sie erwartungsvoll an. Schließlich legte sie sich neben das Bett, stieß einen zufriedenen Seufzer aus und schloss die Augen.

Fedor legte die Decke über Riekes Bein und richtete sich auf. „Es wird Zeit, dass wir uns unterhalten, Joerdis."

„Weshalb nennst du mich immer wieder *Joerdis*?"

Er zupfte an seinem Bart. „Du sagtest eben, du weißt mit Bestimmtheit, dass die Graue *Calla* heißt, nicht wahr?"

Rieke nickte.

„Mit eben dieser Bestimmtheit weiß ich, dass dein Name *Joerdis* ist. Du wirst erfahren, weshalb."

Mit diesen Worten öffnete er den Ofen, stocherte in der Glut und legte ein paar Scheite nach. Nachdem er einen Topf mit Fleischbrühe daraufgestellt hatte, setzte er sich an den Tisch und begann, Kartoffeln und Karotten zu schälen.

„Hast du jemals von den Windbrüdern gehört?"

Windbrüder. Das Wort war wie heller Nebel, der geheimnisvoll in der Sonne glitzerte. Sie spürte, wie es Besitz von ihr nahm und sich bis in den letzten Winkel ihres Körpers ausbreitete. Plötzlich war da eine Ahnung, eine Sehnsucht. Das Gefühl erinnerte sie an die unerklärliche Anziehungskraft, die die Felsengrotte in den Klippen auf sie ausgeübt hatte.

„Ich bin mir sicher, dass ich dieses Wort noch nie gehört habe", bekannte sie zaghaft. „Aber es löst in mir eine Empfindung aus, als müsste ich es kennen."

Fedor nickte, als hätte er nichts anderes erwartet.

„Windbrüder, so nennen sich die Winde, die über unsere Erde ziehen. Manche sind schon hier, seit es unseren Planeten gibt und haben an seiner Entstehung mitgewirkt. Aber es gibt auch die anderen: Jene, die gegangen sind, um sich woanders niederzulassen. Das Universum bietet dafür unendlich viele Möglichkeiten. Und es gibt diejenigen, die neu hinzugekommen sind. Jeder der Windbrüder hat seinen ganz eigenen Charakter. Sie alle sind sehr unterschiedlich, und niemals sollte man den Fehler machen, einen von ihnen zu unterschätzen. Manchmal tun sie Dinge, die schrecklich sind und wissen es nicht einmal. Man kann nicht sagen, sie sind gut, oder sie sind schlecht. Die meisten von ihnen sind nicht in der Lage, das eine vom anderen zu unterscheiden. Das ist keine böse Absicht, denn es liegt in ihrer Natur. Wäre es anders, gäbe es weniger todbringende Stürme auf der Erde. Dem Menschen geben sie sich nur selten zu erkennen. Mitunter geschieht es jedoch, dass sie den Kontakt suchen. Das tun sie, indem sie menschliche Gestalt annehmen. Jeder der Windbrüder ist theoretisch dazu in der Lage."

Rieke hatte ihm wie gebannt zugehört und versuchte zu verstehen, was er da erzählte. Winde, die über die Erde fegten und sich in Menschen verwandeln konnten? Das war unvorstellbar. Und was sollte das alles mit ihr zu tun haben?

Fedor hatte das Gemüse in Würfel geschnitten und stand auf. Er hob den Deckel von dem Topf und schob die Gemüsestücke in die Brühe. Der Duft, der den Raum erfüllte, ließ Rieke das Wasser im Mund zusammenlaufen.

„Das riecht gut", sagte sie, als er einen Stuhl vors Bett schob und sich setzte. „Ich wusste gar nicht, dass ich solchen Hunger habe. Diese Windbrüder – weißt du noch mehr über sie?"

„Hunger und Neugier sind gute Zeichen", bemerkte er heiter. Sogleich wurde er wieder ernst. „Viele der Windbrüder haben einen Gefährten. Bei ihm kommen sie zur Ruhe, suchen Schutz für die Zeit, wenn sie nicht aktiv sind. Oft ist es ein Baum, oder auch ein Tier. Im Winter zum Beispiel, wenn die Winde sich zurückgezogen haben und der Nordwind allein regiert, ruhen sie sich aus, damit sie im Frühjahr wieder bei Kräften sind. Während dieser Zeit stehen ihnen ihre Gefährten zur Verfügung. Sie können mit ihnen verschmelzen und wochenlang nicht zum Vorschein kommen."

Er machte eine Pause.

„Das mit den Gefährten hört sich schön an." Riekes Hand war vom Bett geglitten und lag auf Callas Körper. Was Fedor ihr erzählte, klang wie ein Märchen. Fremd und faszinierend zugleich. „Wie finden sie zueinander?"

„Das kann man nicht genau sagen. Oft sieht es so aus, als würden Windbruder und Gefährte durch Zufall aufeinandertreffen. Sie spüren jedoch sofort, dass sie etwas Außergewöhnliches verbindet. Allerdings hat nicht jeder Windbruder einen Gefährten. Es gibt auch jene, die sich an einem bestimmten Ort geborgen fühlen und sich dorthin verziehen, wenn sie sich legen." Er stand auf, gab Gewürze in den Topf und rührte um.

„Fertig! Jetzt wird gegessen."

Nachdem er zwei Schalen gefüllt hatte, legte er Löffel hinein und reichte ihr eine davon. Er selbst setzte sich an den Tisch und legte sein Bein auf einen Hocker, der darunter stand.

„Woher weißt du das alles?", wollte Rieke wissen, hob einen Löffel dampfenden Eintopf aus der Schale und pustete.

„Auch das werde ich dir erzählen."

Schweigend aßen sie. Nur das leise Klappern von Löffel und Schalen war zu vernehmen. Erfüllt von innerem Frieden, betrachtete Rieke sein Gesicht. Die Güte darin rührte sie. Es gab so viel, was sie ihn gerne fragen würde. Weshalb lebte er allein im Wald? Warum zog er sein Bein nach, und wie kam es, dass sie das Gefühl hatte, sie gehörte hierher? Vielleicht würde der geeignete Moment kommen, ihn all das zu fragen.

Er erhob sich.

„Ich weiß, dass mein Anblick eine Zumutung ist", murmelte er und in seinem unbedeckten Auge flackerte Unsicherheit. Er nahm ihr die leere Schale aus der Hand und trug sie fort. Als er das Geschirr gespült und einen Tee gekocht hatte, setzte er sich wieder zu ihr. Den Blick hielt er gesenkt.

„Fedor." Sie griff nach seiner Hand. „Soll ich dir sagen, was ich sehe, wenn ich dich betrachte?" Sie wartete, bis er aufsah.

„Ich sehe einen Mann vor mir, dessen innere Schönheit, seine Güte und sein Mitgefühl sich auf seinem Gesicht spiegeln. Dich anzusehen wärmt mein Herz und heilt meine verwundete Seele. Ich finde dich so schön, wie ein Mensch es nur sein kann, und es gibt keinen Grund für dich, dein Äußeres zu verbergen. Weder vor mir noch vor einem anderen Menschen. Wer nicht erkennt, wie du wirklich bist, der ist es nicht wert, dich anzusehen."

Fedor schluckte und fuhr sich über die Augen. Dankbar drückte er ihre Hand. „Du bist wie er", sagte er mit rauer Stimme.

„Wie wer?"

„Ich werde dir von ihm erzählen. Noch ein wenig Geduld, Joerdis."

Er trank einen Schluck Tee und räusperte sich.

„Ganz selten und nur, wenn außergewöhnliche Umstände aufeinandertreffen, kann es geschehen, dass sich ein Windbruder mit einer Menschenfrau vereinigt. Zum Beispiel, wenn Vollmond oder Neumond mit einer Sonnenwende zusammenfallen. Oder mit einer Tag-Nacht-Gleichen. Zudem muss es der richtige Ort sein, die passende Atmosphäre. Wenn das alles gegeben ist und der Windbruder sich zu der Frau hingezogen fühlt, dann wird sie, ohne dass es ihr bewusst ist, seine Nähe suchen. Das, was dann zwischen ihnen geschieht, ist gewaltig. Die Seele der Frau und das Seelenwesen des Windbruders vereinen sich und feiern die Magie und die Kraft dieses ungewöhnlichen Augenblicks."

Fedor machte eine kurze Pause. Rieke aber verbat sich jedes Nachdenken und wartete, dass er weitersprach.

„All dies geschieht auf rein platonischer Ebene. Dennoch hat es Folgen. Jeder Mensch, der aus einer solchen Verbindung hervorgeht, ist auf eine ganz eigene Art besonders. Das kann sein Aussehen betreffen oder seine Begabung. Nicht selten wählt er unbewusst seinen Beruf danach aus. Es gibt aber auch Eigenschaften, die allen zu eigen sind. Sie vernehmen das Flüstern der Bäume und die Sprache der Natur. Sie lieben den Sturm und den Regen. Umgeben von den Elementen haben sie nicht selten das Gefühl, sich im nächsten Augenblick aufzulösen, um mit ihnen weiterzuziehen."

„Man steht im Nebel. Der ganze Körper kribbelt, und man ist davon überzeugt, dass man sich darin auflöst", flüsterte Rieke. Sie hatte die Arme um sich geschlungen, als müsste sie verhindern, dass sie auseinanderbrach. Ihr Körper bebte.

„Ich dachte mir, dass du das kennst."

„Aber wer – was ...?", stammelte sie und strich über die Gänsehaut auf ihren Armen. Das alles konnte nicht wirklich sein. Das konnte es einfach nicht geben. Dennoch wusste sie ganz tief in ihrem Inneren, dort, wo der Verstand nicht hinreichte, dass es so war.

„Du bist einer dieser Menschen, Joerdis. Du bist eine Windgeborene."

„Eine – Windgeborene?"

Plötzlich machte alles einen Sinn. Die Geschichte, die ihre Mutter erzählt hatte. Es war so gewesen, wie Fedor es beschrieben hatte. Mama und Torin hatten sich unter besonderen Umständen kennengelernt, in einer magischen Nacht bei Vollmond. Torin hatte sie beeindruckt, weil er sie vor einem Sturz bewahrt hatte. Er war nicht nur wunderschön zum Anschauen, er hatte auch diese unerklärliche Scheu, die ihn umso faszinierender erscheinen ließ. Wenn es tatsächlich so war, wie Fedor beschrieben hatte, so hätte ihre Mutter keine Chance gehabt, es zu verhindern. Der Windbruder hatte sie ausgewählt, und sie hatte sich bereitwillig von ihm wegtragen lassen.

Konnte sie selbst wirklich aus dieser Nacht hervorgegangen sein? Rieke glich ihrer Mutter sehr, aber noch größere Ähnlichkeit hatte sie mit diesem Mann. Sogar die Anziehungskraft der Grotte, in der sie – gezeugt worden war, war einleuchtend. Gezeugt? Hieß das so? So gesehen war sie also gar kein richtiger Mensch. Sie war halb Mensch, halb Wind. War so etwas möglich? Konnte es das geben? Ja, beantwortete sie sich selbst diese Fragen. Denn alles passte zusammen. Viel zu eindeutig, als dass sie daran zweifeln konnte. Schwindel erfasste sie, und sie war froh, dass sie lag.

„Bist du – bist du auch ein – Windgeborener?"

„So ist es."

„Das heißt, wir sind gar keine Menschen? Wir sind – wir sind – Halbmenschen?" Dieses Wort auszusprechen fiel ihr nicht leicht.

„Genaugenommen ja. Allerdings klingt dieser Ausdruck nicht besonders charmant für etwas, das durchaus sehr besonders ist. Ein Windgeborener zu sein ist ein Geschenk."

„Wie viele Windgeborene gibt es?"

In diesem Augenblick erhellte ein Blitz die Dunkelheit vor dem Haus, und durch das Fenster erblickte Rieke hohe Fichten, die sich schwarz und gespenstig im Wind wiegten. Wenig später hörten sie weit entfernt ein tiefes Grollen. Calla erhob sich, streckte ihre langen Glieder und tappte zur Tür.

150

Nachdem Fedor sie hinausgelassen hatte, lehnte er sich an die Wand.

„Keiner kann das sagen. Vermutlich gibt es zu jeder Zeit mehrere von unserer Art. Jedoch erfährt kaum einer, wer und was er wirklich ist."

„Warum ich? Warum du?"

„Seit es Windgeborene gibt – so sagt es die Überlieferung – ist unter ihnen immer ein Auserwählter. Ihm ist eine bestimmte Aufgabe zugedacht. Eine wichtige Aufgabe. Der Ablauf ist seit jeher derselbe. Jener Windgeborene, der die Aufgabe als nächster übernehmen wird, erscheint so rechtzeitig, dass ausreichend Zeit zur Verfügung steht, ihn einzuweisen. Warum es den einen trifft und den anderen nicht, kann ich dir nicht sagen. Ich weiß nur, dass sich jeder der Berufenen in einer seelischen Notlage befindet, wenn er auf seinen Mentor stößt."

„Du auch? Warst du ähnlich verzweifelt wie ich?"

Er nickte traurig. „Oh ja, das war ich. Damals war ich zwölf Jahre alt und war davon überzeugt, ich müsste sterben."

Rieke sah ihn fassungslos an. „Mit zwölf Jahren! Wie schrecklich! Was war geschehen?"

„Das ist eine andere Geschichte."

„Wirst du sie mir erzählen?"

Er verlagerte sein Gewicht und schlug die Arme übereinander.

„Wenn du es möchtest."

„Ja", sagte sie voller Eifer. „Ich möchte sehr gerne deine Geschichte hören."

Ein Anflug von Freude huschte über sein Gesicht, und er lächelte. „Gut, dann erinnere mich zu gegebener Zeit daran."

Ein Kratzen war an der Tür zu hören, und er ließ den Hund herein, der sich sofort neben dem Ofen niederließ. Calla hatte kaum den Kopf auf die Pfoten gelegt, als es zu regnen begann.

„Kluges Tier", lobte Fedor die Hündin, setzte sich an den Tisch und legte sein Bein hoch.

„Die Windbrüder, die sowohl sanfte Brise als auch verheerender Sturm sein können, müssen sich an gewisse Regeln halten. Zweifellos sind sie mitverantwortlich für den natürlichen Lauf der Dinge. Sie erfüllen ihren Job intuitiv, ohne ein eigenes Ziel zu verfolgen. Tornados und Orkane mit all ihrer Zerstörung gehören zu ihrem Alltag, so hart es auch klingen mag. Niemals aber dürfen sie aus reiner Willkür handeln oder aus eigenem Interesse. Dennoch geschieht es, dass sich der ein oder andere von ihnen nicht daran hält. In dem Augenblick tritt der Windfürst in Erscheinung. Er ist das Gesetz und sorgt für Ordnung. Er kann tadeln und verwarnen. Ebenso kann er jedoch einen ungehorsamen Windbruder von der Erde verbannen. Borg, der Windfürst, ist zugleich der Nordwind. In den Wintermonaten zieht er über die nördliche Hälfte der Erdkugel. Sein frostiger Atem lässt die Erde erstarren, gnadenlos und unerbittlich. In dieser Zeit legen sich seine Brüder zur Ruhe und schöpfen Kraft für die Zeit nach dem Winter. Borg ist ein weiser und gerechter Herrscher. Niemals würde er etwas tun, was nicht korrekt ist. Er ist das verkörperte Gesetz. Zeigt weder Schwäche noch Zweifel. Dafür wird er von seinen Windbrüdern geschätzt und respektiert."

Wieder blitzte es, und Schatten zuckten durch den Raum.

„Gnadenlos und unerbittlich als Nordwind, dafür weise und gerecht als Herrscher", wiederholte Rieke leise. „Das klingt, als wäre er ein guter Nordwind und auch ein guter Fürst. Er muss eine außergewöhnliche Persönlichkeit sein."

„Das ist er", bestätigte Fedor. Das Grollen, das sie hörten, war nähergekommen.

„Ist es nicht hart für ihn, immer nur stark sein zu müssen? Was ist, wenn ihn tatsächlich mal Zweifel plagen? Darf er niemals Schwäche zeigen? Hat er vielleicht einen Gefährten, so wie einige seiner Brüder?"

„Ja, auch der Windfürst hat einen Gefährten." Fedor lächelte, als er das sagte. „Bei ihm muss er nichts beweisen, darf sich fallenlassen und zeigen, wie es ihm wirklich geht. Das heißt aber nicht, dass er es auch tut. Er ist sehr stolz und

bittet erst dann um Hilfe, wenn er selbst nicht mehr weiter-
weiß oder ihn seine Kräfte verlassen. Hin und wieder jedoch
kommt er mit einem Anliegen und sucht nach Rat. Keiner
seiner Windbrüder weiß davon. Und keiner von ihnen wird
es jemals erfahren."

Nachdenklich betrachtete Rieke die Decke, die über ihren
Beinen lag, und strich die Falten glatt.

„Dieser Gefährte muss demnach so weise sein wie der
Windfürst selbst", meinte sie schließlich. „Aber wer könnte
sich dafür eignen?"

„Sag du es mir."

Verwirrt blickte Rieke auf und dachte nach. „Ein mächtiges Tier vielleicht? Ein Adler, oder ein Hirsch?"

Fedor schüttelte den Kopf.

„Ein uralter Baum?"

„Nichts dergleichen."

Ratlos hob sie die Schultern. Fedor setzte sich plötzlich
sehr aufrecht hin und sagte:

„*Ich* bin der Gefährte des Windfürsten."

„Du? Ein Mensch?"

„Wie man es nimmt."

Rieke starrte ihn an. Sie versuchte, Ordnung in all das zu
bringen, was ihr gleichzeitig durch den Kopf fegte. Fedor
hatte die Hände vor sich auf den Tisch gelegt. Sein Auge
schimmerte warm. Die Bedeutung dessen, was er gesagt hatte, traf sie ganz plötzlich und mit voller Wucht. Sie richtete
sich auf. Ignorierte den Schmerz, der ihr bis in die Hüften
schoss und fuhr sich mit den Händen übers Gesicht.

„*Du* bist der Gefährte des Windfürsten! Ein Windgeborener! Nein", korrigierte sie sich sofort, „nicht einfach ein
Windgeborener, sondern jener Windgeborene, der dazu berufen wurde."

Obwohl sie genau wusste, dass das stimmte, suchte sie in
seinem Gesicht nach Bestätigung. Er nickte knapp.

„Das heißt", setzte sie ihre Überlegung fort, „dass ich –
dass ich selbst irgendwann – Nein! Das kann ich nicht!",
brach es aus ihr heraus. Das Entsetzen stand ihr ins Gesicht

geschrieben. „Das kann nicht sein! Ich kann unmöglich die Richtige sein!"

Fedor, der ihrem Ausbruch verwundert gefolgt war, lehnte sich in seinem Stuhl zurück und schlug die Arme übereinander.

„Weshalb denkst du das?"

Rieke war sicher, ein amüsiertes Funkeln in seinem Auge zu erkennen.

„Ganz einfach: Weil ich nichts weiß", versuchte sie zu erklären. „Ich bin weder schlau noch klug. Ich habe nicht einmal das Abitur. Ich kann nicht jene Windgeborene sein, die deine Aufgabe übernehmen wird. Ich bin nicht dazu berufen, die Gefährtin des Windfürsten zu sein. Das ist ein Irrtum, Fedor!"

Der Mann stand auf, durchquerte hinkend den Raum und blieb vor ihrem Bett stehen.

„Darf ich mich zu dir setzen?"

Sie nickte, und er setzte sich auf den Rand des Bettes, sorgsam darauf bedacht, sie nicht zu berühren.

„Du meinst also, Weisheit hat etwas damit zu tun, welchen Schulabschluss man hat?"

Rieke blinzelte verunsichert und schwieg.

„Was lernt man denn dort? Mathematik. Sprachen. Geschichte. Joerdis, das alles hat nichts mit Weisheit zu tun. Das ist Wissen. Weisheit aber ist die besondere Gabe, wahrzunehmen, was Herz und Geist sprechen, dieses zu deuten und intuitiv die richtigen Schlüsse daraus zu ziehen. Natürlich wird dies im Laufe der Jahre durch Lebenserfahrung ergänzt. Du kannst es nicht wissen, Joerdis, aber du bist mit allem gesegnet, was du brauchst. Und ich werde dich lehren, wie du damit umgehst. Ich werde dich lehren, deiner Intuition zu vertrauen."

Rieke hatte aufmerksam zugehört. Konnte es wahr sein? War sie zur Gefährtin des Windfürsten berufen? Bei diesem Gedanken empfand sie ein leises Ziehen im Bauch, das sowohl Aufregung als auch Freude war. Es fühlte sich irgendwie – richtig an. Würde sie es können? War sie in der Lage, dem Windfürsten zur Seite zu stehen? Wie mochte es wohl sein, ihn persönlich zu kennen? Wie mochte er aussehen? Wann würde sie zum ersten Mal auf ihn treffen? Sie hatte plötzlich so viele Fragen, dass sie nicht wusste, mit welcher von ihnen sie anfangen sollte.

„Kann er, wie seine Windbrüder, menschliche Gestalt annehmen?"

In Fedors Gesicht breitete sich ein Leuchten aus.

„Aber sicher."

„Wie sieht er aus?"

Er schmunzelte. „Sobald du ihn siehst, wirst du wissen, dass er es ist. Ihr werdet spüren, dass euch etwas Starkes, Mächtiges verbindet."

„Dieses Gefühl hatte ich schon einmal", murmelte Rieke und betrachtete ihre Hände. „Ich wusste, dass wir füreinander geschaffen waren, und ich war mir so sicher, dass er dasselbe empfand. Aber ich hatte mich geirrt, denn er hat mich verlassen."

„Waldemar?"

Verblüfft sah sie auf.

„Du hast im Fieber seinen Namen gesagt."

Trotz aller Anstrengung füllten sich ihre Augen mit Tränen. „Manchmal denke ich, der Schmerz wird nie vergehen. Dann will ich nur noch schreien", flüsterte sie. „So lange, bis meine Seele zerspringt."

„Die Liebe gehört uns nicht", sagte Fedor voller Mitgefühl. „Sie kommt und geht mit dem Wind. Wenn man gesegnet ist, findet sie einen und bleibt für immer."

Rieke fuhr sich mit dem Ärmel über die Augen. „Er sagte, irgendwann würde ich verstehen, weshalb er gehen musste."

„Vielleicht wirst du das. Ich wünsche es dir, denn du wirst sonst niemals ganz frei sein. Vorerst wird deine zukünftige Aufgabe dich von deinem Schmerz ablenken. Vielleicht erfüllt sie dich in einem Maße, dass die Erinnerung mit der Zeit nicht mehr so weh tut."

Sie schwiegen eine Weile. Plötzlich schüttelte Rieke entschlossen ihren Kummer ab. Das Schicksal reichte ihr die

Hand und bot ihr einen Neuanfang. Tief in ihrem Herzen wusste sie, dass ihr dieser Weg vorbestimmt war, und sie konnte es schon jetzt kaum erwarten, ihn zu betreten.

„Wann fangen wir mit dem Unterricht an?", fragte sie laut, um den Regen zu übertönen, der inzwischen aufs Dach prasselte. Ein gleißender Blitz erhellte den Raum. Unmittelbar darauf ließ ein ohrenbetäubender Donner die Teller auf dem Bord klappern.

„Sobald du das Bett verlassen kannst. Und jetzt", sagte Fedor vergnügt, stand auf und schürte ein letztes Mal das Feuer, „werden wir schlafen gehen. Der Himmel hat heute Nacht viel zu sagen. Lassen wir ihn erzählen."

Kapitel 10

„Henni, es geht los!" Marla trank den letzten Schluck Kaffee aus, wischte sich die Krümel vom Kinn und erhob sich. Sofort sprang Henni auf und trug ihr Geschirr weg.

„Was habt ihr vor?", erkundigte sich ihr Vater. „Wir haben die ganze Gegend schon mit dem Auto abgefahren."

„Ich habe da eine Idee. Mal sehen, ob …" Marla sprach den Satz nicht zu Ende. Dafür steckte sie eine Wasserflasche, zwei Äpfel und mehrere Müsliriegel in ihren Rucksack.

„Brauchst du den Wagen?" Mama sah aus wie immer um diese Uhrzeit: Ein wenig zerrupft, müde und in ihrem farbbekleckstem Arbeitsoverall so bunt wie ein Paradiesvogel. Vielleicht eine Spur blasser als üblich. „Ich könnte mit dem Fahrrad zur Arbeit fahren, das macht mir nichts aus. Meine Werkzeuge sind auf der Baustelle."

„Nicht nötig", gab Marla zurück. „Rusty, kommst du mit?"

„Wohin gehen wir?", wollte Henni wissen, als sie Marla in den Wald folgte. Rusty rannte vor ihnen her und durchstöberte jeden Laubhaufen, den er fand. Der heftige Regen von letzter Nacht hatte sich verzogen. Zwischen den Wolken lugte hin und wieder sogar die Sonne hervor. Sobald sie erschien, verzauberte sie die Tropfen, die noch an den Zweigen der Bäume hingen, in funkelnde Perlen. Marla zog die frische Luft in die Lungen und stieß sie wieder aus.

„Wir gehen an einen ganz besonderen Ort. Er ist ein wenig magisch, du wirst sehen."

Henni sah sie argwöhnisch von der Seite an. „Ein magischer Ort? Ich denke, wir suchen nach Rieke."

„Genau das werden wir tun." Die Ältere lächelte geheimnisvoll.

„Zum Klagehügel?" In Hennis Stimme klang sowohl Skepsis als auch Hoffnung. Sie wusste, dass die gruselige Ruine mitten im Wald bei den Geschehnissen im Sommer eine Rolle gespielt hatte. Ihre Schwester hatte versprochen, sie ihr irgendwann zu zeigen. Aber jetzt?

Sie gelangten an eine Weggabelung, und Marla nahm zielstrebig die rechte Abzweigung.

„Also gut, demnach gehen wir nicht zum Klagehügel." Henni zog ihre Mütze tiefer in die Stirn. Es war kalt heute Morgen.

Nicht lange, und sie verließen den breiten Weg, um sich auf schmalen Pfaden, die Marla offensichtlich kannte, durchs Unterholz zu schlagen. Nachdem sie über einen Bachlauf gesprungen und noch kurze Zeit gelaufen waren, blieb Marla stehen. Vor ihnen lag eine Lichtung. Eine mächtige Eiche stand hier, vom Alter gebeugt, die dicken Äste weit ausladend. Rusty schoss darauf zu, schwanzwedelnd und sichtlich voller Erwartung.

Auch Marla sah sich aufmerksam um, als würde sie damit rechnen, dass jemand erschien. Schließlich ging sie auf den Baum zu, der bereits seit Hunderten von Jahren hier stehen musste. Ihre Schwester, die ihr gefolgt war, beobachtete verblüfft, wie sie ihre Hände auf die zerfurchte Rinde legte und für einen Moment die Augen schloss.

„Hallo, alte Dame", sagte Marla leise. In ihrer Stimme schwang Ehrfurcht. „Es ist schön, dich zu sehen. Ich hoffe, du bist nicht einsam, nun, da er fort ist."

Henni hatte befremdet zugehört. Sie legte ihrer Schwester eine Hand auf die Schulter und schüttelte sie sanft.

„Marla? Ist alles in Ordnung mit dir? Du weißt schon, was wir vorhatten?"

Die Ältere drehte sich zu ihr um, ein seltsames Leuchten auf dem Gesicht. Plötzlich klärte sich ihre Miene.

„Natürlich. Ich habe nur – egal, tut jetzt nichts zur Sache. Pass auf!" Sie zog Henni von der Eiche weg, bildete mit den Händen einen Trichter um den Mund und rief:

„Gawain! Bitte zeig dich!"

Es dauerte nur wenige Sekunden. Ein Windstoß fuhr über die Lichtung, wirbelte altes Laub vom Boden und zerrte an ihren Jacken. Es roch intensiv nach Moos und feuchtem Waldboden. Im nächsten Augenblick stand Gawain vor ihnen. Seine Augen, die so grün waren wie das Moos, nach dem es noch immer duftete, blitzten vergnügt. Er lachte übers ganze Gesicht.

„Tag zusammen! Da bin ich!"

Während Gawain sich nach dem kleinen Hund bückte, der sich wie wild gebärdete, stand Henni der Mund offen. Sie schloss ihn hastig, als der junge Mann sich zu ihr wandte.

„Hallo, Henni!"

„Das – verstehe ich jetzt nicht so ganz", sagte sie etwas schleppend, als sie ihre Sprache wiedergefunden hatte. „Ihr kennt euch?"

„Ein wenig", gab Marla zurück, und geschäftig sagte sie zu Gawain: „Ich möchte dich darum bitten, uns zu helfen, Rieke zu finden."

„Der Wind steht euch zu Diensten!", rief er pathetisch und schlug die Hacken zusammen. Sein spitzes Gesicht strahlte vor Eifer. „Ich wehe, nein, ich stürme, wohin auch immer du mich schickst."

Marla schüttelte den Kopf. „So meine ich das nicht. Du wirst uns mitnehmen. Wir suchen sie gemeinsam."

Gawain sah sie verdutzt an. Nachdenklich kratzte er sich am Kinn. „Wie soll das funktionieren?"

„Genau kann ich es nicht sagen", sagte Marla unbekümmert. „Aber ich weiß, dass es möglich ist. Arvid hat mich im Sommer öfter mitgenommen, daher kann es nicht so schwer sein." Während sie ihm erläuterte, wie er vorgehen könnte, blickte Henni irritiert von einem zum anderen. Sie verstand nichts von dem, was Marla erzählte. Zudem begann sie zunehmend, am Verstand ihrer Schwester zu zweifeln. Ungeduldig baute sie sich schließlich vor ihnen auf, die Hände in die Seiten gestützt. Sie überragte sowohl Gawain als auch Marla.

„Kann mir endlich jemand sagen, was hier los ist? Ich kapier überhaupt nichts von dem, was ihr redet. Vielleicht klärt ihr mich mal auf?"

Marla legte ihr beschwichtigend eine Hand auf den Arm. „Vertrau mir, Henni. Gawain ist ein Windbruder. Was das bedeutet, wirst du gleich sehen. Und du wirst staunen. Wir setzen uns jetzt unter die alte Eiche, und er wird uns auf eine Reise mitnehmen. Wir werden nach Riekes Wagen Ausschau halten. Ich kenne unsere Schwester und gehe davon aus, dass sie sich irgendwo befindet, wo Wald ist. Rieke liebt Wald, und immer wenn sie traurig war, hat sie sich dorthin zurückgezogen. Diesmal ist es eben nicht unser Wald, sondern ein anderer. Wenn wir ihr rotes Auto finden, wissen wir, wo wir sie suchen müssen."

Zusammen gingen sie zum Baum zurück und setzten sich an seinen Stamm. Hennis Herz schlug aufgeregt, als Marla den Hund zu sich rief. „Rusty! Komm her! Leg dich!"

Gawain hatte mit ungewohnt ernster Miene zwischen ihnen Platz genommen.

„Bereit?" Er hielt jeder der jungen Frauen eine Hand hin.

„Bereit", sagten Marla und Henni gleichzeitig und griffen danach. Im nächsten Augenblick wurden sie vom Boden gerissen und in die Luft geschleudert. Vor Überraschung schrie Henni laut auf. Doch es ging bereits weiter, durch die Kronen der Bäume hindurch über den Wald.

„Es funktioniert!", hörte sie Gawain triumphierend rufen, und: „Ich wusste, du kannst es!", kam von Marla. Sie zogen weiter, über die Felder hinweg, die am Rand des Dorfes lagen. Wieder schrie Henni auf. Diesmal vor Begeisterung und Unglauben. Niemals zuvor hatte sie etwas so Geniales erlebt.

„Zuerst nach Süden!", rief Marla ausgelassen. „Zum Bayerischen Wald."

„Aye, aye, Kapitän!"

Der Windbruder änderte die Richtung. Sie preschten gen Süden, bogen die Bäume und rüttelten an den Häusern. Verwundert blickten die Menschen zum Himmel: War für heute Sturm angesagt?

Jeden Wald, den sie sahen, überflogen sie dicht über den Baumspitzen, aufmerksam Ausschau haltend nach einem kleinen, roten Auto. Henni gab sich alle Mühe, sich auf diese Aufgabe zu konzentrieren. Hin und wieder aber jauchzte sie vor Entzücken auf. Dann lächelte Marla und dachte daran, wie es ihr selbst bei der ersten Windreise mit Arvid ergangen war.

„Vor uns liegt er!", rief Gawain endlich, und er ging in den Sinkflug. Angestrengt ließen sie ihre Augen über das Gelände schweifen, suchten die engen Straßen ab, die sich durch den Wald wanden, und sahen auf den Parkplätzen nach. Sie hatten keinen Erfolg. Zwei rote Autos hatten sie zwar entdeckt, aber schnell war klar, dass Riekes Wagen viel kleiner war. Marla war enttäuscht. Wie sehr hatte sie gehofft, dass Rieke dorthin geflüchtet war, wo sie mit Waldemar glückliche Stunden verbracht hatte. Sie hatte sich geirrt. Also ging es weiter. Deutschland hatte noch andere Wälder.

***

Als Rieke die Augen aufschlug, schien die Sonne durchs Fenster und ließ Staubkörnchen glitzernd in der Luft tanzen. Von ihrem Bett aus konnte sie den Himmel sehen und sie erkannte, dass das Unwetter sich verzogen und dicken, freundlichen Wolken Platz gemacht hatte. Vorsichtig bewegte sie sich. Sie hatte wider Erwarten gut geschlafen und fühlte sich ausgeruht. Gestern Abend, nachdem Fedor die Tür zu seiner Kammer hinter sich geschlossen hatte, war sie davon überzeugt gewesen, dass ihr eine schlaflose Nacht bevorstand. Zu sehr war sie mit den Dingen beschäftigt, die sie im Laufe des Tages erfahren hatte.

War sie tatsächlich dazu geeignet, dem Windfürsten zur Seite zu stehen? Es war eine gewaltige Aufgabe. Was, wenn sie versagte? Wenn sie Fedor enttäuschte, der offenbar wirklich an sie glaubte? Ebenso hatte der Gedanke sie nicht losgelassen, wann sie ihre Eltern, ihre Schwestern und Rusty wiedersehen würde. Ob sie sie besuchen durfte? Sicher machten sie sich schreckliche Sorgen um sie. Plötzlich kam Rieke sich unendlich töricht vor, weil sie an der Liebe ihrer Eltern gezweifelt hatte. Wie sie sich danach sehnte, sie zu umarmen! Vor allem ihre Mutter. Den Ausdruck in Mamas Gesicht würde sie niemals vergessen. Die Angst, das Entsetzen, als Rieke gegangen war.

Ich liebe dich so sehr, Mama. Ich hoffe, dass ich dir das bald selbst sagen kann.

Ruhelos war sie auf der Matratze hin und her gerutscht, bis Calla sich schließlich erhoben und sich neben das Bett gesetzt hatte, den großen Kopf auf Riekes Brust gelegt. Während sie die Hündin gestreichelt hatte, war sie endlich in einen tiefen, traumlosen Schlaf gefallen.

Dankbar ließ sie ihre Hand aus dem Bett gleiten und tastete nach dem warmen Körper des Tieres. Sie griff jedoch ins Leere. Überrascht stützte sie sich auf die Ellenbogen und sah sich um. Sie war alleine. Weder Calla war im Raum, noch Fedor. Auf dem Tisch stand neben dem aufgeschlagenen Buch ein Becher. Er war also bereits aufgestanden.

Rieke setzte sich auf, schlug die Decke zur Seite und schob ihre Beine über die Bettkante. Es ging besser, als sie gedacht hatte. Der Verband leuchtete im Licht der Sonne, und sie überlegte, was wohl mit ihr geschehen wäre, hätte Calla sie nicht gefunden und Fedor zu ihr geführt. Sie erinnerte sich daran, dass sie geglaubt hatte, jemand würde sie beobachten. Plötzlich war sie sicher, dass es die Hündin gewesen war. Es musste auch sie gewesen sein, die in jenem Augenblick geheult hatte, als Rieke davon überzeugt war, sich im Nebel aufzulösen um für immer von ihm verschluckt zu werden. Das Heulen des Hundes hatte sie zum Boden zurückgebracht. Wieder spürte sie eine tiefe Verbundenheit zu der Hündin.

Auf dem Stuhl neben ihrem Bett entdeckte sie ein Glas Wasser und einen Apfel. Sie biss in das Obst, dessen süßsäuerlicher Geschmack angenehm erfrischend war. Mit dem Apfel in der Hand stand sie auf. Ihr Unterschenkel schmerzte, aber sie konnte ihn belasten. Vorsichtig humpelte sie zum

Tisch und stützte sich darauf ab. Leichter Schwindel hatte sie erfasst, ihr Atem ging schnell. Sie ließ sich auf Fedors Stuhl sinken und aß den Apfel zu Ende.

Wo er wohl war? Sicher hatte er Calla auf einen Spaziergang mitgenommen. Außerdem musste die Hündin etwas essen. Rusty kam ihr in den Sinn. Die hungrige Erwartung, wenn sie ihm seinen Napf füllte. Was würde Calla zu ihrem kleinen Freund sagen? Und Rusty? Würde er Rieke mit der grauen Hündin teilen können? Sich von einem der beiden zu trennen war undenkbar. Rieke zog Fedors Buch zu sich heran und las den Titel. *Der weite Ritt.* Vielleicht würde Marla es kennen, die schon viele Bücher gelesen hatte. Ihr selbst sagte der Titel nichts. Sie schob das Buch an seinen Platz zurück und entdeckte in einer Ecke des Raumes ein einfaches Holzregal, auf dem eng aneinandergeschmiegt weitere Bücher standen. Beeindruckt erhob sie sich und tappte hinüber.

Einige der Bücher und Autoren kannte sie zumindest vom Hören nach. *Doktor Schiwago* und die *Buddenbrooks* zum Beispiel, oder auch *Effi Briest. Der Kleine Prinz* war eines der wenigen Bücher, das sie selbst gelesen hatte. Fedor musste ein sehr gebildeter Mann sein. Sofort waren da wieder die Zweifel, ob sie dem gewachsen war, was auf sie zukam. Fedor würde noch einiges tun müssen, um sie davon zu überzeugen. Noch immer klang alles eher nach einem Märchen, als nach der Wirklichkeit.

Sie war eine Windgeborene.

Joerdis, sann sie und spürte dem Gefühl nach, das der Name in ihr auslöste. Er unterschied sich gewaltig von *Frederike*. Aber er gefiel ihr. Sie erinnerte sich daran, dass jemand sie mit diesem Namen aus dem Schlaf gerissen hatte, vor Tagen, früh morgens im Auto. *Ja!* hatte sie gerufen, als ob sie damals bereits gewusst hatte, dass es ihr Name war. War es so? War der Name schon immer da gewesen? So wie das verborgene Wissen, dass sie eine Windgeborene war? Sie wünschte, Fedor wäre hier. Es gab so vieles, das sie wissen wollte.

Sie ging zur Tür und öffnete sie weit. Wie gut es doch tat, die Sonne im Gesicht zu spüren! Glücklich zog sie die würzige Waldluft in die Nase. Als sie unweit der Hütte eine Bewegung wahrnahm, sah sie auch schon Calla, die ihr nun entgegenflog. Kurz vor ihr machte die große Hündin halt, gerade rechtzeitig, damit sie die Verletzte nicht umwarf. Erst jetzt wurde Rieke bewusst, wie groß Calla wirklich war. Das hochbeinige Tier reichte ihr bis zu den Hüften.

„Hallo, meine Kleine", begrüßte sie ihre neue Freundin und strich ihr liebevoll über den langen Rücken. „Ich weiß gar nicht, wie ich dir für alles danken soll." Sie nahm Callas mächtigen Kopf zwischen die Hände und legte ihre Stirn an die des Tieres. Mehr überrascht als erschrocken fuhr sie zusammen und zog ihre Hände zurück. Es war, als hätte sie vernommen, was die Hündin für sie empfand. Freundschaft, Ergebenheit, Vertrauen. Die Bereitschaft, sich selbstlos für sie einzusetzen. Wenn nötig, bis zum Tod.

„Calla", flüsterte sie fassungslos und zog das Tier an sich. Abermals senkte sie ihre Stirn auf die der Hündin. Diesmal zuckte sie nicht zurück, als Empfindungen sie durchströmten, die nicht ihre eigenen waren. Erfüllt von Zuneigung versuchte sie, Calla etwas zurückzugeben. *Du und ich, wir gehören zusammen. Selten war ich mir einer Sache so sicher. So, wie du auf mich achtgeben wirst, werde ich auf dich achtgeben. Für immer.*

Calla winselte ergeben, und Rieke wusste, dass sie verstanden hatte.

Auf die Hündin gestützt entfernte sie sich ein paar Schritte von der Hütte, blieb stehen und sah sich um. Es waren vor allem mächtige Buchen und Kiefern, die hier standen. Aber auch hochgewachsene Fichten befanden sich darunter. Unter drei von ihnen stand Fedors Zuhause. Das Blockhaus war solide gebaut, mit Läden an den Fenstern und einem kleinen Anbau, an dessen Wände Holzscheite gestapelt waren. Wenn man nicht viel Wert auf große Räume legte, war dieses Haus für eine Person, oder auch für zwei, völlig ausreichend. Hier und da entdeckte sie liebevoll, aus Holz gearbeitete Details, und wieder floss ihr Herz über vor Zuneigung. Diesmal zu diesem ruhigen und bescheidenen Mann, der sie in sein Heim aufgenommen hatte und sie so freundlich umsorgte. Aber wo war er?

„Calla, hat er dir erzählt, wohin er geht?", fragte sie halb im Scherz, woraufhin der Hund mit dem Schwanz wedelte. In diesem Augenblick hörte sie das Geräusch eines Motors. Kurz darauf kam ein Auto über den Waldweg gefahren, das dem verbeulten Wagen ihrer Mutter in nichts nachstand. Verwundert folgte sie dem Fahrzeug mit den Augen, als es auf die Einfahrt zum Blockhaus fuhr und über Wurzeln hüpfend auf sie zurollte.

Fedor traute seinen Augen nicht. Kaum hatte er das Fahrzeug angehalten, riss er die Tasche vom Beifahrersitz und sprang aus dem Wagen.

„Joerdis! Um Himmelswillen, was machst du hier draußen? Du gehörst ins Bett! Bleib stehen, ich trage dich rein!"

Sie lachte unbefangen und erinnerte ihn an ein Kind, das zum ersten Mal nach langer Zeit wieder nach draußen durfte.

„Ich wollte die Sonne spüren und den Wald riechen. Wenn ich mich auf Calla stütze, funktioniert es ganz gut."

Er sah sie zweifelnd an. Noch immer stand sie vor ihm und lächelte, gekleidet in sein blaues Flanellhemd, mit bloßen Beinen und barfuß. Ihr langes Haar war ein einziger wirrer Knoten, und der dicke Verband an ihrem Bein wirkte wie ein Fremdkörper. Sie schien tatsächlich keine Schmerzen zu haben, stellte er erstaunt fest. Es grenzte nahezu an ein Wunder, dass sie überhaupt stehen, geschweige denn gehen konnte.

„Es geht mir gut, Fedor. Aber ich glaube, jetzt muss ich mich doch ausruhen."

„Dann lass uns reingehen." Er bot ihr seinen Arm an, den sie jedoch ignorierte. Auf Calla gestützt ging sie ins Haus und ließ sich auf einen Stuhl sinken. Der Hund warf sich neben ihre Füße.

„Sieh mal, was ich besorgt habe!" sagte Fedor, legte die Tasche auf den Tisch und griff hinein. „Hier ist eine Hose, die dir passen sollte", verkündete er und hielt eine schwarze Hose hoch. „Deine Jeans habe ich wegen der Verletzung zerschneiden müssen. Hier", er legte verschiedene Oberteile auf den Tisch, „sind T-Shirts, eine Bluse und zwei Pullover. Außerdem ein Hemd zum Schlafen und Unterwäsche."

Joerdis sah an sich hinab, als würde sie erst jetzt bemerken, dass es nicht ihre eigenen Kleider waren, die sie am Leib trug.

„Danke, das ist lieb von dir", sagte sie schließlich und betrachtete interessiert die Ärmel des Hemdes, die er mit einer Schere bearbeitet hatte, damit sie ihr passten.

„Tut mir leid, aber ich musste dir etwas anderes anziehen. Deine Sachen waren nass und blutig. Ich habe sie gewaschen und zum Trocknen aufgehängt." Er versuchte, gleichmütig zu klingen, konnte aber nicht verhindern, dass er dabei errötete.

„Das war wohl unvermeidlich", murmelte Joerdis. Sie deutete auf die Kleidung, die er auf dem Tisch ausgebreitet hatte. „Woher hast du das alles? Warst du so früh schon einkaufen? Welcher Tag ist denn heute?"

„Heute ist Montag. Nein, ich war nicht einkaufen. Nicht weit von hier ist ein Tierpark. Dorthin bringe ich die armen Geschöpfe, die ich lebend aus einer Falle befreien kann. Sie werden da gesundgepflegt. Gestern, während du schliefst, fuhr ich hin und sprach mit Frauke, einer der Tierpflegerinnen. Sie hat eine Tochter im Teenageralter und versprach, heute ein paar Sachen des Mädchens mitzubringen, die dir passen müssten. Allerdings hat Frauke heute Morgen tatsächlich schon eingekauft. Sie hat die Unterwäsche besorgt und dies hier." Er zeigte Joerdis den Kamm, um den er Frauke gebeten hatte.

„Es wird höchste Zeit, dass wir versuchen, dein Haar zu kämmen. Vorher allerdings", er legte den Kamm beiseite und räumte die Kleidung weg, „sollten wir zusehen, dass du einen Tee und etwas zu essen bekommst."

Nicht lange darauf sah er zu, wie sie mit Appetit Obst mit Quark aß und dazu frisch zubereiteten Tee trank. Als sie anschließend gehorsam den bitteren Kräutersud geschluckt und sich daraufhin geschüttelt hatte, wollte sie wissen: „Wie lange muss ich das Zeug noch nehmen?"

„Zwei oder drei Tage noch."

„Und dann nie wieder?"

Er zuckte die Achseln. „Ich hoffe es."

„Wer hat dir beigebracht, mit Kräutern umzugehen?"

„Ragna hat es mich gelehrt. Sie war eine begnadete Heilerin, und die Menschen kamen von weither, um sich von ihr auf natürliche Weise behandeln zu lassen." Sofort sah er das Gesicht der alten Frau vor sich, die er mehr geliebt hatte als seine eigene Mutter.

Er stand auf und trug das Geschirr zum Spülstein. Der Wetterumschwung hatte bewirkt, dass sein Knie weniger schmerzte. Glücklicherweise hatte auch das Brennen in seiner Brust nachgelassen. Während der letzten Tage hatte er sich bemüht, den quälenden Husten so gut es ging zu unterdrücken. Joerdis musste nicht sofort wissen, wie es um ihn stand.

„War Ragna vor dir die Gefährtin des Windfürsten?" Die junge Frau legte ihr Bein auf den Hocker, den er ihr hingestellt hatte.

„Ja." Er spülte die Sachen ab und stellte sie auf das Abtropfsieb. Wie lange war es nun schon her, dass sie gestorben war? Dreißig Jahre? Und doch fühlte es sich an, als wäre es kaum ein paar Monate her.

„Du mochtest sie sehr, nicht wahr? Wenn du an sie denkst, siehst du zugleich glücklich und auch traurig aus."

„Ja, ich mochte sie", sagte er. Dabei versuchte er den Schmerz zu verdrängen, den die Erinnerung an ihre letzten gemeinsamen Tage in ihm hervorrief. Er holte den Kamm hervor, trat an Joerdis Stuhl und reichte ihn ihr.

„Möchtest du es versuchen?"

„Ich glaube, mir fehlt dazu die Kraft. Würde es dir etwas ausmachen, sie zu entwirren?"

167

„Ich kann es probieren, aber ich garantiere für nichts. Es ist schon ziemlich lange her, dass ich einer Frau die Haare gekämmt habe." Er schmunzelte. „Ich hoffe, ich tu dir nicht weh."

„Ich bin daran gewöhnt, dass es ziept. Vielleicht könntest du währenddessen …?" Sie zögerte und warf ihm einen bittenden Blick zu. Ihre türkisfarbenen Augen sahen riesig aus in ihrem blassen Gesicht.

„Was könnte ich währenddessen?", hakte er nach und nahm eine dunkle Strähne in die Hand.

„Du sagtest, du würdest zu gegebener Zeit von dir erzählen."

Sie schien plötzlich scheu, als wäre es ihr unangenehm, ihn darum zu bitten. Dass er sich geschmeichelt fühlte, weil sie etwas von ihm erfahren wollte, konnte sie nicht wissen. Dennoch fürchtete er sich davor, all das in Worte zu fassen, was er erlebt und weitestgehend verdrängt hatte. Sich noch einmal in das Leben zu begeben, woraus Ragna ihn befreit hatte, würde schmerzen. Ihm war klar, dass ihm als Kind nicht bewusst gewesen war, was man ihm vorenthielt. Man konnte nicht vermissen, was man nicht kannte. Zu wissen, dass dieses Leben für ihn als Kind ganz selbstverständlich war, schmerzte umso mehr. Dennoch war es wichtig, dass Joerdis es erfuhr. Es würde ihr zeigen, dass Weisheit ohne Schmerz nicht möglich war, und dass alle Windgeborenen, die zum Gefährten des Windfürsten bestimmt waren, diesen Prozess erdulden mussten. Ihm selbst hatte es damals geholfen, von Ragnas Geschichte zu erfahren. Und er wusste, dass seine Geschichte wiederum Joerdis helfen würde, über ihren Schmerz hinwegzukommen. So war es immer schon gewesen.

Behutsam fuhr er mit dem Kamm durch die seidige Strähne und legte sie nach vorne über ihre Schulter. „Ja, ich werde dir meine Geschichte erzählen." Seine Hand zitterte beinahe unmerklich, als er die nächste Haarsträhne nahm. Während er sie durch seine Finger gleiten ließ, wanderten seine Gedanken weit zurück in die Vergangenheit.

Kapitel 11

Fedor

Seine Eltern waren einfache Menschen, die irgendwo auf dem Hinterland einen ärmlichen Bauernhof betrieben und drei halbwüchsige Söhne zu versorgen hatten. Was der Hof abwarf, reichte gerade, um fünf hungrige Mäuler zu stopfen. Luxus war ihnen unbekannt. Sie besaßen einen alten Traktor, der für die Feldarbeit unverzichtbar war. Dagegen hatten sie weder ein Auto, noch einen Fernseher. Zwei Kühe und fünf Schweine nannten sie ihr Eigen. Im Winter mussten sich die Tiere den Stall teilen, im Sommer die kleine Koppel hinter der Scheune. Auch Hühner und Katzen gab es. Nicht, dass einer von ihnen jemals auf die Idee gekommen wäre, eines der Tiere zu streicheln. Hühner hatten Eier zu legen. Hörten sie auf damit, kamen sie in den Topf. Katzen hatten Mäuse zu fangen, von denen es hier draußen unzählige gab. Wurde eine von ihnen auf der nahen Landstraße überfahren, was gelegentlich geschah, so ersäufte man den nächsten Wurf nicht komplett, sondern verschonte ein oder zwei der Tiere. Bis auf die Stunden, die sie in der Schule verbrachten, mussten die Kinder auf dem Feld und im Stall mit anpacken. Hausaufgaben konnten sie machen, wenn sie wollten. Aber erst am Abend, wenn die Sonne untergegangen und die Arbeit getan war.

Armut und Entbehrung hatten die Eheleute zu harten Menschen gemacht, und von der Liebe, die sie einst füreinander empfunden hatten, war nichts geblieben als eine vage Erinnerung. Manchmal, wenn sie abends mit schmerzendem Rücken den Tisch zum Essen deckte, hielt die Bäuerin vor dem Foto inne, das sie und ihren Mann als Brautpaar zeigte. Eine andere Zeit. Ein anderes Leben. Lächelnde Gesichter blickten ihr entgegen. Anmutige Gesichter. Erfüllt von Glück und Zuversicht, dass sie es schaffen würden. Lange schon war die Anmut der Verbitterung gewichen. Glück und Zuversicht hatten sich irgendwo zwischen Not und Sorgen in Luft aufgelöst. Zudem trank der Bauer inzwischen mehr, als für ihn und seine Familie gut war, verlor er doch zunehmend die Kontrolle über seinen Zorn, seinen Unmut und über sich selbst.

Körperlich kamen sich die Eheleute kaum noch nahe. Wenn sie am Abend, erschöpft von Arbeit und Sorge, ins Bett fielen, wandten sie einander den Rücken zu. Nur selten forderte der Bauer sein Recht als Ehemann ein. Meistens jedoch floss in diesem Augenblick so viel Alkohol durch seine Adern, dass er den Akt, der einst ihre Liebe gekrönt hatte, unvollendet und frustriert abbrechen musste. Am Morgen darauf tobte er dann durchs Haus wie ein wilder Stier, erfüllt von Wut über den Verlust seiner Manneskraft. Über den Verlust von sich selbst. Seine Frau und seine Söhne hatten gelernt, ihm an diesen Tagen aus dem Weg zu gehen.

Dass die Bäuerin plötzlich mit einem vierten Kind schwanger war, machte die Lage der Familie nicht besser. Ein weiteres Maul zum Stopfen. Für kurze Zeit aber waren die Schultern des Bauern breiter, sein Lachen lauter. Er war also noch immer Manns genug, ein Kind zu zeugen. Allerdings war ihm die Erinnerung an die Nacht, da es geschehen war, abhandengekommen.

Seine Frau aber dachte über ganz andere Dinge nach. Sie wusste, dass das Kind, das sie unter dem Herzen trug, nicht das ihres Mannes sein konnte. Betrogen hatte sie ihn jedoch auch nicht. Wie also kam dieses Balg in ihren Bauch? Zugegeben, da war dieser sonderbare Traum gewesen, aus dem sie am liebsten nie wieder aufgewacht wäre. Eine Art Stelldichein mit einem Fremden, der so verführerisch dahergekommen war, dass sie ihm überallhin gefolgt wäre. Diese Nacht kurz vor Heiligabend, die mit einem gewaltigen Wintergewitter einhergegangen war, würde sie so schnell nicht vergessen.

Eine fiebrige Erkältung hatte sie nicht einschlafen lassen. So war sie aufgestanden, hatte ein Tuch um ihre Schultern geschlungen und war vor die Haustür getreten. Der Bauernhof, der für gewöhnlich ungepflegt und schäbig aussah, wirkte unter der Schneedecke seltsam schön. Blitze ließen die Landschaft hinter dem Stall aufleuchten wie ein frischgebleichtes Bettlaken, während die Donner grollend über den Himmel ritten. Ein für diese Jahreszeit merkwürdig warmer Wind hatte ihr Schneeflocken ins Gesicht getrieben, die auf ihren heißen Wangen sofort geschmolzen waren und wie Tränen hinabbrannten. Es war ein wunderschönes Gefühl gewesen, und sie hatte sich an der Hauswand entlang zu Boden sinken lassen, um die dicken Flocken mit dem Mund einzufangen. Wie ein Kind war sie sich vorgekommen. Erfüllt von Freude und Übermut. Irgendwo auf dem Grund ihres Herzens regte sich zaghaft eine Ahnung von Glück. Wie sich das Leben hätte anfühlen können, wären die Umstände andere gewesen. Aber wer war für das Schicksal verantwortlich? Wem konnte man böse sein, wenn es nicht so lief, wie man es sich vorgestellt hatte?

Zähneklappernd war sie später erwacht und fragte sich, wie sie bei dieser Kälte hatte einschlafen können. Am ganzen Körper schlotternd war sie in ihr Bett zurückgekehrt. Erst als ihr wieder warm geworden und sie kurz vor dem Einschlafen war, fiel ihr ein, dass sie geträumt hatte. Was genau es gewesen war, daran konnte sie sich nicht erinnern. Es musste etwas Schönes gewesen sein, denn der Gedanke daran bereitete ihr zweifellos ein angenehmes Gefühl.

Während der nächsten Tage waren ihr dann und wann Bruchteile des Traumes eingefallen. Es war wie ein Puzzle, dessen Motiv nach und nach erkennbar wurde. Erst jetzt jedoch, da sie darüber nachgrübelte, wann ihr Mann ihr ein neues Leben in den Schoß gepflanzt haben könnte, setzten sich all diese Teile jäh zu einem Ganzen zusammen. Und das, was dabei herauskam, war ungeheuerlich.

Im Schneetreiben, fiebrig vor dem Haus hockend, hatte sie von einem Fremden geträumt, der plötzlich wie aus dem

Nichts erschienen war. Behutsam hatte er sie auf seine Arme gehoben und in das naheliegende Wäldchen getragen. Unter einer großen Fichte mit tiefhängenden Zweigen hatte er sie auf dem weichen Waldboden abgesetzt, geschützt vor Kälte und Schnee. Gesagt hatte er kein einziges Wort. Nur angesehen hatte er sie. Mit einem Blick, der sowohl Feuer als auch Sturm war und ihr einen Schauer nach dem anderen über den Rücken jagte. Sein Mund formte Worte, die sie nicht hören konnte. Ihr Geist jedoch verstand: Er fand sie schön und begehrenswert, und er lud sie ein, mit ihm zu tanzen und diese Nacht zu feiern. Sie war errötet wie ein junges Mädchen. Lange war es her, dass jemand ihr das Gefühl gegeben hatte, attraktiv zu sein. Unter halbgeschlossenen Lidern betrachtete sie ihn verstohlen. Seine dunkelrote Haarmähne, von einem Lederband aus dem Gesicht gehalten, leuchtete wie Feuer. Obgleich er von schmächtiger Statur war, glich er einem Krieger, der einer anderen Zeit entsprungen war. Wild und unbändig. Seine Augen, die sie noch immer musterten, als hätte er nie etwas Schöneres gesehen, ließen ihr Blut umgehend zu Lava werden. Tanzen wollte er mit ihr? Wie sollte das gehen, mitten im Wald, während es um sie herum blitzte, donnerte und schneite? Sie überlegte nicht weiter. Wenn er wollte, würde sie mit ihm tanzen. Sie würde ihm bis ans Ende der Welt folgen, wenn er es wünschte. Entschlossen und voller Erregung streckte sie ihm ihre Hand entgegen. Ein Lächeln umspielte seine Mundwinkel, als er danach griff. Unmittelbar darauf war sie bedauerlicherweise erwacht.

Dass dieser Traum nichts mit ihrer Schwangerschaft zu tun haben konnte, war ihr bewusst. Dennoch ertappte sie sich in den darauffolgenden Tagen wiederholt dabei, dass sie sich ausmalte, der Krieger aus jener Gewitternacht würde Wirklichkeit werden und sie auf seinen starken Armen aus ihrem elenden Leben entführen.

Dieses Leben mit seinem harten Alltag war schuld daran, dass sie den Traum, so schön er auch sein mochte, bald vergaß und sich wieder vollständig ihren Pflichten zuwandte.

An die Schwangerschaft, die ohne jegliche Probleme verlief, verschwendete sie kaum einen Gedanken. Sie rackerte sich auf dem Feld ab, versorgte das Vieh und erledigte alles, was für einen Fünfpersonenhaushalt notwendig war. Sie wuchtete Wäschekörbe, trug Holz zum Heizen ins Haus und jätete im Frühjahr den Gemüsegarten. Erst als ihr Leib sich zunehmend rundete und bei der täglichen Arbeit zu stören begann, kam sie nicht umhin, über das Kind nachzudenken, das in ihr heranwuchs. Noch ein Esser mehr. Ihre Söhne kamen jetzt in ein Alter, da sie Unmengen verdrückten. Sie hatte keine Ahnung, wie das funktionieren sollte.

Das Kind wurde mehrere Wochen zu früh in einer glühenden Sommernacht geboren. Die Hebamme, die gerade noch rechtzeitig eingetroffen war, versorgte das Neugeborene, das klein und schwächlich wirkte. Doch das war nicht alles. Der Junge war überdies durch einen gespaltenen Kiefer entstellt. Schonend versuchte sie der Mutter beizubringen, dass sie nicht damit rechnen sollte, dass ihr Sohn die ersten Wochen, geschweige denn die Operation überlebte, die nach einigen Monaten vonnöten sein würde. Dass die Bäuerin nach dieser Ankündigung nicht sonderlich niedergeschlagen schien, schrieb die Hebamme der Erschöpfung zu, die eine Entbindung mit sich brachte. Beim Abschied empfahl sie der Frau, die bereits Mutter von drei Kindern war und somit verlässliche Erfahrung hatte, ihr Baby sobald wie möglich einem Kinderarzt vorzustellen.

Das Kind starb nicht. Seinem Schicksal trotzend überstand es wenige Monate später auch die Operation, bei deren Vorbereitung zu allem Überfluss ein irreparabler Herzfehler festgestellt wurde. Es sei überaus unwahrscheinlich, dass ihr Sohn seine Jugend erleben würde, erklärte man den Eltern abermals mitfühlend und riet ihnen, rücksichtsvoll mit ihm umzugehen und ihm jede Anstrengung zu ersparen.

Dass er auf den Namen *Michel* getauft war und nicht *Junge* hieß, erfuhr er erst am Tag seiner Einschulung. Dass es für ihn am besten war, so wenig wie möglich in Erscheinung zu treten und auf sich aufmerksam zu machen, begriff er hingegen schon früh. Mit der Zeit wurde er zum Spezialisten, wenn es darum ging, sich unsichtbar zu machen. Vor allem seinem Vater versuchte er so wenig wie möglich unter die Augen zu kommen, konnte dieser sich doch selten eine Anmerkung über sein Aussehen verkneifen. Es war nicht so, dass seine Mutter ihm jemals zur Seite stand. Nur Sven, der älteste seiner Brüder, kümmerte sich gelegentlich um ihn. Er las ihm vor und bastelte ihm Spielzeug, wenn es die Zeit zuließ. Er war auch derjenige, der ihn tröstete, wenn er sich verletzt hatte. Für die Zwillinge Lutz und Götz war er Luft. Sie waren neun Jahre älter als er und waren in einem Maße miteinander verbunden, dass sie sich genügten und sich für ihn nicht interessierten. Außer dass sie ihn hin und wieder *Hasenmaul* riefen, hatte er von ihnen nichts zu befürchten.

Alles in allem führte er ein ruhiges Leben. Während seine Eltern ihrer Arbeit auf dem Hof nachgingen, blieb er meist im Haus und sich selbst überlassen. Lange, bevor er das Wort *Einsamkeit* kannte, wusste er, wie es sich anfühlte. Die Katzen, die er heimlich ins Haus ließ, konnten seine Sehnsucht nach Gesellschaft ein wenig stillen und ließen seine Zärtlichkeiten geduldig über sich ergehen. Aufmerksam war er darauf bedacht, sie gegen Abend rechtzeitig vor die Tür zu setzen. Was mit ihnen geschehen würde, wenn der Bauer sie entdeckte, war nicht auszudenken. Er war ein stilles Kind, in sich gekehrt und trotz allem zufrieden mit dem, was er hatte. Schon früh hatte er gelernt, nur so viel für sich selbst zu beanspruchen, dass er keinem anderen etwas fortnahm. Manchmal, wenn es still im Haus und er alleine war, stellte er sich vor den Spiegel und berührte die dicke Narbe, die sich von seiner Oberlippe bis zur Nase zog. Er selbst fand sie nicht schlimm. Ob er hässlich war, wie sein Vater immer behauptete, konnte er nicht beurteilen. Er spürte jedoch, dass er anders war als der Rest seiner Familie und fühlte sich, je älter er wurde, zunehmend fehl am Platz.

Gedanklich beschäftigte er sich mit einer Welt, von der seine Familie nichts ahnte. Anstatt mit den abgegriffenen Bauklötzen seiner Brüder zu spielen oder im Sandkasten zu wühlen, der in einer Ecke des Gartens vergammelte, blätterte er stundenlang in Büchern und Zeitschriften, sah sich Bilder an und versuchte, den Sinn der Buchstaben zu ergründen. Als er eines Tages im Radio das Wort *Kindergarten* vernahm, ließ er sich am Abend von Sven erklären, was es damit auf sich hatte. Einige Tage später, nachdem er genügend Zeit damit verbracht hatte, darüber nachzudenken und zu dem Schluss gekommen war, dass es wunderbar sein musste, dort hingehen zu dürfen, wandte er sich zaghaft an seine Mutter. Er war vier Jahre alt.

„Kindergarten?", fragte sie schrill. „Und wer soll das bezahlen? Geht es dir nicht gut hier? Du darfst nicht arbeiten, bist zu nichts nütze und beklagst dich auch noch? Soll ich es deinem Vater erzählen, wenn er heimkommt?"

Schnell suchte er das Weite. Er hörte noch, dass sie ihm hinterherrief: „In zwei Jahren gehst du zur Schule! Bis dahin musst du dich selbst beschäftigen."

So verbrachte er seine Tage weiterhin in seiner eigenen Welt. Oft ging er in das nahgelegene Wäldchen, setzte sich unter einen Baum und hörte dem Wind zu, der durch die Kronen rauschte und ihm Geschichten erzählte von der Ferne, von der Freiheit und von den Abenteuern, die er nie erleben würde. Er liebte diese Stelle. Hier konnte er ungestört träumen und frei atmen, und manchmal hatte er das Gefühl, als würde er mit der nächsten Windbö abheben und für immer von diesem Ort, der seine Heimat war, verschwinden. Mit einem Messer, das er aus der Küche stibitzt hatte, schnitzte er kleine Kunstwerke, die er entweder für sich behielt oder Sven schenkte, der im Herbst eine Lehre als Schreiner beginnen würde. Sven war auch derjenige, dem er von den merkwürdigen Dingen erzählte, die er erlebte, aber nicht verstand.

So hatte er seinem großen Bruder gesagt, dass er, wenn er durch den Morgendunst über die Wiesen ging, sich als ein Teil des Nebels fühlte. „Was ist, wenn ich gar kein Junge bin, sondern Nebel?", hatte er gefragt, woraufhin Sven sich vor Lachen geschüttelt hatte.

„Und wenn ich im Wald bin", fuhr er fort, „dann sprechen die Bäume mit mir. Nicht richtig mit Worten, aber irgendwie kann ich sie verstehen."

„Du bist schon ein kleiner Sonderling", war Svens Antwort gewesen. „Manchmal frage ich mich, ob der Storch, der dich gebracht hat, derselbe war wie der unsere."

„Was meinst du damit?"

„Ach, nichts", hatte der Ältere gesagt und den geschnitzten Vogel, den er in den Händen hielt, von allen Seiten betrachtet. „Schnitzen kannst du für dein Alter sehr gut, kleiner Bruder."

Stolz erfüllte seine Brust. Lob war etwas, das er nicht kannte. Plötzlich lief sein Herz über vor Zuneigung zu seinem Bruder.

„Da ist noch etwas anderes", sagte er deshalb, da er das Bedürfnis hatte, darüber zu sprechen. „Ich kann sehen, wenn wir Besuch bekommen."

Sven grinste. „Erstaunlich! Ich sehe den Besuch auch. Vor allem die hübsche Kleine von den Nachbarn, die immer zum Eierkaufen kommt. Die hat vielleicht Möpse! Aber davon verstehst du noch nichts."

„Das meine ich nicht", versuchte der Junge zu erläutern. „Ich sehe das Gesicht des Besuchers schon vorher. Manchmal ein paar Stunden, manchmal auch Tage."

Sven musterte ihn eine Weile nachdenklich. Schließlich sagte er ernst:

„Tu mir einen Gefallen, Kleiner, und behalte das für dich. Erzähle es bloß nicht den Eltern, sonst landest du womöglich in der Klapse."

Was eine Klapse war, wusste der Junge nicht. Er hatte jedoch verstanden, dass es Dinge gab, über die man nicht sprach.

Mit fünf Jahren konnte er lesen und verschlang alles, was der elterliche Haushalt hergab. Dass es vorwiegend alte Zeitschriften waren, zerfledderte Schulbücher seiner Brüder und die Bibel, die seine Eltern zur Hochzeit geschenkt bekommen hatten, bekümmerte ihn nicht. Nebenbei verrichtete er die Aufgaben, die ihm aufgetragen wurden, wie Unkrautjäten, Gemüse putzen oder Hausarbeit. Ein Jahr musste er noch durchhalten, dann durfte er zur Schule gehen. Endlich würde er Fragen stellen können, ohne dafür geschimpft zu werden. Endlich durfte er lernen. Bis dahin zählte er zuerst die Monate, dann die Wochen, zum Schluss die Tage. Die Zwillinge hassten ihn dafür, dass er das Ende ihrer Ferien herbeisehnte, und knufften ihn, wenn er darüber sprach, grob in die Seite. Sie hatten es nicht geschafft, die neunte Klasse erfolgreich zu beenden und mussten sie wiederholen, um wenigstens ihren Hauptschulabschluss zu erlangen. Am Tag seiner Einschulung nahmen sie den Jungen mit und ließen ihn vor der Schule stehen.

„Frag einfach, wo du hinmusst", empfahlen sie ihm und gingen johlend ihrer Wege.

„Einschulung?" Die Lehrerin, die er ansprach, sah ihn erstaunt an. „Du bist doch noch viel zu jung!"

„Ich bin schon sechs, aber da ich klein für mein Alter bin, sehe ich jünger aus", erwiderte er ein wenig altklug und hoffte, sie würde ihn nicht nach dem Datum seiner Geburt fragen. Er wusste, dass er im Juli geboren war, mehr nicht. Geburtstage zu feiern war bei ihnen nicht üblich.

„Tatsächlich?" Die Dame schmunzelte amüsiert. „Na, dann komm doch gleich mit. Ich bin Frau Friedlich, die Lehrerin der ersten Klasse. Wo ist deine Schultüte?"

„Schultüte?", meinte er ratlos und ein wenig erschrocken. Er hatte nicht gewusst, dass er noch etwas anderes brauchte als Ranzen, Hefte und Stifte.

Wenig später saß er an einem Tisch im Klassenzimmer, vor sich eine kleine Schultüte, die ihm Frau Friedlich in den Arm gedrückt hatte. Während er mit großen Augen die bunt geschmückten Wände des Raumes betrachtete, rief die Lehrerin die einzelnen Schüler beim Namen.

„Michel?"
Keiner antwortete.
„Wer von euch ist Michel?"

Verwundert sah er sich um. Wenn man gerufen wurde, sollte man sich melden. Das hatten seine Eltern ihm schon früh beigebracht.

Plötzlich stand Frau Friedlich neben ihm. „Bist du Michel? Michel Knappe?"

An diesem Tag erfuhr er, dass sein eigentlicher Name Michel war und nicht *Junge*. Er mochte den Namen, und er liebte Frau Friedlich dafür, dass sie ihn so nannte. Er liebte sie auch deshalb, weil sie ihm die Schultüte – gefüllt mit herrlichen Leckereien und nützlichen Dingen – geschenkt hatte, die er zuhause versteckte und wie einen Schatz hütete. Es gab noch viele weitere Gründe, weshalb seine Lehrerin seine erste Liebe wurde. Sie respektierte ihn, sie hörte ihm zu und sie beantwortete seine Fragen, ohne ungeduldig zu werden. Sie behandelte ihn wie einen erwachsenen Menschen und vor allem: Sie hatte immer ein freundliches Wort für ihn.

Morgen für Morgen konnte Michel es kaum erwarten, den langen Weg zur Schule anzutreten. Ohne sich anstrengen zu müssen, war er der Klassenbeste, und zum ersten Mal in seinem sechsjährigen Leben hatte er das Gefühl, etwas gut zu machen. Frau Friedlich sparte nicht mit Lob und versicherte, sie habe nie einen besseren Schüler gehabt als ihn.

Es war noch kein Jahr vergangen, als er feststellte, dass er auf dem rechten Auge schlecht sah. Da er niemanden mit seinem Problem belästigen wollte, sprach er nicht darüber. Mit der Zeit aber verschlechterte sich das Auge so sehr, dass er, wenn er das gesunde mit der Hand abdeckte, nur noch eine graue Masse aus Licht und Schatten sah.

„Stell dich nicht so an", sagte seine Mutter ungerührt, als er ihr davon erzählte. „Mit deinem Herzfehler wirst du sowieso nicht besonders alt werden. Bis dahin sieht dein anderes Auge für zwei."

Wie gerne hätte er mit Frau Friedlich über seine Sorgen gesprochen. Doch seine Lehrerin tat bereits so viel für ihn, dass er sie nicht auch noch damit belasten wollte. Außerdem hatte seine Mutter recht. Das gesunde Auge funktionierte für beide. Schließlich kam der Tag, als seine Lehrerin behutsam sein Kinn anhob und ihn fragte, ob er Probleme mit seinem Auge habe. Erleichtert, endlich darüber reden zu können, schüttete er ihr sein Herz aus. Unverzüglich ließ sie ihn von einem Augenarzt untersuchen, der daraufhin bedauernd den Kopf schüttelte. Es war zu spät. Der grüne Star hatte das Auge bereits unwiderruflich zerstört. Hätte man den Jungen rechtzeitig zum Arzt gebracht, meinte er, so wäre ein Teil der Sehkraft noch zu retten gewesen.

Wenn Michel nun in den Spiegel sah, waren es zwei Makel, die ihn auszeichneten. Zu der Narbe auf seiner Lippe gesellte sich jetzt das kranke Auge, das von einem nebelgrauen Schleier überzogen war.

„Dich anzusehen war noch nie ein Vergnügen", bemerkte sein Vater eines Abends und wischte sich mit dem Handrücken den Bierschaum vom Mund. „Aber jetzt wird einem fast übel dabei."

Seine Mutter schwieg dazu und tat, als hätte sie nichts gehört. Am Tag darauf aber nähte sie ihm eine schwarze Augenklappe und reichte sie ihm mit den Worten:

„Zieh sie auf, wenn du zuhause bist. Wie du es sonst hältst, ist mir gleich."

Um auf andere nicht abstoßender zu wirken als unbedingt nötig, trug er sie seitdem ständig. Sven, der inzwischen für wenig Geld ein kleines Zimmer über der Schreinerwerkstatt bezogen hatte und am Wochenende weiterhin auf dem Hof half, gab ihm eine gutgemeinte Kopfnuss.

„Na, Käpt'n Hook, was machen die Geschäfte?" Von nun an nannten ihn seine Brüder nur noch *Käpt'n Hook*, was ihm wesentlich lieber war als *Hasenmaul*. Es gefiel ihm sogar ausnehmend gut. Mit seinen rotblonden Haaren, die ihm bis zu den Schultern reichten und der schwarzen Augenklappe kam er sich ziemlich verwegen vor. Auch an die Blicke der Menschen gewöhnte er sich.

Kurz vor dem Ende der vierten Klasse fragte Frau Friedlich ihre Schüler, ob sie denn schon wussten, welchen Beruf sie später mal lernen wollten. Es war einer der letzten Schultage bei der Lehrerin, in die er noch genauso verliebt war wie am ersten Tag.

„Tierärztin", antwortete Sylvia, ein hübsches Mädchen, das er während der letzten Jahre kaum kennengelernt hatte.

„Polizist!", rief Harald, sein Tischnachbar und warf sich in die Brust. „Mein Vater ist auch Polizist, das liegt bei uns in der Familie."

„Ich möchte Krankenschwester werden", sagte Michaela, die er mochte, weil sie immer freundlich war. Der Beruf würde zu ihr passen, dachte Michel.

Andere Mitschüler meldeten sich und erzählten. Von Lehrerin über Pilot und Filmstar war alles dabei.

„Und du, Michel?" Frau Friedlich stand plötzlich neben seinem Tisch.

„Ich werde Schreiner", sagte er voller Inbrunst und dachte an seinen ältesten Bruder, der nun zweiundzwanzig Jahre alt und der beste Mann des Meisters war. Er wollte werden wie Sven, den er nach wie vor bewunderte. Außerdem mochte er den Umgang mit Holz, und Schnitzen konnte er mittlerweile richtig gut.

Am letzten Schultag nahm seine Lehrerin ihn beiseite. „Michel, ich weiß, dass du es zuhause nicht leicht hast." Liebevoll strich sie ihm übers Haar, und er spürte, dass sein Gesicht in Flammen aufging. Sie tat, als bemerkte sie es nicht und sprach weiter. „Ich hoffe, dass du dein Abitur machen wirst. Anschließend könntest du studieren, was auch immer du willst. Wenn du Hilfe brauchst, für ein Stipendium zum Beispiel, dann wende dich an mich. Du weißt, wo du mich findest."

Das mit dem Studium ging ihm nicht mehr aus dem Kopf. Obwohl er wusste, wie unwahrscheinlich es war, dass er studieren würde, trug er den Gedanken mit sich herum wie einen wertvollen Gegenstand, den er bei jeder Gelegenheit vor seine Augen hielt und von allen Seiten betrachtete. Schreiner zu werden war das eine. Seinen Kopf mit Wissen zu füllen jedoch wäre ein Traum.

Die Sommerferien hatten begonnen und mit ihnen die Zeit, da er sehnsüchtig auf das nächste Schuljahr wartete. Bis dahin musste er seiner Mutter helfen, wo es ging. Die Zwillinge wohnten zwar noch auf dem Hof, kamen aber erst am späten Abend von der Arbeit nach Hause. An den Wochenenden halfen sie ihrem Vater bei der schweren Feldarbeit, von der Michel nach wie vor verschont blieb. Seine Aufgabe war es, sich um das Obst und Gemüse zu kümmern, das geerntet und geputzt werden musste. Seine Mutter kochte es anschließend ein. Dann waren da noch die Obstbäume. Während Michel so klein und wendig war, dass er im Handumdrehen auf die Bäume geklettert war und pralle Äpfel und Birnen von den Zweigen pflückte, stellte seine Mutter eine Leiter an und stieg hinauf. Mit einem Handwagen brachten sie die Ernte in den kühlen Keller unter dem Wohnhaus, wo das Obst säuberlich auf Regale gelegt wurde, damit es bis zum Winter nicht verfaulte.

Michel, der auf einem der obersten Äste eines Birnenbaums saß und sich langmachte, um die äußersten Früchte zu erreichen, war mit seinen Gedanken schon wieder bei den Worten seiner Lehrerin. Welches Studium würde ihn interessieren? Was konnte man überhaupt alles studieren? Er wusste, dass Ärzte ein Medizinstudium machten. Aber Medizin interessierte ihn nicht besonders. Lehrer mussten ebenfalls studieren. Michel hielt inne. Lehrer zu werden erschien ihm durchaus reizvoll. Er stellte sich vor, dass seine Schüler ihn umringten, so wie er und seine Mitschüler es bei Frau Friedlich getan hatten. Alle würden etwas von ihm wissen wollen, und er würde ihnen freundlich lächelnd alles erklären. Er würde – ein entsetzter Schrei ertönte, und Michel kehrte aus seiner Traumwelt in die Wirklichkeit zurück. Stille. Dann ein leises Wimmern.

„Mutter?"

Wieder ein Wimmern. So schnell er konnte, kletterte er den Baum hinab und sprang den letzten Meter herunter. Als er unglücklich landete, gab sein Knie ein schreckliches Geräusch von sich. Keuchend vor Schmerzen stand er auf und humpelte dorthin, wo er seine Mutter vermutete. Schon von weitem sah er die Leiter, die umgefallen war. Daneben lag reglos seine Mutter.

„Mutter!"

Sie starrte in den Himmel, die Augen weit geöffnet. Im ersten Moment dachte er, sie wäre tot. Am ganzen Körper zitternd beugte er sich über sie und hielt ängstlich den Atem an. Als sie blinzelte, schnappte er erleichtert nach Luft.

„Kann ich dir helfen?", bot er an, wohl wissend, dass er seine Mutter, die in den letzten Jahren mächtig zugenommen hatte, nicht vom Fleck schaffen würde.

„Hol Vater. Schnell!", flüsterte sie und schloss die Augen. Michel rannte los. Er hatte keine Ahnung, auf welchem Acker sein Vater gerade war. So biss er die Zähne zusammen, weinend vor Schmerz, der ihm die Besinnung zu rauben drohte, und holte sein Fahrrad.

Der Arzt, der gerufen wurde, stellte eine schlimme Gehirnerschütterung fest. Die Bäuerin sollte eine Woche lang im Bett bleiben und sich danach so lange schonen, bis Kopfschmerzen und Übelkeit verschwunden waren. Michel, dessen Knie zur Größe eines Fußballs herangewachsen war, erhielt von seinem Vater den Auftrag, bis dahin die Arbeiten seiner Mutter zu übernehmen. Er kochte, machte die Wäsche und versorgte die Tiere. Auch die Obstbäume erntete er ab, harkte das Unkraut im Gemüsegarten und kümmerte sich um seine Mutter, die seit dem Unfall kaum ein Wort gesprochen hatte und den ganzen Tag entweder die Augen geschlossen hielt oder gegen die Decke starrte. So flogen die Ferien dahin, was auf der einen Seite gar nicht schlecht war, da das kommende Schuljahr in greifbare Nähe rückte. Andererseits wurde es mit seiner Mutter nicht besser. Noch immer litt sie unter Kopfschmerzen, und sobald sie sich aufsetzte, erfasste sie ein solcher Schwindel, dass sie sich erbrechen musste.

Als Michel ihr eines Tages das Mittagessen ans Bett brachte, bedeutete sie ihm, den Teller abzustellen und sich zu ihr zu setzten. Zuerst dachte er, sie nicht richtig verstanden zu haben. Doch sie klopfte neben sich auf die Bettkante, und gehorsam ließ er sich darauf niedersinken. Während er schweigend darüber nachgrübelte, was sie wohl von ihm wollte, und dass es ein merkwürdiges Gefühl war, ihr so nahe zu sein, ruhten ihre Augen auf ihm. Er konnte sich nicht daran erinnern, dass sie ihn jemals so angesehen hatte. Womöglich hatte sie das auch nicht, denn sie betrachtete ihn so staunend, als sähe sie ihn zum ersten Mal. Verlegen strich er sich eine Strähne aus dem schweißnassen Gesicht und steckte sie in das Gummiband zurück, mit dessen Hilfe er seit einiger Zeit sein Haar zusammenhielt. Noch immer war die Mutter in seinen Anblick versunken und es machte nicht den Anschein, als wollte sie damit aufhören. Michel war sich nicht mal sicher, ob ihr bewusst war, was sie tat. Vielleicht schlief sie mit offenen Augen. Er wusste, dass es so etwas gab. Der Geruch des Bohneneintopfes, der neben ihm stand, zog ihm in die Nase, und da er noch nichts gegessen hatte, knurrte sein Magen laut.

Als wäre sie dadurch erwacht, fasste sie nach seiner Hand. Er fuhr zusammen. Ihre Finger waren eiskalt, aber das war nicht der Grund für sein Unbehagen. Wann hatte seine Mutter ihn zuletzt berührt?

„Wieso habe ich nie gesehen, wie ähnlich du ihm bist?", flüsterte sie und schloss erschöpft die Augen.

„Mutter", sagte er und hatte keine Ahnung, was sie meinte. „Du solltest etwas essen und dann schlafen." Er machte Anstalten, aufzustehen, doch sie ließ ihn nicht los.

„Bleib, Junge! Ich will nichts essen."

Ergeben blieb er sitzen und schielte sehnsüchtig nach dem Essen, das allmählich zu einem kalten Brei erstarrte.

„Es ist lange her", begann sie plötzlich mit schwacher Stimme, „einige Monate vor deiner Geburt. Ich war krank und hatte einen Traum."

Sie erzählte ihm von jener merkwürdigen Nacht kurz vor Weihnachten, als ein Wintergewitter tobte und sie diesen Fiebertraum hatte. Michel hörte ihr mit großen Augen zu. Es war jedoch nicht der Traum, der ihn in Staunen versetzte. Es war seine Mutter selbst, die er nie zuvor so lebendig gesehen hatte. Obwohl ihr Gesicht blass und müde auf dem Kissen lag, schien es bei dieser Erinnerung zu leuchten, und für einen Moment hatte er einen Eindruck, wie sie als junge Frau gewesen sein mochte, als sie noch nicht so verhärmt, sondern voller Hoffnung gewesen war.

„Es war nur ein Traum", schloss sie und sah ihn abermals an. Beinahe liebevoll. „Aber wie sehr habe ich mir gewünscht, er wäre wahr. Und wie oft habe ich mir während der Schwangerschaft vorgestellt, der Rothaarige wäre dein Vater und nicht mein Ehemann. Als du geboren wurdest, wusste ich, dass Gott mich dafür bestrafte. Mit einem kranken, missgebildeten Kind! Jeden Tag hast du mich daran erinnert, dass ich mein Leben hasste. Für Liebe war in meinem Herzen schon lange kein Platz mehr. Es tut mir leid, Junge. Ich wünschte, es wäre anders gewesen. Du hättest es besser verdient. Nun, vielleicht habe ich auch meine Sinne nicht mehr ganz beieinander, und ich bilde mir nur ein, dass du jenem Mann ähnlich siehst. Aber wie auch immer, er war ja nur ein Traum."

Zwei Tage darauf, während ein Platzregen Pfützen auf die staubtrockene Erde spuckte und Michel hastig die Wäsche abhängte, starb sie. Hirnblutung, sagte der Arzt.

Der Bauer, der mit den Jahren ohnehin zu einem Menschen geworden war, der den Mund nur zum Murren aufmachte, sprach nun fast gar nicht mehr. Michel war ihm deswegen nicht böse, waren doch die Worte, die sein Vater bisher an ihn gerichtet hatte, selten freundlicher Art gewesen. Manchmal jedoch schien es, als sei der Mann froh, dass er trotz allem ein warmes Essen auf dem Tisch und saubere Wäsche im Schrank hatte. Sein Blick war in diesen Momenten nicht ganz so dunkel, sein Mund nicht ganz so verkniffen. Hin und wieder warf er seinem Jüngsten sogar ein Nicken zu, bevor er verschwand, um den Betrieb des Bauernhofes in Gang zu halten. Dann überlegte der Junge, wie das Familienleben gewesen wäre, hätten Armut und Sorge nicht schon früh die Lebensgeister der Eltern zerstört und der Liebe den Garaus gemacht.

Seine Brüder sah er nur noch selten. Sven war dort, wo er arbeitete und wohnte, glücklich und würde bald mit der Meisterausbildung beginnen. Die Zwillinge zogen es vor, so wenig wie möglich zuhause zu sein. Sie zeigten dem Bauern sehr deutlich, dass sie nicht mehr gewillt waren, sich in ihrer verbliebenen Freizeit auf dem elterlichen Hof abzurackern. Freiwillig gaben sie einen Teil ihres Verdienstes ab, um noch ein Dach über dem Kopf und ein Bett zum Schlafen zu haben. Dem Vater fehlte die Kraft, sich dagegen aufzulehnen.

Kurz nach dem Tod seiner Mutter hatte Michel beschlossen, die Schule nach der neunten Klasse zu beenden. Er sagte sich, dass er es bis zum Abitur ohnehin nicht schaffen würde. Denn erstens würde er sowieso vorher sterben, und zweitens blieb ihm neben all der Arbeit keine Zeit zum Lernen. Erst abends, wenn er sich in sein Zimmer zurückzog, setzte er sich an die Hausaufgaben. Innerlich zerrissen, denn sein Körper sehnte sich nach nichts anderem als Ruhe und Schlaf, während sein Geist um Wissen bettelte. Meistens erwachte er mitten in der Nacht, mit schmerzenden Gliedern, zusammengesunken über dem Schreibtisch. So sehr er sich auch bemühte: Die körperliche Erschöpfung machte es ihm unmöglich, seinen Kopf mit dem zu füttern, wonach er verlangte. Längst war er nicht mehr der Beste der Klasse. Längst hatte er keine Fragen mehr. Sein Wissensdurst hatte sich verflüchtigt, wie der Rauch einer erlöschenden Kerze.

Seinen Wunsch, Lehrer zu werden, begrub er tief in seinem Herzen, wo er zu einem festen Klumpen wurde, der hin und wieder schmerzte und ihn daran erinnerte, dass er einst einen Traum hatte.

So gingen zwei Jahre ins Land. Schon lange war sein Knie verheilt. Nur manchmal, wenn ein Wetterumschwung bevorstand oder die Luft kalt und feucht war, machte es ihm zu schaffen. Tag für Tag saßen sich Vater und Sohn gegenüber. Schweigend. Einer so einsam wie der andere.

Es war Ende August. Der glühende Atem des Spätsommers ließ Mensch und Natur gleichermaßen stöhnen. Noch bevor Michel die Augen aufschlug, wusste er, dass heute einer jener Tage war, die er am liebsten im Bett verbringen würde. Die Nacht hatte die Schwüle nicht vertrieben, und auf seiner Oberlippe stand ein Film aus Schweiß. Seine Finger aber waren wie Eis und schimmerten bläulich. Er hasste diese Tage, da sein Herz ihm in aller Deutlichkeit zu verstehen gab, dass es noch so krank war wie in der Stunde seiner Geburt. Und er fürchtete diese Tage. Denn Stunde um Stunde hatte er das Gefühl, ihm würde die Luft ausgehen, und jede Anstrengung wurde zur Qual. Vor allem aber waren sie geprägt von der Angst, sein Herz könnte stehenbleiben. Was es früher oder später tun würde. Einfach so.

Lustlos schleppte er sich zur Schule und da es Hitzefrei gab, bald darauf wieder zurück. Als er später im Bohneneintopf rührte, wischte er sich mit der freien Hand den Schweiß von der Stirn. Wie jedes Mal kam mit dem Geruch des Eintopfs die Erinnerung an den Tag, als seine Mutter ihn zu sich gerufen und ihm von ihrem Traum erzählt hatte. Und wie jedes Mal kam er nicht umhin, in diesem Zusammenhang zuerst über ihren und anschließend über seinen eigenen Tod nachzusinnen, der, gleichzeitig mit seiner Jugend, unausweichlich näher rückte. Wenige Wochen zuvor war er zwölf Jahre alt geworden. Ein Alter, wie er fand, da man nicht mehr Kind war, aber auch nicht erwachsen. Wann war man erwachsen? Und wann begann die Jugend? Mit vierzehn oder mit fünfzehn? Vielleicht auch erst mit sechzehn Jahren, wenn man, wie er, klein und schmächtig war.

Wie auf Befehl fing sein Herz schmerzhaft zu rasen an, als wollte es ihm zeigen, dass er eher früher als später mit seinem Ableben zu rechnen hatte. Wie würde sein Ende aussehen? Würde er mitten in der Arbeit einfach umfallen? Schluss – Aus – Tot? Was, wenn er, wie seine Mutter, eines Tages still und einsam in seiner Kammer sterben würde? Unbemerkt und ohne dass jemand bei ihm war und ihm die Angst davor nahm? Hatte er überhaupt Angst davor? Was kam nach dem Tod? Etwas Helles? Sein Leben war bisher nicht ganz so hell gewesen, aber seit einiger Zeit hatte er das unerklärliche Gefühl, es würde noch etwas für ihn bereithalten. Deshalb wollte er noch nicht sterben. *Noch ein paar Jahre musst du durchhalten, Herz*, beschwor er es und versuchte zu ignorieren, dass es noch immer raste, als würde es dem Leben entkommen wollen. *Ich bitte dich, noch ein bisschen.*

Er riss sich zusammen und beugte sich über den Topf. Hastig fuhr er mit dem Löffel über den Boden, damit der Eintopf nicht anbrannte. Während er beobachtete, wie Stücke von Bohnen, Kartoffeln, Karotten und Speck auf- und wieder abtauchten, verschwamm sein Blick. Plötzlich sah er eine alte Frau vor sich. Das Gesicht, vom Wetter gezeichnet und voller Furchen, war umkränzt von krausem, weißem Haar. Ihre Augen, deren Farbe er nicht zu benennen vermochte, versanken so jäh in seinen Blick, dass er erschrocken zusammenfuhr. Er war sicher, dass sie bis auf den Grund seiner Seele sah. Selten hatte er sich so nackt gefühlt. Unvermittelt lächelte sie ihn an. Wohlwollend. Wissend.

Die Vision war so schnell verschwunden, wie sie gekommen war. Die Hand mit dem Kochlöffel in der Luft erstarrt, grübelte er, was das zu bedeuten hatte. Er hatte die Frau noch nie gesehen und er hatte keine Ahnung, wer sie war. Er wusste nur: Sie war auf dem Weg zu ihm. Ganz unerwartet schwappte Zuversicht in sein Herz, das daraufhin so überrumpelt war, dass es zu seinem normalen Rhythmus zurückfand.

Er kam zu sich, weil es verbrannt roch. Schnell zog er den Topf von der heißen Herdplatte und versuchte zu retten, was zu retten war. Es würde ein Donnerwetter geben. Sein Vater mochte kein angebranntes Essen.

Wann würde sie kommen? Heute noch? Und was wollte sie?

Aufgeregt deckte er den Tisch. Anschließend lief er hinaus und sah nach den Hühnern, wobei er sein Auge ganz nebenbei den schmalen Fahrweg entlanggleiten ließ, der von der Straße aus zum Hof führte. Nichts. Um sein Herz nicht übermäßig zu strapazieren, ging er langsamen Schrittes auf die andere Seite des Hofes und sah den Weg hinab, der die

Maisfelder trennte und zu dem kleinen Wäldchen führte, das er so liebte. Das Wäldchen aus dem Traum seiner Mutter, wie er wusste. Auch hier war niemand zu sehen. Er versuchte, nicht allzu enttäuscht zu sein, wusste er doch aus Erfahrung, dass der Besuch vielleicht erst in Tagen aufkreuzen mochte. Als er sich umwandte, hörte er hinter sich Traktorengeräusch.

„Nach dem Essen brauche ich dich auf dem Acker. Kannst mit mir auf dem Traktor rausfahren." Der Bauer schob einen Löffel Eintopf in den Mund. Sofort verzog er das Gesicht, riss ein Stück Brot ab und stopfte es hinterher.

„Warum?" Michel sah alarmiert auf. Den Hof verlassen? Was, wenn die alte Frau just dann käme, wenn er nicht hier war?

„Was heißt *warum*, Junge? Es gibt Arbeit, bei der ich Hilfe brauche. Von deinen Brüdern ist keiner zur Stelle, also bleibt es an dir."

„Und es wäre …", er zögerte. Seinen Vater um etwas zu bitten, ging selten gut. Aber die Verzweiflung, die in ihm emporstieg, trieb ihn dennoch dazu. „Wäre es nicht möglich, es zu verschieben? Auf … vielleicht morgen oder übermorgen?"

Der Bauer sah ihn ungläubig an. „Die Arbeit wartet nicht darauf, bis du dich dazu herablässt, sie zu erledigen, Junge."

Michel wusste, dass es sinnlos war. Trotzdem gab er noch nicht auf. „Mein Herz ist heute nicht gut. Ich wäre dir keine große Hilfe."

„Du fährst mit mir raus, Ende der Diskussion!"

Nachdem sie schweigend aufgegessen hatten, räumte Michel den Tisch ab. Er gab sich alle Mühe, gelassen zu bleiben und nicht über seine Vision nachzudenken. Wenn die Frau etwas von ihm wollte, würde sie wiederkommen, versicherte er sich. Abermals meldete sich sein Herz, und als er in seine Gummistiefel schlüpfte, begann es schmerzhaft zu stolpern. Erschrocken rang er nach Luft.

„Junge!", rief sein Vater, der bereits auf dem laufenden Traktor saß. „Wird's bald?"

„Ja", keuchte Michel kaum hörbar, richtete sich auf und versuchte, dem Schwindel Herr zu werden, der ihn erfasst hatte. Unsicher ging er die Treppenstufen hinab und hielt sich am Geländer fest. Der Schmerz in seiner Brust war ungeheuerlich. Unten angekommen blieb er stehen und presste die Hände auf sein Herz. Er versuchte tief durchzuatmen, doch es ging nicht.

„Junge! Wir haben nicht ewig Zeit!" Die Stimme seines Vaters kam von weit her. Er wollte ihn um Hilfe bitten, doch stattdessen knickten ihm die Beine weg. Er fiel in den Staub.

Warum? Warum musste er ausgerechnet heute sterben, da etwas ganz Besonderes passieren sollte? Er hatte sich heute Morgen geirrt. Heute war nicht einer *jener* Tage. Heute war *der* Tag. Und er würde nicht in seinem Bett sterben, sondern mitten auf dem Hof, im Staub liegend. Unter der gleißenden Sonne und vor den Augen seines Vaters, der jetzt keinen Menschen mehr hatte. Gerne würde Michel ihm sagen, dass er kein schlechter, sondern nur ein trauriger Mensch war, der sich mehr vom Leben erhofft hatte. Plötzlich tat ihm der Bauer leid. Würde er klarkommen?

Eine Klammer aus Eis spannte sich um seine Brust. Seine Sinne begannen zu schwinden …

„Fedor!", hörte er eine Stimme sagen, die nur mühsam den Weg in sein Gehirn fand.

„Fedor! Hab keine Angst, alles ist gut."

Fedor? Wer war das? Und was war das für eine Stimme?

„Fedor! Steh auf, mein Junge!"

Sie meinte ihn! Und sie rief seinen Namen. Seinen *richtigen* Namen. Er wusste es, obwohl er ihn noch nie vernommen hatte. Zaghaft öffnete er sein Auge. Da stand sie! Direkt über ihn gebeugt, mit einem Kranz aus weißem Haar um den Kopf und sehr vielen Runzeln im Gesicht. Ihre Augen blickten ihn freundlich an. Wie gerne wäre er aufgestanden, um zu tun, worum sie ihn bat. Sah sie nicht, wie es um ihn stand?

„Ich kann nicht", flüsterte er, atemlos vor Luftnot. „Ich glaube, ich muss sterben."

Ihr Mund verzog sich zu einem Lächeln. Einem freundlichen, aufmunternden Lächeln. Sie legte ihm eine Hand auf die Schulter. Sofort spürte er ein kühles Kribbeln, das aus ihren Fingern strömte und bis zu seinem Herzen floss. Dort angekommen, nahm es den Schmerz, bahnte sich denselben Weg zurück und verließ zusammen mit ihm Michels Körper.

„Nein, Fedor, glaub der alten Ragna: Du wirst so bald nicht sterben. Steh auf!"

Mühsam rappelte Michel sich auf und holte tief Luft. Es gelang, ohne dass seine Brust zu zerspringen drohte. Erleichtert klopfte er sich den Schmutz von den Beinen.

„Lass den Jungen in Ruhe und geh deiner Wege, Alte!" Der Bauer war hinzugetreten.

„Das werde ich. Aber mit dem Jungen", entgegnete sie gelassen und streckte Michel eine Hand hin. „Wenn du bereit bist, lass uns gehen, Fedor."

„Der bleibt hier! Es ist meiner und nicht deiner", donnerte der Bauer und baute sich vor ihr auf. Sie reichte ihm kaum bis zu den Schultern, schien jedoch nicht im Mindesten beeindruckt.

„Du irrst! Er war noch nie deiner!" Der Ton, mit dem sie diese Worte sprach, ließ keinen Zweifel daran, dass sie die Wahrheit offenbarte. Der Bauer erstarrte, ein unstetes Flackern im Blick. Dann ein Verstehen. Als würde er erkennen, was er schon immer gewusst hatte. Stumm bewegte er seine Lippen zu einem unterdrückten Fluch.

„Fedor? Wollen wir?"

Der Junge musste nicht lange überlegen. Wortlos griff er nach ihrer Hand, die herrlich warm und weich war und die ihm auf so wunderbare Weise den Schmerz aus der Brust genommen hatte. Er blickte nicht einmal zurück. Sie waren gerade auf den Fahrweg getreten, als der Bauer schrie:

„Dann nimm ihn doch mit, den Krüppel!"

Fedor hörte auf zu reden und fuhr sich mit bebenden Händen übers Gesicht. Für einen Augenblick war er wieder der zwölfjährige Junge, der die Stimme seines Vaters vernahm: *Dann nimm ihn doch mit, den Krüppel*! Erst viel später hatte er verstanden, dass es Hilflosigkeit gewesen war, die den Mann dazu getrieben hatten, diese Worte zu sagen. Und Verzweiflung, weil auch sein letzter Sohn ihn nun verließ.

Lange schon hatte er nicht mehr an diesen Tag gedacht. Seit jenem Moment, da Ragna ihn an die Hand genommen und vom elterlichen Hof weggeführt hatte, wusste er, dass Märchen wahr wurden, und dass nichts unmöglich war.

Eine Bewegung neben ihm ließ ihn erschrocken zusammenfahren. Joerdis! Er hatte völlig vergessen, dass sie bei ihm war. Längst lag ihr Haar wie ein schwarzseidener Umhang auf ihren Schultern. Er selbst hatte sich – er wusste nicht mal wann – neben sie auf einen Stuhl sinken lassen. Sie hatte ihm zugehört, ohne sich zu rühren.

Jetzt sah sie ihn an, die Augen voller Mitgefühl. Aber auch getrübt von Trauer und Schmerz.

„Ich schäme mich", sagte sie mit unsicherer Stimme und legte eine Hand auf seinen Arm. „Ich schäme mich so sehr. Was du im Alter von zwölf Jahren schon alles durchgemacht hattest, ist entsetzlich. Ich dagegen habe mein Leben lang nur Liebe und Geborgenheit erfahren. Und habe mich von dem, was passiert ist, aus der Bahn werfen lassen. Es hat schrecklich wehgetan. Aber im Vergleich zu den Dingen, die du mitgemacht hast, war es nichts."

„Es geht nicht darum, *wie viel* Schmerz wir erfahren", erwiderte Fedor und starrte auf die Hand, die auf seinem Arm lag. „Es geht darum, *dass* wir ihn erfahren. Denn nur jener ist weise, der auch den Schmerz kennt."

Joerdis nickte und nahm ihre Hand weg. „Das ist wahr. Wie ging es weiter, nachdem Ragna dich mitgenommen hatte? Heilerin war sie, sagtest du. Konnte sie wirklich dein Herz heilen? Und weißt du, wie es deinem Vater ergangen ist, nachdem du den Hof verlassen hattest?"

Fedor sah, dass sie Mühe hatte, die Augen aufzuhalten. Er stand auf, und während er in der kleinen Küche hantierte, sagte er:

„Ich erzähle ein andermal weiter. Jetzt musst du etwas essen und dann solltest du eine Weile schlafen. Ich suche inzwischen im Wald nach Fallen und nehme Calla mit, falls sie sich dazu überreden lässt, von deiner Seite zu weichen."

Er stellte einen Brei aus Haferflocken und Obst vor sie und sah zu, wie sie aß. Als sie die Schale geleert hatte und den Löffel aus der Hand legte, wirkte sie blass und erschöpft. Kurzerhand hob er sie auf seine Arme und trug sie zum Bett.

Als er das Geschirr gespült und weggeräumt hatte, war sie bereits eingeschlafen.

„Calla?" Fedor wies mit dem Kinn zur Tür. „Kommst du mit?"

Nachdem er das Haus abgeschlossen hatte, warf er einen Blick zum Himmel. Bis zur Dämmerung sollte er zurück sein. Dann folgte er der Grauen, die stehengeblieben war und auf ihn wartete.

***

„Gawain, trag uns bitte nach Hause. Bald fängt es an zu dämmern, dann sehen wir sowieso nichts mehr. Morgen werden wir weitersuchen", entschied Marla.

Sie waren seit Stunden unterwegs, hatten unzählige Wälder überflogen und noch mehr geparkte, rote Autos näher betrachtet. Riekes Wagen war nicht darunter gewesen. Längst hatten sie den Süden hinter sich gelassen. Marlas Augen brannten vor Anstrengung, und müde war sie auch. Zudem schmerzte ihr Magen vor Hunger. Schon lange schrie Henni nicht mehr vor Freude auf, wenn sie über einen Wald rauschten und die Bäume zum Wiegen brachten. Nur Gawain verbreitete unermüdlich gute Laune und schien noch immer Spaß an ihrem Abenteuer zu haben.

„Nein!", rief Henni, plötzlich wieder munter. „Einen machen wir noch! Gawain, wo sind wir?"

„Wir fliegen direkt auf den Harz zu. Es wäre schade, jetzt abzubrechen, da wir schon so nahe sind."

Marla gab nach. „In Ordnung! Aber dann geht's heim."

Gawain legte an Tempo zu, und bald darauf erschien vor ihnen ein bewaldetes Gebirge, das sich weit über das Land erstreckte. Sie glitten über tiefgrünen Fichtenwald, folgten kurvenreichen Straßen durch Berg und Tal und suchten nach verborgenen Parkplätzen. Marla wagte gerade einen Blick nach Westen, um nach dem Stand der Sonne zu sehen, als Henni schrie:

„Da! Da unten ist es!"

Sofort machte Gawain eine scharfe Kehrtwende, sank in voller Fahrt hinab und fegte durch die Bäume bis zu einem kleinen Parkplatz. Und tatsächlich! Da stand Riekes Auto.

„Henni, du bist die Beste!", rief Marla anerkennend. Der Windbruder jagte waghalsig durch das Unterholz rund um den geparkten Wagen und zog immer größere Kreise.

„Sie ist nicht da." Hennis Enttäuschung war nicht zu überhören.

„Immerhin wissen wir jetzt, wo wir sie suchen müssen", tröstete Marla sie. „Gawain! Lass uns umkehren!"

„Sofort! Aber erst noch - aufgepasst!" Der Windbruder lachte übermütig, und die jungen Frauen schrien überrascht auf, als er in voller Fahrt auf ein Holzhaus zuschoss, das mitten im Wald stand.

„Die Zeichen stehen auf Sturm, alter Mann!", rief Gawain vergnügt. Plötzlich war die Luft voller kleiner Geschosse, die beim näheren Hinsehen Kiefernzapfen waren, die von den Bäumen gerissen wurden. Ein Mann, der gerade auf das Haus zuging, hob schützend die Hände über seinen Kopf und blickte überrascht nach oben. Einer seiner Augen war von einer Augenklappe bedeckt. Er wirkte ein wenig wie aus einem Abenteuerfilm. Ein großer Hund schoss an ihm vorbei und brachte sich unter dem Vordach der Hütte in Sicherheit. Gawain johlte vor Begeisterung, ließ den Wald hinter sich und schlug den Rückweg ein.

Wenig später zogen sie über die vertraute Landschaft ihrer Heimat und näherten sich dem Wald. Gawain reduzierte die Geschwindigkeit, streifte die Kronen der Bäume und überflog den Klagehügel, der düster und traurig wirkte. Endlich sahen sie unter sich die alte Eiche. Henni quietschte erschrocken auf, als sie mit einem Ruck wieder in ihrem Körper landete. Im nächsten Moment hörten sie Rusty bellen.

„Hätte ich es nicht selbst erlebt, würde ich niemals glauben, dass es so etwas gibt. Windbrüder! Und mit einem von ihnen sind wir geflogen! Unfassbar cool! Weißt du noch, als wir knapp über dem Boden zwischen den Bäumen durchgerauscht sind? Ich dachte echt, wir prallen jeden Moment gegen einen Stamm! Es war wie Achterbahnfahren! Oh Mann, war das genial! Und Rieke haben wir auch gefunden! Das heißt, ihr Auto. Gawain ist lustig, nicht wahr? Der alte Mann hat ganz schön geguckt, als die Zapfen geflogen sind. Hast du den riesigen Hund gesehen? Ich wusste gar nicht, dass es so große Hunde überhaupt gibt! Vielleicht ist es ja ein Zauberwald! Es würde zu Rieke passen, dass sie dort gelandet ist. Ich glaube, du musst mich mal zwicken. Das alles kann nicht wirklich gewesen sein. Wie geht es jetzt weiter? Was machen wir morgen? Aua!" Henni rieb sich den Arm.

„Ich sollte dich zwicken, sagtest du", grinste Marla und steckte sich den Rest eines Müsliriegels in den Mund. „Zum Reden komme ich ja nicht, seit wir uns von Gawain verabschiedet haben." Sie biss bereits in einen Apfel.

„Du könntest gar nicht reden, da du seitdem nur am Essen bist", bemerkte Henni spitz. „Erzählst du mir von den Windbrüdern? Wann hast du sie kennengelernt? Und wieso?"

Marla überlegte. Warum eigentlich nicht? Sowohl ihr Leben als auch das ihrer Schwestern war inzwischen derart mit den Windbrüdern verwoben, dass sie von ihnen erfahren sollten. Sollte sie jemals wieder auf Borg treffen, dem sie das Versprechen gegeben hatte, darüber zu schweigen, so würde sie es ihm erklären. Sie hoffte, er würde es verstehen.

So begann sie zu erzählen. Von Arvid, den sie an jenem Tag im Wald kennengelernt hatte, als ihre Mutter von der Leiter gefallen und sie selbst mit Rusty spazieren gegangen war. Sie erzählte von ihren Treffen auf dem Klagehügel und von der jungen Elaine, die einst dort gelebt hatte und so schrecklich ums Leben gekommen war. Mit leuchtenden Augen beschrieb sie den magischen Tunnel, durch den sie heimlich gegangen war, um Kelian zu sehen. Dennoch erzählte sie nicht alles. Den Windfürsten erwähnte sie nicht.

Henni hatte ihr zugehört, ohne sie ein einziges Mal zu unterbrechen. Hin und wieder hatte sie Marla einen Seitenblick zugeworfen, ungläubig und aufgewühlt. Mitfühlend hatte sie die Hand ihrer Schwester ergriffen, als diese ihr mit bebender Stimme von dem Sturm erzählte, der Kelians Boot gegen einen Felsen geworfen hatte.

„Erinnerst du dich an jenen Abend, als du aus Griechenland gekommen bist?"

„Wie sollte ich das vergessen?", rief Henni. „Du warst völlig durch den Wind und hast mich ziemlich erschreckt. Noch dazu hattest du dieses wunderschöne Kleid an!"

„Durch den Wind", schmunzelte Marla, halb amüsiert, halb traurig. „Das ist wohl der treffende Ausdruck. Du warst so unglaublich lieb, Henni, obwohl du keine Ahnung hattest, was passiert war." Unvermittelt blieb sie stehen und drückte ihre Schwester an sich. „Das werde ich niemals vergessen."

„Ich habe mir damals wirklich Sorgen gemacht. Vor allem, als du am nächsten Tag verschwunden warst. Und jetzt Rieke. Wir müssen sie unbedingt finden. Dafür sind Schwestern doch da, oder? Um einander beizustehen, wenn es schwierig ist. Ich weiß, dass ihr es auch für mich tun würdet."

„Du hast recht." Marla küsste sie zärtlich auf die Wange, und sie setzten sich in Bewegung. „Deshalb werden wir beide solange nach Rieke suchen, bis wir sie gefunden haben. Das verspreche ich dir."

Kapitel 12

Rieke schlug die Augen auf. Der Raum lag im Halbdunkel. Es vergingen ein paar Sekunden, bis sie erkannte, dass es bereits der neue Tag war, der durchs Fenster hereindämmerte und nicht der gestrige, der sich verabschiedete. Hellwach setzte sie sich auf. Hatte sie wirklich so lange geschlafen? Sie strich Calla, die den Kopf gehoben hatte, übers Fell. Von Fedor war nichts zu sehen. Kein Becher, der auf dem Tisch stand. Kein Feuer, das im Ofen knisterte.

Bilder stiegen vor ihrem Geist auf. Von einem kleinen, mageren Jungen mit rotblondem Haar. Bilder von einer Mutter, die ihrem Kind ohne jede Rücksicht mitteilte, dass es bereits als junger Mensch sterben würde. Bilder eines Kindes, das früh gelernt hatte, sich unsichtbar zu machen, um nicht den Unmut seiner Familie auf sich zu ziehen. Vor Mitleid krampfte sich Riekes Magen zusammen. Wie gerne würde sie den Jungen an sich drücken und ihm sagen, dass alles gut war. Dass er liebenswert und dass sein Herz, so krank es auch sein mochte, vollkommen war. Dass *er* vollkommen war. So wie er war. Trotz der Narbe über seinem Mund. Trotz des erblindeten Auges. Trotz des Knies, das ihm sein Leben lang zu schaffen machen würde.

Wie viel Leid konnte ein Mensch ertragen, ohne verrückt zu werden? Wie stark musste Fedor sein, dass er nicht daran zerbrochen war! Und wie einfühlsam und unerschütterlich Ragna, die seine verwundete Seele geheilt und ihm geholfen hatte, zu dem Menschen zu werden, der er heute war.

Rieke stand auf und ging im Raum umher. Sie mochte den Geruch nach Holz, den nicht nur die Wände ausströmten, sondern auch das aufgeschichtete Kaminholz und die Werkzeuge, die auf dem Arbeitstisch lagen. Sie strich mit den

Händen über einen kunstvoll gefertigten Türgriff. Ob Fedor, so wie sein Bruder Sven, eine Schreinerlehre gemacht hatte?

Calla war an ihre Seite getreten und leckte ihr über die bloßen Beine. Rieke lachte. Leise und verhalten, um Fedor nicht zu wecken.

„Das kitzelt. Du willst nach draußen?" Sie öffnete die Tür, und der Hund stürmte mit langen Sätzen davon. Rieke entfernte sich ein paar Schritte vom Haus. Der Waldboden fühlte sich feucht und kühl unter ihren Füßen an und war von Kiefernzapfen übersät. Während sie geschlafen hatte, musste es ordentlich gestürmt haben. Vorsichtig hob sie ihr Bein an und gab einem der Zapfen einen kräftigen Schubs mit dem großen Zeh. Sie spürte kaum Schmerz dabei. Dank Fedors Fürsorge würde sie ganz gesund werden.

Nicht weit von ihr entfernt raschelte es. Als sie ins Unterholz spähte, entdeckte sie drei Rehe, die sich anmutig über unsichtbare Pfade durch den Morgendunst bewegten, aufmerksam um sich blickend. Begleitet wurden sie vom frühmorgendlichen Gesang der Vögel. Der Wald erwachte.

Sehnsüchtig sah sie den Tieren hinterher. Wie gerne würde sie einen Spaziergang machen. Nur einen kleinen, um ein wenig die Gegend zu erkunden. Fedor wäre von dieser Idee sicher nicht sehr angetan. Vor allem nicht dann, wenn sie ohne Begleitung ging. Morgen oder übermorgen würde sie ihn darum bitten.

Auch um etwas anderes wollte sie ihn bitten. Sie musste sich unbedingt bei ihren Eltern melden. Vielleicht hatte Fedor eine Idee, wie das ohne Handy geschehen könnte.

„Du bist ja früher wach als der junge Tag!"

Rieke wandte sich um. Er stand am Türrahmen, müde und mit kleinen Augen, als hätte er nicht viel geschlafen. Die ersten Sonnenstrahlen, die zwischen den Bäumen hindurch über den Waldboden krochen, ließen seinen Bart und sein Haar rötlich schimmern. Er trug wie immer einen Pferdeschwanz. Wenn man genauer hinsah, entdeckte man die grauen Strähnen, die sich daruntergemischt hatten. Ohne zu zögern ging Rieke auf ihn zu und schlang die Arme um ihn. Sie hatte keine Worte für das, was sie ihm sagen wollte. Aber er verstand. Und hielt sie fest.

„Ich habe so tief geschlafen, dass ich vom Sturm gar nichts gehört habe", sagte sie kurze Zeit später, in den Händen einen dampfenden Teebecher. „Er hat ja Unmengen an Zapfen von den Bäumen gerissen."

Fedor kratzte sich den Bart. Trocken meinte er:

„Das war kein Sturm. Nur eine kurze, überaus kräftige Bö. Ich könnte wetten, es war ein vorwitziger Windbruder, der sich einen Spaß erlaubt hat."

„So etwas gibt es?" Überrascht stellte sie ihren Becher ab. „Vorwitzige Windbrüder?"

Er verzog das Gesicht. „In der Welt der Windbrüder gibt es kaum etwas, das es nicht gibt, Joerdis. Ich selbst lerne noch heute jeden Tag dazu. Dass einer von ihnen arglose Spaziergänger mit Kiefernzapfen bombardiert, ist einer der harmloseren Dinge."

Rieke sah ihn nachdenklich an. „Hast du jemals bereut, der Gefährte des Windfürsten zu sein?"

„Nie", sagte er ohne zu zögern. „Ich liebe es, der zu sein, der ich bin. Es ist eine Herausforderung. Diese Herausforderung, vor allem aber die enge Verbundenheit zu dem Fürsten sind das, was in meinem Leben zählt. Sonst nichts."

„Sonst nichts", wiederholte Rieke beklommen. Was hieß das? Sonst nichts.

Fedor stieß sie sanft mit dem Ellenbogen an. „Ich habe nie eine richtige Familie gehabt, Joerdis. Deshalb: sonst nichts. Vor vielen Jahren hat Ragna mir viel bedeutet, wie du dir sicher vorstellen kannst. Und jetzt bist du diejenige, die außer Borg wichtig für mich ist. Du selbst aber hast deine Familie. Die Gefährtin des Windfürsten zu sein heißt nicht, dass du sie aufgeben sollst. Du musst nicht in Ragnas Blockhütte bleiben, auch dann nicht, wenn ich mal nicht mehr bin. Allerdings musst du dafür Sorge tragen, dass das Geheimnis um dich und den Windfürsten gewahrt wird. Das ist am einfachsten in der Abgeschiedenheit des Waldes."

„Für immer hier zu leben, würde mir gefallen. Ich liebe den Wald, die Stille, den Frieden und die Tiere, die hier wohnen. Trotzdem ist es schön, zu wissen, dass ich meine Familie jederzeit sehen kann. Meinst du, es wäre möglich, dass ich sie heute anrufe? Ich muss ihnen unbedingt sagen, dass es mir gut geht. Sie werden sich um mich sorgen."

„Ich bin sicher, du bist gesund genug, um mit mir zusammen zu deinem Wagen und dann zum Tierpark zu fahren. Dort kannst du telefonieren. Dein Handy laden wir auf, wenn wir wieder hier sind. Ich werfe dafür den Generator an. Diesen benutze ich sonst nur, wenn ich eine der Maschinen im Anbau brauche. Vielleicht ist es an der Zeit, das Haus endlich mit einem Stromanschluss zu versehen. Bisher habe ich es nicht für nötig gehalten, aber mit dem Einzug der Jugend könnte man darüber nachdenken."

Rieke winkte ab. „Nicht für mich. Ich finde es schön, wie es ist."

Sie hörten ein Kratzen an der Tür und Fedor stand auf, um Calla hereinzulassen. Als er sich wieder setzen wollte, hielt er inne, stützte sich auf die Tischplatte und schloss die Augen.

„Fedor!", rief Rieke erschrocken und griff nach seinem Arm.

„Schon gut. Es war nur eine Vision." Er setzte sich. „Wir werden Besuch bekommen."

Riekes Blick war voller Bewunderung. „Es muss schön sein, eine solche Gabe zu haben."

„Wir alle haben eine außergewöhnliche Begabung. Sie wird uns in die Wiege gelegt."

„Bei Ragna war es das Heilen, nicht wahr?"

Fedor nickte.

„Was ist es bei mir?"

„Mir fallen da sofort einige Dinge ein, die dich von anderen unterscheiden. Dir nicht?"

Rieke schüttelte den Kopf. Sie fand sich schon immer recht normal, außer vielleicht …

„Ich bin unempfindlich gegen Kälte und kannte so etwas wie *frieren* nicht. Das erste Mal, dass mir richtig kalt war, war im Wald, als ich umherirrte und dachte, dass ich alle, die ich liebe, verloren habe."

Er schenkte ihr ein mitfühlendes Lächeln. „Windgeborene sind unempfindlich gegen kalte Witterung, das stimmt. Wenn der Schmerz aber der Seele den Frieden raubt, so wird ihr kalt. Und friert die Seele, so friert der Körper. Davor sind auch wir Windgeborenen nicht gefeit."

„Ich war niemals krank", fiel Rieke ein. „Ich hatte nie Husten oder Schnupfen. Weder Masern noch Windpocken. Meine Schwestern dagegen schon. Weshalb ich mich nie angesteckt habe, konnte sich keiner erklären, auch der Arzt nicht."

„Das passt alles ins Bild und bestätigt, was ich vermutet habe", murmelte Fedor. „Du verfügst über ungewöhnlich starke Selbstheilungskräfte. Du hättest diese Verletzung sonst niemals so schnell und problemlos weggesteckt. Das könnte bedeuten, dass …"

Überrascht von dem Schluss, den er unweigerlich daraus ziehen musste, starrte er auf das Bücherregal. Er hatte nie davon gehört, dass es so jemanden schon einmal gegeben hatte. Es wäre phänomenal! Vor allem wäre es nicht das Einzige, das sie von allen anderen unterschied.

„Mir ist noch etwas eingefallen", sagte Rieke, die Fedors Betroffenheit nicht bemerkt hatte, eifrig. „Da sind die Tiere." Ihre Augen begannen zu leuchten. „Sie haben keine Angst vor mir. So war es bereits, als ich noch klein war. Oft habe ich sogar den Eindruck, als teilten sie sich mir mit. Ich kenne ihre Ängste, ihre Bedürfnisse. Am intensivsten habe ich dieses Gefühl bei …" Sie brach ab und richtete ihren Blick auf die Hündin, die neben ihrem Stuhl lag.

„… bei Calla", beendete sie den Satz und sah Fedor fassungslos an. „Kann es sein, dass – dass sie …?"

„Sag, was du denkst", ermutigte er sie. Sein unbedecktes Auge leuchtete. Er hatte gewusst, dass sie früher oder später von selbst darauf kommen würde.

„Aber das geht doch nicht? Wie kann sie – ich bin doch gar nicht …"

„Sag es laut, dann weißt du, ob es wahr ist oder nicht", schlug er vor.

„Calla ist meine Gefährtin!" Sie schlug sofort ihre Hand vor den Mund, so undenkbar schien dies.

Der Hund sprang auf und legte seinen Kopf in ihren Schoß. Rieke beugte sich zu ihm hinab und drückte ihre Stirn gegen das graue Fell. Die Botschaft, die von dem Tier zu ihr herübersprang, war von überraschender Klarheit.

„Calla", flüsterte Rieke, strich der Hündin zärtlich über die Schnauze und drückte einen Kuss darauf. Jetzt wusste sie, weshalb sie sich dem Tier vom ersten Augenblick an so unsagbar verbunden gefühlt hatte. Als seien sie auf eine unerklärbare Art und Weise zwei Teile eines Ganzen. So war es tatsächlich!

„Und du denkst, du hättest keine besondere Gabe?", bemerkte Fedor leise. „Ich habe noch nie von einem Windgeborenen gehört, der selbst einen Gefährten hatte. Vielleicht kannst du jetzt erahnen, was Windfürst und Gefährte füreinander empfinden."

Was Fedor sagte, verschlug ihr die Sprache. Dass zwischen ihr und dem Windfürsten etwas ähnlich Großes und Intensives sein sollte wie zwischen ihr und Calla, schien unvorstellbar. Sie strich über die Gänsehaut, die sich auf ihren Armen gebildet hatte.

„Nun weißt du auch, wie es sein wird, wenn er dir gegenübersteht. Du wirst sofort wissen, dass er es ist. Zwei Teile fügen sich zu einem Ganzen."

Rieke atmete tief durch. Wann immer sie zum ersten Mal aufeinandertreffen würden, sie hoffte, dass bis dahin noch Zeit blieb, damit sie sich darauf vorbereiten konnte. Energisch schob sie die Vorstellung beiseite.

„Ich habe Tiere schon immer geliebt. Hunde und Wölfe aber berühren mich auf eine ganz besondere Weise. Ich konnte mir nie erklären, warum."

Fedor erhob sich. Nachdem er ein weiteres Mal Tee aufgefüllt hatte, lehnte er sich an die steinerne Spüle und betrachtete den Dampf, der aus seinem Becher stieg.

„Manchmal sind wir uns selbst das größte Rätsel. Und wir streben unser Leben lang danach, es zu ergründen."

„Auf der Suche nach unserer eigenen Wahrheit", ergänzte Rieke. Ihr wurde warm bei der Gewissheit, dass sie selbst sich nie wieder ein Rätsel sein würde. „Dank dir weiß ich endlich, wer ich bin."

Sie strich weiterhin über Callas Kopf. „Es fühlt sich richtig an, wenn du mich Joerdis nennst. Obwohl ich den Namen bis vor ein paar Tagen noch nie gehört hatte."

„Das kommt mir bekannt vor", schmunzelte Fedor. „So geht es uns allen, wenn wir den uns vorbestimmten Namen erfahren. Allerdings solltest du wissen, dass niemand darauf besteht, dass man seinen Taufnamen hergibt. Es ist deine eigene, freie Entscheidung. Borg wird dich so nennen, wie du es wünschst."

Calla sah sie mit ihren schwarzen Augen ergeben an, fuhr ihr mit der weichen Zunge über die Hände und legte sich hin. Rieke stand auf und stellte sich ans Fenster. Eine leichte Brise strich durch den Wald, und sie überlegte, ob sie in ein paar Monaten wissen würde, welcher der Windbrüder die Bäume zum Tanzen brachte. War es der Vorwitzige, den Fedor erwähnt hatte, oder war es ein anderer? Vielleicht einer, der so ruhig und in sich gekehrt war wie Torin, der bretonische Windbruder, der ihr Vater war? Die Gewissheit, dass sie ein Teil dieser mystischen Welt war, erfüllte sie mit einem nie gekannten Glücksgefühl. Ihre Stimme war sehr klar, als sie sagte:

„Ich heiße Joerdis."

Fedor trat zu ihr und küsste sie auf die Stirn. „Alles andere hätte mich gewundert. Wenn du möchtest, erzähle ich dir, wie es weiterging, nachdem Ragna mich zu sich geholt hat. Zum Tierpark fahren wir später. Bis zwölf Uhr haben sie viel zu tun, da würden wir nur stören."

Das neue Leben fühlte sich an, als hätte ihm jemand einen warmen Mantel umgelegt. Wenn er am Abend zum Schlafen in die kleine Kammer ging, befürchtete er insgeheim, am nächsten Morgen könnte alles wieder beim Alten sein. Mit jedem Tag aber, der verging, ohne dass dies geschah, wuchs seine Zuversicht, dass es blieb, wie es war.

Er liebte Ragnas schiefe Hütte, die inmitten des hügeligen Waldes zwischen hohen Fichten stand. Er liebte es, wenn in der Nacht der Wind um die Ecken pfiff und an den Fenstern rüttelte. Vor allem aber liebte er Ragna. Sie war ihm Großmutter, Kameradin und Lehrerin zugleich, und ihre Zuneigung schien ihm sicher zu sein, ohne dass sie jemals etwas dafür verlangte. Seine Unzulänglichkeiten waren ohne Bedeutung. Er sah es in ihren Augen, die von einer Art waren, wie er sie nie zuvor gesehen hatte. Sie konnten tief wie Brunnen sein, schwarz und unergründlich. Im nächsten Augenblick waren sie von einem Blau, das ihm den Himmel zu öffnen schien und ihn forttrug in die Unendlichkeit des Universums. Als er sie eines Tages fragte, ob die Narbe an seinem Mund und der Anblick seines blinden Auges sie nicht störten, antwortete sie:

„Nur der Dumme urteilt nach der Oberfläche und schätzt sie gering, weil sie nicht glänzt. Der Kluge aber sieht in die Tiefe, wo die wahren Schätze verborgen sind." Diesen Satz würde er niemals vergessen.

Das Wort Fürsorge hatte er bisher nur aus Büchern gekannt. Plötzlich aber gehörte es zu seinem Leben, und bereits nach wenigen Tagen hatte er entschieden, dass es auf der Welt nichts Schöneres gab, als umsorgt zu werden.

„Guten Morgen, Fedor. Hast du gut geschlafen?" Mit diesen Worten begrüßte die alte Frau ihn jeden Morgen. Der Ablauf war immer derselbe. Auf seine Antwort, die zumeist aus einem verlegenen Nicken bestand, drückte sie ihm einen Becher Kakao in die Hand. Allein der Duft dieses Getränks machte jeden Tag zu einem guten Tag. Aber Ragna verwöhnte ihn noch viel mehr. Das Frühstück stand schon auf dem Tisch, und sobald sie daran Platz genommen hatten, schnitt sie dicke Scheiben Brot für ihn ab. Dazu fast ebenso dicke Scheiben Wurst und Käse. Wenn sie den Eindruck hatte, er würde nicht so zugreifen, wie es sich für einen Zwölfjährigen gehörte, so mahnte sie:

„Fedor, es warten große Aufgaben auf dich. Um sie zu meistern, musst du kräftig werden. Schenke also dem Essen die Aufmerksamkeit, die es verdient."

Das tat er denn auch mit voller Hingabe. Tag für Tag.

Nach wenigen Wochen begannen seine Wangen voller zu werden, und sein magerer Körper wurde zusehends kräftiger. Ragna hatte ihm gezeigt, in welchen Bus er steigen musste, um rechtzeitig in der Schule zu sein. Abends, wenn sie nach dem Essen beisammensaßen und Waldemar, Ragnas Dackel, sich auf ihrem Schoß zusammengerollt hatte, erzählte sie Geschichten. Meist ging es darin um Winde, die stürmend über die Erde zogen, Namen hatten und allerlei Unfug anstellten. Und von deren Fürst, der ein gerechter Herrscher war, aber mit fester Hand durchgriff, wenn es sein musste. Sie erzählte ihm Märchen über windgeborene Kinder mit besonderen Begabungen, die eine schlimme Zeit durchzustehen hatten, bevor sie erlöst wurden. Dann aber meinte es das Leben gut mit ihnen und sie lebten glücklich bis an ihr Ende.

Fedor faszinierten diese Geschichten über Windbrüder und Windgeborene, und er konnte nie genug davon hören. Es dauerte nicht lange, da wünschte er sich nichts sehnlicher, als eines dieser windgeborenen Kinder aus den Märchen zu sein.

Als er eines Tages mit Schmerzen in der Brust erwachte und wusste, dass ihm wieder einer jener schlimmen Tage bevorstand, bereitete Ragna ihm einen Trank aus Kräutern und ließ ihn das Gebräu in kleinen Schlucken trinken. Anschließend legte sie ihre Hand auf sein Herz und schloss die Augen. Wie bei ihrem ersten Aufeinandertreffen nahm sie ihm zusammen mit der Beklemmung auch die Angst aus der Brust. Danach konnte er nicht anders, als sie mit großen Augen bewundernd anzusehen. Ehrfürchtig, als sei sie eine Zauberin.

„Mein Junge", sagte sie und strich ihm liebevoll über die blassen Wangen. „Das Heilen ist eine großartige Begabung, das ist wahr. Dafür kannst *du* sehen, wer zu Besuch kommt. Diese Gabe wünschte ich mir manchmal. Dann wäre ich wohl hin und wieder nicht zuhause." Bei diesen Worten lächelte sie. Fedor verstand, was sie meinte. Nicht alle Menschen, die zu ihr kamen und um Hilfe baten, waren freundlich. Es gab jene, die für ihre Behandlung nichts bezahlen wollten oder auch jene, denen sie nicht helfen konnte und die sie aus Enttäuschung grob beschimpften. Glücklicherweise geschah dies nur selten.

Auf seinen Wunsch hin nahm Ragna ihn zum Kräutersammeln mit. Alles, was sie über die Heilwirkung der Pflanzen erzählte, zu welchem Zeitpunkt man sie sammelte und wie man sie anwendete, sog er begierig in sich auf.

Indessen zog der Herbst ins Land und bemalte den Wald mit bunten Farben. Fedor, der sich an sein neues Leben gewöhnt hatte, dachte nun öfter an seinen Vater. Wie es ihm wohl ergehen mochte, jetzt, da die Tage kürzer und die Abende dunkler wurden? Sah Sven hin und wieder nach dem Bauern, der nun endgültig alleine war und niemanden mehr hatte, der zu ihm gehörte? Im Grunde wusste Fedor, dass er kein schlechtes Gewissen haben musste. Gleichwohl schob sich immer wieder das Bild des verbitterten Mannes vor seine Augen, der Abend um Abend in stiller Einsamkeit verbrachte.

An einem Sonntagmorgen im Oktober – glitzernde Schleier aus Dunst hingen zwischen den Bäumen und warteten darauf, von der Sonne verschlungen zu werden – bat er Ragna darum, ihn zu seinem Vater zu begleiten. Sie schien nicht sonderlich überrascht. So verließen sie kurze Zeit später das Haus und machten sich auf den Weg.

„Kommt Waldemar nicht mit?", fragte er überrascht, denn für gewöhnlich ging Ragna selten ohne ihren Hund aus dem Haus.

„Er hasst das Busfahren. Ihm wird davon übel", entgegnete sie und fügte zwinkernd hinzu: „Hundeübel."

Fedor musste grinsen und vergaß für einen Moment die Magenschmerzen, die ihm seine Aufregung bescherte. Als sie eine knappe Stunde später über den Fahrweg auf den Hof zugingen, fiel ihm das Atmen mit jedem Schritt schwerer. Zweifel überfielen ihn, ob es eine gute Idee gewesen war, an den Hof zurückzukehren. Was, wenn sein Vater ihn nicht wieder fortließ? Unwillkürlich griff er nach Ragnas Hand. Als er den beruhigenden Druck ihrer Finger spürte, entspannte er sich ein wenig. Sie würde nicht zulassen, dass ihm etwas geschah.

Schon von weitem erkannte er, dass der Bauernhof schäbiger und ungepflegter aussah denn je. Sein Herz wurde ihm schwer, denn er hatte den Hof mit seinen Tieren und Feldern gemocht. Auch wenn das Leben für ihn nicht einfach gewesen war, so waren hier doch seine Wurzeln.

Sie hatten kaum den Innenhof betreten, als der Bauer aus dem Stall trat. Überrascht blieb er stehen und starrte auf den Jungen und seine Begleiterin. Eine Weile sprach niemand.

„Hallo, Vater", sagte Fedor endlich. Eine magere Katze mit nur drei Beinen kam über den Hof gerannt und schmiegte sich schnurrend an ihn. Er hob sie auf die Arme, drückte sie an seine Brust.

„Bringst du ihn mir wieder zurück?" Der Bauer warf Ragna einen finsteren Blick zu.

„Möchtest du denn, dass er wieder zu dir kommt?", fragte sie, anstatt zu antworten.

„Der Hof kann immer zwei Hände mehr gebrauchen", entgegnete er, während er Fedor musterte. „Du hast zugelegt, Junge. Wirst üppig gefüttert, wie?"

Fedor drückte sein Gesicht in das weiche Fell der Katze und sog den vertrauten Duft nach Tier und Heu in seine Nase. Ragna stieß ihn sanft an.

„Es ist ganz allein deine Entscheidung, Fedor", raunte sie ihm zu. „Und egal, wie sie ausfallen wird, meine Tür wird immer für dich offenstehen."

„Ich komme nicht wieder", sagte er mit fester Stimme zu dem Bauern. „Ich wollte nur sehen, ob du zurechtkommst."

„Ich bin immer zurechtgekommen."

Das Gespräch schien beendet, denn weder Vater noch Sohn machten Anstalten, ein weiteres Wort zu äußern.

„Falls du deinen Sohn besuchen willst, so bist du jederzeit willkommen." Ragna reichte dem Mann einen Zettel. Er warf einen kurzen Blick darauf.

„Soso", knurrte er. „Du bist also die berühmte Heilerin von der anderen Seite des Berges."

„Genau die bin ich." Ragna schenkte ihm ein warmes Lächeln. „Übrigens verstehe ich mich nicht nur aufs Heilen der Menschen. Ich kann sie auch verfluchen. Lass uns gehen, Fedor."

„Leb wohl, Vater." Mit Bedauern setzte er die Katze zu Boden.

„Die Katze!", rief der Bauer und wies mit dem Kinn zu dem Tier, das unschlüssig dort stehengeblieben war, wo Fedor es abgesetzt hatte. „Ich suche sie seit Tagen. Sie ist alt und lahm und fängt keine Mäuse mehr. Was das bedeutet, weißt du ja. Nimm sie mit, wenn du willst."

Fedor warf Ragna einen schnellen Blick zu. Er wollte nicht darum betteln, denn sie tat bereits so viel für ihn. Die alte Frau zuckte mit den Schultern.

„Wenn du mir versprichst, dafür zu sorgen, dass die beiden mir nicht die Hütte auseinandernehmen, dann wird Waldemar sich früher oder später damit arrangieren."

„Danke!", rief er erleichtert, hob die Katze vom Boden und steckte sie in den Ausschnitt seines Anoraks.

„Hast du das ernst gemeint? Dass ich bei ihm bleiben kann, wenn ich will?"

Sie standen an der Bushaltestelle.

„Natürlich! Du kannst frei entscheiden, schließlich bist du alt genug. Freilich bin ich davon ausgegangen, dass du nicht zu ihm zurückkehren möchtest. Wäre es jedoch so gewesen, so hätte ich gewusst, dass unsere Wege uns wieder zusammenführen werden."

„Wie kannst du das wissen?"

„Es ist unsere Bestimmung. Das alles werde ich dir erzählen, sobald die Zeit dafür gekommen ist."

Während der Bus über die Landstraße fuhr, lehnte Fedor den Kopf ans Fenster und strich über die warme Beule unter seinem Anorak. Das Tier schmiegte sich vertrauensvoll an ihn, als würde es wissen, dass er es in Sicherheit brachte. Er würde dafür sorgen, dass es mit Kiki und Waldemar klappte. *Es ist unsere Bestimmung*, hatte Ragna gesagt. Er hatte die ganze Zeit geahnt, dass sie nicht nur zufällig auf dem Hof erschienen war und ihn mitgenommen hatte. Jedes Mal, wenn er über sich und Ragna nachdachte, kam er zu dem Schluss, dass sie verwandte Seelen waren. Er wusste nicht, wie er darauf kam, und manchmal hatte er befürchtet, dass er sich irrte. Jetzt aber ahnte er, dass es stimmte. Den Grund dafür wüsste er zu gerne, aber wenn sie sagte, die Zeit würde kommen, da sie es ihm erzählte, so würde er sich bis dahin gedulden.

„Du kannst wirklich Menschen verfluchen?", fragte er voller Bewunderung, als sie durch den Wald nach Hause liefen.

Ragna gluckste erheitert. „Ich bezweifle es, mein Junge. Aber die Menschen, die hier leben, sind abergläubisch. Ich finde, es kann nicht schaden, wenn der Bauer ein wenig Respekt vor mir hat."

Wenige Tage später stand Sven vor der Tür.

„Schön, dich zu sehen, Käpt'n Hook!", rief er und boxte Fedor gegen die Schulter. „Vater hat erzählt, dass du jetzt hier wohnst. Gut siehst du aus! Fast wie ein Mann!" Er grinste und reichte seinem jüngsten Bruder einen Karton. „Ich dachte, ich bringe dir ein paar Sachen vorbei."

Sprachlos wegen des unerwarteten Erscheinens seines Bruders öffnete Fedor den Behälter. Nicht nur seine Lieblingsbücher lagen darin und ein paar abgegriffene Spielsachen, sondern auch einige seiner Schnitzereien. Jene, die am besten geworden waren und die er unter seinem Bett aufbewahrt hatte. Außerdem ein Schnitzmesser, das wie neu funkelte und das man zusammenklappen konnte. Verwundert nahm er es heraus. Er hatte es noch nie gesehen.

„Ist ein Geschenk von Vater", erklärte Sven, bevor Fedor den Mund aufgemacht hatte. „Er wollte, dass ich dir sage, es kommt von mir. Aber ich finde, du sollst wissen, dass er mich beauftragt hat, es für dich zu besorgen."

„Von Vater?" Ungläubig drehte Fedor das Messer in der Hand.

„Es ist seine Art, sich bei dir zu entschuldigen, denke ich." Sven zupfte an seinem Bart, der letztes Mal, als sie sich gesehen hatten, noch nicht da gewesen war. „Ich glaube, er hat sich gefreut, dass du vorbeigesehen hast."

„Ich wollte wissen, wie es ihm geht. Er hat jetzt niemanden mehr, der für ihn sorgt."

„Es geht ihm nicht schlecht. Eine Frau aus dem Dorf kommt zwei Mal die Woche zum Putzen, und sie bringt die nötigsten Einkäufe mit. Manchmal kocht sie auch für ihn."

„Willst du reinkommen?", fragte Fedor, als ihm bewusst wurde, dass sein Bruder noch immer vor der Tür stand, nur vom Dachvorsprung vor dem Nieselregen geschützt. Aber Sven schüttelte den Kopf und steckte die Hände in die Taschen seiner Arbeitshose.

„Ich muss gleich wieder los. Hab was für meinen Chef zu erledigen, da lag eure Adresse fast auf dem Weg. Ich dachte, da Herbstferien sind, bist du sicher zuhause. *Zuhause*." Er verzog das Gesicht und kickte einen Zapfen fort, den der Wind vor die Tür geweht hatte. Plötzlich schien er verlegen. „Was ist mit dir? Geht es dir gut?"

Fedor nickte. „Ich bin gerne bei Ragna. Sie ist sehr freundlich und bringt mir viele Dinge bei."

„Du warst schon immer ein helles Köpfchen, kleiner Bruder. Heller als wir alle. Es tut mir leid, dass du es als Kind nicht besonders gut hattest. Wir hatten kein einfaches Zuhause."

Fedor wusste nicht, was er darauf antworten sollte, also schwieg er.

„Er hat dich aber nie geschlagen, oder? Ich meine, so richtig geschlagen, wie die Zwillinge und mich, wenn er sauer auf uns war."

„Ich kann mich nur an ein einziges Mal erinnern. Vater hatte gerade einen Wurf junger Katzen ertränkt, und ich habe ihn angeschrien, er sei ein Mörder. Daraufhin hat er mir eine Ohrfeige gegeben, dass ich auf dieser Seite tagelang nichts hören konnte. Aber so wie ihr drei habe ich von ihm nie Prügel bezogen. Vielleicht wegen meines kranken Herzens. Vielleicht auch deshalb, weil ich ihm mein Leben lang aus dem Weg gegangen bin."

Sven schien erleichtert. „Ich habe dich das schon lange fragen wollen. Aber wir haben nie gelernt, über etwas zu reden, nicht wahr? Man kann sich sein Zuhause nicht aussuchen." Sein Lächeln geriet ziemlich schief. „Die Frau, bei der du lebst, ist Heilerin?"

Fedor nickte.

„Kann sie dir helfen? Mit deinem Herz? Weil – ich finde, du siehst besser aus. Nicht mehr so blass."

„Ragna weiß viel über Kräuter und Krankheiten, und die Menschen kommen zu ihr, um von ihr geheilt zu werden. Sie ist sicher, dass ich noch lange leben werde."

„Das klingt gut. Ich muss jetzt gehen, Michel. Falls du irgendetwas brauchst, so weißt du, wo du mich findest." Er wandte sich um.

„Wenn ich mit der Schule fertig bin", sagte Fedor schnell, „kann ich dann bei euch eine Schreinerlehre machen?"

„Klar. Das dürfte kein Problem sein."

„Richte Vater meinen Dank aus, wenn du ihn siehst. Ich durfte Kiki mitnehmen."

„Kiki?"

„Die dreibeinige Katze." Fedor musste unwillkürlich grinsen, als er an die letzten Tage dachte, in denen es mit Hund und Katze zuweilen drunter und drüber ging. Aber es wurde stündlich besser.

„Das war nett von ihm. Vor allem war es gut für die Katze", meinte Sven.

„Ja, das fand ich auch."

„Wir sehen uns, Käpt'n Hook!"

Mit seinem neuen Leben war auch Fedors Wissensdurst neu erwacht. In seiner Klasse war er bald der Beste, und sein Lehrer schlug ihm wiederholt vor, von der Hauptschule auf die Realschule zu wechseln. Fedor aber hatte kein Interesse daran. Sein Ziel war es, so schnell wie möglich die Ausbildung zu machen. Er würde Ragnas alte Hütte renovieren, damit die Kälte im Winter nicht durch alle Ritzen zog und ihr in die Gelenke fuhr. Aus diesem Grund, so hatte sie ihm bei seiner Ankunft erzählt, schlief sie seit einigen Jahren nicht mehr in der Kammer, sondern auf einer Bank neben dem warmen Kamin.

Auch wenn ihm an seiner Schulbildung nichts lag, so sog er doch begierig alles Wissen in sich auf, das er kriegen konnte. Nach kurzer Zeit hatte er die wenigen Bücher gelesen, die Ragna ihr Eigen nannte. Von da an ließ die Heilerin die Menschen, die zu ihr kamen, um von ihr behandelt zu werden, nicht nur Geld und Naturalien aller Art, sondern auch Bücher als Bezahlung zu. So kam es, dass mit der Zeit eine ansehnliche kleine Bibliothek entstand, aus der Fedor nach Belieben wählen konnte. Seite für Seite versank er in Abenteuer und betrat Welten, die er in seinem wirklichen Leben niemals kennenlernen würde.

Das Schnitzen wurde zu seiner zweiten Leidenschaft. War er schon immer gut darin gewesen, so zeigte sich nun, da er Zeit und Muße hatte, sein wahres Talent. Anfangs waren seine Kunstwerke noch klein, je mehr Erfahrung er jedoch sammelte, desto größer wurden die Rohlinge, die er sich aus dem Wald holte. Mit seiner Fertigkeit wuchs seine Kreativität, und bald zeigten die Heilsuchenden, die zu Ragna kamen, Interesse für seine Werke. So geschah es, dass er immer öfter eine seiner Arbeiten verkaufte und somit zum ersten Mal in seinem Leben eigenes Geld besaß.

Alle paar Wochen fuhr er mit dem Bus zu seinem Vater. Die Besuche waren kurz und verliefen ohne viele Worte. Der Bauer gab sich meist unwirsch und versuchte, seine Freude über Fedors Erscheinen zu verbergen. Sein jüngster Sohn jedoch hatte schon früh gelernt, im Gesicht seines Vaters zu lesen, und so entging ihm das lebhafte Funkeln in dessen Augen nicht, wenn sie voreinander standen. So hielt er weiter daran fest. Das Unbehagen, das ihn beim Betreten des elterlichen Hofs unweigerlich überfiel, schrumpfte mit jedem Besuch. Als es endlich ganz verschwunden war, war er fünfzehn Jahre alt. Noch immer fragte ihn sein Vater bei der Begrüßung, ob er wieder nach Hause kam. Fedor hatte sich angewöhnt, nicht darauf zu antworten.

Seinen Bruder sah er in regelmäßigen Abständen. Der junge Schreinermeister würde bald die Tochter seines Chefs heiraten, und es war beschlossene Sache, dass er eines Tages den Betrieb seines Schwiegervaters übernehmen würde. Von Sven erfuhr Fedor auch, dass Lutz und Götz ins Ruhrgebiet gezogen waren, um dort im Bergbau zu arbeiten. Als er viele Jahre später seinem Bruder gegenüber erwähnte, dass es schön wäre, Kontakt zu den Zwillingen zu haben, entgegnete dieser, dass er es hin und wieder versucht habe. Sie hatten jedoch nie Interesse gezeigt. Auch dann nicht, als sie geheiratet und Familien gegründet hatten.

Wäre es nach Fedor gegangen, so hätte sein Leben bleiben können, wie es war. Die Gesellschaft von Ragna war ihm lieb und teuer geworden, und er konnte sich nicht vorstellen, dass er jemals ohne sie sein sollte. Ihm war bewusst, dass sie bereits alt war, aber er hegte die kindliche Hoffnung, dass sie in einem Maße heilkundig war, dass das Alter ihr nichts anhaben konnte.

Außer den Menschen, die Ragna aus gesundheitlichen Gründen aufsuchten, hatte sie kaum gesellschaftlichen Umgang. Fedor hätte sie gerne nach ihrer Familie gefragt. Ob sie mal verheiratet war, Kinder oder sogar Enkel hatte. Eine gewisse Scheu hinderte ihn daran, sie nach solchen persönlichen Dingen zu fragen. Irgendwann, so dachte er bei sich, würde sie von sich aus erzählen. Bis dahin würde er warten.

Es gab nur einen Menschen, der hin und wieder bei Ragna erschien. Es war ein Mann, der anders war als alle Menschen, die Fedor kannte. Ragna schien zu spüren, wenn er auf dem Weg zu ihr war. Plötzlich konnte sie kaum stillsitzen, lief geschäftig hin und her und nahm alle möglichen Dinge in die Hand, nur um sie gleich wieder dorthin zu legen, wo sie gewesen waren.

Nachdem Fedor den Mann kennengelernt hatte, verstand er die Aufregung seiner Ziehmutter nur zu gut. Denn ihm selbst ging es von da an nicht anders. Bedauerlicherweise kam Borg nicht oft zu Besuch, manchmal nur alle paar Monate, aber sobald er die Hütte betrat, wünschte sich Fedor, er würde nie wieder gehen.

Wenige Stunden, bevor er ihn zum ersten Mal sah, hatte er eine Vision. Es war ähnlich wie damals, als er plötzlich das Bild von Ragna vor Augen hatte. Auch jetzt wusste er augenblicklich, dass dieser Besucher wichtig war. Nicht wichtig für Ragna, aber wichtig für ihn selbst. Was völlig absurd war, denn kaum jemand wusste, dass er hier lebte. Und doch bebte er von Kopf bis Fuß, als die Vision vorüber war. Atemlos vor Erregung hatte er Ragna erzählt, dass sie Besuch bekommen würden. Es drängte ihn mit aller Macht, zu erwähnen, dass der Mann, der zu ihnen unterwegs war, ihn an eine Gestalt aus den Märchen erinnerte, die Ragna ihm so gerne erzählte. Er hatte sofort an den eiskalten Nordwind denken müssen, der zugleich auch der Fürst der Winde war und sich außerdem in einen Menschen verwandeln konnte. Aber Ragna hatte ihn gelehrt, dass das Aussehen nicht von Bedeutung war, und so schwieg er schweren Herzens. Sie aber hatte ihn geheimnisvoll angelächelt, ihre Augen tiefschwarz und schimmernd vor Freude.

Nie würde Fedor den Moment vergessen, als er Borg zum ersten Mal gegenüberstand. Bevor es klopfte, zog ein eisiger Windzug durch den Spalt unter der Tür, und Gänsehaut bildete sich auf seinen Armen. Als er mit klopfendem Herzen öffnete und den Mann hereinließ, hatte er die eisige Kälte vergessen. Plötzlich war ihm heiß. Er war davon überzeugt, dass die Wärme von dem Besucher ausging, der nun vor ihm stand und ihn mit freundlichem Interesse betrachtete. Beschämt senkte Fedor den Kopf. Niemals hatte er sich inniger gewünscht, weniger hässlich zu sein. Der Mann aber legte seine Finger unter Fedors Kinn und hob sein Gesicht.

„Hallo Fedor", sagte er mit warmer Stimme und einem Lächeln, das so voller Zuneigung war, dass Fedor dachte, sein Herz müsste vor Glück überlaufen. „Ich bin Borg. Du kannst dir nicht vorstellen, wie sehr ich mich darüber freue, dich kennenzulernen."

Nein, das konnte Fedor sich tatsächlich nicht vorstellen, aber er spürte, dass es die Wahrheit war.

Er war von Borg fasziniert, und das änderte sich auch dann nicht, als er ihn schon viele Male gesehen hatte. Es war nicht nur sein Aussehen, das ihn von allen unterschied. Es war vor allem sein Wesen, das den Jungen tief beeindruckte. Borg war gütig, sanft und heiter. Außerdem strahlte er eine Selbstverständlichkeit und Klarheit aus, die ihn älter wirken ließen, als er aussah. Viele Stunden verbrachten Ragna und er im Gespräch. Anfangs vermutete Fedor, dass Borg ihr Sohn war. Schnell wurde ihm klar, dass er sich irrte. Zwischen den beiden vibrierte eine unerklärliche Energie, und Fedor hatte das unbestimmte Gefühl, dass sie ohne Worte miteinander kommunizieren konnten. Worüber genau sie sprachen, wusste er nicht. Da er höflich und nicht neugierig erscheinen wollte, ließ er sie meistens eine Weile alleine und setzte sich zum Schnitzen auf die Bank vor der Hütte. Manchmal aber, wenn es draußen kalt und ungemütlich war, blieb er in der Stube und kam nicht umhin, Fetzen des Gespräches mitzuhören.

Manchmal, bevor Borg ging, warf er Fedor einen langen Blick zu. Mitunter hatte Fedor den Eindruck, als wäre diese eigenartige Energie auch zwischen ihnen vorhanden. Denn plötzlich schwirrten Worte durch seinen Kopf, die er nie gedacht hatte, und die sich zweifellos gut anfühlten. Zum Abschied sagte Borg immer dasselbe:

„Bis bald, mein Freund."

Fedor vermisste ihn, sobald die Tür hinter ihm ins Schloss gefallen war. Eilig lief er ans Fenster, in der Hoffnung, Borg würde sich noch einmal umdrehen und ihm zuwinken. Meistens aber war er schon weg und hinterließ eine Leere, die Fedor nicht begriff.

„Ragna, wann besucht er uns wieder?", wollte er dann wissen, und Ragna lächelte ihn weise an.

„Er kommt wieder, Fedor, wenn er uns braucht."

„Er braucht uns? Mich auch?" Dass jemand wie Borg, der solch eine Erhabenheit ausstrahlte, ihn brauchen könnte, schien undenkbar.

„Oh ja, er braucht uns", sagte Ragna und strich ihm liebevoll über den Kopf. „Noch braucht er mich. Aber die Zeit wird kommen, da wird er ohne dich nicht sein können."

An diesen Abenden legte sich Fedor ins Bett, beseelt vor Glück.

Es war ein lauer Frühsommerabend, einige Wochen, bevor er sechzehn Jahre alt wurde. Die Sonne näherte sich dem Horizont, und der Wald war erfüllt von den Stimmen unzähliger Vögel, die dem Tag einen letzten Gruß sangen. Ragna und Fedor, die Kräuter gesammelt hatten, saßen schweigend vor der Hütte und sortierten die Heilpflanzen. Waldemar, der nicht mehr der Jüngste war, schlief zu ihren Füßen, erschöpft von dem späten Spaziergang, und schnarchte leise. Fedor dachte an Borg, der am vorigen Tag nach langer Zeit wieder bei ihnen erschienen war. Interessiert hatte er sich nach Fedors Ausbildung erkundigt, die er vor beinahe einem Jahr begonnen hatte, und Fedor hatte ihm davon erzählt. Stolz hatte er dem Mann, dem er inzwischen innig verbunden war, einige der Werkstücke präsentiert, die er angefertigt hatte. Borg hatte nicht mit Lob gespart. Wie jedes Mal nach dessen Besuch waren sowohl Ragna als auch Fedor ungewöhnlich ruhig. Fedor war sicher, dass auch Ragnas Gedanken noch bei dem Freund verweilten und bei der Leere, die sein Abschied hinterlassen hatte.

„Ich bin davon überzeugt, dass du ein Geheimnis wahren kannst." Ragna hielt eine Beinwellwurzel in der Hand und säuberte sie sorgsam von Erde, um sie später zum Trocknen aufzuhängen. Die Worte hatte sie wie beiläufig gesprochen.

Fedor aber wusste sofort, was das hieß und er nickte zum Zeichen, dass er verstanden hatte. In Ruhe und ohne innezuhalten, las er die Blätter des Spitzwegerichs aus dem Korb und legte sie auf ein Tablett. Doch der Schein trog. Innerlich bebte er vor Aufregung.

„Du erinnerst dich an die Windbrüder, den Windfürsten und die Windgeborenen? An das, was ich dir über sie erzählt habe?"

„Ich erinnere mich an jedes Wort!" Wie hätte er die Geschichten vergessen sollen? Sie begleiteten ihn noch heute Tag für Tag, und immer wenn der Wind seine Wangen streifte oder durch die hohen Kiefern fuhr und Zapfen auf ihn regnen ließ, so stellte er sich vor, dass es einer der Windbrüder war. Manchmal sprach er sogar mit ihnen, obwohl er genau wusste, dass es sie nur in Ragnas Märchen gab.

Das, was sie nun erzählte, war so unglaublich, dass Fedor bald reglos auf der Bank saß, den Mund geöffnet, die Hände im Schoß. Dass er dabei die Kräuter in seiner Faust zu Brei zerquetschte, merkte er nicht. Er erfuhr, dass es keine Märchen gewesen waren, und dass die Welt der Windbrüder tatsächlich existierte. Dass es die windgeborenen Menschen wirklich gab und sie die Aufgabe hatten, dem Windfürsten Gefährte zu sein. Und der Windfürst, das war Borg! Ragna selbst war seit vielen Jahren die Gefährtin des Fürsten, und Borg, der sowohl der Windfürst als auch der Nordwind war, suchte sie immer dann auf, wenn er Rat brauchte. Fedor vergaß zu atmen, als sie ihm eröffnete, dass er selbst ein windgeborenes Kind und dazu auserwählt war, eines Tages der Gefährte des Fürsten zu sein.

Fedor glaubte ohne zu zögern jedes Wort. Seit er denken konnte, hatte er diese vage Ahnung gehabt, dass er dort, wo er hineingeboren war, nicht hingehörte. Es war, als hätte er sein Leben lang darauf gewartet, dass ihm jemand erzählte, wer er wirklich war. Dennoch wurde ihm zuweilen schwindelig, denn das, was er eben erfahren hatte, war so groß und so gewaltig, dass es seine Vorstellungskraft überstieg. Während sein Verstand fieberhaft daran arbeitete, die Bedeutung all dessen zu begreifen, fiel ihm der Traum seiner Mutter ein. Er sprang auf. Die zerdrückten Halme des Spitzwegerichs flogen dabei nach allen Seiten. Plötzlich war er davon überzeugt, dass seine Mutter gar nicht geträumt hatte! Dieser geheimnisvolle Fremde musste ein Windbruder gewesen sein! Sein Vater nämlich! Anders konnte es nicht sein! Hätte seine Mutter nicht gespürt, dass es von außerordentlicher Wichtigkeit war, so hätte sie ihm nicht auf ihrem Sterbebett davon erzählt.

„Ich weiß, wie er ausgesehen hat!", rief er atemlos, zerwühlte mit den Händen sein Haar und lief vor Ragna auf und ab. „Meine Mutter hat mir von ihm erzählt! Er hatte rotes Haar, so wie ich! Deswegen habe ich sie an ihn erinnert! Sie dachte, die Begegnung mit ihm wäre ein Traum gewesen. Aber so war es nicht. Er war echt! Und sie hat ihn gemocht!"

Vor Aufregung sprach er immer weiter, sann über alles Mögliche und Unmögliche nach und war nicht in der Lage, stillzustehen, geschweige denn die glückliche Begeisterung aus seinem Gesicht zu verbannen. Ragna ließ ihn lächelnd gewähren.

Erschöpft vom Sprechen und von der Aufregung las er schließlich die welken Kräuter vom Boden auf und setzte sich neben sie.

„Weiß Borg, wer ich bin?"

„Nur der gegenwärtige Gefährte weiß mit zweifelloser Sicherheit, wer sein Nachfolger ist. Das bin zurzeit ich. Borg geht ganz sicher davon aus, dass du der Nächste sein wirst. Es war schon immer so, dass der gegenwärtige Gefährte den zukünftigen zu sich nimmt, um ihn auf seine Aufgabe vorzubereiten. Natürlich wird Borg die Anziehung spüren, die von dir ausgeht. Denn die Verbindung zwischen dem Fürsten und seinem Gefährten ist eine ganz besondere. Deshalb vermisst du ihn, sobald er gegangen ist."

Fedor nickte. „Es ist jedes Mal so, als würde mit ihm ein Teil von mir gehen."

„Ich weiß, mein Junge. Ich fühle dasselbe wie du. Aber auch Borg selbst geht nicht ohne Bedauern."

„Er vermisst seinen Gefährten?"

„Das tut er."

„Weshalb kommt er dich dann nicht öfter besuchen? Es wäre doch viel schöner, mehr Zeit miteinander zu verbringen als die paar Stunden."

„Er ist der Windfürst, Fedor. Das darfst du niemals vergessen. Er hat eine mächtige und verantwortungsvolle Aufgabe und kommt nur dann, wenn er uns braucht."

In den nächsten Tagen fielen Fedor zahllose Dinge ein, die er darüber wissen wollte, und sobald er am späten Nachmittag aus der Schreinerei nach Hause kam, löcherte er Ragna mit seinen Fragen. Plötzlich hatte sein Leben einen völlig neuen Sinn, und die Freude darüber, dass er eines Tages der engste Verbündete von Borg sein würde, den er verehrte wie sonst niemanden, begleitete ihn zu jeder Stunde.

Sein Glück hätte vollkommen sein können. Aber rasch hatte er verstanden, dass er erst dann Borgs Gefährte sein würde, wenn Ragna nicht mehr war. Diese Vorstellung betrübte ihn unendlich, denn nie war er einem Menschen näher gewesen als der alten Frau, die ihm all die Liebe schenkte, nach der er sich Zeit seines Lebens gesehnt hatte.

Die Jahre vergingen. Nach seiner Ausbildung wagte sich Fedor an Ragnas alte Hütte, die mittlerweile so schief und wackelig war, dass er Bedenken hatte, der nächste Sturm könnte sie zusammenstürzen lassen. Vermutlich war es nur dem guten Willen des hiesigen Windbruders zu verdanken, dass sie noch ein Dach über dem Kopf hatten. Das konnte sich innerhalb von Sekunden ändern, denn Fedor wusste inzwischen viel von der Welt der Windbrüder. Unter anderem, dass sie unberechenbar waren und nicht besonders zuverlässig unterscheiden konnten, was gut und was schlecht für die Menschen war. Nur töten durften sie nicht aus Willkür. Das verbat ihnen das Gesetz. Und das Gesetz war Borg.

Wie auch immer, es wurde höchste Zeit, dass ihr Zuhause renoviert wurde. So baute er die Hütte nach und nach zu einem stabilen Blockhaus um. Außer einem Dachboden, den er selbst zum Schlafen nutzen wollte, erweiterte er das Gebäude um ein kleines Badezimmer und einen Anbau, in dem er seine eigene kleine Schreinerei betreiben konnte, falls er dies in ferner Zukunft zu tun gedachte.

Er lebte nun seit mehr als zehn Jahren bei Ragna und fühlte sich bei ihr zuhause, als hätte er nie ein anderes gehabt.

„Geh aus, geh unter Leute, Fedor", forderte sie ihn zuweilen auf, wenn er abends bei ihr in der warmen Stube saß und bei Kerzenlicht ein Buch las. „Lerne eine nette junge Frau kennen. Vielleicht gründest du ja eines Tages eine Familie. Wer weiß? Die Welt steht dir offen. Was du wissen musst, habe ich dich gelehrt. Es gibt keinen Grund für dich, hierzubleiben."

Aber Fedor hatte kein Interesse. Seine Wurzeln hatten sich tief in die Erde dieses Ortes gegraben. Alle Energie, die er zum Leben brauchte, schöpfte er daraus. Ragna war seine Familie, und dass er jemals heiraten und mit einem anderen Menschen an einem anderen Ort zusammenleben könnte, lag jenseits seiner Vorstellungskraft. Er hatte bereits einige Bekanntschaften hinter sich. Sein Bruder, der vor zwei Jahren die Schreinerei seines Schwiegervaters übernommen hatte und inzwischen Vater von Zwillingsmädchen war, überredete ihn hin und wieder, ihn und seine Familie auf eines der Dorffeste zu begleiten.

Die begehrlichen Blicke, die ihm dort folgten, entgingen ihm nicht. Auch wenn Fedor gewiss nicht der schönste junge Mann in der Gegend war, so war er doch der interessanteste. Die schwarze Augenklappe, die er nach wie vor in der Öffentlichkeit trug, und das lange rotblonde Haar, das er mit einem Lederband aus dem Gesicht hielt, unterschieden ihn von allen jungen Männern, die hier lebten.

Bisher jedoch hatte er keine Frau kennengelernt, mit der er sein Leben hätte teilen wollen. Er strebte es auch nicht an, denn das Leben, das er führte, gefiel ihm, und er hatte nicht das Gefühl, als würde ihm etwas fehlen. Viel zu sehr beschäftigten ihn die seltenen Besuche von Borg, die Gespräche mit dem Fürsten und ihre gemeinsame Sorge um Ragna. Die alte Frau hatte mehr als neunzig Jahre hinter sich. Nie hatte er sich in den vergangenen Jahren Gedanken um sie machen müssen. Seit einigen Monaten aber schwanden ihre Kräfte zusehends, und vor die Tür ging sie nur noch an seinem Arm.

„Das ist der Lauf der Dinge", sagte sie jedes Mal, wenn sie seinen besorgten Blick bemerkte. „Du bist noch so jung, Fedor. Das ganze Leben liegt vor dir, daher mach dir keine Gedanken über jemanden, der sein ganzes Leben schon hinter sich hat. Leben und Tod gehören zusammen wie Himmel und Erde, und nur gemeinsam bilden sie die Grundlage für alles Sein. Freu dich auf das, was das Leben dir noch schenken wird. Sowohl die guten als auch die weniger guten Dinge sind wichtig. Aber was rede ich. Du weißt das alles."

Ja, das alles war ihm bewusst. Dennoch mochte er nicht daran denken, dass er sich eines Tages von ihr würde verabschieden müssen.

Als sie einige Wochen später das Bett nicht mehr verlassen konnte, bat er Sven um ein Gespräch. Bald darauf hatte er sich im Anbau eine eigene, kleine Schreinerei eingerichtet. Für die elektrischen Geräte, die unverzichtbar waren, hatte er sich einen Generator angeschafft. Bei Bedarf, so hatte sein Bruder versichert, konnte er jederzeit die großen Maschinen der Schreinerei benutzen. Fedor würde auch weiterhin für ihn arbeiten, war nun aber selbstständig und konnte sich auf das konzentrieren, was er am liebsten machte, nämlich handgemachte Möbel mit kunstvollen Schnitzereien.

Seine Werkbank stellte er in die Wohnstube. Hier fertigte er die zeitaufwändigen Schnitzereien an und leistete gleichzeitig Ragna Gesellschaft. Das Sprechen strengte sie an, daher saß sie meist gegen ihre Kissen gelehnt im Bett und sah ihm beim Arbeiten zu. Sie mochte das Geräusch, wenn er mit seinem Messer – noch immer jenes, das sein Vater ihm geschenkt hatte – Schnitze vom Holz schälte. Oft schloss sie dabei die Augen und schlief ein. Einmal am Tag aber wurde sie lebendig. Jeden Abend, wenn sie gegessen hatten, kämmte Fedor ihr behutsam das lange, weiße Haar und flocht es anschließend zu einem Zopf. Während er den Kamm durch die dünnen Strähnen zog, erzählte sie von ihrer Kindheit. Erst jetzt erfuhr Fedor, dass sie einer ungarischen Romafamilie entstammte und mit ihrer Familie auf Pferdewagen durch das Land gezogen war. Ragna erzählte von ihren Geschwistern und von ihrer Mutter, die den Mädchen jeden Morgen das hüftlange, tiefschwarze Haar gekämmt hatte. Als sie von ihrer großen Liebe sprach, lächelte sie so zärtlich, dass Fedors Herz leicht wie eine Feder wurde. Ein andermal, als Ragna vom viel zu frühen Ende dieser Liebe erzählte, hätte er vor Schmerz schreien mögen.

Es war ihm unbegreiflich, dass sie trotz allem, was sie erlebt hatte, ein so heiteres Gemüt besaß und ihm eine Freundin gewesen war, wie sie gütiger nicht hätte sein können. Wieder schmerzte sein Herz. Denn er wusste, dass die Zeit nahte, da sie gehen würde. Ebenso wusste er, dass auch Borg dieser Abschied bevorstand, und Ragnas Erzählungen hatten ihm deutlich gemacht, dass es für den Windfürsten jedes Mal eine Qual war, einen Gefährten und Vertrauten an den Tod zu verlieren.

Als es schließlich soweit war, saßen sie beide an Ragnas Bett. Seit Stunden hielt jeder von ihnen eine ihrer Hände. Sie hatte die Augen geschlossen, und nur wenn man genau hinsah, erkannte man das kaum merkliche Heben und Senken ihres Brustkorbs. Aber sie schlief nicht. Wenn Borg und Fedor verhalten miteinander sprachen, so zauberte der Klang ihrer Stimmen ein leises Lächeln auf ihre Lippen. Es war Mitternacht, als der Ruf eines Käuzchens durch den Wald hallte. Ragna öffnete die Augen und blickte von Borg zu Fedor.

„Das Leben hat mich dreimal reich beschenkt", sagte sie mit klarer Stimme. „Borg." Sie drückte die Hand des Windfürsten. „Es war mir eine Ehre."

Borg senkte den Kopf und drückte seine Lippen auf die welke Haut ihrer Hand. „Auch für mich war es eine Ehre, Ragna. Ich werde dich vermissen." Seine sonst so sichere Stimme klang zerbrechlich.

„Und du, Fedor", sie zog Fedors Hand an ihre Wange. „Du hast mein Leben bereichert wie ein eigenes Kind. Ich danke dir für deine Liebe und für dein Vertrauen."

Fedor beugte sich zu ihr hinunter und küsste sie auf die Wange. Tränen tropften von seiner Nase, als er erstickt flüsterte: „Was soll ich ohne dich? Kannst du nicht noch bleiben?"

„Die Dinge sortieren sich von selbst neu, Fedor. Ihr habt jetzt einander, du und Borg", antwortete sie tröstend. „Du bist also nicht allein. Ich bin es auch nicht, denn *er* ist schon da und wartet. Liebster", sagte sie, ihren Blick auf jemanden gerichtet, der hinter Fedor zu stehen schien. „Ich bin bereit."

Sie ging mit einem glücklichen Lächeln auf den Lippen und mit Augen, die so blau schimmerten, als würde sich der Himmel darin spiegeln. Fedor war davon überzeugt, dass Ragna direkt dorthin gegangen war.

Kapitel 13

„Irgendwo in dieser Gegend muss es doch gewesen sein!",
rief Henni und blickte suchend nach allen Seiten. „Von oben
sah es ganz anders aus."

Seit über zwei Stunden waren sie unterwegs und fuhren
nun auf Straßen, die kaum breit genug für zwei Autos waren
und sich in unübersichtlichen Schleifen durch den hügeligen
Harz wanden. Der Asphalt war noch feucht von der Nacht,
und Marla musste die engen Kurven behutsam nehmen, um
mit Mamas Wagen nicht ins Schlingern zu geraten. Zudem
war es gut möglich, dass es hier oben Nachtfrost gegeben
hatte. Die Scheiben des alten Autos beschlugen ständig, und
das Gebläse, das sie auf die höchste Position gedreht hatte,
war zwar ohrenbetäubend laut, bewirkte jedoch so gut wie
nichts. Immer wieder wischte sie mit ihrem Ärmel die Scheibe frei, damit sie etwas sehen konnte. Auch sie selbst spähte
nach jeder Biegung in den Wald, um den Parkplatz mit Riekes Wagen zu entdecken. Henni hatte recht. Von hier unten
unterschied sich das Bild sehr, und etwas wiederzuerkennen,
wie sie es gestern gesehen hatten, war nahezu unmöglich.

Aber dann fanden sie es doch! Gleichzeitig deuteten sie
nach vorne, wo eine winzige Abfahrt auf einen Parkplatz
führte. Leuchtend rot stand dort das Auto, das etwas verloren
wirkte und darauf zu warten schien, dass sich jemand dazu-
gesellte. Marla fuhr den Pritschenwagen auf den Waldparkplatz und stellte ihn direkt daneben.

„Na, Gott sei Dank!", meinte sie erleichtert. Sie griff nach
hinten und zog ihren Rucksack zu sich. Während sie darin
kramte, war ihre Schwester bereits aus dem Auto gesprungen.

„Kein Wunder, dass niemand sie erreichen kann!" Henni
drückte die Nase gegen die Scheibe von Riekes Auto. „Sie

hat ihr Handy liegengelassen. Mitten auf dem Beifahrersitz. Rieke sollte wissen, dass man so etwas nicht macht. Marla?" Suchend wandte sie sich um und verdrehte die Augen, als sie sah, dass Marla in eine Birne biss.

„Wieso musst du eigentlich immer essen? Bist du irgendwann auch mal satt?"

Ihre Schwester grinste. „Der Grund ist ganz einfach: Ich will so groß werden wie du."

„Ach, so ein Quatsch! Du bist längst ausgewachsen, das weißt du ganz genau."

„Trotzdem ist es blöd, wenn die kleine Schwester einen um einen halben Kopf überragt." Sie biss erneut in das Obst, setzte den Rucksack auf und schloss den Wagen ab. „Wenn ich Hunger habe, kann ich nicht nachdenken. Lass uns gehen."

„In welche Richtung?"

Sie sahen sich um. Der Parkplatz war umgeben von hohen Buchen, die das meiste ihres Laubs bereits an den Herbst verloren hatten. Schließlich deutete Marla auf einen Weg, der in einen Fichtenwald führte.

„Wie ich Rieke kenne, ist sie dort lang gegangen."

„Zu blöd auch, dass wir Rusty zuhause lassen mussten. Er würde ihre Spur ganz bestimmt wittern, und dann wäre es ein Kinderspiel, sie zu finden."

„Zumindest wäre die Wahrscheinlichkeit, sie zu finden, definitiv größer."

Es war wirklich ein unglücklicher Umstand, dass Rusty gestern Abend beim letzten Spaziergang in eine Scherbe getreten war. Mama hatte ihn verarztet und ihm einen Verband angelegt.

„Was meinst du: Sollen wir sie rufen?" Henni zog ihre Jacke enger um sich. Der Nadelwald war nicht nur dunkler, er war auch wesentlich kälter als der lichte Wald rund um den Parkplatz. Von den Bäumen tropfte Feuchtigkeit, und die Schleier aus Nebel, die aus dem Boden zu wachsen schienen, sahen nicht gerade verlockend aus.

„Wir könnten es versuchen", stimmte Marla zu. „Besonders weit sehen können wir ja nicht."

„Rieke! Hallo, Rieke!" Der Dunst fing Hennis Worte ein, bevor sie ausgesprochen waren und spuckte sie auf den Waldboden zu ihren Füßen. Ungeduldig schnalzte sie mit der Zunge. „Was hat sie sich nur dabei gedacht, das Auto zu verlassen und in einen Wald zu gehen, der riesig ist und den sie nicht kennt? Sie wird sich total verlaufen haben und irgendwo umherirren."

„Das glaube ich nicht", sagte Marla kopfschüttelnd. „Rieke verläuft sich nicht im Wald."

„Woher weißt du das so genau?"

„Sie war schon als Kind oft stundenlang allein im Wald. Manchmal hat sie mich mitgenommen, um mir zu zeigen, dass es dort nichts zum Fürchten gibt. Ich hatte immer Angst vor dem Wald, weil er so groß und unübersichtlich ist, an manchen Stellen auch schrecklich gruselig. Das alles hat Rieke nie gekümmert. Sie konnte in ihm lesen wie in einem Buch und bewegte sich wie ein Reh."

„Meinst du, ihr ist etwas zugestoßen?"

Marla antwortete nicht. Dass Rieke sich verlaufen hatte, war undenkbar. Es musste einen anderen Grund dafür geben, dass sie sich nicht meldete. Entweder wollte sie nicht, oder sie konnte nicht. Wenn sie nicht wollte, so musste der Grund dafür sehr schwer wiegen. Denn Rieke aus der Fassung zu bringen, war nahezu unmöglich. Aber was auch immer sie dazu bewegt haben mochte fortzulaufen, so war Marla doch davon überzeugt, dass Rieke sich bald gemeldet hätte. Sie wusste, dass ihre Familie sich um sie sorgen würde. Der Grund für ihr Verschwinden konnte demnach nur damit zusammenhängen, dass etwas geschehen war. Aber was? Hatte sie auf dem Parkplatz jemanden getroffen? Die Gegend hier war einsam und auch ein wenig düster. Eine junge Frau so ganz alleine …

Marlas Magen krampfte sich zusammen und sie bereute, die Birne gegessen zu haben. Ihr fielen plötzlich grauenvolle Dinge ein, die im Wald passieren konnten. Rieke war nicht nur wunderschön, sie war auch klein und zierlich und würde kaum die Kraft haben, sich gegen irgendwen zu wehren. Auf einmal hatte sie Angst um ihre Schwester. Ohne es zu merken, lief sie schneller.

„Was ist?" Henni hastete hinterher und fasste sie am Arm. „Hast du eine Idee, wo sie sein könnte?"

„Nein, aber ich will sie finden. Je schneller desto besser."

Es dauerte nicht lange, und der Morgennebel hatte sich aufgelöst. Endlich konnten sie den Wald nach allen Seiten einsehen. Sie folgten schmalen Pfaden, sprangen über Bäche, die gesäumt waren von moosbewachsenen Steinen, und sie stiegen steile Hänge hinauf. Immer wieder riefen sie nach ihrer Schwester. Eine Antwort erhielten sie nie.

„Wollen wir nicht nach Gawain rufen, so wie du es gestern getan hast?", fragte Henni seufzend, als sie stehengeblieben waren, um etwas zu trinken. Sie blies sich eine Strähne aus dem verschwitzten Gesicht. „Er könnte uns vielleicht helfen und von oben nach ihr suchen."

Marla schüttelte den Kopf. „Er hat seine eigenen Aufgaben, davon dürfen wir ihn nicht einen weiteren Tag abhalten. Außerdem: Wie sollte er uns helfen? Er weiß ja nicht einmal, wie Rieke aussieht."

Sie liefen weiter. Als sie um die nächste Biegung gingen, lag vor ihnen völlig überraschend ein Bild der Verwüstung. Ein Sturm, der erbarmungslos gewütet hatte, hatte eine Straße der Zerstörung in den Wald geschlagen und den größten Teil der Bäume gefällt. Marla blieb stehen und starrte entsetzt auf den Anblick, der vor ihnen lag. Jäh überrollte sie die Erinnerung. Der Sturm. Kelian. Die Trümmer seines Bootes. Ihr Körper bebte. Sie zwang sich, tief durchzuatmen und schüttelte die Erinnerung an den schrecklichsten Moment ihres Lebens ab. Eine andere Szene folgte auf dem Fuß. Eine, die sie nur aus Arvids Erzählungen kannte. Vor ihren Augen erschien das zerstörte Forsthaus. Elaine, die bei seinem Anblick sofort gewusst hatte, dass ihr Liebster diesen Sturm nicht überlebt haben konnte.

Ein leises Wimmern entfuhr ihr. Henni zupfte besorgt an ihrem Ärmel.

„Marla. Alles ok mit dir?"

„Ja, alles in Ordnung", flüsterte sie, noch immer unter dem Einfluss der Empfindungen, die der Anblick des sturmgepeinigten Waldes in ihr ausgelöst hatte.

„Hat das einer der Windbrüder angerichtet?" Henni machte mit dem Arm eine weit ausholende Bewegung.

„Wie bitte? Ob – ja. Ja, natürlich. Wer sonst?"

„Wow! Brutal."

Marla hatte sich wieder gefangen. „Ja. Brutal. Das sind sie zuweilen, die Windbrüder. Jetzt weißt du, warum ich lieber vorsichtig mit ihnen bin. So etwas kann immer passieren. Sie fragen nicht unbedingt nach den Folgen." Sie setzten ihren Weg fort.

„Meinst du, auch Gawain könnte gefährlich werden? Er ist immer so nett und lustig, ich kann mir nicht vorstellen, dass er so etwas tun würde."

„Henni, für keinen Windbruder würde ich meine Hand ins Feuer legen. Sie sind unberechenbar, das habe ich selbst erfahren. Vielleicht hat sogar Gawain selbst hier gewütet. Ich weiß nicht, wie groß sein Wirkungsbereich ist. Außerdem gehören Stürme und Orkane zu unserem Klima, daher hätte er nur seinen Job getan. Erst wenn es mutwillig geschieht und zu eigenen Zwecken dient, tun sie Unrecht."

Henni kaute nachdenklich auf ihrer Lippe. „Ich habe ihm versprochen, ihn zur Probe mitzunehmen", bekannte sie schließlich widerstrebend. „Vielleicht war die Idee blöd. Aber er ist wirklich an Musik interessiert, weißt du? Er hat sogar ein wenig auf dem Klavier geklimpert. Ziemlich verrückt war das, aber auch sehr lustig." Sie grinste, als sie daran dachte. „Ich wollte ihm eine Freude machen, weil er doch die Maus gefangen hatte. Er war sofort begeistert, als ich den Vorschlag machte."

Marla warf ihr einen schnellen Seitenblick zu. „Du willst ihn mitnehmen, weil er sich für Musik interessiert? Oder ist der Grund ein anderer?"

Henni tat, als hätte sie nichts gehört. Konzentriert spähte sie in das Dickicht, das hinter dem zerstörten Wald lag.

„Dass du Darius nicht eifersüchtig machen möchtest, davon gehe ich aus. Denn das brauchst du nicht, da du selbst ja Schluss gemacht hast."

Noch immer reagierte Henni nicht.

„Was willst du ihm damit zeigen, wenn du Gawain mitbringst? Dass du einen neuen Freund hast? Dass du mit ihm abgeschlossen hast?"

„Vielleicht." Die Jüngere sah stur in eine andere Richtung.

„Henni, hör mir bitte zu." Marlas Tonfall war ernst, und Henni wandte den Kopf. „Mit Windbrüdern spielt man nicht. Und man nutzt sie schon gar nicht aus. Du weißt, wozu es führen kann. Auch Arvid erschien mir anfangs sanft und zurückhaltend." Unwillkürlich huschte ihr Blick zu den letzten umgeknickten Bäumen. Noch einige Meter, und sie würden den trostlosen Anblick hinter sich lassen, erkannte sie erleichtert. Anstatt zu antworten, stieß Henni einen spitzen Schrei aus.

„Schau mal!" Sie zeigte nach vorne, wo man eine Weggabelung sehen konnte, und begann zu laufen. Kurz darauf stand sie vor einem Schild. „Nach rechts geht's zu einem Tierpark!", verkündete sie, als Marla hinzukam. „Tierpark! Da könnte sie doch sein, meinst du nicht auch?"

„Auf jeden Fall gehen wir hin und fragen, ob sie etwas von Rieke wissen. Irgendwo muss sie ja schließlich stecken!"

Eine halbe Stunde später standen sie vor einem kleinen Holzhaus mit spitzem Giebel. Der Eingang zum Tierpark. Noch war es ruhig, kaum jemand war zu sehen. Suchend sah Marla sich um. Dann trat sie entschlossen ans Fenster des Kassenhäuschens. Henni folgte ihr auf dem Fuß.

„Zweimal Eintritt?" Die Frau hinter der Scheibe wollte schon nach den Karten greifen, als Marla verneinte.

„Danke. Wir sind auf der Suche nach unserer Schwester und würden gerne wissen, ob sie vielleicht in den letzten Tagen hier gewesen ist. Womöglich hat sie sich um eine Stelle beworben. Sie ist Tierpflegerin."

Henni starrte Marla überrascht an. Auf diesen Gedanken war sie noch gar nicht gekommen.

Die Frau hob die Schultern.

„Das weiß ich nicht, tut mir leid. Ich hatte Urlaub und bin erst seit gestern wieder hier. Wenn Sie möchten, rufe ich eine Kollegin."

„Das wäre sehr freundlich."

Während die Dame telefonierte, drehte Marla sich zu Henni.

„Vielleicht hat sie sich wirklich um einen Job beworben, wer weiß?", raunte sie ihrer Schwester zu. „Es ist sicher nicht schön für sie, dort zu arbeiten, wo sie jeden Tag an Waldemar erinnert wird. Vielleicht war es ja tatsächlich ihr Plan, und sie hatte ein Vorstellungsgespräch."

Henni sah sie zweifelnd an. Gleichzeitig regte sich Hoffnung in ihr.

„Meine Kollegin kommt, sobald sie bei den Wildkatzen fertig ist!" Die Frau war aus dem Kassenhäuschen getreten und zeigte auf eine Bank, die nicht weit von ihnen entfernt auf dem Gelände des Tierparks stand. „Sie können sich gerne dort hinsetzen und warten."

„Danke!", riefen Marla und Henni gleichzeitig, liefen zur angewiesenen Stelle und setzten sich.

„Uff! Tut das gut!", stöhnte Henni, lehnte sich zurück und streckte ihre Beine aus. „Schön ist es hier."

Sie verrenkte sich den Hals, um zu erkennen, welche Tiergehege sich in der Nähe befanden. Von irgendwoher erklangen Raubvogelschreie. „Es würde ihr ganz sicher gefallen." Abermals reckte sie den Hals, diesmal, um vielleicht tatsächlich Rieke zu entdecken. Allerdings war die Frau, die plötzlich erschien und auf sie zueilte, nicht ihre Schwester.

„Guten Morgen! Sie sind die beiden jungen Damen, die auf mich warten?"

Entschuldigend hielt sie ihnen ihre Handflächen entgegen. „Meine Hand reiche ich Ihnen lieber nicht, ich komme direkt aus dem Stall."

Sie wirkte sehr aufgeräumt, war groß, schlank und hatte dunkles Haar, das ihr in Locken um den Kopf lag. Ihre Arbeitshose war voller Strohreste, und aus einer ihrer Taschen lugte ein Schlüsselbund.

Nachdem Marla sich und Henni vorgestellt hatte, umschrieb sie grob ihr Anliegen.

„Wir haben gedacht, dass Rieke vielleicht bei Ihnen aufgetaucht ist", sagte sie abschließend. „Sie ist Tierpflegerin, wissen Sie, und es wäre möglich, dass sie sich hier bewerben wollte."

Die Frau schüttelte den Kopf. „Beworben hat sich niemand. Davon abgesehen haben wir keine freie Stelle. Als Besucherin vielleicht? Wie sieht sie denn aus, ihre Schwester?"

„Klein, fast schwarzes Haar, sehr zierlich und sehr hübsch. Mehr als hübsch. Sie ist sehr schön und hat türkisfarbene Augen", beschrieb Marla die Gesuchte und setzte lächelnd hinzu: „Wenn Sie sie gesehen hätten, wäre sie Ihnen aufgefallen. Ganz sicher."

„Dann muss ich Sie leider enttäuschen. Ich erinnere mich an niemanden, der dieser Beschreibung entspricht. Tut mir leid."

Marla bedankte sich für die Mühe, und sie verabschiedeten sich.

„Ich habe so gehofft, dass wir hier etwas von ihr erfahren", sagte Henni niedergeschlagen, als sie die Kassenfrau passierten und ihr dankend zuwinkten.

„Ja, irgendwie hatte ich auch so das Gefühl. Wir suchen eben weiter." Tröstend drückte Marla Hennis Arm, die den Tränen nah schien. „Wir finden sie, Henni. Ganz bestimmt."

Sie wünschte, sie wäre selbst so sicher, wie ihre Worte sich anhörten.

„Wartet!"

Überrascht blieben sie stehen. Mit großen Schritten kam ihnen die dunkelgelockte Frau hinterhergelaufen.

„Mir ist etwas eingefallen!", sagte sie ein wenig außer Atem und tastete nach dem Schlüsselbund in ihrer Hose, der beim Laufen geklappert hatte. „Vielleicht fragt ihr Fedor nach ihr, er kennt sich im Wald aus wie kein anderer. Ich habe ihm gestern ein paar Sachen mitgebracht, um die er mich gebeten hat. Ich denke, es ist gut möglich, dass er etwas weiß."

„Fedor?"

„Er lebt im Wald und betreibt dort eine kleine Schreinerei. Manchmal bringt er uns ein verletztes Tier. Es gibt noch immer Menschen, die Fallen stellen, wisst ihr?"

„Und er wohnt mitten im Wald?", wollte Marla wissen.

„Ja, in einem Blockhaus."

„Meinen Sie den alten Mann mit dem riesigen Hund?" Henni dachte an den Mann, den Gawain mit Zapfen beworfen hatte.

Die Frau sah sie verwirrt an. „Fedor ist weder alt noch hat er einen Hund."

„Wo finden wir ihn?", fragte Marla.

Die Tierpflegerin beschrieb ihnen den Weg. „Eine gute Stunde werdet ihr brauchen." Plötzlich erhellte sich ihr Gesicht. „Wenn ihr möchtet, fahre ich euch hin. Ich habe um vierzehn Uhr Feierabend. Bis dahin könnt ihr euch den Tierpark ansehen, er ist wirklich schön."

„Das ist sehr freundlich von Ihnen", entgegnete Marla und wusste, dass sie nicht noch zwei Stunden warten wollte. „Aber wir gehen jetzt los und suchen diesen Fedor."

„In Ordnung. Sagt ihm, Frauke schickt euch. Und richtet ihm Grüße von mir aus."

„Ein Mann, der alleine mitten im Wald lebt? *Fedor*. Was für ein Name", murmelte Henni und wusste nicht, ob sie wollte, dass er Rieke gesehen hatte. Sie befanden sich bereits auf dem Waldweg, den die Frau ihnen beschrieben hatte.

„Diese Frauke scheint viel von ihm zu halten. Ich hoffe, dass wir ihn finden. Magst du einen Müsliriegel?"

***

„Wie alt warst du, als Ragna gestorben ist?", fragte Joerdis, nachdem Fedor geendet hatte und aufgestanden war, um Calla hinauszulassen.

„Ich war vierundzwanzig Jahre alt."

„Du musst sie schrecklich vermisst haben."

„Ja. Es war unbezahlbar, dass ich Zeit hatte, mich von ihr zu verabschieden. Da ihr Tod weder für mich noch für sie unerwartet gekommen war, hatten wir die Tage, die uns geblieben waren, sehr innig und bewusst miteinander verbracht. Aber ja, ich stand dennoch unter Schock und konnte anfangs kaum fassen, dass sie nicht mehr da war. Borg ist einige Tage an meiner Seite geblieben. So lange, bis er merkte, dass ich zurechtkommen würde. Wir haben während der Zeit viel über Ragna gesprochen und Erinnerungen ausgetauscht. Äußerlich wirkte er ruhig. In seinem Inneren aber brodelten Trauer und Schmerz. Seine Augen verrieten es mir. Als er mich zum Abschied umarmte, sagte er: *Ich weiß nicht, wann wir uns wiedersehen. Aber du bist nun mein Gefährte, und der Ort, an dem du lebst, ist für mich der wichtigste auf der Erde. Er ist mein Zuhause.* Seine Worte machten mich stark. Und die Aufgabe, die meine Bestimmung war und die ich von nun an übernehmen würde, machte mich unglaublich stolz. Daran hat sich bis heute nichts geändert."

Joerdis schwieg. Sie war weit davon entfernt, sich vorstellen zu können, dass irgendwann Fedor nicht mehr war und sie seine Aufgabe übernehmen sollte. Außerdem war er noch jung. Sie hoffte, er würde noch mindestens dreißig Jahre leben. Bis dahin hatte sie ausreichend Zeit, sich auf das vorzubereiten, was danach kam.

„Besuchst du deinen Vater noch immer?", wollte sie wissen.

„Er lebt nicht mehr. Sein Herz hat ihm zu schaffen gemacht. Eine seltsame Laune der Natur, nicht wahr? Trotzdem ist er jeden Tag aufs Feld gefahren. Konnte nicht loslassen. Dort ist er auch gestorben, was vielleicht ganz in seinem Sinne war. Auf dem Sitz seines Traktors, an einem Herzinfarkt." Plötzlich lächelte Fedor. Wehmütig, aber auch zärtlich. „Ein paar Tage vor seinem Tod hatte ich ihn das letzte Mal besucht. Und wie jedes Mal in all den Jahren fragte er mich auch diesmal, ob ich wieder zu ihm auf den Hof zurückkäme." Fedor drehte sich zum Fenster und sah hinaus. Joerdis trat zu ihm. Leise sagte sie:

„Er hat also die Hoffnung nie aufgegeben, dass du es tun würdest. Ich bin mir sicher, er hat dich geliebt, Fedor. Auf seine eigene Weise."

„Ich würde es gerne glauben. Dass er mir diese Frage immer wieder gestellt hat, ist die einzige gute Erinnerung an ihn, die ich habe. Merkwürdig, da sie mir doch in den ersten Jahren so großes Unbehagen bereitet hatte. Im Nachhinein bin ich ihm dankbar dafür."

Sie drückte seinen Arm. Wie glücklich konnte sie sich schätzen, zu wissen, dass ihre Familie sie liebte! Jeder einzelne von ihnen. Mama, Papa, Marla und Henni. Und wie sehr wünschte sie sich, ihnen zu sagen, dass sie sie ebenfalls liebte.

Fedor stieß sich vom Fenster ab und räumte die Becher weg.

„Lass uns fahren, damit deine Familie erfährt, wo du steckst", sagte er, und sie überlegte, ob er nicht nur in die Zukunft sehen, sondern auch Gedanken lesen konnte. Er öffnete die Tür.

„Ich muss noch ein paar Dinge in den Wagen packen. Dann geht's los."

„Ich glaube, da hinten ist das Haus!", rief Marla, als der Waldweg eine Biegung gemacht hatte und sie zwischen hohen Nadelbäumen helles Holz hervorschimmern sahen.

„Muss es nicht sehr einsam sein, mitten im Wald zu leben? Mit nichts außer Bäumen als Gesellschaft?" Unvermittelt blieb Henni stehen und blickte um sich. „Weißt du was? Ich bin mir sicher, dass das die Hütte ist, die wir mit Gawain gesehen haben. Dann ist dieser Fedor also doch der alte Mann mit dem – da ist er! Da ist der Hund!"

Die letzten Worte hatte sie in wesentlich höherer Tonlage hervorgebracht. Auf dem Weg vor ihnen stand, wie aus dem Boden gewachsen, der große Hund, den sie schon gestern gesehen hatten. Damals allerdings aus sicherer Entfernung.

„Meinst du, der ist gefährlich?" Henni hatte die Stimme gesenkt und wagte nicht, sich zu regen.

„Wäre er gefährlich, so würde er sicher nicht frei herumlaufen." Marla hatte ebenso verhalten gesprochen. Mutig tat sie einen kleinen Schritt nach vorn. Der Hund setzte sich und sah die Schwestern neugierig an. Vorbeilassen wollte er sie offenbar nicht.

„Na, du", säuselte Marla in ihrem freundlichsten Ton. „Wo ist dein Herrchen? Du bist doch sicher nicht ganz allein hier."

Henni zupfte sie am Ärmel. „Da", murmelte sie und deutete zum Holzhaus. Ein Mann war erschienen. Auch er war derselbe von gestern.

„Hallo!" Marla winkte, als er zu ihnen hinübersah. „Ihr Hund versperrt uns den Weg!"

„Calla, komm her!"

In großen Sätzen sprang das Tier zum Haus. Marla und Henni folgten ihm. Schließlich erreichten sie den Mann.

„Ich habe nicht auf den Weg geachtet, tut mir leid", entschuldigte er sich. „Anfangs hatte auch ich ziemlich viel Respekt vor Calla. Aber sie ist sehr freundlich." Er trat zu dem Hund und kraulte ihn hinter den Ohren.

Der Mann war lange nicht so alt, wie er von weitem gewirkt hatte. Nicht älter als fünfzig, schätzte Marla, die ihn unauffällig musterte. Mit der Augenklappe und dem rötlichen Haar, das er zum Pferdeschwanz gebunden trug, schien er im Wald ein wenig deplatziert. Als Piratenkapitän in einem Film dagegen würde er eine recht gute Figur abgeben. Ohne die breite Narbe auf seiner Oberlippe wäre er ein attraktiver Mann, überlegte Marla und dachte im selben Atemzug, dass er dann längst nicht so interessant und verwegen aussehen würde.

„Sind Sie Fedor?", wollte Henni wissen. In ihren Mundwinkeln zuckte es verräterisch, und Marla hätte schwören können, dass ihre Schwester an Gawain und seinen Lausbubenstreich dachte.

„Der bin ich. Und ihr seid ...?"

„Wir suchen unsere Schwester", erklärte Marla unumwunden und gab Henni einen Stoß in die Seite, da sie immer noch aussah, als würde sie gleich loskichern. In Punkto Taktgefühl musste sie definitiv noch dazulernen.

„Sie ist euch abhandengekommen?" Fedor schlug die Arme übereinander und stellte sich breitbeinig hin. In seinem unbedeckten Auge blitzte es belustigt.

„Das ist nicht witzig!" Hennis Grinsen war verschwunden. „Wir machen uns Sorgen um sie und haben Angst, dass ihr etwas passiert ist."

„Wir kommen gerade vom Tierpark", übernahm Marla das Wort. „Auch dort haben wir nach Rieke gefragt. Frauke, eine der Angestellten, meinte, Sie wüssten vielleicht etwas von ihr. Wir sollen Ihnen Grüße ausrichten."

„Danke."

„Wir sorgen uns wirklich sehr um unsere Schwester. Immerhin ist sie seit Tagen weg und hat sich nicht gemeldet. Das passt nicht zu ihr. Sie sind jetzt unsere letzte Hoffnung." Marla sah ihn bittend an. Plötzlich lächelte er.

„Ich wusste, dass ihr kommt. Ich habe nur nicht damit gerechnet, dass es gleich heute ist", sagte er leise. „Ihr seid also ihre Schwestern?"

„Wie konnten Sie das wissen?" Henni musterte ihn argwöhnisch. Fedor reagierte nicht darauf. Er lief zur Tür und öffnete sie einen Spalt. Sofort war der Hund bei ihm. „Geh nur zu deiner Herrin", murmelte er, und als das Tier ins Haus gestürmt war, rief er:

„Joerdis! Du hast Besuch!"

Marla und Henni sahen sich verwirrt an. Aus dem Blockhaus erklang das freudige Winseln des Hundes.

„Ich denke, hier liegt ein Irrtum vor", bemerkte Marla nun kühl. „Unsere Schwester heißt Rieke, nicht Joerdis. Und dieser Hund gehört ganz bestimmt nicht zu ihr." Sie griff nach Hennis Arm. „Wir sollten jetzt gehen!"

Sie waren keine zehn Schritte gelaufen, als hinter ihnen eine Stimme erklang.

„Marla! Henni! Was macht denn *ihr* hier?"

Erst beim zweiten Hinsehen erkannten sie sie. Auf dem Platz vor der Hütte stand Rieke. Sie schien zarter denn je und trug Kleidung, die sie nie an ihr gesehen hatten. Ihr Haar, das zum Zopf geflochten war und über ihre Brust bis zur Hüfte fiel, funkelte in der Sonne. Neben ihr saß die Hündin, treue Ergebenheit im Blick, den grauen Körper an sie gepresst. Das Bild von der jungen Frau und dem Hund, die eine unzertrennliche Einheit zu bilden schienen, wirkte auf seltsame Weise fremd und unwirklich. Und doch war es ganz offensichtlich ihre Schwester, die dort stand.

„Rieke!", schrie Henni, rannte zu ihrer ältesten Schwester und schlang die Arme um sie. „Ich bin so froh, dass wir dich gefunden haben!"

„Gott sei Dank, es geht dir gut!" Auch Marla legte ihre Arme um die Wiedergefundene und drückte sie erleichtert an sich. Schließlich trat sie einen Schritt zurück. „Dir geht es doch gut, oder? Bist du in Ordnung?"

Rieke lachte.

„Es geht mir gut. Wir hatten gerade vor, mein Handy aus dem Wagen zu holen, damit ich zuhause anrufen kann. Aber das ist jetzt wohl nicht mehr nötig. Ich bin so glücklich, euch zu sehen." Ihrer Augen leuchteten, als würde sich das Meer darin befinden. Marla hatte ihre Schwester selten schöner gesehen.

Henni hatte bereits ihr Smartphone in der Hand. „Ich sag Mama Bescheid!"

„Das wird nicht funktionieren, Henni", sagte Rieke bedauernd. „Es gibt hier weit und breit keinen Empfang."

Enttäuscht steckte Henni es weg.

„Fedor", sagte Rieke zu dem Mann, der abseitsstand und die drei Frauen beobachtete. „Das sind meine Schwestern, Marla und Henni."

Er deutete eine Verbeugung an. „Es ist mir eine Ehre, die Schwestern von Joerdis kennenzulernen", sagte er galant und wandte sich an Rieke. „Ich fahre zu Sven und werde für eine Weile weg sein. Dein Handy können wir auch später noch holen. Nun drängt es ja nicht mehr."

„Danke, Fedor."

„Warum nennt er dich *Joerdis*?" Stirnrunzelnd blickte Henni Fedor hinterher, der in sein Auto gestiegen und mit einem knappen Winken auf den Waldweg gefahren war. „Wer ist er überhaupt? Und was heißt, ihr könnt später dein Handy holen? Du gehst mit uns heim. Jetzt."

Rieke sah sich um, als suchte sie etwas. „Habt ihr Rusty nicht mitgenommen?"

Marla schüttelte den Kopf. „Das hatten wir vor, aber es ging nicht. Er ist gestern Abend in eine Scherbe getreten. Es geht ihm gut, Rieke", beeilte sie sich zu sagen. „Es ist nur ein kleiner Schnitt, und Mama wollte gleich heute früh mit ihm zum Tierarzt gehen."

„Mama." Riekes Stimme war nicht ganz fest. „Wie geht es ihr?"

„Sie sorgt sich wie verrückt, das kannst du dir sicher denken."

Rieke nickte.

„Du gehst doch mit uns heim, oder?" Marla sah ihre Schwester prüfend an. Rieke machte keineswegs den Eindruck, als wäre sie unglücklich. Das Gegenteil war der Fall. Sie schien zufrieden. Sogar glücklich. Von dem Kummer, den ihr die Trennung von Waldemar bereitet hatte, war nichts zu merken. Irgendetwas hatte sich verändert. *Sie* hatte sich verändert.

„Kommt erst einmal rein", sagte Rieke jetzt. Calla folgte ihr auf dem Fuß, als sie das Haus betrat. Sie wies auf die Stühle, die um den Tisch standen. „Setzt euch."

Marla und Henni sahen sich verwundert um. Schließlich setzten sie sich.

„Warst du die ganze Zeit hier? Bei dem Mann mit der Augenklappe?" Hennis Blick war an Fedors Bücherregal hängengeblieben. Mit schiefgelegtem Kopf überflog sie die Titel.

„Fedor ist mir ein sehr guter Freund geworden", erklärte Rieke

„Wie kommt es, dass du hier gelandet bist?"

Rieke setzte sich zu ihnen. „Ich bin an jenem Abend auf den Parkplatz gefahren, um eine Pause zu machen. Eigentlich hatte ich noch heimfahren wollen, aber ich war so müde, dass mir die Augen zufielen und ich beschloss, im Auto zu schlafen. Mein Telefon war leer, sonst hätte ich mich gemeldet. Am Morgen darauf sprang der Motor nicht an. Weit und breit war kein Mensch, und so ging ich in den Wald, um dort vielleicht auf jemanden zu treffen, der mir weiterhelfen konnte. Ich sah keinen Menschen, dafür aber trat ich in eine Falle und verletzte mich schwer. Niemals hätte ich mich selbst daraus befreien können. Calla", dabei strich sie der Grauen, die bei ihrem Namen den Kopf gehoben hatte, zärtlich über die Schnauze, „hat mich gefunden. Daraufhin hat sie Fedor geholt."

„Der Hund hat Hilfe geholt?" Henni starrte Calla ungläubig an. „Das klingt wie aus einem Film."

„Ich weiß. Aber so war es tatsächlich. Und seitdem weicht sie mir nicht mehr von der Seite. Fedor hat mich in sein Blockhaus gebracht und gesund gepflegt."

„Warum sagt er *Joerdis* zu dir?" Noch immer versuchte Marla zu ergründen, weshalb Rieke anders war als sonst. Ohne Ergebnis.

„Weil *Joerdis* mein Name ist."

Die Schwestern sahen sie verständnislos an und schwiegen.

„Weshalb es so ist, ist nicht leicht zu erklären", fuhr Rieke fort. „Es hat mit Dingen zu tun, die sehr außergewöhnlich sind. Aber ich weiß, dass es stimmt. Ich spüre es."

„Dinge, die außergewöhnlich sind, sind uns nicht unbekannt", verkündete Henni in geheimnisvollem Tonfall und schickte einen bedeutungsschweren Blick zu Marla hinüber.

Marla wickelte eine Haarsträhne um ihren Finger. „Hast du denn nun vor, uns nach Hause zu begleiten?"

„Nein. Ich bleibe hier. Bei Fedor."

Sie hörten Henni nach Luft schnappen und warteten auf einen empörten Wortschwall. Er blieb jedoch aus.

„Du und Fedor", begann Marla vorsichtig und wusste nicht, wie sie die Frage formulieren sollte. „Seid ihr …?"

„Ein Paar?" Rieke lächelte. „Nein, so ist es zwischen uns nicht. So wird es auch nie sein. Du weißt, wem meine Liebe gehört." Sie brach ab. Ein Schatten schlich über ihr Gesicht und verdunkelte für einen Augenblick ihre Augen. Nachdem sie ein paarmal geatmet hatte, fuhr sie fort.

„Waldemar wird immer der Einzige für mich sein. Aber er hat mich verlassen, und damit werde ich leben müssen. Vergessen werde ich ihn nie. Fedor ist für mich wie ein Bruder. Wir sind uns in vielem ähnlich, und mit ihm zusammen hier im Wald zu leben, wird mich glücklich machen. Ihr wisst, wie sehr ich den Wald liebe."

„Kündigst du im Wildpark?" Henni hatte ihre Sprache wiedergefunden.

„Mir bleibt keine andere Wahl. Vielleicht werde ich in dem Tierpark arbeiten können, der in der Nähe ist. Aber so weit habe ich noch nicht vorausgeplant." Sie bedachte ihre Schwestern mit einem entschuldigenden Lächeln. „Bitte seid mir nicht böse, dass ich bleibe. Ich verspreche, dass ich regelmäßig nach Hause komme."

„Aber …"

Bevor Henni weitersprechen konnte, griff Marla nach ihrer Hand, und die Jüngere verstummte.

„Wir sind dir nicht böse, Rieke", sagte sie. „Das würde uns auch nicht zustehen, da du erwachsen bist und tun kannst, was du möchtest. Wir würden nur gerne deine Beweggründe verstehen. Wir wissen, dass du dich mit Mama gestritten hast. Sie bereut ganz sicher, was sie gesagt oder getan hat. Alles würde sie tun, damit du wiederkommst. Du gehörst doch zu uns."

„Ich habe mich nicht mit Mama gestritten", stellte Rieke richtig. „Ich habe etwas erfahren, was mich aus der Fassung gebracht hat. Deswegen bin ich in mein Auto gestiegen. Ich musste einfach fort. Alleine sein und nachdenken."

Die Frage hing beinahe sichtbar zwischen ihnen. Aber weder Marla noch Henni fassten sie in Worte.

„Papa ist nicht mein wirklicher Vater."

„*Was?*" Beide Augenpaare waren voller Entsetzen auf Rieke gerichtet. Henni sprang vom Stuhl, der nach hinten kippte und mit einem Poltern zu Boden fiel. Im nächsten Moment stand Calla schützend vor Rieke.

„Ist gut, Calla. Leg dich wieder hin."

Der Hund tat wie befohlen.

„Mama hat also ...? Mama hat – aber was heißt das jetzt?" Zum zweiten Mal an diesem Tag war Henni den Tränen nah. Mit fahrigen Bewegungen stellte sie den Stuhl wieder auf und setzte sich. Unsanft stieß sie Marla an. „Marla, wieso sagst du nichts?" Ihre Stimme bebte.

Rieke erhob sich, trat hinter sie und legte die Arme um die Jüngste.

„Ich war anfangs auch erschüttert, Liebes, glaub mir. Aber ich bin trotz allem noch eure Schwester und werde es immer sein."

In Marlas Kopf arbeitete es. Sie brauchte eine Weile, bis sie ihre Gedanken sortiert hatte. Als das passiert war, gab es nur eine einzige Schlussfolgerung. Diese laut auszusprechen erschien ihr jedoch so ungeheuerlich, dass ihr ein Schauder über das Rückgrat lief. Aber hatte sie nicht vergangenen Sommer gelernt, dass nichts undenkbar war? Sie räusperte sich. Henni jedoch kam ihr zuvor.

„Hat sie dir gesagt, wer dein richtiger Vater ist? Kennen wir ihn? Und was sagt Papa dazu?"

Rieke, die auf dem Weg zu ihrem Stuhl war, blieb stehen. Ihre Wangen waren gerötet.

„Papa weiß es seit meiner Geburt. Mein wirklicher Vater ist ..." Sie stockte. „Ich habe keine Ahnung, wie ich es euch erklären soll." Seufzend lehnte sie sich an die Wand und schloss für einen Moment die Augen. „Mein Vater ist nämlich …"

Marla war aufgestanden und trat zu ihr. Leise sagte sie: „Torin ist dein Vater, nicht wahr?"

„Torin?" Henni sprang erneut auf. Wieder kippte ihr Stuhl um. „Der Windbruder aus der Bretagne?"

„Woher …?" Verblüfft sah Rieke von einer Schwester zur anderen.

Marla grinste. „Wie meinte Henni vorhin so treffend? *Dinge, die außergewöhnlich sind, sind uns nicht unbekannt.* Es ist nämlich so, Rieke: Seit meinem Erlebnis auf dem Klagehügel weiß ich, dass es Windbrüder gibt. Ich habe Henni von ihnen erzählt, denn wir haben einen von ihnen um Hilfe gebeten. Aber davon und vom Klagehügel erzählen wir dir nachher. Torin ist also dein Vater? Das ist unglaublich!"

„Ja. Er ist mein Vater. Ich bin eine Windgeborene."

„Eine *Windgeborene*?", fragte Henni.

„So nennen sich die Menschen, die einen Windbruder zum Vater haben."

„Das passiert also öfter?" Marla wurde plötzlich klar, dass die Welt der Windbrüder viel komplexer war, als sie angenommen hatte.

„Es kommt vor, ja. Aber die wenigsten wissen es. Ich hatte das Glück, auf jemanden zu treffen, der selbst ein Windgeborener ist."

„Fedor", stellte Marla fest.

Rieke nickte.

„Hast du in den ganzen Jahren gemerkt, dass da noch was anderes sein muss? Ist das vielleicht auch der Grund für deine besondere Beziehung zu den Tieren?" Marla hatte Mühe, ihre Neugier zu zügeln.

„Es gibt tatsächlich ein paar Dinge, die darauf hingewiesen haben. Natürlich konnte ich das nicht wissen, bevor Fedor es mir erklärt hat. Ja, die Verbindung zum Wald und zu den Tieren gehört zu den Gaben, die ich habe. Und auch der Umstand, dass ich nie krank war."

„Wow", machte Marla und sah ihre Schwester bewundernd an.

„Könnte es sein, dass ich auch eine Windgeborene bin?" Hennis Stimme war voller Hoffnung. „Mein Verständnis für Zahlen und Mathe sind doch auch außergewöhnliche Begabungen." Etwas anderes zu sein als ein ganz normaler Mensch schien ihr außerordentlich reizvoll.

„Schau mal in den Spiegel, Henni", kicherte Marla. „Und dann stell die Frage noch einmal." Die Jüngere machte ein enttäuschtes Gesicht. Ihre Ähnlichkeit mit Lorenz war nicht zu leugnen.

„Nochmal zu Torin." Marla wandte sich an Rieke. „Weiß er es? Hat er irgendetwas angedeutet, als ihr euch getroffen habt?"

„Du hast ihn kennengelernt?", fragte Henni begierig. „Und ihr habt euch nicht erkannt?"

„Nein. Er sprach mich an, weil er davon überzeugt war, ich sei Mama. An sie erinnert er sich noch immer. Fedor erklärte mir, dass die Windbrüder nicht wissen, wie sie in ihrer menschlichen Gestalt aussehen. Dass ich ihm ähnlich sehe, war ihm daher nicht bewusst. Außerdem haben sie ein anderes Verständnis für die Dinge als wir. Ihnen geht es ausschließlich um jenes besondere Ritual, für das sie sich eine Menschenfrau auswählen, die ihnen gefällt und die ihnen nicht abgeneigt ist. Dass ein Kind die Folge sein könnte, ist für sie ohne Bedeutung."

„Du weißt bereits sehr viel über die Welt der Windbrüder", bemerkte Marla, verwundert darüber, wie selbstverständlich Rieke davon erzählte.

„Während ich ans Bett gefesselt war, hatten wir viel Zeit zum Reden."

„Wirst du ihn besuchen und es ihm sagen? Wir könnten dich begleiten! Dann würde ich auch endlich Marlas Kelian kennenlernen."

„Es gibt keinen Grund, es ihm zu sagen, Henni. Torin würde mit dieser Nachricht nichts anfangen können. Ich weiß, dass er Mama mochte. Und Mama mochte ihn auch. Das zu wissen reicht mir."

„Hat Mama erzählt, wie sie ihn kennengelernt hat?"

„Ja, sie konnte sich noch genau an die Begegnung erinnern." Rieke erhob sich und ging zur Küchenzeile. „Ich koche uns einen Tee. Ich glaube, wir haben uns noch einiges zu erzählen."

So erzählte Rieke ihren Schwestern, wie es dazu gekommen war, dass sich ihre Mutter und der bretonische Windbruder getroffen hatten. Sie erzählte auch von den bangen Mienen ihrer Eltern, als Mama ihr lang gehütetes Geheimnis offenbart hatte. Plötzlich war die Erinnerung an die quälende Gewissheit, alles verloren zu haben, wieder ganz nah. Das erschöpfte Umherstolpern im Wald, einsam, mit frierender Seele. Mit zärtlicher Stimme sprach sie von dem warmen Körper, der sich nachts an ihre Seite gelegt und sie vor dem Erfrieren bewahrt hatte. Dass sie gedacht hatte, Rusty hatte sie gefunden. Später erst hatte sie verstanden, dass es Calla gewesen war. Sie beantwortete Marlas und Hennis Fragen nach ihrer Verletzung. Nachdem ihre Schwestern sich davon überzeugt hatten, dass die Wunde kaum noch zu sehen war, hatten sie von ihr wissen wollen, warum sie so schnell verheilt war. So erzählte sie auch von Fedor, von seinen Kenntnissen der Kräuterkunde und seiner Arbeit als Schreiner. Als sie geendet hatte, stützte sie müde ihr Kinn auf die Hände. Den Windfürsten und ihre zukünftige Aufgabe hatte sie nicht erwähnt, denn niemand durfte davon wissen. Nicht einmal ihre Schwestern.

Nun war Henni an der Reihe. Begeistert beschrieb sie, wie sie den gestrigen Tag zusammen mit Gawain über die Wälder gestürmt waren, um das rote Auto zu finden. Sie hörte gar nicht auf, davon zu schwärmen, wie berauschend es war, mit dem Wind zu fliegen, die Landschaft unter sich ziehen zu sehen und das Gefühl zu haben, man sei Teil der Elemente. Anschließend erzählte sie von Gawains Besuch, seinem denkwürdigen Klavierspiel und von der Maus, die er aus dem Keller geholt hatte.

Zu guter Letzt sprach Marla über die Geschehnisse auf dem Klagehügel. Sie erzählte ihren Schwestern die tragische Geschichte von Elaine, Johann und Arvid. Sprach von der zerstörerischen Liebe des Windbruders, die auch Kelian beinahe das Leben gekostet hatte. Als sie über den jungen Franzosen sprach, wurde ihre Stimme weich und ein Hauch von Rosa flog über ihre Wangen.

Während die jungen Frauen bei Tee und Keksen am Tisch saßen und sich lebhaft unterhielten, war Fedor hereingekommen. Keine Minute später und ohne ein Wort gesagt zu haben, war er wieder aus der Hütte gehuscht und machte sich in seiner Werkstatt im Anbau zu schaffen.

„Meint ihr, dass außer uns noch andere Menschen von den Windbrüdern wissen?", fragte Henni, als sie eine Weile geschwiegen und den Geräuschen aus der Werkstatt gelauscht hatten, jede von ihnen mit ihren eigenen Gedanken beschäftigt.

„Ich nehme es an", meinte Marla. „Sieh mal, auch Elaine hat von ihnen gewusst. Sicher gibt es weitere Menschen, denen sich einer der Windbrüder offenbart hat. Nicht jeder wird es herausposaunen, aus Angst, für geistig unzurechnungsfähig erklärt zu werden. Genau so war es ja bei Elaine."

„Es ist, als würden die Windbrüder unsere Gesellschaft suchen, nicht wahr? Ich hätte Gawain gar nicht übersehen können, als er auf unserer Mauer gesessen hat", bemerkte Henni nicht ohne Stolz. „Er wollte mich kennenlernen. Sicher liegt es an dir, Rieke, weil du eine Windgeborene bist. Sie spüren die Verbindung."

„Hm", machte Rieke. „Das bezweifle ich."

Marla stand auf und streckte sich. „Es wird Zeit für uns, Henni. Wir haben noch zwei Stunden Fahrt vor uns. Außerdem wird es Zeit, dass wir Mama die frohe Botschaft bringen."

Gemeinsam verließen sie das Blockhaus. Rieke umarmte ihre Schwestern.

„Ich danke euch, dass ihr gekommen seid. Es bedeutet mir sehr viel nach diesen schrecklichen Tagen, da ich voller

Zweifel war und nicht wusste, wohin ich gehöre. Sagt Mama und Papa, dass ich sie vermisse. Sobald mein Auto repariert ist, komme ich."

„Warte nicht so lange damit", bat Marla. „Unsere Eltern werden erst wieder froh sein, wenn sie dich gesehen haben."

„Rusty und die Hühner auch!", krähte Henni übermütig.

„Rusty." Ein zärtliches Lächeln erschien auf Riekes Lippen. „Ich hätte ihn so gerne bei mir gehabt."

„Du wirst ihn mitnehmen, oder?" Marla konnte sich das bunte Haus ohne Rieke und Rusty kaum vorstellen.

„Er gehört zu mir, Marla."

„Ich weiß. Natürlich muss er bei dir bleiben."

„Was ist mit Calla?" Henni betrachtete die Hündin, die nicht den Eindruck machte, als hätte sie vor, jemals wieder von Riekes Seite zu weichen. „Werden sie miteinander auskommen?"

„Ich bin mir sicher, das werden sie."

Sie winkten einander ein letztes Mal zu, bevor sich Marla und Henni auf den Weg machten. Die beiden hatten sich noch nicht weit vom Haus entfernt, als Henni murmelte:

„Ich finde, sie ist anders als sonst. Obwohl sie so klein ist, wirkt sie irgendwie – erhaben. Wie eine Königin. Aber ich weiß ja, dass sie das nicht ist."

„Nein, das ist sie nicht. Aber ich verstehe, was du meinst. Rieke hat sich verändert. Vielleicht hat es damit zu tun, dass sie jetzt weiß, wer sie ist."

Als hätten sie sich verabredet, blieben sie stehen und sahen zurück zu ihrer Schwester. Rieke stand noch immer vor dem Blockhaus. Neben Calla wirkte sie fast wie ein Kind. Und doch strahlte sie zweifellos eine nie gekannte Würde aus.

„Joerdis", murmelte Marla und horchte dem Klang des Namens nach. Gerade so laut, dass Rieke es verstehen konnte, sagte sie:

„Joerdis! Der Name passt zu dir. Ab jetzt werde ich dich so nennen."

Kapitel 14

Das Auto war angesprungen, als wäre nichts gewesen. Erfüllt von Dankbarkeit dachte Joerdis an Fedor, der nach wenigen Sekunden festgestellt hatte, dass der Anlasser nicht funktionierte. Am darauffolgenden Tag hatte ein Bekannter ihn durch ein gebrauchtes Teil ersetzt, und sie hatte ihren Wagen wieder.

Trotz ihrer Freude darüber, dass sie ihre Eltern gleich wiedersehen würde, ging Fedor ihr nicht aus dem Kopf. Seine Gesundheit machte ihr große Sorgen. Anfangs hatte sie sich nichts dabei gedacht, wenn er seinen Husten unterdrückte. *Nur eine kleine Erkältung,* hatte er gesagt, als sie ihn danach gefragt hatte. Aber dass es mehr war als das, war ihr inzwischen klar. Sobald die Sonne sich nicht zeigte und der Tag regen- oder nebelgetrübt war, bereitete ihm das Atmen Probleme. Wenn er im Anbau arbeitete und glaubte, sie hörte es nicht, hustete er sich mitunter die Seele aus dem Leib. Sie vermutete, dass sein krankes Herz daran schuld war und hoffte, dass sich mit dem trockenen Frost, der früher oder später kommen würde, sein Zustand bessern würde.

Sie liebte die Abende im Blockhaus, wenn sie gemeinsam mit Fedor vor dem warmen Ofen saß. Die Stunden vergingen viel zu schnell, und wenn es Zeit war, zu Bett zu gehen, hatte sie noch so viele unbeantwortete Fragen, dass sie den nächsten Abend schon herbeisehnte. Tagsüber spazierten sie durch den Wald, wobei er sorgsam darauf achtete, ihrem Bein nicht zu viel zuzumuten. Er zeigte ihr jene Kräuter, die auch im Herbst noch wuchsen und gesammelt werden konnten und erzählte, wofür Ragna sie benutzt hatte. Begleitet wurden sie dabei von Calla, die zuweilen im Dickicht verschwand, um wenig später wieder aufzutauchen. Fedor behauptete felsenfest, sie würde die Gelegenheit dazu nutzen, sich zu einer frischen, saftigen Fleischmahlzeit zu verhelfen.

Sie hatte die Hündin bei ihm gelassen und vermisste sie bereits. Gleichzeitig freute sie sich auf Rusty, der ebenfalls zu ihr gehörte, und ohne den sie sich ihr Leben nicht vorstellen konnte.

Joerdis setzte den Blinker und fuhr von der Autobahn ab. Noch eine halbe Stunde und sie war zuhause. Bis jetzt hatte sie sich noch keine Gedanken über die Begegnung mit ihren Eltern gemacht. Wie sollte sie ihnen erklären, dass sie nicht nach Hause zurückkehren und im Wald bleiben würde? Bei einem Mann, den sie bis vor wenigen Tagen noch nicht gekannt hatte? Würden sie verstehen, dass sie gewisse Fragen nicht beantworten konnte?

Zudem gab es noch einen weiteren Grund, weswegen sie dem bunten Haus mit gemischten Gefühlen entgegensah. Die letzten Wochen, die sie hier verbracht hatte, waren so voll gewesen von Schmerz und Verzweiflung, dass sie sich ihr Zuhause ohne diese Empfindungen kaum vorstellen konnte. Noch immer war es ihr ein Rätsel, wie sie sich so hatte irren können. Ihr Leben lang hatte sie ein Gespür dafür gehabt, was richtig war und was nicht. Waldemar und sie – das war zweifellos richtig gewesen.

Noch eine letzte Kurve, und das große Backsteinhaus kam in Sicht. Der Wald dahinter sah kahl und nicht besonders einladend aus. Ihr Zuhause dafür umso mehr. Eine warme Welle der Zuneigung strömte in ihr Herz. Wie sehr hatte sie es vermisst! Der Holzzaun, der in allen Farben leuchtete, war wie ein fröhlicher Willkommensgruß, und die grünen Klappläden der Fenster schienen ihr vergnügt zuzuzwinkern. Erfüllt von Vorfreude, aber auch ein wenig aufgeregt, stellte sie den Wagen ab.

Sie hatte den gepflasterten Vorhof noch nicht betreten, als die Haustür geöffnet wurde und etwas Kleines, Geflecktes auf sie zuschoss. Rusty!

Sie hob ihn auf die Arme und drückte ihre Nase in sein Fell, während er versuchte, jede Stelle ihres Gesichts abzulecken. Zärtlich strich sie ihm über den Kopf.

„Ach, mein Kleiner!", sagte sie, als sie ein Geräusch hörte und aufsah.

An der Tür stand ihr Vater. Sein Lächeln war verlegen und ein wenig unsicher, in seinen Augen jedoch sah sie bedingungslose Zuneigung. Sie fragte sich, wie sie jemals an seiner Liebe hatte zweifeln können.

„Papa." Sie setzte den Hund zu Boden. Einen Moment später hatte ihr Vater sie in die Arme geschlossen. Ihr Kopf lag an seiner Brust. Dies war ihr Zuhause! Hier fühlte sie sich geborgen und beschützt. Und wenn sie auch fortging: Daran würde sich niemals etwas ändern.

„Deine Mutter wartet auf dich. Sie war so aufgeregt, dass sie die ganze Nacht nicht schlafen konnte", sagte er jetzt, löste behutsam ihre Arme von seinem Körper und betrachtete sie. „Du siehst gut aus, meine Tochter. Ein wenig dünn vielleicht, aber dennoch gut."

„Ja, Papa! Es geht mir gut. So gut, wie schon lange nicht mehr."

„Du glaubst nicht, wie froh ich darüber bin." Er küsste sie auf die Stirn. „Lass uns reingehen."

In dem Augenblick, da sie das Haus betrat, hörte sie Mama die Treppe herunterrennen. Ohne ein Wort zu sagen flog sie Joerdis entgegen und riss sie in ihre Arme.

„Mein Schatz", stammelte sie unter Tränen und bedeckte das Gesicht ihrer Tochter mit Küssen. „Es tut mir alles so leid! Ich hoffe, du kannst mir eines Tages verzeihen. Ich habe solche Angst um dich gehabt." Schluchzend und lachend zugleich hielt sie Joerdis auf Armeslänge von sich weg.

„Was bist du so dünn! Und blass! Warst du krank? Die Mädchen haben kaum etwas erzählt. Henni sprach von einer Verletzung. Wie schlimm ist es?" Sie zog ihre Älteste abermals in die Arme und hielt sie fest an sich gepresst. „Ich bin so froh, dass du wieder hier bist! Bitte verzeih, was ich damals getan habe."

Sanft machte Joerdis sich von ihr los.

„Es gibt nichts, was ich dir verzeihen müsste, Mama. Was damals passiert ist, war nicht deine Schuld."

„Wie meinst du das?" Ihre Mutter sah verwirrt aus.

„Es waren die Umstände. Die besondere Nacht und die Tatsache, dass Torin dich mochte. Ich habe inzwischen ein paar Dinge erfahren und weiß, dass du dich nicht hättest wehren können. Er hat dich ausgewählt, um gemeinsam mit dir – sagen wir – eine außergewöhnliche Nacht zu preisen."

Mama setzte sich an den Tisch, starrte auf die abgenutzte Platte und strich geistesabwesend mit den Händen über einen Kratzer.

„Um die Nacht zu preisen? Ja, so etwas in der Art sagte er tatsächlich." Sie blickte auf. „Aber wer ist er? Und woher weißt du das? Hast du ihn noch einmal getroffen?"

„Nein. Jemand hat es mir erklärt. Bitte sei mir nicht böse, wenn ich nicht all deine Fragen beantworten kann. Ich weiß, weshalb es geschehen ist, das muss genügen."

Ihre Mutter nickte, und obwohl sie aussah, als würde sie gerne noch weitere Fragen stellen, schwieg sie. Nach einer Weile räusperte sie sich.

„Darf ich wissen, wie schlimm du verletzt warst?"

„Ja, natürlich." Joerdis griff nach der Hand ihrer Mutter und begann zu erzählen. Auch ihr Vater hatte sich dazugesetzt und hörte zu. Im Grunde erzählte sie ihnen alles so, wie sie es auch Marla und Henni erzählt hatte. Nur über die Windbrüder sprach sie nicht. Während sie sich dem Ende der Geschichte näherte, blieb ihr Blick an einem Gegenstand hängen, der neben Mamas Kalender auf dem Tisch lag. Es war das Lederarmband, das ihre Mutter in jener Nacht Torin geschenkt hatte. Die Glasperlen, die hineingeflochten waren, glitzerten wie Smaragde. Sofort dachte sie an die Augen des Windbruders. An ihre eigenen Augen. Und an das Meer der Bretagne, das in demselben Türkis leuchtete, wenn es bei Sonnenschein den Sand küsste.

„War er wirklich gut zu dir?", wollte ihre Mutter wissen. Ihre Stimme war rau vor Sorge.

Joerdis lächelte zärtlich. „Fedor ist der freundlichste und gütigste Mensch, den ich kenne."

„Es sieht so aus, als hättest du Glück gehabt, dass dieser Hund ausgerechnet zu ihm gelaufen ist", bemerkte Lorenz.

„Inzwischen weiß ich, dass es Vorsehung war. Sonst hätte ich Fedor nicht kennengelernt."

Mama sah sie alarmiert an. „Was heißt das?"

„Das heißt …", Joerdis holte tief Luft. „Das heißt, dass ich ab jetzt bei Fedor leben werde."

„Du willst fort von zuhause?", rief Mama fassungslos. Ihre Augen waren dunkel und riesig groß.

„So ist es nicht, Mama." Sie legte ihre Hand auf den Arm ihrer Mutter. „Ich will nicht weg von hier. Es ist nur so, dass ich einen Platz gefunden habe, an dem ich bleiben möchte. Ich fühle mich dort genauso zuhause wie hier. Außerdem wird Fedor mich brauchen, denn er ist nicht gesund."

Bei diesen Worten, die sie ohne nachzudenken gesprochen hatte, hielt sie erschrocken inne. Es war die Wahrheit. Fedor würde in naher Zukunft jemanden brauchen, der sich um ihn kümmerte. Das konnte nur sie sein. Wer sonst? Der Windfürst, den sie noch immer nicht kennengelernt hatte, würde nicht bei Fedor bleiben können, egal, wie schlecht es seinem Gefährten ging.

„In welchem Wald, sagtest du, lebt dieser Fedor?" Lorenz war aufgestanden und lief bereits ins Wohnzimmer. Sie hörten ihn eine Schublade öffnen, dann tauchte er wieder auf, eine Landkarte in der Hand.

„Mitten im Harz. Der Wald ist riesig groß und bergig. Es gibt dort Bäche, kleine Wasserfälle und nicht nur idyllische, sondern auch sehr mystische Flecken. Es ist wunderschön da. Fedors Blockhaus ist nicht weit von dem Tierpark entfernt, den es dort gibt."

Ihr Vater breitete die Karte auf dem Tisch aus und beugte sich darüber.

„Was wirst du denn den ganzen Tag machen? Im Wald und fast alleine."

„Ach, Mama." Joerdis drückte ihr einen Kuss auf die Wange und lachte glücklich. „Ich werde mich nicht langweilen. Vielleicht bewerbe ich mich im Tierpark, aber mag sein, dass ich auch Fedor zur Hand gehen werde. Er ist Schreiner, und warum sollte ich nicht von ihm lernen?"

Ihre Mutter seufzte. Man sah ihr an, dass sie sich das Wiedersehen mit ihrer Tochter anders vorgestellt hatte.

„Sieh mal, Grit." Lorenz hatte einen Finger auf die Karte gelegt. „Da ist der Harz. Er ist gar nicht so weit weg von hier."

„Ihr könnt mich jederzeit besuchen", versicherte Joerdis. „Es sind nur zwei Stunden Fahrt. Außerdem werde ich regelmäßig nach Hause kommen. Das verspreche ich. Ich werde euch doch auch vermissen!"

„Du hast dich endgültig entschieden", stellte ihre Mutter fest, und Joerdis nickte.

„Ja, ich werde bei Fedor im Wald leben."

Grit strich ihrer Tochter über die Wange, ein wehmütiges Lächeln auf den Lippen. „Du hast dich verändert, Rieke. Vor ein paar Wochen noch hätte ich dich überreden können, zu bleiben."

„Vermutlich ja. Vor ein paar Wochen." Wieder sah sie zu dem Armband. Grit, die ihrem Blick gefolgt war, nahm es und legte es vor sich auf den Tisch.

„Es gehört dir. Er … dein Vater … hat es dir geschenkt."

„Das stimmt nicht ganz. Er dachte, ich sei du. Er hat es dir zurückgeschenkt", korrigierte Joerdis und dachte daran, dass sie den Schmuck von Torin gar nicht hatte annehmen wollen.

Ihre Mutter schob ihr das Armband zu. „Ich habe damals, ohne es zu ahnen, ein Armband gekauft, dessen Perlen dieselbe Farbe hatten wie die Augen der Tochter, die ich bekommen sollte. Vielleicht war auch dies Vorsehung. Bitte nimm es. Es ist wie für dich gemacht."

Joerdis streifte das Armband über. Die Glasperlen leuchteten auf ihrer Haut viel intensiver als in Mamas Hand. Es war, als hätten sie endlich ihren Platz gefunden.

„Immer wenn ich es betrachte, werde ich an dich denken, Mama." Sie schloss ihre Mutter in die Arme.

„Ach, Rieke … du wirst mir so sehr fehlen."

„Sollten wir nicht mit dem Kochen anfangen?", schlug Lorenz vor, als die Frauen schwiegen, und er deutete dabei auf die Küchenuhr. „Jeden Augenblick werden zwei hungrige junge Frauen hier einfallen, und ich weiß aus Erfahrung, dass Marla unausstehlich ist, wenn sie Hunger hat."

Er küsste erst seine Frau und dann seine Tochter auf die Wange. „Ich glaube, heute bin ich der glücklichste Ehemann und Vater auf der Erde. Ihr seid zwei bemerkenswerte Frauen, und ich liebe euch."

Als Joerdis später am Abend im Bett lag, hörte sie dem Wind zu, der um die Ecken des Hauses strich und das Muschelmobile am Apfelbaum zum Klirren brachte. Rusty lag auf ihren Füßen und schlief einen seligen Schlaf. Aus Hennis Zimmer erklangen leise Töne des Keyboards, das sie gemeinsam mit Papa von ihrem Geburtstagsgeld gekauft hatte, und aus dem Raum nebenan vernahm sie undeutlich Marlas Stimme. Vermutlich telefonierte sie mit Kelian oder mit Amelie, ihrer Freundin.

Es war beinahe wie früher, wenn sie vor dem Einschlafen den vertrauten Geräuschen des Hauses gelauscht hatte. Und doch hatte sich alles verändert. Denn nun musste sie sich nicht mehr fragen, weshalb der Wind, der durch den Garten zog, ihre Seele zu berühren schien und in ihr diese unerklärliche Sehnsucht nach Weite auslöste. Sie wusste jetzt, weshalb sie den Sturm liebte und unzählige Stunden ihres Lebens damit verbracht hatte, vor dem Fenster zu stehen und dabei zuzusehen, wie er das Laub durch die Luft jagte. Sie erinnerte sich an die Gänsehaut auf ihren Armen, wenn das merkwürdige Gefühl über sie gekommen war, dass sie sich auflösen und mit ihm fortziehen würde. Für all diese Dinge, die sie ihr Leben lang nicht verstanden hatte, gab es nun endlich eine Erklärung. Denn ihr Vater war Torin, der unbändige, raue Wind der Bretagne. Ein Teil von ihr selbst war es somit auch.

Unbändig! Genauso fühlte sie sich, wenn sie bei Fedor im Wald war. Unbändig und frei. Lächelnd schloss Joerdis die Augen. Unbändigkeit war ganz sicher keine Eigenschaft, mit der ihre Familie Rieke jemals beschrieben hätte. Aber diese Rieke gab es nicht mehr. Zumindest war sie nicht mehr jene, die sie gewesen war.

Morgen, nach dem Frühstück, würde sie zum Wildpark fahren und ihr Arbeitsverhältnis kündigen. Sie hatte noch so viele Überstunden und Resturlaub, dass sie theoretisch keinen Tag mehr würde arbeiten müssen. Wehmütig dachte sie an Eyota. Sie würde die junge Wölfin jedes Mal besuchen, wenn sie nach Hause kam.

Nach Hause. Auch wenn sie es kaum erwarten konnte, wieder bei Fedor zu sein, so liebte sie ihre Familie doch von ganzem Herzen. Daran würde sich niemals etwas ändern. Bevor sie zu Bett gegangen war, hatte Papa sie zur Seite gezogen. Der große Mann mit den blonden Locken hatte ihre Hände genommen und ihren Blick gesucht. Schließlich hatte er gesagt:

„Ich weiß, dass die Tage, die hinter dir liegen, die schlimmsten deines Lebens gewesen sind, und es tut mir grenzenlos leid, was du unseretwegen durchmachen musstest. Jetzt bin ich sehr glücklich, zu sehen, dass du ganz offensichtlich deinen Weg gefunden hast. Ich möchte, dass du eines weißt, meine Tochter: Hätte ich die Wahl, das, was damals passiert ist, ungeschehen zu machen, so würde ich es nicht wollen. Denn dann wärest du nicht meine Tochter. Und ein Leben ohne dich will ich mir nicht vorstellen." Damit hatte er sie auf die Stirn geküsst und war ins Wohnzimmer gegangen.

„Und du wirst immer mein Vater sein", hatte sie gemurmelt. Er hatte es nicht mehr hören können, aber das war nicht schlimm. Sie war sicher, dass er es wusste.

***

253

„Das ist sehr schade, Rieke. Wir lassen dich nur ungern gehen. Jemanden zu finden, dem dieser Beruf so auf den Leib geschnitten ist wie dir, wird kaum möglich sein."

„Tut mir leid", sagte Joerdis. „Ich hatte es nicht geplant. Es gab eine Veränderung in meinem Leben, ganz unerwartet. Ich ziehe von hier weg."

Ute, die Leiterin des Parks, nickte verständnisvoll. Ihre Augen ruhten dabei auf Rusty, der neben Joerdis Stuhl saß und aufmerksam eine Fliege beobachtete.

„Ja, gegen plötzliche Veränderungen ist keiner gefeit. Natürlich berücksichtigen wir deinen Resturlaub und deine Überstunden. Du warst immer für uns da und hast nie *nein* gesagt, wenn wir dich kurzfristig brauchten. Somit bleibt mir nichts anderes übrig, als dir viel Erfolg und viel Glück für deine Zukunft zu wünschen."

„Danke, Ute. Ich habe gerne hier gearbeitet und werde sowohl euch Kollegen als auch die Tiere vermissen."

„Du bist jederzeit willkommen. Wir alle freuen uns, wenn du uns besuchst. Ich hoffe doch, das wirst du hin und wieder tun."

„Ganz bestimmt!", versprach Joerdis und stand auf. Bevor sie die Tür hinter sich und Rusty schloss, bemerkte Ute noch:

„Erst Waldemar und jetzt du. Innerhalb weniger Wochen haben wir unsere beiden besten Mitarbeiter verloren."

Während sie, mit ihrem Hund im Schlepptau, an Besuchern vorbei durch den Park hastete, versuchte sie, nicht an Waldemar zu denken. Bis zu dem Augenblick, als die Leiterin des Wildparks seinen Namen ausgesprochen hatte, war ihr dies ganz gut gelungen. Sogar zuhause war sie mit der Erinnerung zurechtgekommen. Hier aber war es anders. Viele Stunden hatten sie und Waldemar gemeinsam im Wildpark gearbeitet und waren von früh bis spät zusammen gewesen. Sie hatten nie darüber gesprochen, dass eine Zukunft ohne einander undenkbar war. Dafür hatte es keiner Worte bedurft. Sie hatten sich angesehen und es gewusst. Manchmal hatten sie darüber gelacht, weil es so einzigartig und gleichzeitig auch ein wenig befremdlich war. Und doch war es das herrlichste Gefühl, das sie jemals empfunden hatte. Die Erinnerung daran war tief in ihrem Herzen verborgen. Wie das Andenken an einen wertvollen Schatz, der für alle Zeit verloren war. Es war gut, dass sie nun nicht mehr hier arbeitete. Alles in diesem Park, jeder Stein und jeder Baum, jedes Tier und auch jedes Geräusch, erinnerten sie an ihn.

Als sie endlich vor dem Wolfsgehege stand, ließ sie ihren Blick über das weitläufige Terrain wandern. Kein einziges Tier war zu sehen. Das war keineswegs unüblich, denn die Wölfe hatten eine besondere Vorliebe für jene Stellen, die nicht einsehbar waren. Dennoch hatte sie gehofft, dass Eyota sie bereits gewittert hatte und auf sie wartete. Entschlossen lief sie weiter, bis zu jenem Teil des Geheges, der Besuchern nicht gestattet und nur Angestellten des Wildparks zugänglich war. Hier war es ruhig. Mit dem Rücken zum Zaun setzte sie sich auf den Boden, unter die Krone einer schlanken Birke, deren Stamm sich silbern gegen das Herbstlaub abhob. Rusty legte sich neben sie, die Nase wachsam in der Luft. Joerdis wusste, dass er vor den Wölfen einen Heidenrespekt besaß. Gleichzeitig fand er sie unwiderstehlich interessant.

Nun galt es zu warten. Früher oder später würde der Wind ihren Geruch zu Eyota tragen.

Sie zog eine Packung Studentenfutter aus ihrer Jackentasche, riss sie auf und steckte sich Nüsse und Rosinen in den Mund. Während sie kaute, dachte sie an den Abschied von ihrer Familie.

Das üppige Frühstück mit frischen Brötchen und den Eiern, die ihnen die Hühner trotz der Mauser über Nacht gelegt hatten, war unerwartet fröhlich ausgefallen. Danach hatte ihre ganze Familie sie nach draußen begleitet, um sie zu verabschieden. Papa hatte die große Tasche, die sie gepackt hatte, schon ins Auto gelegt. Und um gar nicht erst die Frage aufkommen zu lassen, ob er bleiben oder mitfahren würde, war Rusty sofort in den Wagen gesprungen und hatte sich neben dem Gepäck zusammengerollt. Mama stand an Papa gelehnt, der den Arm um sie gelegt hatte, und schenkte ihr ein tapferes Lächeln. Von ihren Eltern hatte Joerdis sich bereits im Haus verabschiedet. Marla trat auf sie zu und umarmte sie, ein breites Grinsen im Gesicht.

„Auf in ein neues Abenteuer, Schwesterherz!" Daraufhin senkte sie die Stimme und raunte ihr ins Ohr: „Du musst mir unbedingt bald erzählen, wie das Leben als Windgeborene so ist. Ich stelle es mir unglaublich spannend vor."

Bevor sie ins Auto gestiegen war, hatte Henni ihr das Studentenfutter überreicht, ungewohnt ernst.

„Die habe ich gestern für dich gekauft, als Abschiedsgeschenk. Wenn du sie isst, dann sollst du an mich denken."

„Das werde ich, Henni. Ganz bestimmt."

Ihre jüngste Schwester hatte daraufhin ihre Arme um sie geworfen, wobei sie Joerdis fast zerdrückt hätte. „Ich will nicht, dass du ausziehst, Rieke! Ohne dich und Rusty ist es nicht mehr unser richtiges Zuhause. Auch Marla geht nächstes Jahr weg. Die ganze Familie bricht auseinander!"

„Solange Mama hier ist, bleibt es unser Zuhause, Henni. Ganz egal, was geschieht. Irgendwann kommt die Zeit, da wirst auch du fortgehen. Weil jeder von uns seinen eigenen Weg einschlagen wird. Dennoch werden wir eine Familie bleiben und uns immer wieder treffen. Genau hier. Außerdem bin ich doch gar nicht so weit weg. Du kannst mich jederzeit besuchen."

Sofort hatte sich Hennis Gesicht aufgehellt. „Stimmt! Ich weiß auch wie! Wenn ich dich sehen will, dann gehe ich einfach in den Wald und rufe nach Ga…" Sie erhielt einen Stoß von Marla und brach ab. Schuldbewusst klappte sie den Mund zu. Bereits bei ihrem Treffen in Fedors Haus hatten die Schwestern beschlossen, die Sache mit den Windbrüdern für sich zu behalten.

Joerdis wollte erneut in die Tüte greifen, als sie hinter sich ein Geräusch hörte. Augenblicklich war sie auf den Beinen und entdeckte die Wölfin, die nicht weit von ihr entfernt stehengeblieben war. Ihre Welpen, die in den letzten Wochen einen ordentlichen Schuss gemacht hatten, beäugten Joerdis neugierig.

„Eyota, meine Schöne! Du kannst wirklich stolz auf deine Kinder sein. Es sind allesamt wunderschöne junge Wölfe."

Scheue Zuneigung sprach aus dem Blick der Wölfin, als sie nähertrat. Ihre Jungen blieben in sicherem Abstand stehen und beobachteten aufmerksam jede ihrer Bewegungen.

„Ich gehe fort, mein Mädchen", sagte Joerdis und blickte dem Tier tief in die Augen. Normalerweise vermied sie dies, in diesem Moment jedoch schien es richtig zu sein. „Ich komme immer wieder, das verspreche ich dir. Ich muss doch sehen, wie aus deinen Babys stattliche Wölfe werden, nicht wahr?"

Eyota trat an den Zaun. Ihre Augen, deren Farbe wie heller Honig war, ruhten auf Joerdis Gesicht. Sanft und weise. Plötzlich wusste Joerdis ohne jeden Zweifel, dass die Wölfin sie verstanden hatte. Es waren nicht die Worte, die das Tier erfasst hatte. Es war die stille Botschaft zwischen zwei verbundenen Seelen.

Als sie, mit Rusty an ihrer Seite, wenige Stunden später den Wildpark verließ, tat sie es mit leichtem Herzen.

Kapitel 15

Fedors Hustenanfall riss sie aus ihren Gedanken. Sie legte die Arbeit beiseite und stand auf.

„Ich koche uns einen Tee", sagte sie mit einem besorgten Blick nach draußen. Seit Tagen hing der Nebel in dicken Schwaden zwischen den Bäumen. Wenn das Wetter doch nur umschlagen würde! Ein wenig Sonne, die Luft trocken und kalt. Es würde ihm besser gehen, und sie müsste nicht tagtäglich bangen, dass der Tod auf leisen Sohlen über die Türschwelle trat, um ihn mitzunehmen.

Fedor hatte es aufgegeben, zu verbergen, wie krank er wirklich war. Vermutlich fehlte ihm dazu einfach die Kraft. Sein Herzfehler war daran schuld, dass sich Wasser in seiner Lunge sammelte, und auch dafür, dass jede körperliche Anstrengung für ihn zur Qual wurde und ihn keuchend nach Luft schnappen ließ. Einige Tage zuvor hatte er mit Mühe die aufwändigen Griffe fertiggestellt, die sein Bruder in Auftrag gegeben hatte. Erst als er mit seiner Arbeit zufrieden gewesen war, hatte er sich in sein Bett gelegt. Seitdem hatte er es nicht wieder verlassen, bis auf kurze Ausflüge ins Badezimmer.

Nicht nur einmal hatte Joerdis versucht, ihn zu überreden, ins Krankenhaus zu gehen, um das Wasser aus seiner Lunge entfernen zu lassen.

„Um drei Tage darauf wieder genauso weit zu sein wie jetzt? Was, wenn sie mich nicht mehr fortlassen? Nein, danke. Ich bleibe, wo ich hingehöre. Und das ist hier. Im Wald."

Ragnas Kräutermischung wirkte immerhin lindernd, und so kochte Joerdis, sobald der rasselnde Husten Fedors Körper schüttelte, den Tee nach Ragnas Rezept.

Sie sann darüber nach, dass sich die Geschichte wiederholte. Auch Ragna war damals in die Stube gezogen, um dort zu sterben. Der eine kam, der andere ging. Die Windgeborenen, die zum Gefährten des Windfürsten bestimmt waren, lösten einander ab. Mehr war es nicht, ganz nüchtern betrachtet. Joerdis erschauerte. Darüber wollte sie nicht nachdenken. Noch nicht. Vielleicht blieb ihm ja mehr Zeit, als sie glaubte. Hatte man ihm nicht prophezeit, dass er bereits als Kind sterben würde? Damals hatte der Tod keinen Erfolg gehabt. Wieso sollte es diesmal anders sein?

Sie goss das dampfende Gebräu in einen Becher und trug ihn zum Bett. Sorgsam half sie Fedor, sich aufrecht hinzusetzten und schlug dabei seine Kissen auf.

„Danke", sagte er mit einer Stimme, die vom Husten heiser und wund war. Er nahm den Becher mit beiden Händen entgegen. „Setz dich zu mir, Joerdis."

Sie holte ihren Teebecher und setzte sich ans Fußende des Bettes, die Beine an den Körper gezogen. Begierig zog sie den Dampf in die Nase. Im Vergleich zu Fedors Tee, der nach herben und bitteren Kräutern roch, entströmte dem ihren der Duft nach Sommer. Sie stellte sich vor, wie die jungen Blätter der Brombeeren und Himbeeren in der Sonne geglänzt hatten, bevor Fedor sie abgepflückt und zum Trocknen ausgelegt hatte. Sie überlegte, an welcher Stelle er wohl die winzigen Walderdbeeren gefunden hatte, die nun als kleine, getrocknete und wieder aufgeweichte Perlen in ihrem Becher schwammen und so herrlich süß dufteten, als wären sie frisch geerntet.

„Sven wartet auf mich", bemerkte Fedor, nachdem er ein paar vorsichtige Schlucke von seinem Tee genommen hatte. Noch immer wirkte er erschöpft. Dennoch war Leben in sein gesundes Auge zurückgekehrt und hatte den unnatürlichen Glanz daraus verdrängt.

„Du kannst nicht zu Sven fahren."

Er lächelte amüsiert. „Ich dachte mir schon, dass du das sagst."

„Ich werde ihm die Sachen bringen." Sie blies in ihren Becher. Es wäre nicht das erste Mal, dass sie alleine zu Fedors Bruder fuhr. Sie mochte ihn. Sie mochte ihn schon allein aus dem Grund, weil er der einzige Mensch der Familie war, dem Fedor jemals etwas bedeutet hatte.

„Ich danke dir. Es muss nicht gleich sein."

Vor dem Haus ertönte ein Bellen. Dann ein Kratzen an der Tür. Joerdis stand auf und ließ die Hunde herein.

„Hallo, ihr beiden", begrüßte sie Calla und Rusty, die einen Schwung kühler, feuchter Luft mitbrachten. „Wie war euer Ausflug?"

Rusty sprang an ihr hoch und leckte ihr die Hände. Keine Sekunde später lag er bei Fedor auf dem Bett. Der Mann streckte sofort seine Hand nach ihm aus. Als Joerdis sich wieder zu ihm setzte, legte Calla sich neben sie auf den Boden, seufzte zufrieden und schloss die Augen. Die Hunde hatten sich vom ersten Augenblick an vertragen, und Rusty stürmte seitdem unermüdlich mit der Grauen durch den Wald, um Stunden später erschöpft, aber glücklich wieder an ihrer Seite zu sein.

Sie konnte kaum glauben, dass sie schon seit über vier Wochen bei Fedor lebte. Sie fragte sich, wo die Zeit geblieben war. Während der ersten Tage waren sie gemeinsam durch die Tiefen des riesigen Waldes gelaufen. Fedor hatte mit ihr jene Stellen besucht, an denen seltene Kräuter wuchsen, so wie verborgene Lichtungen, wo sich des morgens in der Dämmerung das Wild aufhielt. Sie hatte uralte Orte kennengelernt, die erfüllt waren von geheimnisvoller Mystik. Bis sie den ganzen Wald erkundet hatte, würde noch viel Zeit vergehen.

Wenn sie am Abend vor dem knisternden Feuer saßen, gingen sie beide einer Beschäftigung nach. Meistens schnitzte Fedor an einem Stück Holz, während Joerdis Vogelhäuser baute, die sie an das Blockhaus und an die Bäume ringsherum hängen wollte. Währenddessen erzählte Fedor von seinem außergewöhnlichen Leben an der Seite des Windfürsten. Von seinen Aufgaben und auch davon, wie schmerzhaft es war, wenn er ihn für lange Zeit nicht zu Gesicht bekam. Er erzählte vom Glück und vom Leid, die das Dasein als Gefährte mit sich brachte, aber auch davon, dass er niemals mit jemand anderem hätte tauschen wollen.

Noch hatte Joerdis den Windfürsten nicht kennengelernt. Jeden Morgen, wenn sie die Augen aufschlug, war ihr erster Gedanke: *Vielleicht ist heute der Tag, an dem es geschehen wird!* Dann fuhr ein erwartungsvolles Kribbeln durch ihren Körper und sie überlegte, wie er wohl aussehen mochte. Jeden Abend jedoch hatte sie sich enttäuscht zu Bett gelegt. Erfüllt von der Hoffnung, dass es der kommende Tag sein würde. Würde sie, ebenso wie Fedor, spüren, wenn er auf dem Weg war?

Sie bewegte sich, und Fedor, der gedankenverloren Rustys Kopf gekrault hatte, schlug die Augen auf. Der Nebel, der sein blindes Auge trübte, glich jenem, der noch immer durch den Wald waberte. Grau und undurchdringlich. Sein gesundes Auge aber sah sie sanft an.

„Du wirst ihn bald kennenlernen."

Ihr Herzschlag beschleunigte sich und sie richtete sich auf.

„Kommt er? Hast du ihn gesehen?"

Er schüttelte den Kopf.

„Du spürst, dass er auf dem Weg ist?"

Wieder Kopfschütteln.

„Aber wie kannst du dir dann so sicher sein? Was, wenn nicht? Ich habe ihn noch immer nicht kennengelernt. Was ist, wenn …?" Sie sprach nicht weiter.

„Er wird hier sein, wenn ich sterbe."

Bestürzt suchte sie nach Worten.

„Aber du stirbst doch nicht!", brach es schließlich aus ihr heraus. Sein Mund verzog sich zu einem traurigen Lächeln.

„Mir ist nicht entgangen, wie du mich ansiehst, wenn mich der Husten schüttelt. Du bist viel zu klug, um nicht zu spüren, wie es um mich steht."

„Aber …" Sie war den Tränen nah. „Aber du bist noch viel zu jung. Du kannst dich erholen. Bestimmt erholst du dich!"

„Du weißt, dass das nicht stimmt, Joerdis. Nicht dieses Mal. Aber das ist vollkommen in Ordnung. Wir können uns nicht aussuchen, wann wir dorthin zurückgerufen werden, wo wir hergekommen sind. Sieh mal: Ich hätte niemals gedacht, dass ich so alt werde. Zudem war die Zeit, die mir geschenkt wurde, eine ausgesprochen glückliche Zeit. Wenn ich gehe, dann gehe ich zufrieden, denn ich weiß euch beide in guten Händen. Ihr seid wie füreinander geschaffen, du und er."

Traurig dachte sie über seine Worte nach. Darüber, wie bewundernswert es war, dass er ohne Bitterkeit von der Welt scheiden würde. Aber auch darüber, dass sie ihm in einem Punkt nicht ganz recht geben konnte. Der Fürst und sie mochten in gewisser Weise füreinander bestimmt sein, da sie eine Windgeborene war. Aber füreinander geschaffen? Sie zwang sich, an etwas anderes zu denken und nicht an den Mann, dem ihr Herz gehören würde, bis auch sie irgendwann starb.

„Der Windfürst weiß, wenn es mit uns zu Ende geht?", fragte sie deshalb.

„Ja, er spürt es."

„Und was, wenn er es nicht rechtzeitig schafft, da zu sein?"

„Er schafft es."

„Wäre es auch möglich, ihn zu rufen?", wollte sie wissen. „Meine Schwestern haben erzählt, dass sie nach Gawain gerufen haben, als sie im Wald waren."

„Der Windbruder konnte deine Schwestern hören, weil sie sich in seinem Wirkungsbereich befanden. Über weite Entfernungen hinweg kann nur Borg sie zu sich rufen. Sie hören es, wo auch immer sie gerade sind und machen sich umgehend auf den Weg. Auch umgekehrt ist es möglich, allerdings eingeschränkt. Sie können nach ihrem Fürsten rufen. Wenn er sich auf demselben Kontinent aufhält, kann er sie normalerweise hören. Weiter weg nicht mehr. Einzig und allein sein Gefährte …"

Das Reden raubte ihm seine Kräfte und er machte eine Pause, um wieder zu Atem zu kommen. „Nur sein Gefährte kann ihn jederzeit erreichen", sagte er schließlich mit matter Stimme.

„Wie?"

„Das wirst du wissen, wenn es soweit ist."

„Aber ich habe doch gar keine Ahnung, wie ich es anfangen soll", gab sie zurück, von Zweifeln erfüllt.

„Du wirst es wissen. Vertraue einfach."

„Wem?"

„Deiner Intuition."

Sie berührte die Perlen des Armbands, das sie von Zeit zu Zeit trug. Besaß sie diese Intuition, von der Fedor sprach, tatsächlich? Er schien daran zu glauben.

„Ich bin erschöpft und werde für eine Weile die Augen schließen." Seine Stimme war kaum zu hören.

Joerdis nahm ihm den Becher aus der Hand. Insgeheim betete sie darum, dass es ihm am nächsten Tag ein wenig besser ging. So war es bisher immer gewesen, warum nicht auch jetzt? Nachdem sie das Geschirr gespült und den Ofen eingeheizt hatte, packte sie die Schubladengriffe in eine Kiste und machte sich auf den Weg zu Sven.

Fedors Bruder war ein stämmig gebauter Mann, das einst blonde Haar fast weiß und noch immer voll. Als Joerdis mit der Kiste unter dem Arm das Tor zur Werkstatt aufstieß, entdeckte sie ihn an der Seite einer seiner Schwiegersöhne über einen ausgebreiteten Plan gebeugt. Er trat auf sie zu und nahm ihr die Kiste ab.

„Es muss ihm schlecht gehen, wenn er nicht selbst kommt", sagte er stirnrunzelnd, die hellen Augen voller Sorge.

Sie antwortete nicht.

„Wird er sich erholen?"

Niedergeschlagen hob sie die Schultern. Sie brachte es nicht fertig, ihm ehrlich zu antworten.

Der Mann, der vor ihr stand, schluckte und sah auf die Kiste herab, die er in den Händen hielt. „Jedes Mal, wenn ich ihn in der letzten Zeit gesehen habe, war er weniger. Es war nicht zu übersehen." Er stellte den Behälter auf einen Tisch und nahm einen der Griffe heraus. Nachdenklich strich er über die kunstvoll geschnitzten Muster.

„Ich werde ihn vermissen", sagte er, ohne den Blick zu heben. „Michel war das einzig Gute an dieser ganzen verdammten Familie. Ich würde alles dafür geben, ihn glücklich und gesund zu sehen."

„Für ihn warst *du* das einzig Gute an eurer Familie." Sie lächelte ihn tröstend an. „Dafür, dass er mit einem Herzfehler geboren wurde, kann niemand etwas. Du hast einen großen Teil dazu beigetragen, dass es ihm seit vielen Jahren gut geht und er ein Leben führt, das ihn glücklich macht."

„Das war das Mindeste, was ich für ihn tun konnte." Er wandte sich beschämt von ihr ab und fuhr sich übers Gesicht.

„Sven?"

Er sah auf.

„Du bist sein Bruder. Du trägst nicht die Verantwortung für das, was deine Eltern versäumt haben."

Ein vages, nicht sehr überzeugtes Nicken. Er legte den Holzgriff in die Kiste zurück und räusperte sich, bevor er sprach.

„Unzählige Male habe ich ihm angeboten, bei uns zu leben. Wir haben so viel Platz. Aber er hat jedes Mal abgelehnt. Irgendwann habe ich verstanden, dass er sein Haus im Wald niemals verlassen wird. Ganz egal, wie krank er ist. Er will dort sterben. Das habe ich inzwischen akzeptiert. Ich bin froh, dass du bei ihm bist. Es ist gut, zu wissen, dass er nicht allein sein wird."

„Er wird nicht allein sein. Das verspreche ich dir."

Als sie auf dem Rückweg den Abzweig zum Tierpark sah, setzte sie kurzerhand den Blinker und bog ab. Sie parkte das Auto, kaufte ein Ticket und schlenderte über das Gelände, das sich mitten im Wald befand. Die Anlage war wesentlich kleiner als jene, in der sie gearbeitet hatte. Aber es gefiel ihr hier. Jetzt, um die Mittagszeit, war nicht viel los. Ein paar junge Mütter schoben Buggys, in denen Kleinkinder saßen, dick eingepackt in Erwartung des herannahenden Winters. Joerdis schnaubte leise durch die Nase. Von diesem Winter war allerdings noch nichts zu spüren. Das dachte offenbar auch eines der kleinen Kinder, als es sich mit lautem Quäken die Mütze vom Kopf riss und sie aus dem Buggy schleuderte.

Kinder. Sie selbst würde wohl nie welche haben, überlegte sie und unvermittelt entstand vor ihren Augen das Bild eines großen Hauses, erfüllt von fröhlichen Stimmen und Hundegebell. Aber es war weder das bunte Haus, das ihr in den Sinn gekommen war, noch eines, das ihr gehören würde. Es war das hübsche große Haus an der bretonischen Küste, mit einem Hof und einem kleinen Lokal. Die Kinder waren jene von Marla und Kelian. Ob es tatsächlich dazu kommen würde, wusste Joerdis nicht. Erst die Zukunft würde es zeigen. Aber es war nicht schwer, es sich vorzustellen.

Als sie das Rotwildgehege erreichte, versammelten drei Betreuer gerade eine Schar Kinder um sich und zählten durch. Kurz darauf zogen sie weiter, und Joerdis trat an den Zaun. Viele der Tiere standen nicht weit entfernt an einer Futterstelle. Während die meisten von ihnen unbekümmert den Kopf gesenkt hatten und fraßen, blickten einige Vorsichtige sich wachsam um. Bisher war sie erst einmal in diesem Park gewesen, zusammen mit Fedor, der einen verletzten Rehbock gefunden hatte. Sie versuchte, ihn unter den Tieren ausfindig zu machen. Wie schön wäre es, Fedor erzählen zu können, dass das verletzte Tier genesen war.

Damals hatte sie auch die Bekanntschaft von Frauke gemacht, die ihr bereitwillig alles erzählte, was sie über den Tierpark hatte wissen wollen. Als sich Joerdis bei ihr nach einer freien Stelle erkundigte, hatte sie bedauernd den Kopf geschüttelt.

„Sie sind wunderschön, nicht wahr?"

Eine Frau war neben sie getreten und blickte zu den Tieren. „Ich arbeite nun schon seit sechs Jahren hier, und jeden Tag ertappe ich mich dabei, dass ich an dieser Stelle stehe und das Rotwild betrachte."

„Ich mag sie auch", sagte Joerdis. „Das Haus meiner Eltern steht am Rand eines großen Waldes. Dort habe ich schon als Kind Rehe beobachtet." Eines der Tiere hatte beim Klang ihrer Stimme den Kopf gehoben und näherte sich zögernd.

„Hallo, junger Mann!", rief die Mitarbeiterin des Parks und versuchte, den Rehbock anzulocken. Dieser aber war stehengeblieben und musterte sie argwöhnisch, bereit zur Flucht.

„Ist sein Bein wieder in Ordnung? Es war gebrochen, nicht wahr?", erkundigte sich Joerdis. Abermals trat das Reh ein paar Schritte näher. Die Frau, die ihr blondes Haar kurz trug und einen bunten Schal um den Hals geschlungen hatte, sah sie überrascht von der Seite an.

„Woher wissen Sie das? Ja, er wurde vor einiger Zeit verletzt zu uns gebracht. Wir behalten ihn noch eine Weile zur Beobachtung hier, werden ihn aber wieder auswildern."

Das Tier war an den Zaun getreten und streckte seine Nase nach Joerdis aus.

„Na, mein Guter", murmelte sie und berührte ihn sanft. „Es freut mich zu hören, dass es dir besser geht. Vielleicht treffen wir uns ja wieder, draußen in der Freiheit." Sie wandte sich an die Dame, die verblüfft zugesehen hatte. „Fedor und ich haben ihn gefunden", erklärte Joerdis. „Daher kennt er mich."

„Mich kennt er auch", gab die Frau nachdenklich zurück. „Ich füttere ihn täglich, er kennt meine Stimme und meinen Geruch. Dennoch käme er niemals auf die Idee, sich von mir berühren zu lassen. Und alle anderen ebenso wenig", fügte sie mit einem Blick auf die Tiere hinzu, die sich inzwischen an den Zaun drängten.

Nachdem sie lächelnd noch weitere weiche Nasen gestreichelt hatte, verabschiedete sich Joerdis und machte sich auf den Weg zum Wolfsgehege. Es hatte sie gefreut, von Fedor zu erfahren, dass es hier Wölfe gab. Das Gehege war vielseitig gestaltet. Neben alten, mächtigen Bäumen entdeckte sie Felslandschaften und Totholz, sogar einen Wasserlauf. Von den Wölfen sah sie anfangs nichts. Nach einer Weile aber fanden sie sich ein, einer nach dem anderen, und blieben in respektvollem Abstand stehen. Scheu, aber keineswegs abgeneigt, ihrer Neugier nachzugeben und sich zu nähern. Das taten sie schließlich, und Joerdis kniete sich vor die Umzäunung. *Ihr könnt mir vertrauen*, sprach sie im Stillen zu ihnen, und ihr Herz fühlte sich warm an, als eine schneeweiße Wölfin sich aus dem Rudel löste und zu ihr kam.

„Hallo, kleine Schneeflocke."

„Das ist ein Phänomen", sagte dieselbe Stimme von vorhin, und sie wandte sich um. Nicht weit von ihr entfernt stand die blonde Mitarbeiterin und musterte sie voller Interesse. „Wie machen Sie das? Ich habe noch nie erlebt, dass die Wölfe zu jemandem gekommen sind, den sie vorher niemals gesehen haben. Erst das Rotwild, jetzt die Wölfe."

Bevor Joerdis antworten konnte, ergänzte sie: „Tut mir leid, dass ich Ihnen gefolgt bin. Aber nach dem Erlebnis mit den Rehen wollte ich unbedingt wissen, ob es Zufall war. Offensichtlich war es das nicht."

Joerdis erhob sich. „Es war schon immer so", erklärte sie fast entschuldigend. „Tiere haben vor mir keine Angst. Sie vertrauen mir."

Die Frau nickte. „Das ist nicht zu übersehen. Haben Sie schon mal darüber nachgedacht, mit Tieren zu arbeiten? Sie sind dafür wie geschaffen."

„Ich bin Tierpflegerin", gab sie heiter zurück.

Sprachlos starrte die Frau sie an. „Sie suchen nicht zufällig einen Job?", fragte sie schließlich.

„Ich weiß, dass hier keine Stelle frei ist. Sonst würde ich mich tatsächlich darum bewerben."

„Ich denke, das wird kein Problem sein. Ich bin Saskia und gehöre zum Leitungsteam. Für jemanden wie dich haben wir immer eine Stelle frei, glaub mir."

Am ersten Januar würde sie im Tierpark anfangen! Gutgelaunt und ein wenig aufgewühlt vor Freude parkte sie den Wagen vors Blockhaus und konnte es kaum erwarten, Fedor davon zu erzählen. Was für ein Zufall, dass sie ausgerechnet heute im Tierpark gewesen war, als Saskia Dienst hatte! Noch immer konnte sie es kaum fassen. Die Hunde, die beim Erscheinen ihres Autos aufgesprungen waren, liefen ihr entgegen und warfen sie vor Freude fast um.

Als sie ins Haus trat, fand sie Fedor noch immer tief schlafend vor. Sein Atem ging ruhig und gleichmäßig, und erleichtert versicherte sie sich, dass all dies gute Zeichen waren und er sich auch dieses Mal erholen würde. Sie stellte ihm ein Glas frisches Wasser hin, legte einen Scheit Holz nach und überlegte, mit was sie sich beschäftigen konnte, ohne ihn zu wecken. Lesen oder vielleicht das Loch in ihrer hellen Bluse stopfen, das sie sich an einem dornigen Gebüsch gerissen hatte? Da sie aber nicht das geringste Bedürfnis hatte, sich hinzusetzen und einer stillen Beschäftigung nachzugehen, nickte sie den Hunden zu. Kaum hatte sie die Tür geöffnet, schossen sie an ihr vorbei. Joerdis aber blieb vor dem Haus stehen. Sie spürte den Wind, der ihr mit sanften Fingern das Haar aus dem Gesicht strich und weiterzog. Eine kühle Brise, die sich im Wald verlor. Die Zeit der Herbststürme war vorüber und es hatte den Anschein, als sehnten sich die Windbrüder erschöpft nach der Winterruhe. Diese war ihnen jedoch erst dann vergönnt, wenn der Nordwind sich einfand und sie von ihren Pflichten entband. Ob er ahnte, dass sie alle auf ihn warteten? Sowohl die Windbrüder als auch die Menschen?

Der Nebel hatte sich gelichtet. Die Feuchtigkeit hing noch in den Bäumen, und die Vögel schienen zu spüren, dass die Stunden bis zur nächsten Dämmerung nicht mehr fern waren. Schweigend und zu dicken Kugeln aufgeplustert saßen sie im Unterholz.

„Calla!"

Im nächsten Moment war die Hündin an ihrer Seite. Joerdis legte ihr eine Hand auf den grauen Rücken. „Zeig mir, wo du mich gefunden hast."

Sofort sprang Calla mit großen Sätzen voraus, Rusty hinterher. Sie selbst gab sich Mühe, mitzuhalten und die Tiere nicht aus den Augen zu verlieren. Sie folgte ihnen durchs

Unterholz, überquerte einen Bachlauf und kletterte über umgestürzte Bäume. Schließlich blieb die Graue stehen und wartete auf sie. Während Rusty bereits in einem Erdloch stöberte und Laub nach allen Seiten fliegen ließ, schloss Joerdis auf.

„Es kann weitergehen", keuchte sie und hielt sich die Seiten. Sie zog die Jacke aus, band sie um ihre Hüften und wischte sich den Schweiß von der Stirn. Der Hund neben ihr setzte sich.

„Hier ist es?"

Mit gemischten Gefühlen sah sie sich um. Die Bäume waren so hoch, dass sie den Himmel zu berühren schienen. Brombeerranken überwucherten den Waldboden, und ringsumher lagen Steine, überzogen von Moos und Flechten. Ja. Hier war es gewesen. Sie erinnerte sich daran, dass sie diese uralten Bäume gesehen hatte. Und dann waren da die Dornen, die den Boden bedeckten und die ihr zum Verhängnis geworden waren.

Ein Schauder lief ihr über den Rücken, als sie an die dunklen Stunden dachte, die sie hier verbracht hatte, dem Tod näher als dem Leben. Nie hätte sie vermutet, dass sie jemals das Bedürfnis haben würde, diesen Ort wiederzusehen. Aber seit einigen Tagen war er ihr immer wieder in den Sinn gekommen.

Sie hatte den Tod herbeigesehnt und hätte ihm ohne zu zögern die Hand gereicht. Wie dumm war sie doch gewesen! Das Leben wegzuwerfen wie etwas, dessen man überdrüssig ist, das hatte es nicht verdient. Sie hatte bereits viel von Fedor gelernt. Zum Beispiel, dass man für jeden Tag dankbar sein und ihn wie ein Geschenk annehmen sollte. Und dass jeder einzelne von ihnen es wert war, dass man darum kämpfte.

Aufmerksam blickte sie sich um und sah, was sie damals nicht erkannt hatte. Wie auch? Vor Erschöpfung hatte sie ausschließlich zu Boden gesehen, um zu verhindern, dass sie fiel oder sich in den dornigen Trieben verfing. Danach hatte nur noch der Schmerz ihr Sein bestimmt. Sobald man aber den Blick hob und die ganze Umgebung erfasste, war dieser Ort außergewöhnlich. Er wirkte ein wenig unwirklich, wie eine Verbindung zwischen zwei Welten. Mächtige Baumgiganten bildeten einen großen Kreis um eine Ansammlung aus mannshohen Steinen. Unter anderem waren dort knorrige Eichen, die schon sehr alt sein mussten, und deren weites Geäst wirkten wie das Versprechen einer tröstenden Umarmung. Auch hohe Buchen befanden sich darunter. Ihre kahlen Zweige malten ein Geflecht aus geheimnisvollen Mustern an den Himmel.

Sie lief zu den Felsen. Bis auf wenige Stellen trugen sie einen dicken Mantel von leuchtend grünem Moos. Ihre Hand auf dem feuchten Pflanzenteppich, umrundete sie das Steingebilde und überlegte, wie der Blick von dort oben sein mochte. Entschlossen, dies zu erkunden, entledigte sie sich ihrer Jacke und war binnen Sekunden hinaufgeklettert. Sie drehte sich um ihre eigene Achse und ließ ihren Blick über die Baumrunde wandern. Die Luft war erfüllt von leisem Wispern und flimmernder Energie. Es schien, als würden die uralten Baumriesen auf ihre eigene Weise miteinander kommunizieren und ihr wohlwollend anbieten, daran teilzunehmen.

„Sollte ich jemals nach Rat suchen, dann komme ich hierher. Zu euch!", rief sie und breitete ihre Arme aus. Was für ein zauberhafter und mystischer Ort dies war! Und wie merkwürdig, dass sie ihn so empfinden konnte, nach allem, was sie hier erlebt hatte.

Sie schloss die Augen und horchte in sich hinein. War wirklich nichts mehr von den dunklen Geistern zu spüren, die sie in die Tiefe hatten ziehen wollen? Wachsam suchte sie nach ihren Spuren, die sich womöglich tief in ihrem Innersten verborgen hielten, jederzeit bereit, erneut von ihr Besitz zu ergreifen. Sie fand nichts. Alles in ihr war hell und klar. So wie dieser Ort, der auf eine ganz besondere Weise ihre Seele berührte.

Sie musste an Torins Grotte denken, an deren rätselhafte Anziehung, die sie in dem Augenblick empfunden hatte, als sie auf bretonischem Boden stand. Der Ort, an dem sie damals, in jener denkwürdigen Nacht, von Wind und Mensch gezeugt worden war. Fedor hatte ihr erzählt, dass es ihm ähnlich ging. Auch er hatte sich als Kind immer wieder an die Stelle begeben, an der seine Mutter sich mit dem Windbruder vereinigt hatte. Wieviele der windgeborenen Menschen mochten ihr Leben lang einen Sehnsuchtsort haben und nie erfahren, was der Grund dafür war?

Sanft glitt der Wind durch das herbstbraune Laub der Eichen. Die Blätter, die erst dann von den Zweigen fallen würden, wenn im nächsten Frühjahr neue Triebe heranwuchsen, summten dabei leise ein Lied von Wachsen und Vergehen.

Joerdis sank nieder und setzte sich auf den Felsen, den Blick nach Nordosten gerichtet, wo er sich in der Ferne verlor. Wieder seufzte der Wind in den Zweigen.

„Borg", sagte sie, obwohl sie wusste, dass er sie nicht hören konnte. Sie machte einen tiefen Atemzug und ließ die würzige Waldluft ihre Lungen füllen. Langsam stieß sie sie wieder aus und schloss dabei die Augen. Es war schwer, sich jemanden vorzustellen, den man nie zuvor gesehen hatte und von dem man nicht wusste, wie er aussah. Dennoch sprach sie weiter. Respektvoll, aber bestimmt.

„Fürst, bitte komm nach Hause. So schnell wie möglich. Er braucht dich jetzt, und ich fürchte, dass nicht mehr viel Zeit bleibt."

Kapitel 16

Gedankenverloren ließ Borg seinen Blick über die unendliche Weite der Steppe wandern. Kalt und unwirtlich lag sie vor ihm, geprägt von dem rauen Klima, das hier herrschte. Hinter ihm dagegen erstreckte sich ein unermesslicher Wald, dessen Unberührtheit und Wildheit ihn beeindruckten. Die Bäume waren Riesen. Sie wuchsen bis in den Himmel, stolz und majestätisch und weckten das Bedürfnis, sich ehrfürchtig vor ihnen zu verneigen. In ihrem Schutz lebten vielerlei Tierarten im natürlichen und zugleich grausamen Kreislauf der Schöpfung. Jäger und Opfer. Mordlust und Unschuld. Eine Symbiose, wie sie vollkommener nicht sein konnte. Wie gut, dass es dies noch immer gab. Ganze Landstriche, die zu wenig Reiz auf die Menschen ausübten, um von ihm eingenommen zu werden.

Nachdem er Kirill und Juri zur Rede gestellt und ihnen ans Herz gelegt hatte, ihre Streitigkeiten beizulegen, hatte er sich in den Ural zurückgezogen. Von hier aus hatte er ein wachsames Auge auf die beiden Steppenwinde und konnte beobachten, ob sie seiner Anweisung folgten. Die Windbrüder Sibiriens waren aufbrausende, hitzköpfige Genossen. Seit Zeiten zankten sie sich mit zerstörerischer Auswirkung um ein Gebiet in der sibirischen Tundra, das sie beide für sich beanspruchten. Nun aber waren zum ersten Mal Menschen dabei zu Schaden gekommen, und der Windfürst war nicht umhingekommen, einzugreifen.

Es schien zu funktionieren. Borg hatte damit gedroht, jedem von ihnen einen neuen Wirkungsbereich – weit voneinander entfernt – zu verpassen, und daran war keiner von beiden interessiert. Sie wussten allerdings, dass er es ohne zu zögern tun würde, wenn er ein zweites Mal würde eingreifen müssen.

Folglich waren seine Tage in Sibirien gezählt. Nicht mehr lange, und er würde sich auf den Weg nach Hause machen. Es wurde höchste Zeit, dass der Nordwind das Zepter in die Hand nahm und die Natur zur Ruhe zwang. Zudem sehnten sich seine Brüder nach ihrer wohlverdienten Winterpause.

Zuhause. Das war für ihn da, wo sein Gefährte lebte. Der Gedanke an Fedor weckte tiefe Besorgnis in ihm. Er spürte im Innersten seines Wesenskerns, dass es um seinen Freund nicht zum Besten stand. Als sie sich voneinander verabschiedet hatten, war in ihm noch Hoffnung gewesen, dass Fedor sich erholen würde. Seit Tagen aber spürte er mit untrüglicher Gewissheit, dass er seinen engsten Vertrauten verlieren würde. Früher, als er geahnt hatte. Schneller, als er gehofft hatte. Das Wissen darum bekümmerte ihn. Einen Gefährten an den Tod zu verlieren, riss jedes Mal eine tiefe Kerbe in sein Dasein.

Mitunter hatte er darüber nachgesonnen, ob nicht eines Tages mit einer weiteren Kerbe sein innerster Kern vollends auseinanderbrechen und er selbst der Vergangenheit angehören würde. Somit würde das Zeitalter eines neuen Windfürsten beginnen. Niemand jedoch konnte ihm sagen, ob etwas in dieser Art schon jemals passiert war. Er hoffte, dass er noch viele Male die Kraft hatte, zu ertragen, was nicht zu vermeiden war.

Hin- und hergerissen zwischen seinen Pflichten als Windfürst und seiner Verantwortung seinem treuen Gefährten gegenüber, beschloss er, ein letztes Gespräch mit Juri und Kirill zu führen und anschließend nach Hause zurückzukehren.

***

Sie half Fedor, sich aufzusetzen und stopfte ihm ein dickes Kissen in den Rücken. Aufrecht zu sitzen erleichterte ihm zwar das Atmen, gleichzeitig ermüdete es ihn. Auf seinen Wunsch hin öffnete sie eines der Fenster weit. Kalte, feuchte Luft strömte herein. Sofort begann Fedor zu husten.

„Wirklich?", fragte sie zweifelnd.

„Es fühlt sich gut an, wenn ich die kalte Luft einatme. Auch wenn sie in meiner Lunge zwickt, so gibt sie mir doch das Gefühl, dass ich noch lebe." Er verzog seinen Mund zu einem entschuldigenden Lächeln und nahm hustend den Tee entgegen, den sie ihm reichte.

„Wie spät ist es?" Er wirkte aufgeregt wie ein Kind, das Geburtstagsbesuch erwartete.

„Er wird gleich hier sein."

„Sitzt die Augenklappe richtig? Ist sie nicht verrutscht?" Er tastete nach der schwarzen Augenbedeckung.

„Nein, Fedor, sie ist nicht verrutscht. Außerdem würde es ihn nicht stören."

Als es zaghaft klopfte, öffnete sie die Tür, und der Mann trat ein. In dem kleinen Raum wirkte er wie ein Hüne. Seine Hände nestelten fahrig an den Knöpfen seiner Jacke. Er nickte ihr zu, verlegen um Worte.

„Hallo, Sven", begrüßte sie ihn. „Ich koche dir einen Kaffee, dann lasse ich euch alleine."

Am frühen Morgen war sie in die Werkstatt gefahren und hatte ihn darüber informiert, dass es um seinen Bruder nicht besonders gut stand. Wieviel Zeit ihm noch blieb, wusste sie nicht zu sagen. Womöglich keine drei Tage mehr. Vielleicht nicht mal einer.

„Ich komme noch heute Vormittag", hatte er daraufhin gesagt, erschüttert, weil es plötzlich so schnell ging. „Aber ich bin kein Mann der vielen Worte und werde kaum einen Ton herausbringen."

Sanft hatte sie ihn am Arm berührt. „Es geht nicht darum, dass du etwas sagst. Sei nur eine Weile bei ihm. Er wird es dir leicht machen, du wirst sehen."

Zögernd trat er an Fedors Bett.

„Hallo, Käpt'n Hook", sagte er, darum bemüht, seiner Stimme einen festen Klang zu geben. Die Matratze knarzte, als er sich zu seinem Bruder setzte. Wortlos stellte Joerdis den Kaffee auf den Tisch, schlüpfte in ihre Schuhe und verließ zusammen mit den Hunden das Haus.

Leichtfüßig sprang sie über Wurzeln und Bäche, ihr Ziel dasselbe wie seit Tagen: Der Baumkreis nämlich mit dem Felsen in der Mitte. Hier begannen ihre Gedanken zu fliegen, über alle Grenzen hinaus. Nicht nur in die endlose Weite, die über ihr war, sondern auch in ihr Innerstes, wo sie nichts anderes vorfand als Frieden. Zumindest beinahe. Denn noch immer war es ihr nicht gelungen, den Windfürsten herbeizurufen. Die Zeit drängte. Und sie hatte nicht den leisesten Schimmer, wie sie es anstellen sollte.

Die Luft war kalt und klar. Am wässrigblauen Himmel über ihr stand die blasse Wintersonne. Immerhin: Ein sonniger Tag im Dezember, das erlebte man nicht allzu oft. Wenn man genau hinsah, entdeckte man auf manchen Schattenflecken noch den Raureif der vergangenen Nacht. Dennoch war es für diese Jahreszeit definitiv zu warm. Was, wenn Borgs Aufgaben ihn davon abhielten, nach Europa zurückzukehren? Würde es keinen Winter geben? Fragen über Fragen. Und kein Tag, ohne dass neue hinzukamen. Aber sie hatte aufgehört, sie Fedor zu stellen. Der Sauerstoff, der seine Lungen erreichte, genügte gerade zum Überleben. Er musste seinen Atem nicht an sie verschwenden.

Als sie den Felsen erreichte, kletterte sie hinauf und reckte entschlossen ihr Kinn vor. Sie war die nächste Gefährtin des Windfürsten! Ihr war bewusst, dass sie noch viel zu lernen hatte, aber sie war bereit, sich dieser Aufgabe zu stellen, wenn die Zeit gekommen war. Jede Minute, die verstrich, brachte sie diesem Augenblick näher.

„Windfürst!", rief sie und stützte ihre Hände in die Seiten. „Ich weiß, dass ich dir keine Befehle geben kann und ich habe keine Ahnung, wie ich dich rufen soll. Trotzdem schicke ich dir folgende Botschaft: Komm nach Hause! Schnell!"

Sie horchte dem Hall ihrer Worte nach. Als sie im Wald verklungen waren, drehte sie sich um ihre eigene Achse und betrachtete die alten Baumgeschöpfe, einen nach dem anderen. Sie hatte den Eindruck, als nickten sie ihr wohlwollend zu. Auch sie selbst war einigermaßen zufrieden mit sich. Es hatte sich gut angefühlt. Richtig. Schließlich schloss sie die

Augen. In ihrem Geist sah sie den Nordwind über die Felder fliegen, gefrorene Erde hinter sich lassend und Menschen, die erschauernd ihre Mäntel enger um sich zogen. In Gedanken wiederholte sie:

Windfürst! Nordwind! Borg! Komm nach Hause! So schnell, wie du nur kannst!

***

„Kirill! Juri!"

Kurz darauf hörte er sie. Ein Brausen und Pfeifen, das erbarmungslos über die gefrorene Steppe galoppierte und jedem Menschen die Nackenhaare zu Berge stehen ließ. Die wenigen dürren Gräser, die es wagten, hier zu wachsen, neigten sich zum Boden, in der Hoffnung, die Windbrüder würden ein Nachsehen haben. Sie kamen von unterschiedlichen Seiten, als wollten sie ihrem Fürsten demonstrieren, dass sie voneinander Abstand hielten.

„Fürst!" Kirill war vor ihm stehengeblieben und verneigte sich. Annähernd gleichzeitig traf auch Juri ein, eine Wolke aus trockenem Staub hinter sich herziehend.

„Mein Fürst."

„Ich werde zurückgehen", verkündete Borg ohne Umschweife. „Ich verlasse mich darauf, dass ihr Rücksicht nehmt und euer kindisches Treiben unterlasst. Rechnet damit, dass ich von Zeit zu Zeit wiederkomme. Ohne Ankündigung, versteht sich."

„Verstanden", meinte Juri. „Kommt nicht wieder vor."

„Jawohl, Fürst. Wir kriegen das hin", versicherte auch Kirill. Dabei stieß er Juri in die Seite. „Aber balgen dürfen wir nach wie vor, nicht wahr?"

Borg lächelte nachsichtig. „Selbstverständlich. Nur nicht dort, wo …" Er brach ab und sein Lächeln erstarrte. Er vernahm etwas. Leise. Kaum greifbar, dafür eindringlich und bedeutsam. Benommen schüttelte er sich.

„Nur nicht dort, wo sich Menschen befinden", beendete er den Satz und nickte ihnen einen letzten Gruß zu. Im nächsten

276

Augenblick schon hatte er sich in die Atmosphäre hinaufgeschwungen und stürmte nach Westen, unter sich die Steppenwindbrüder, die ihm verblüfft hinterhersahen.

Sein Gefährte hatte ihn gerufen! Stand es so schlimm um ihn, dass bereits die Stunden zählten? Das hätte er doch gespürt! Wenn er sich beeilte und auf eine Pause verzichtete, würde er ein paar Stunden früher bei Fedor sein, als geplant. Er sollte seinetwegen nicht länger leiden müssen, als unbedingt nötig.

Ich eile, mein Freund!

***

Joerdis trat ins Haus und stapelte die Holzscheite, die sie von draußen mitgenommen hatte, neben den Ofen. Anschließend streifte sie die Turnschuhe von den bloßen Füßen. Fedor schlief einen unruhigen, erschöpften Schlaf. Svens Kaffeebecher stand abgewaschen auf dem Tisch, und erleichtert stellte sie fest, dass er das Fenster geschlossen hatte. Es war düster im Raum. Die Sonne stand bereits tief, und das wenige Licht, das geblieben war, verlor sich im Dickicht des Waldes. Nachdem sie den Ofen gefüttert und die neu angeschafften Gaslaternen angezündet hatte, setzte sie sich an den Tisch und begann, eine nahrhafte Mahlzeit zuzubereiten. Fedor aß nicht mehr viel, aber das, was er zu sich nahm, sollte ihn wenigstens kräftigen.

Während sie Kartoffeln schälte, gestand sie sich ein, dass sie enttäuscht war. Hatte sie ernsthaft damit gerechnet, dass bei ihrer Rückkehr Borg eingetroffen war und bei Fedor am Bett saß? Wahrscheinlich hatte sie es gehofft. Morgen früh nach dem Aufstehen würde sie wieder zum Ratsfelsen laufen. Wenn es sein musste, jeden Tag. Bis er endlich hier war.

Als Fedor erwachte, war der Raum von würzigem Essensgeruch erfüllt.

„Das riecht großartig", sagte er und setzte sich auf. Die Vorfreude aufs Essen stand ihm ins Gesicht geschrieben, und er wirkte so lebendig wie seit Tagen nicht mehr.

„Hähnchen", verkündete sie vergnügt und füllte eine Schale mit kleingeschnittenem Fleisch. Dazu gab sie Kartoffeln und Erbsen, die sie zu einem Brei zerdrückt hatte. Für sich selbst häufte sie Gemüse auf einen Teller und setzte sich ans Fußende seines Bettes.

„Kannst du dich an die Stelle erinnern, wo du mich im Wald gefunden hast?", fragte sie ihn, als er mit Appetit ein paar Bissen gegessen hatte.

„Natürlich. Wie sollte ich das vergessen?"

„Calla hat mich hingeführt. Ich wollte wissen, wo es war. Du hast mir nie davon erzählt. Davon, dass es dort so besonders ist."

Er lächelte sein weises Lächeln, das sie so mochte. „Ich war mir sicher, du würdest danach fragen, wenn du soweit bist. Es braucht Zeit, bis man an den Ort zurückkehren will, den man als den dunkelsten seines Lebens kennengelernt hat. Aber dieser Augenblick kommt unausweichlich."

„Das stimmt", gab sie zu. „Ich dachte schon eine Weile darüber nach. Aber die Entscheidung, dass ich ihn sehen will, kam ganz plötzlich."

„Es ist in der Tat ein bemerkenswerter Ort. Ragna erzählte mir, dass im Zentrum des Baumkreises jene Waldgeschöpfe Versammlungen abhalten, die der Mensch mit seinem bloßen Auge nicht sehen kann. Dort beraten sie sich und treffen wichtige Entscheidungen." Fedor machte eine Pause, bevor er fortfuhr. „Der Kreis muss sehr alt sein, wenn man bedenkt, wie lange ein Baum braucht, bis er so hochgewachsen ist wie jene, die dort stehen. Die Felsen sehen aus, als hätten sie sich vor Urzeiten einfach aus der Erde erhoben. Inzwischen könnte man meinen, sie wären zu einem einzigen Felsen verschmolzen."

„Ich habe ihn den *Ratsfelsen* getauft."

„Obwohl du von seiner Bedeutung keine Ahnung hattest? Du erstaunst mich immer wieder, Joerdis."

Sie aßen schweigend weiter. Als sie leergegessen hatten, nahm sie Fedor die Schale ab und stellte das Geschirr auf den

Tisch. Gleich darauf setzte sie sich wieder aufs Bett, nahm Fedors Hand und hielt sie fest in ihrer.

„Ich habe versucht, ihn zu rufen", erzählte sie errötend. „Dort, an dieser Stelle. Sie schien mir dafür geeignet."

Beruhigend drückte er ihre Hand. „Er wird hier sein."

Sie nickte. Voller Zweifel.

„Das Essen hat erstklassig geschmeckt", bemerkte er und unterdrückte ein Gähnen. „Ich werde mich zum Schlafen legen. Vorher aber möchte ich dir etwas geben."

Er griff unter sein Kissen und zog einen Gegenstand hervor, den Joerdis im Dämmerlicht des Raumes erst auf den zweiten Blick erkannte. Abwehrend hob sie die Hände.

„Ich möchte es so", sagte Fedor mit entschiedener Stimme, nahm ihre Hand und legte sein Schnitzmesser hinein. „Es soll dir gehören. Vielleicht wirst du nicht damit schnitzen wollen, aber ich bin sicher, du hast Verwendung dafür. Du weißt, dass es mir sehr viel bedeutet hat."

„Aber es ist ein Geschenk deines Vaters gewesen", wandte sie zögernd ein. „Sollte es nicht lieber Sven …?

„Nein. Ich will, dass es hierbleibt. Bei dir. In unserer Welt."

Später, nachdem Fedor eingeschlafen war, spülte sie das Geschirr ab und räumte auf. Als sie die Tür öffnete, um den Geruch nach Essen aus der Hütte zu vertreiben, erhoben sich Rusty und Calla träge und schlüpften nach draußen. Joerdis lief ein paar Schritte hinterher. Dann blieb sie stehen. Sie krempelte die Ärmel ihres Hemdes hoch und empfand die kalte Luft als angenehm belebend auf ihrer Haut. Sie schnupperte. Roch es nicht eindeutig nach Winter? Oder wünschte sie sich nur, dass es so war?

Gedankenverloren griff sie in die Hosentasche, zog Fedors Messer heraus und klappte es auf. Der Griff war aus hellem Holz und lag warm in ihrer Hand, während die Klinge, die wie immer auf Hochglanz poliert und dazu meisterhaft geschliffen war, das weiße Licht des Mondes reflektierte. Eine Träne löste sich aus ihren Augen und lief über ihre Wange.

Weitere folgten. Sie hätte so gerne mehr Zeit mit ihm verbracht. Er war älter als ihr Vater, dennoch war er wie ein Bruder, ein vertrauter Freund. Sie wollte nicht auf ihn verzichten. Noch nicht.

Gleichwohl wusste sie, wie sehr sein Herz ihn quälte. Und dies nicht erst, seit sie bei ihm war. Vermutlich war es selbstsüchtig, sich zu wünschen, er würde noch länger durchhalten. Fair wäre es, ihn nicht aufzuhalten. Ihn loszulassen. Aber es fiel so schwer.

Sie wischte die Tränen weg und legte den Kopf in den Nacken. Der Himmel war übersät von Sternen. Tausende mussten es sein. Um sich abzulenken, versuchte sie Sternenbilder zu entdecken, die sie kannte. Als sie wenig später das Tappen der Hundepfoten vernahm, klappte sie das Messer zusammen und ging zusammen mit den Tieren zurück ins Haus.

***

Obwohl sie kaum geschlafen hatte, erwachte sie am nächsten Tag früh. Es hatte gerade erst zu dämmern begonnen. Durch das geöffnete Fenster drang kein Laut, und auch die Hunde schliefen noch fest. Rusty auf ihrem Bett, Calla davor. Nicht einmal Fedors mühsames Atmen war zu hören. Nichts.

Alarmiert setzte sie sich auf. In den letzten Tagen hatte sie seine rasselnden Atemzüge vernommen, sobald sie erwacht war.

Das Schlimmste befürchtend, sprang sie aus dem Bett und hastete aus ihrer Kammer über den winzigen Flur zum Wohnraum. Sie tastete sich an der Wand entlang, vorsichtig darauf bedacht, in der Dunkelheit nichts umzustoßen. Vor Furcht pochte ihr das Herz bis zum Hals. Schließlich stand sie vor seinem Bett. Verharrte reglos. Es war nahezu stockfinster im Raum. Und still. Viel zu still. Da sie nicht erkennen konnte, ob sich seine Brust unter der Decke hob, legte sie ihre bebende Hand darauf und hätte vor Erleichterung beinahe aufgeschrien, als sie ein Heben und Senken wahrnahm. Ganz vage nur. Aber es war da.

Auf bloßen Füßen tappte sie ins Bad und wusch sich. Während sie sich ankleidete, durchfuhr sie erneut ein schrecklicher Gedanke. War es nicht so, dass Menschen, die sehr krank waren, sich noch ein letztes Mal gegen den Tod aufbäumten, bevor sie starben?

Wie hatte sie gestern Abend darüber gestaunt, dass er die ganze Portion seiner Mahlzeit aufgegessen hatte! Dass er plötzlich ohne die gewohnte Atemnot mit ihr hatte sprechen können! Und jetzt schien er so ruhig zu schlafen wie schon lange nicht mehr. Nichts deutete darauf hin, dass seine Lunge dabei war zu ertrinken.

Mit zitternden Fingern knöpfte sie ihr Hemd zu und zog die Jeans an. Nachdem sie Fedors Messer eingesteckt hatte, schlüpfte sie in ihre Schuhe. Die Gummisohlen machten keinen Laut, als sie den Wohnraum durchquerte und sich vor den Ofen kniete. Inzwischen blickte silbergrau die Dämmerung durchs Fenster. Drei Versuche brauchte sie, bis sie aus der verbliebenen Glut ein Feuer entfacht hatte. Und mit jeder Minute, die verging, wuchs in ihr die fürchterliche Gewissheit, dass es heute geschehen würde. Fedor würde sterben.

Ihr Magen wurde zu einem Stein, kalt und schwer, und sie hatte kaum genügend Luft, um in die aufzüngelnden Flammen zu blasen.

Bitte, geh nicht wieder aus, flehte sie. *Er braucht es warm, und ich muss weg.*

Als das Feuer endlich knisterte, hörte es sich an wie immer. Nach Behaglichkeit und Wärme. Nach Geborgenheit. Doch von all dem empfand sie nichts. In ihr war nur Bestürzung. Und Angst. Erst als sie sicher war, dass der Ofen nicht wieder ausgehen würde, öffnete sie die Tür und wartete, bis die Hunde, die verschlafen blinzelnd angelaufen kamen, in das Grau des jungen Tages hinausgelaufen waren. Sie folgte ihnen und erschauerte. Es war kalt. So kalt, dass ihr erster Impuls war, ins Blockhaus zurückzugehen und ihre Jacke zu holen, die sie in der Eile vergessen hatte. Das tat sie jedoch nicht. Sie durfte keine Zeit verlieren.

Sie rannte los. Die Bäume, die über ihr ein dunkles Dach bildeten, wirkten in der Stille des Waldes finster und bedrohlich. Dunst benetzte ihr Haar, das sie vergessen hatte zusammenzubinden, und das ihr bereits feucht über den Rücken fiel. Im Augenwinkel sah sie Wild stehen, einen Hirsch mit seinem Gefolge. Sie nahm sich nicht die Zeit, stehenzubleiben und ihn zu betrachten. Falls er nachher noch immer da war, würde sie ihn bewundern, wie er es verdiente. Tiefhängende Äste streiften ihr Gesicht, und sie hob ihre Hände, um sich vor ihnen zu schützen.

Kurz darauf sprang sie vom Wildwechselpfad herunter auf einen schmalen Waldweg. Wo die Hunde geblieben waren, wusste sie nicht. Keinen Laut hörte sie von ihnen. Das Einzige, das sie vernahm, war das Rascheln des Laubs unter ihren Schritten. Inzwischen verdrängte der Tag mehr und mehr die Nacht, und sie konnte vereinzelt die Farben des Waldes ausmachen. Das dunkle Grün der Fichten und das viel hellere der bemoosten Steine, die wie hingewürfelt zwischen ihnen lagen. Die gedeckten Rot- und Brauntöne des Teppichs, über den ihre Füße flogen. Sobald die Sonne schien, würde er leuchten wie Feuer.

Dicker Nebel lag vor ihr. Wüsste sie nicht genau, wohin sie laufen musste, hätte sie Probleme mit der Orientierung. Hinter der nächsten Biegung stand eine verkrüppelte Buche. Links davon verlief kaum erkennbar ein Pfad, der dahin führte, wo Fedor sie gefunden hatte.

Unerwartet rauschte eine eiskalte Windbö durch den Wald. Sie erschauerte. Sekunden später bellte ein Hund. Calla! Sie musste irgendwo vor ihr auf dem Weg sein. Von Rusty war nichts zu hören. Angestrengt versuchte sie, etwas zu erkennen. Das Gebell hörte auf, um kurz darauf erneut einzusetzen.

„Calla!", rief sie und blieb stehen. Der Hund tauchte aus dem weißen Dunst auf und schoss auf sie zu. Stellte sich schützend und bedrohlich knurrend neben sie. Beruhigend legte sie ihre Hand auf seinen Rücken.

„Calla, was ist los? Wo ist Rusty?"

Calla aber fixierte starr den Weg vor ihnen, und Joerdis tat es ihr nach. Mit zusammengekniffenen Augen und ihrer Hand auf der Hosentasche, worin sich Fedors Messer befand. Wenige Augenblicke später löste sich Rustys Gestalt aus dem Nebel. Sie wollte schon erleichtert aufatmen und ihren Weg fortsetzen, als sich die Umrisse einer weiteren Gestalt abzeichneten.

Die Reise war lang gewesen. Lang und beschwerlich. Endlich aber näherte er sich dem Wald. Er seufzte erleichtert und zügelte sein Tempo. Viel länger hätte er die Geschwindigkeit nicht durchgehalten. Einzig der Gedanke an Fedor hatte ihn während der letzten Stunden angetrieben. Und die Gewissheit, dass sein Vertrauter bereits auf ihn wartete. Für das letzte, schmerzhafte Lebewohl.

Nicht nur die Reise hatte an seinen Kräften gezehrt. Der Kummer, der an ihm nagte, tat sein Übriges. Er war nicht bereit, sich von seinem Gefährten zu trennen. Aber wann war er das jemals gewesen? Er musste es hinnehmen. Wie jedes Mal.

Die Dörfer unter ihm blinzelten verschlafen, hier und da ein einsames Licht. Für die Menschen war heute ein Sonntag im Dezember. Drei Tage vor Heiligabend. Nur wenige von ihnen waren gewillt, um diese Uhrzeit aufzustehen. Vor ihm erstreckte sich das Mittelgebirge mit seinen waldbewachsenen Hügeln. Dicker Nebel bedeckte ganze Teile des Waldes, hing zwischen den Bäumen und machte die Wege zu Geisterbahnen. Er beschloss, den letzten Teil der Strecke in seiner menschlichen Gestalt zurückzulegen. So hatte er ein wenig Zeit, sich zu sammeln und sich auf das vorzubereiten, was vor ihm lag. Mit einem letzten Windstoß setzte er zum Sinkflug an und tauchte in den weißen Dunst. Kurz darauf stand er auf einem schmalen Waldweg. Seine Beine zitterten, und er nahm sich ein paar Momente Zeit, bis er seinen Körper unter Kontrolle hatte.

Kaum hatte er sich in Bewegung gesetzt, als ein kniehohes Etwas aus dem Wald geschossen kam und an ihm emporsprang. Verblüfft kniete er sich zu dem Tier.

„Rusty?"

Wie konnte das sein? Was suchte der kleine Hund hier? Bevor er darüber nachdenken konnte, was das bedeutete, ertönte hinter ihm ein bedrohliches Knurren. Dann ein Bellen. Laut und tief. Er erhob sich und drehte sich verwundert um. Noch nie seit seinem Dasein als Windfürst hatte ihn ein Hund angebellt. Jetzt aber stand vor ihm ein großes, graues Tier und musterte ihn argwöhnisch. Er öffnete den Mund, um beruhigend auf den Hund einzureden, als dieser abermals zu bellen begann. Plötzlich aber verstummte er, hob den Kopf, machte eine Kehrtwende und verschwand in der Wand aus Nebel. Verwirrt blickte Borg ihm nach. Rusty indessen hatte sich abwartend neben ihn gesetzt und betrachtete aufmerksam jede seiner Bewegungen. Der Windfürst beugte sich zu ihm hinunter.

„Wo ist sie? Wo ist Rieke?"

Wo Rusty war, musste zweifellos auch Rieke sein. Und richtig. Der Hund hob witternd die Nase und lief los. In den Nebel hinein, hinter dem Grauen her.

Borg folgte ihm. Er würde es erst glauben, wenn er sie sah. Denn was sollte sie hier wollen? Ihr Platz war in der Bretagne, bei Torin. Vermutlich hatte sie den kleinen Hund nicht mitgenommen und er war – mit wem auch immer – bei irgendwem in der Gegend zu Besuch. Angestrengt starrte er auf den Weg. Der Nebel machte ihm zu schaffen. In seiner Windgestalt hatte er damit weniger Probleme.

Er hörte den Hund, bevor er ihn sah. Plötzlich zeichnete sich, nicht weit von ihm entfernt, eine Person ab, die mitten auf dem Waldweg stand. Daneben saß das mächtige graue Tier, ein warnendes Grollen in der Kehle.

Augenblicklich beschränkte sich all sein Denken und Fühlen nur noch auf die Tatsache, dass *sie* vor ihm stand. Schöner noch als in seiner Erinnerung. Zierlich, in Hemd, schwarzen Hosen und Turnschuhen. Das dunkle Haar wehte um ihr Gesicht, und das Türkis ihrer Augen leuchtete intensiver denn je. Benommen nahm er ihren Duft nach Blumen und Sommernacht wahr, den er mit den glücklichsten Stunden seines Daseins verband.

Sie hatte eine Hand auf den Rücken des Hundes gelegt, der bereit schien, jeden zu töten, der ihr zu nahetrat. Blitze in der Farbe von Smaragden trafen Borgs Augen. Davon angezogen erblickte er ein Armband an ihrem Handgelenk, dessen Perlen die Strahlen der aufgehenden Sonne einfingen und sie ihm zuwarfen.

Er öffnete den Mund, um etwas zu sagen. Aber er fand die Worte nicht. Sein Kopf war leer. Gleichzeitig jedoch so voll, dass er zu zerspringen drohte. Nur mit Mühe beherrschte er sich. Das Bedürfnis, sie an sich zu ziehen, sich in seine Gestalt als Windbruder zu verwandeln und mit ihr zusammen den Boden unter den Füßen zu verlieren, war beinahe zu viel für ihn. Niemals hatte er etwas erlebt, das so groß und so mächtig war. Und niemals hatte er sich vor etwas so sehr gefürchtet. Könnte er es doch nur verstehen! Zähneknirschend versuchte er, Herr seiner selbst zu werden. Die Kontrolle zurückzugewinnen über seine Gedanken und seine Gefühle.

„Waldemar?", hörte er leise ihre Stimme. Sie klang genauso bestürzt, wie er sich fühlte. Fast unmittelbar darauf schüttelte sie den Kopf und machte eine ungeduldige Bewegung mit ihrem Arm.

„Ich kann nicht … Ich – ich muss weg!", brach es gehetzt aus ihr hervor. Sie hob ihr Kinn und ihre Schultern strafften sich. Mit einem Mal sah sie nicht mehr aus wie die sanfte, junge Frau, in die er sich so rettungslos verliebt hatte, sondern wie eine Kriegerin, die eine Mission zu erfüllen hatte. Bevor er wusste, was geschehen war, war sie verschwunden. Ungläubig blickte er auf die Stelle, wo sie in den Wald gelaufen war. Und mit ihr die Hunde.

Geh nicht! wollte er schreien, wütend über sich selbst, weil er kein Wort herausgebracht hatte. Doch er tat nichts dergleichen. Sie war gegangen. Dass sie nicht mit ihm reden wollte, war nur verständlich. Schließlich hatte er sie zutiefst verletzt.

Borg fuhr sich mit den Händen übers Gesicht und strich sich das Haar aus der Stirn. War das eben tatsächlich passiert? Hatte vor ihm die Frau gestanden, für die er sein Leben geben würde und die er noch genauso liebte, wie am ersten Tag? Noch tausendmal mehr als damals! Oder hatte er sich diese Begegnung, die kaum mehr als fünf Sekunden gedauert hatte, nur eingebildet? Wo war er überhaupt? Und was tat er hier?

Erst in dem Moment, da sich seine Gedanken um Ordnung bemühten, fiel ihm Fedor ein. Gequält von Schuldgefühlen stöhnte er auf. Er musste weiter, sofort. Für kurze Zeit hatte er seinen Gefährten völlig vergessen. Ein paar Sekunden lang hatte er *alles* vergessen. Nicht nur, dass er der Windfürst war, und dass sein Gefährte im Sterben lag. Sondern auch, dass er nicht darauf hoffen durfte, jemals von der Frau, die er liebte, wiedergeliebt zu werden.

Entschlossen nahm er den Weg zum Blockhaus auf und verbannte alles Störende aus seinem Kopf. Jetzt war nicht die Zeit, über das eigene Schicksal verbittert zu sein. Dafür hatte er noch den Rest seines Windfürstendaseins. Die bleiche Wintersonne war über den Horizont geklettert, und man konnte dabei zusehen, wie der Nebel allmählich in den Boden sank.

Aufatmend sah er zwischen den Bäumen das Holz des Hauses hervorschimmern. Vor der Tür angekommen, hielt er inne und sammelte sich. Schließlich klopfte er an. Als keine Antwort kam, drückte er die Klinke hinunter und trat ein.

Fedor lag auf dem Bett, die Augen geschlossen, seine Hände entspannt über der Bettdecke. Sein Atem ging flach, aber gleichmäßig. Er schien zu schlafen. Im Raum war es behaglich warm. Kaminholz lag ordentlich gestapelt neben dem Ofen, und auf der Werkbank sah er Teile eines Vogelhauses stehen, die darauf warteten, zusammengesetzt zu werden. Erst jetzt fiel dem Windfürsten ein, dass Fedor ihm in Kürze seinen neuen Gefährten vorstellen würde. Suchend und ein wenig neugierig blickte er sich um. Außer Fedor und ihm selbst war niemand hier. Vermutlich lag sein neuer Gefährte noch tief schlafend in der Kammer nebenan. Wer mochte es sein? Hätte die Pflicht ihn nicht wochenlang ferngehalten, würde er es längst wissen.

In diesem Moment bewegte sich Fedor, und ein schlaftrunkener Seufzer löste sich aus seiner Brust. Borg trat zu ihm. Obgleich das Gesicht seines Freundes bereits vom Tod gezeichnet war, wirkte es friedlich. Er schien sich nicht gegen das Sterben zu sträuben. Borg war froh darüber. Das machte es nicht ganz so schwer, ihn gehen zu lassen.

Niedergeschlagen hob er den Blick und sah zum Fenster hinaus. Er dachte an die vielen Stunden, die er mit Fedor verbracht hatte. Daran, dass er seinen Humor vermissen würde und die Gespräche, die oftmals ernst, aber zuweilen auch sehr lustig gewesen waren.

Es dauerte nicht lange, und seine Gedanken schweiften ab. In eine Richtung, die er tunlichst vermeiden wollte. Doch er konnte es nicht verhindern. Vielleicht wollte er es auch gar nicht.

Sie hatte sich verändert. Im Vergleich zu damals schien sie willensstark und energisch. Selbstbewusst. Er konnte sich nicht daran erinnern, dass sie jemals Schmuck getragen hatte. Weshalb jetzt? Hatte *er* es ihr geschenkt? Torin? Weshalb war sie nicht bei ihm?

Wieso war er unfähig gewesen, ein Wort zu sagen? Würde er es jetzt können? Noch immer hatte er ihre Erscheinung vor Augen und er wusste, dass es ihm so schnell nicht gelingen würde, sich von dem Eindruck zu befreien.

„Du siehst aus, als hättest du gerade einen Geist gesehen!"

Borg fuhr zusammen. Sofort sank er neben dem Bett auf die Knie und ergriff Fedors Hand. Sie fühlte sich an wie Eis.

„Fedor, mein Freund", sagte er, zog einen Stuhl heran und setzte sich, ohne dabei Fedors Hand loszulassen. „Ich wäre früher gekommen, aber es war nicht möglich."

„Das weiß ich. Da ich aber ohne dich nicht sterben werde, kannst du ohnehin nicht zu spät kommen."

Der Windfürst lächelte traurig.

„Wie war das nun mit dem Geist?"

„Die Zeit, da es deine Aufgabe war, dich um mich zu sorgen, ist vorüber", entgegnete Borg bestimmt. „Jetzt geht es um dich. Und darum, was ich für dich tun kann."

„Das ist sehr rücksichtsvoll von dir. Aber danke, mein Nachfolger kümmert sich rührend um mich. Jedoch hört meine Sorge um dich erst in dem Augenblick auf, da ich für immer die Augen schließe. Nun?" Sein gesundes Auge blitzte, und Borg musste wider Willen lachen.

„Du kannst ganz schön hartnäckig sein", gab er geschlagen zurück und senkte den Kopf, bevor er fortfuhr. „Aber ja, ich habe tatsächlich so etwas wie einen Geist gesehen. Seine Augen erinnerten mich an die Strände der Bretagne. Und an jemanden, den ich vor einiger Zeit kannte." Er suchte den Blick seines Freundes und hoffte, dass seine Augen nicht allzu viel von dem preisgaben, was in ihm vorging. „Das ist alles, mein Freund. Mehr nicht."

Fedor äußerte sich nicht dazu. Sein Blick aber ruhte ernst und wissend auf dem Fürsten. Mit matter Stimme murmelte er schließlich:

„Ich werde für eine Weile meine Augen schließen. Bleibst du hier?"

„Natürlich. Ich bleibe an deiner Seite. Später …" Der Windfürst verstummte und horchte in sich hinein. Was er vernahm, verblüffte ihn. Aber es war eindeutig.

„Du rufst mich?" Er beugte sich über Fedor.

„Nicht ich", murmelte Fedor schläfrig. Seine Mundwinkel zuckten, als er beinahe unhörbar hinzusetzte: „Sie ist noch viel klüger, als ich dachte."

Kurz darauf war er eingeschlafen, ein weises Lächeln auf den Lippen.

„Windfürst! Nordwind! Borg! Komm nach Hause! Ich bitte dich!"

Nachdem Joerdis diese Worte ein letztes Mal gesprochen hatte, sprang sie entschlossen und auch ein wenig aufgebracht vom Felsen herunter. Sie hatte alles versucht. Mehr konnte sie nicht tun.

Warum hatte diese Begegnung ausgerechnet jetzt stattfinden müssen? Warum hatte sie *überhaupt* stattfinden müssen? Sie war so durcheinander und aufgewühlt, dass sie sich nur mit größter Mühe auf ihr Vorhaben hatte konzentrieren können. Ob dieses nun gelungen war, wagte sie zu bezweifeln. Dabei war es doch so wichtig! Tränen traten ihr in die Augen. Vertrauen. So hatte Fedor gesagt. Sie sollte darauf vertrauen, dass der Windfürst rechtzeitig erschien. Rechtzeitig, um bei ihm zu sein, wenn er starb. Sie konnte sich durchaus vorstellen, dass Fedor erst dann sterben würde, wenn der Windfürst zugegen war. Aber wäre es nicht schön, wenn sie noch ein wenig Zeit miteinander verbringen konnten, bevor es soweit war?

Sie begann zu laufen, flankiert von den Hunden. Rusty mit hängender Zunge und mit den schnellen Schritten seiner kurzen Beine. Die hochbeinige Calla majestätisch trabend. Von Zeit zu Zeit warf ihr die Hündin einen aufmerksamen, vielleicht auch besorgten Blick zu.

„Es ist alles gut, Calla!", versicherte sie keuchend und berührte das Tier dabei flüchtig mit der Hand.

Der düstere Morgen hatte sich zu einem wunderschönen Tag entfaltet. Normalerweise würde sie ihn mit all ihren Sinnen erfassen und nicht genug davon bekommen, sich umzusehen und festzustellen, wie wunderbar die Natur und das Leben waren. Aber was war an diesem Tag schon normal?

Waldemar! Sie hatte geglaubt, inzwischen eine gewisse innere Stärke zu besitzen. Aber da war nichts gewesen, das auch nur andeutungsweise mit Stärke zu tun hatte. Diese Feststellung hatte sie beinahe noch mehr bestürzt als das Aufeinandertreffen selbst. Was hätte sie getan, wenn sie nicht so dringend den Ratsfelsen hätte aufsuchen müssen? Hätten sie miteinander gesprochen?

Was machte er hier? Hatte er von ihrer Familie erfahren, wo sie war? Wollte er ihr erklären, weshalb er gegangen war? Wie sehr sehnte sie sich nach der Antwort auf diese Frage. Damit sie endlich damit abschließen und sich ganz auf ihr neues Leben konzentrieren konnte.

Kurz bevor sie das Blockhaus erreichte, blieb sie stehen, um wieder zu Atem zu kommen. Strähnen ihrer Haare klebten ihr im verschwitzten Gesicht. Sie strich sie hinter die Schultern. Die Hunde saßen bereits vor dem Eingang, hechelnd und in lebhafter Vorfreude auf ihr Frühstück. Mit einer Handbewegung bedeutete sie ihnen, still zu sein. Leise öffnete sie die Tür.

Er saß neben Fedor. Seine Augen ruhten auf dem Mann, der zu schlafen schien und dessen Hand er in der seinen hielt. Dass jemand eingetreten war, schien er nicht gehört zu haben.

Joerdis war stehengeblieben. Sie wusste es innerhalb eines Wimpernschlages.

Er war der Windfürst! Waldemar war Borg!

Sie hatte nicht die leiseste Ahnung, an welcher Stelle sie mit dem Denken anfangen sollte, denn plötzlich war da so unendlich viel, das auf sie einstürmte. Kurzerhand beschloss sie, das mit dem Denken vorerst zu lassen. *Weiteratmen*, befahl sie sich. Als sie zischend ihren Atem ausstieß, fuhr er herum.

Wie vorhin im Wald starrte er sie an, als sei sie ein Gespenst. Sie sah es in seinen eisblauen Augen: Er wusste nicht, wer sie war! Er ahnte nicht im Ansatz, dass sie seine Gefährtin war!

„Rieke!", sagte er verwirrt.

Wortlos drehte sie sich um und verließ das Haus.

Er starrte ihr hinterher. Calla war ihr gefolgt, Rusty jedoch war zu Fedor aufs Bett gesprungen und hatte sich neben ihn gelegt. Unfähig, einen klaren Gedanken zu fassen, wandte sich Borg zu Fedor und traf auf dessen amüsierten Blick.

„Was ist?" Es klang harscher, als er beabsichtigt hatte.

„Du bist nicht nur der Windfürst", fing Fedor leise zu sprechen an, „sondern auch mein Freund. Ich war immer ehrlich zu dir, und möchte es auch jetzt sein."

„Ich bitte darum. Du bist der Einzige, dem ich ohne jede Einschränkung vertraue."

„Bei allem Respekt, Fürst. Du bist ein Narr." Fedor unterdrückte ein Husten.

Der Windfürst sah ihn überrascht an. „Dafür vergeudest du deinen letzten Atem? Um mir zu sagen, dass ich ein Narr bin?"

„Wie sonst sollte ich mir erklären, dass du es nicht siehst?"

Ratlos hob Borg die Schultern. Er wusste nicht, worauf sein Vertrauter hinauswollte. Zudem hatte er noch immer das Gefühl, dass sein Verstand nicht so arbeitete, wie er sollte. Er konnte nur hoffen, dass sich dieser Zustand zu gegebener Zeit legen würde.

„Ist es die Liebe? Macht sie dich so blind, dass du das Offensichtliche nicht siehst?"

Borg fuhr sich mit den Händen übers Gesicht, verzweifelt und gleichzeitig verärgert über seine Unfähigkeit, zu begreifen.

„Rieke ist zugleich Joerdis, meine Nachfolgerin", sagte Fedor sanft. „Und nach dem, was ich mir jetzt zusammengereimt habe, vermute ich, dass du Waldemar bist." Plötzlich grinste er. „Ein besserer Name als der von Ragnas Dackel ist dir nicht eingefallen?"

Borg saß wie versteinert. In seinem Kopf allerdings erhob sich ein Orkan. Dass er sie liebte, stand außer Frage. Aber das war es nicht allein. Sie war seine Gefährtin!

Augenblicklich verstand er dieses Gefühl der Verbundenheit, das so mächtig und so wenig irdisch war, dass er es eben noch gefürchtet hatte. Er hatte es nicht begriffen! Unvermögend, zu erkennen, was so nahelag.

Er sprang auf.

„Weiß sie es?", stieß er hervor, während er den Raum mit Schritten durchmaß und zu den Fenstern hinausspähte. Wohin war sie gelaufen?

„Ich denke, jetzt weiß sie es", lächelte Fedor bedeutungsvoll. Borg wandte sich ihm zu, hin- und hergerissen von dem Wunsch, nach ihr zu suchen und dem Bedürfnis, bei seinem Freund zu bleiben.

„Geh schon!" Mit seiner Hand machte Fedor eine winzige Bewegung. „Geh zu ihr."

Borg zögerte noch immer.

„Hab keine Bedenken. Ein paar Stunden bleiben mir noch, und ich möchte euch beide bei mir haben."

Daraufhin stürmte der Windfürst zur Tür heraus.

Sie sah ihn aus dem Haus stürzen. Mit einem Blick hatte er sie erfasst, verlangsamte seine Schritte und kam auf sie zu. Ihr Herz raste. Wie begegnete man dem Windfürsten? Ehrerbietig? Freundschaftlich? Sie liebte ihn. Aber waren sie Liebende? Nein. Sie waren Windfürst und Gefährtin. Als Calla zu knurren begann, hob sie die Hand, und das Tier schwieg.

Endlich stand er vor ihr. Nicht viel größer als sie selbst, das Haar schlohweiß, sein Mund leuchtend wie ein Signalfeuer. Hinter seinen Augen tobte ein Sturm, der die Farbe des Winters hatte. Sie sah, dass er um Fassung rang. Bevor er etwas sagen konnte, neigte sie den Kopf.

„Windfürst", sagte sie schlicht, hob den Blick und sah ihm in die Augen. „Es ist mir eine Ehre."

„Rieke, ich …", begann er stockend. „Das Schicksal spielt manchmal mit merkwürdigen Karten. Ich weiß nicht, was ich sagen soll. Und glaub mir, der Windfürst ist selten verlegen um Worte." Er ergriff ihre Hand und presste sie an seinen Mund. Sie erschauerte. Trotz aller Vertrautheit hatten sie sich nie zuvor auf diese Art berührt.

„Dein Name ist also Joerdis."

„Und dein Name ist Borg, nicht Waldemar." Sie sagte es ohne Vorwurf.

„Verzeih, dass ich dir verschwiegen habe, wer ich bin. Wäre ich einfach nur ein Windbruder, so hätte ich es dir gesagt. Aber ich konnte mich nicht dazu überwinden, mich dir vorzustellen als der Windfürst. Es schien mir nicht – angebracht. In deiner Gegenwart habe ich mich nie so gefühlt. Ich wollte nur Waldemar sein. Niemand anders." Er lächelte verlegen wie ein Schuljunge. Ganz und gar nicht wie ein Fürst.

„Und wer bist du jetzt?", fragte sie geradeheraus. Es war am besten für sie beide, wenn sie gleich wussten, woran sie waren. Sofort ließ er ihre Hand los. Seine Miene wurde ernst.

„Das kann ich dir nicht so ohne weiteres beantworten." Er schien innerlich einen Kampf mit sich selbst auszufechten, bevor er weitersprach. „Darf ich dir eine Frage stellen?"

„Natürlich."

„Du warst in der Bretagne."

Joerdis wartete. Das war keine Frage. Es überraschte sie, dass er es wusste. Aber er war ja der Windfürst. Wahrscheinlich wusste er vieles.

„Hast du den bretonischen Windbruder getroffen?"

„Torin?", fragte sie verwundert. „Ja, ich habe ihn kennengelernt. Er hat mir dieses Armband geschenkt." Sie hob ihre Hand. „Seit ich ihn getroffen habe, hat sich mein Leben von Grund auf verändert." Versonnen betrachtete sie die funkelnden Glasperlen und erinnerte sich an das Gefühlschaos, in das sie durch diese Begegnung gestürzt worden war. Wie froh war sie, dass das alles hinter ihr lag.

„Ich verstehe." Borg wirkte merkwürdig distanziert. „Dann gehe ich davon aus, dass ich dich in Zukunft in der Bretagne finden werde, wenn ich deine Gesellschaft suche. Als meine Gefährtin."

Dass er plötzlich so förmlich war, verwirrte sie.

„Aber nein. Warum sollte ich? Auch wenn die Küste dort wunderschön ist und mich auf eine ganz besondere Weise berührt, so habe ich nicht die Absicht, dort zu leben. Du weißt, wie sehr ich den Wald liebe. Ich bleibe hier, in Fedors Haus."

„Und Torin?"

„Was soll mit ihm sein?"

„Er besteht nicht darauf, dass du bei ihm bleibst?"

„Warum sollte er?" Joerdis lachte auf. „Ich vermute, er weiß es gar nicht."

„*Was* weiß er nicht?"

„Dass er mein Vater ist."

„Er – er ist … *was*?" Borg sah sie fassungslos an. Die Umrisse seiner Gestalt begannen zu flimmern, als würde er sich vor ihren Augen in den Windbruder verwandeln, der er war. Die Luft um sie herum wurde eisig. Im nächsten Augenblick hatte er sich wieder im Griff. Die bittere Kälte verlor sich.

„Torin ist dein Vater?" In seinen Augen war noch immer Unglauben. Dann flackerte darin Verstehen.

„Ich kurzsichtiger Narr!", rief er, raufte sich das Haar, entfernte sich einige Schritte und kam wieder zurück. „Natürlich! Fedor hat recht: Wie konnte ich nur so blind sein? Du bist Torins Tochter! Wieso nur ist mir das nie in den Sinn gekommen? Ich war felsenfest davon überzeugt, dass du seine Windbestimmte bist."

Joerdis schwieg überrascht. Einen solchen Ausbruch hätte sie ihm niemals zugetraut. Zudem verstand sie nicht, worüber er sprach. Windbestimmte? Unvermutet trat er dicht an sie heran, fasste sie an den Schultern und suchte ihren Blick. Sie hatte nicht gewusst, dass in Augen, die die Farbe von Eis hatten, ein solches Feuer lodern konnte.

„So bist du frei? Du gehörst nicht zu ihm?"

Sie schüttelte den Kopf. Wie war er nur zu dieser Annahme gekommen? War das der Grund dafür gewesen, dass er sie verlassen hatte? Mit brennenden Augen sah er sie an, als versuchte er zu lesen, was in ihr vorging.

„Aber frei bin ich dennoch nicht", sagte sie nun gerade so laut, dass er es verstehen konnte. „Denn ich liebe dich. Vom ersten Augenblick an. Es ist nicht nur die Verbundenheit, die ich als Joerdis dem Windfürsten gegenüber empfinde. Ich liebe dich als Rieke, die sich in Waldemar verliebt hat. Und daran wird sich mein Leben lang nichts ändern."

„Joerdis und Borg. Rieke und Waldemar." Er schloss die Augen, und plötzlich geschah etwas völlig Unerwartetes. Für einen Augenblick berührten sich ihre Seelenwesen. Es war wie ein zärtliches Versprechen. Zwei Winde, die sich einander behutsam näherten, bereit, sich im Sturm zu vereinen und ins Universum aufzusteigen, wo unendliche Weite sie erwartete und es keine Grenzen mehr gab.

Vor Betroffenheit war Joerdis wie gebannt. Endlich wusste sie, weshalb die Anziehung zwischen Waldemar und ihr nie körperlicher Natur gewesen war. Sie hatte es nicht verstanden. Aber wie auch? Er war ein Windbruder, sie eine Windgeborene! Es war die Vereinigung ihrer Seelenwesen, nach der sie sich gesehnt hatte. Allein deren Berührung übertraf all ihre Vorstellungen, und der Gedanke an das, was die Zukunft für sie bereithielt, machte ihre Seele zu einer leuchtenden Sonne. Das Glück erfasste sie wie ein Orkan. Wie gerne würde sie sich von ihm wegtragen lassen! Aber es ging nicht. Nicht jetzt. Für den Moment stand etwas anderes im Vordergrund.

Sie nahm Borgs Hand. „Wir sollten zu Fedor gehen. Er braucht uns."

Als sie eintraten, öffnete Fedor die Augen. Rusty lag noch immer neben ihm. Voller Hingabe leckte der Hund die Hand des Mannes.

„Wie ich sehe, habt ihr alle Unklarheiten beseitigt", gluckste Fedor vergnügt. „Dann kann ich ja beruhigt gehen."

Joerdis setzte sich zu ihm aufs Bett, Borg kniete sich daneben.

„Ab jetzt ist Joerdis für dein Wohlergehen zuständig", verkündete Fedor und rang krampfhaft nach Luft. Das Geräusch, das dabei entstand, war beängstigend. „Sie wird diese Aufgabe hervorragend meistern, da bin ich mir sicher."

„Das wird sie", sagte Borg und ergriff die Hand seines Gefährten. „So wie du es immer getan hast, mein Freund."

„Sie ist etwas ganz Besonderes."

„Ich weiß. Ich weiß es schon lange. Deshalb habe ich sie bereits geliebt, als noch niemand von uns eine Ahnung hatte, wer sie ist."

„Waldemar!" Fedor gelang ein schiefes Grinsen.

„Nun gut, du sollst es wissen", sagte Borg ergeben und warf Joerdis einen verlegenen Blick zu. „Als ich mich damals im Wildpark vorstellte und nach einer freien Stelle fragte, stand Rieke – Joerdis – gerade bei der Frau, die den Park leitet. Ich war von den Empfindungen, die mich ohne Vorwarnung trafen, so überrumpelt, dass ich kaum klar denken konnte. Als mich die Dame nach meinem Namen fragte, fiel mir auf die Schnelle nichts anderes ein als *Waldemar*."

„An diesen Moment erinnere ich mich gut." Joerdis lächelte. „Ich habe genauso gefühlt wie du."

Fedor sah sie an. Liebevoll und stolz. „Als du am Ratsfelsen warst, hast du Borg gerufen, nicht wahr? Es ist dir gelungen, noch bevor du seine Gefährtin warst."

Joerdis sah erstaunt von Fedor zu Borg. „Ist das wahr? Es ist gelungen? Ich wusste nicht so recht, wie ich es anfangen sollte."

Der Windfürst nickte bestätigend. „In der sibirischen Steppe hörte ich den Ruf zum ersten Mal. Heute Morgen wieder. Nachdem wir uns getroffen hatten", setzte er hinzu.

„Intuitiv richtig gemacht. Ich wusste es", flüsterte Fedor, der inzwischen kaum noch Luft zum Sprechen hatte. „Windfürst, Nordwind, Borg. In der richtigen Reihenfolge."

„Ja, genau so." Ihre Stimme schwankte. „Hättest du nicht an mich geglaubt, Fedor, so hätte ich es nie gewagt."

„Und unser Fürst wäre erst einige Stunden später erschienen. Was ich sehr bedauert hätte." Keuchend machte er eine Pause. „Ich habe die Vermutung, dass mit euch eine neue Zeit beginnt. Deshalb fällt mir der Abschied nicht schwer. Jetzt lasst mich ein wenig ausruhen."

Sie blieben bei ihm sitzen und unterhielten sich leise. Es gab so viel zu erzählen. Hin und wieder verzog sich Fedors Mund zu einem angedeuteten Lächeln, und sie wussten, dass er ihnen zuhörte. Auch als er fest zu schlafen schien, mit offenen Augen, als wollte er nichts verpassen, hörten sie nicht zu reden auf. Tränen liefen ihnen dabei über die Wangen, und sie hielten sich an den Händen, erfüllt von grenzenloser Trauer.

Erst als die Dämmerung einsetzte und ihre Stimmen vor Heiserkeit und Kummer kaum noch Kraft hatten, schloss Borg seinem Gefährten sanft die Augen.

Es war die Nacht der Wintersonnenwende.

Kapitel 17

Wie jedes Jahr zur Weihnachtszeit war die Fichte im Garten mit Lichterketten und riesigen roten Kugeln geschmückt. Die Fenster des bunten Hauses leuchteten im Kerzenschein, und an der Haustür prangte ein Kranz aus Efeu und Tannengrün.

Es war Heiligabend.

Joerdis hatte den Zündschlüssel abgezogen und griff nach ihrer Tasche, als die Fahrertür aufgerissen wurde.

„Der Wetterbericht hat gesagt, es könnte kommende Nacht schneien!", rief Henni. „Wäre das nicht toll? Endlich mal wieder weiße Weihnacht!"

„Lass mich erstmal aussteigen." Joerdis lachte nachsichtig und reichte ihrer Schwester die Tasche. Als sie vor dem Auto stand, umarmte Henni sie stürmisch.

„Wie schön, dass du zuhause bist! So ist Weihnachten wenigstens wie immer! Naja, nicht ganz", setzte sie hinzu. „Papa ist zum ersten Mal dabei. Wo ist Calla?" Suchend spähte sie ins Auto. Rusty, der aufgeregt auf der Rückbank umherlief, bellte ungeduldig.

„Sie ist im Wald geblieben." Joerdis öffnete die Hecktür, und sofort sprang der kleine Hund heraus. Außer sich vor Freude begrüßte er Henni, bevor er davonflitzte und durch die angelehnte Tür ins Haus schoss.

„Du hast es echt gut", plapperte die Jüngere weiter. „Du brauchtest diesmal nicht das kleinste Bisschen beim Weihnachtsputz mitzuhelfen." Sie zog eine Grimasse. „Wenn Marla nächstes Jahr auch nicht mehr hier ist, werde ich tagelang damit beschäftigt sein, das Haus auf Hochglanz zu bringen, bevor ihr zu Besuch kommt. Tolle Aussichten! Apropos Marla: Sie ist schrecklich aufgeregt! Am zweiten Weihnachtstag kommt nämlich Kelian! Ich bin schon sehr neugierig auf ihn. Du kannst dir gar nicht vorstellen, was sie für ein

Festmenü zusammengestellt hat. Ich glaube, sie will ihn beeindrucken. Dabei ist doch er der Koch!" So ähnlich ging es weiter, bis Papa aufkreuzte. Aufatmend stürzte sich Joerdis in seine Arme.

„Papa!"

„Meine Große! Schön, dich zu sehen."

Im ganzen Haus duftete es nach Plätzchen. Marla kam aus der Küche gerannt, eine Schürze umgebunden, die Wangen voller Mehlstaub. Im selben Augenblick öffnete sich die Tür zum Keller, und Mama erschien. Auf den Armen trug sie die Kiste mit dem Christbaumschmuck.

„Rieke!" Sie stellte die Kiste ab und schloss ihre Älteste in die Arme. Joerdis nahm den Geruch nach Terpentin und Farben wahr, der Mamas Haaren entströmte, und sie vermutete, dass ihre Mutter heute schon an der Staffelei gestanden hatte.

Nichts hatte sich verändert, dachte sie froh. Es war wie immer: laut, lebendig und bunt. Vertraut chaotisch. Das Familienleben würde sie zumindest für kurze Zeit von ihrer Trauer ablenken.

Sie trug ihr Gepäck nach oben und setzte sich auf ihr Bett. Ein wenig verloren strich sie über das Muster des Bettbezugs. Noch immer fiel es ihr schwer, zu begreifen, dass Fedor nicht mehr war. Wie auch? Es war erst drei Tage her, dass er gestorben war. Das kleine Haus im Wald war ohne ihn nicht mehr dasselbe. Sie vermisste ihn. Sie vermisste das Gefühl, jemanden an ihrer Seite zu haben, der fühlte wie sie. Der *war* wie sie. Dem sie all die Fragen stellen konnte, die sie hatte. Sie hätte noch so viel von ihm lernen können.

Vertrau dir, würde er sagen. *Die Antworten kommen irgendwann ganz von alleine. Denn sie sind alle schon da. In dir.*

Inzwischen glaubte sie fest daran, dass sie selbst die Antworten finden würde. Dennoch wäre es schön gewesen, von ihm auf die richtige Spur gebracht zu werden. So, wie er es immer getan hatte. Mit einem Lächeln auf den Lippen und einem Zwinkern in seinem Auge.

Sie stand auf und stellte sich ans Fenster. Es hatte bereits zu dämmern begonnen. Richtig hell war der Tag nicht geworden.

„Hallo Borg", murmelte sie, als sich die Zweige der Bäume bewegten. Sie legte ihre Stirn gegen die Scheibe. Bisher hatten sie nicht viel voneinander gehabt. Der Nordwind hatte um diese Jahreszeit viel zu tun. Manchmal war er für wenige Minuten zu ihr ins Blockhaus gekommen. Glücklich, bei ihr zu sein. Gleichzeitig erfüllt von Trauer über Fedors Tod.

„Zeit", hatte er entschuldigend gesagt. „Ich brauche Zeit, um darüber hinwegzukommen."

Sie gab sie ihm gerne. Vor ihnen lag noch so viel davon. Vermutlich mehr, als sie jemals geglaubt hatten. Das machte vieles einfacher. Auch die Abschiede, die es immer wieder geben würde, weil er fortmusste. Es änderte jedoch nichts daran, dass sie sich nach seiner Anwesenheit sehnte. In jedem Augenblick.

Sie öffnete den Fensterflügel und streckte ihre Hände in die Kälte. Im nächsten Moment war er da. Eine kalte, zärtliche Liebkosung. Sein Versprechen, dass er wiederkommen würde. Denn er ging nach Norden. Skandinavien wartete bereits auf ihn.

„Bis bald, Geliebter", flüsterte sie. Mit einem eisigen Kuss nahm ihr der Nordwind die Worte von den Lippen und machte sich auf den Weg.

Die Hühner waren völlig aus dem Häuschen, als sie den Verschlag hinter dem Gehege betrat. Gemütlich sah es hier aus. Duftendes Stroh bedeckte den Boden des Stalls, die Stangen waren frisch gesäubert, und jemand hatte sogar Strohsterne an den Wänden befestigt.

Sie setzte sich auf einen Strohballen und schloss die Augen. Nur für kurze Zeit dem Trubel entkommen! Wie schnell man sich doch an Stille gewöhnte. In ein paar Minuten würde sie wieder hineingehen. Vielleicht hatten sich Mama und Henni bis dahin darüber geeinigt, ob an den Christbaum Lametta gehörte oder nicht. Seit Jahren war kein Heiligabend vergangen, ohne dass zwischen ihnen eine Diskussion darum entbrannt war.

Innerhalb von wenigen Sekunden hatten sich die Hühner um Joerdis drapiert. Behutsam strich sie über flauschige Federkleider und hörte dem kehligen Glucksen zu, mit dem sie ihre Zuneigung kundtaten. Zwei der Tiere hatten sich auf ihren Schoß gelegt, während Holli auf ihrer Schulter saß und liebevoll an ihrem Ohr knabberte.

„Ich vermisse euch auch, ihr Lieben." Wie gerne hätte sie im Wald Hühner gehalten. Aber von diesem Wunsch hatte sie sich schnell verabschiedet. Nicht auszudenken, wenn einer der unzähligen Nachträuber den Stall plündern würde. Sie würde es sich niemals verzeihen. Vielleicht gäbe es im Tierpark eine Möglichkeit, Hühner zu halten. Es würde allen zugutekommen, überlegte sie. Und nachts hätten die Tiere eine sichere Bleibe.

„Ich habe mir schon gedacht, dass du hier bist." Marla trat in den Stall und schloss die Tür hinter sich.

„Darf ich?", fragte sie und zeigte auf den Strohballen neben Joerdis. „Oder möchtest du alleine sein?"

„Natürlich darfst du."

Marla grinste. „Ich wette, du bist vor der Zankerei im Haus geflüchtet."

„Ich wollte sowieso die Hühner besuchen. Der Moment schien mir geeignet."

„Ja, mir auch", kicherte ihre Schwester und griff in die Schürze, die sie noch immer trug. Sie hielt Joerdis zwei frischgebackene Plätzchen hin, die verführerisch nach Weihnachten, Familie und Geborgenheit dufteten. „Deine Lieblingskekse. Sie sind noch warm."

Joerdis nahm sie dankend entgegen. „Kelian kommt?", fragte sie, bevor sie eines der Plätzchen in den Mund steckte.

„Ja, übermorgen." Wie immer, wenn Marla über den jungen Bretonen sprach, färbten sich ihre Wangen rosa. „Er bleibt bis nach Neujahr."

„Nachdem du im Herbst meinetwegen früher zurückgekommen bist, hoffe ich, dass ihr jetzt mehr voneinander habt.

301

Kelian ist ein feiner Kerl. Ihr passt zueinander. Und seine Familie ist wundervoll."

„Das finde ich auch", sagte Marla. Ihr Gesicht leuchtete. „Ich freu mich wie Bolle auf ihn! Ich hoffe, er fühlt sich nicht überfahren von unserer Familie. Hier geht es ja manchmal ziemlich chaotisch zu. Aber das weiß er. Und er kommt trotzdem." Sie wurde ernst. „Ich weiß, dass du wegen Fedor traurig bist. Trotzdem siehst du aus, als ginge es dir gut. Stimmt das? Geht es dir wirklich gut?"

„Ja, es geht mir gut. Ich bin traurig, aber ich bin auch sehr glücklich, Marla. Tausendmal glücklicher, als du dir …"

Die Tür wurde aufgerissen, und gleichzeitig mit einem Schwall eiskalter Luft erschien Hennis Kopf.

„Hier steckt ihr also!" Sie zwängte sich herein und drückte die Tür zu. Allmählich wurde es eng in dem kleinen Raum, zumal die Jüngste von ihnen beinahe die Decke berührte.

„Ich habe euch schon überall gesucht! Was macht ihr hier?" Die Hühner flogen schimpfend auf, als sie sich zwischen ihre Schwestern quetschte.

„Na, was wohl? Wir entfliehen dem alljährlichen Heiligabendstress", entgegnete Marla trocken. „Ist der Baum geschmückt?"

Henni nickte mit finsterer Miene.

„Mit Lametta oder ohne?"

„Ohne. Wir haben uns darauf geeinigt, dass wir abwechseln."

„Letztes Jahr gab es das Zeug", erinnerte sich Marla.

„Ich weiß. Und nächstes Jahr wieder. Dann hänge ich ihn voll damit, das verspreche ich euch." Es klang wie eine Drohung. Betrübt setzte sie hinzu:

„Vielleicht seid ihr ja beide an Weihnachten gar nicht hier."

Joerdis legte den Arm um sie und drückte sie an sich. „Ich verspreche dir auch etwas, Henni: Ich werde jedes Jahr an Weihnachten zuhause sein."

„Wirklich?"

„Versprochen!"

„Und was ist, wenn du eine Familie hast? Du wirst ja nicht immer allein sein."

„Ich bin auch jetzt nicht allein", gab sie zurück.

„Ich habe dabei nicht an Calla und Rusty gedacht."

„Ich auch nicht." Joerdis lächelte geheimnisvoll. Verblüfft warteten ihre Schwestern auf eine Erklärung.

„Waldemar ist bei mir."

„*Was?*", riefen beide gleichzeitig.

„Aber dann", begann Marla und geriet dabei ins Stocken. „Dann hat er … dann weißt du …?"

„Ich weiß, wer er ist, ja. Er hat mir erzählt, dass er dir das Versprechen abgenommen hatte, darüber zu schweigen."

„Es tut mir leid, Rieke", beteuerte Marla und merkte nicht, dass sie ihre Schwester mit dem vertrauten Namen ansprach. „Ich hätte es dir so gerne gesagt und hatte ein schrecklich schlechtes Gewissen deswegen."

„Ich denke, es war gut, dass ich es nicht wusste. Es hätte zudem nichts daran geändert, dass er mich verlassen hatte."

„Um was geht es denn eigentlich?", meldete sich Henni zu Wort. „Und wieso bin ich immer diejenige, die nichts kapiert?"

„Waldemar heißt eigentlich Borg. Er ist der Nordwind und auch der Herr der Windbrüder." Im Dämmerlicht des Verschlags wurden Joerdis Augen zu leuchtenden Smaragden. „Ich habe es erfahren, als er Fedor besuchte. Sie waren befreundet."

Hennis Augen wurden groß wie Teller. „Ihr seid also wieder zusammen, du und Waldemar? Und er ist … der Windbrüderkönig?"

„Der Windfürst", berichtigte Marla, während Joerdis nickte.

„Wow." Der Blick, den Henni ihrer ältesten Schwester zuwarf, schimmerte vor Hochachtung.

„Hat Borg dir erzählt, weshalb er gegangen ist? Damals, im Sommer, da versicherte er mir, dass er dich liebt. Egal, was passieren würde." Marla strich nachdenklich über die braune Flaumwolke auf ihrem Schoß.

„Es kommt vor, dass eine Frau einem Windbruder vorbestimmt ist. Man nennt sie Windbestimmte. Diese Frau sieht dem Windbruder entweder auffällig ähnlich oder sie ist deutlich gegensätzlich. Wenn man bedenkt, dass die wenigsten Windbrüder wissen, wie sie aussehen, ist diese Tatsache recht kurios. Als Borg damals auf dem Klagehügel zum ersten Mal Torin in seiner menschlichen Gestalt sah, war er fest davon überzeugt, der bretonische Windbruder und ich seien füreinander bestimmt. Für Borg stand also fest, dass er und ich nicht zusammensein dürfen. Aus diesem Grund hat er sich von mir zurückgezogen. Trotz seiner Gefühle für mich."

„Denn der Windfürst ist das Gesetz", ergänzte Marla. „Er ist nicht in der Lage, gegen Regeln zu verstoßen und ist noch dazu so korrekt in seinem Handeln, dass er von vornherein alles vermeidet, was ansatzweise nicht regelkonform sein könnte."

Joerdis sah sie überrascht von der Seite an.

„Arvid." Marla grinste. Ernst fügte sie hinzu: „Ich habe keine Ahnung, ob Arvid das mit den Windbestimmten wusste. Er sprach davon, dass sich ganz selten Windbrüder in Menschenfrauen verliebten. Seine Liebe zu Elaine jedoch blieb unerwidert. Das hat ihn zerbrochen."

„Wenn du Wal – ich meine Borg – berührst", fing Henni an, „fühlt es sich dann so an, als würde Energie durch seinen Körper rauschen?"

Marla stieß sie mit dem Fuß an. „Henni! Man muss nicht alles wissen."

„Warum denn nicht? Als wir Gawain berührt haben, war es ganz deutlich zu spüren. Und bei Arvid war es auch so, hast du gesagt."

„Nein", sagte Joerdis. „Ich spüre nichts dergleichen. Nicht das Geringste."

„Von Anfang an nicht?", wollte Marla nun doch wissen. „Auch nicht im Sommer, als ihr euch kennengelernt habt und du noch nicht wusstest, dass du eine Windgeborene bist?"

„Zu keiner Zeit."

„Hm." Nachdenklich kaute Marla auf ihrer Lippe.

„Ein Teil von mir ist wie er, Marla. Wind. Energie. Das ist das Erbe meines Windbruder-Vaters."

„Wir könnten Mama fragen, ob sie es bei Torin auch gespürt hat."

„Untersteh dich, Henni!", fuhr Marla sie an. „Kein Wort zu Mama."

„Das war doch nur ein Witz. Aber was Rieke sagt, klingt plausibel, finde ich. Sie ist immerhin zur Hälfte ein Wind."

Sie schwiegen. Nur das kehlige Glucksen der Hennen war zu vernehmen und, wenn man genau hinhörte, stimmungsvolle Weihnachtsmusik, die aus dem Haus zu kommen schien.

„Das heißt also", durchbrach Henni die Stille, „Borg wohnt ab jetzt bei dir in Fedors Hütte?"

„Ein Windbruder kann nicht irgendwo wohnen, Henni. Er kann sich nur zurückziehen, wenn er nicht gerade seinen Aufgaben nachgeht. Es gibt eine Menge Dinge, um die der Windfürst sich kümmern muss. Aber ja, sobald er Zeit hat, wird er bei mir sein." Sanft hob sie Holli von ihrer Schulter und setzte sie zu Boden. „Lasst uns reingehen. Wir könnten zusammen den Tisch fürs Raclette decken und das Essen vorbereiten. Es gibt doch Raclette, oder?"

Wie auf Kommando fing Marlas Magen zu knurren an.

„Natürlich! Was sonst?", rief Henni. Plötzlich verdüsterte sich ihre Miene. Seufzend meinte sie:

„Ihr habt es gut. Marla hat Kelian und Rieke hat ihren Waldemar. Ich wäre auch gerne so glücklich verliebt wie ihr. Wieso muss es nur so kompliziert sein?"

Marla sah sie prüfend an. „Darius?"

Hennis Wangen wurden so rot wie die Christbaumkugeln im Vorgarten.

„Dann gib euch eine Chance. Musikband hin oder her", sagte Marla und drückte Henni liebevoll an sich. „Du wirst dich sonst dein Leben lang fragen, ob es funktioniert hätte."

Eine Weile sagte Henni nichts. Schließlich meinte sie leise:

„Und wer sammelt nachher die Scherben ein?"

„Dafür hast du doch uns." Joerdis drückte ihr einen Kuss auf die Wange. „Wozu hat man denn Schwestern?"

Epilog

Der strenge Frost hatte die Natur bis ins Mark erstarren und in tiefen Schlaf sinken lassen. Seen und Bäche waren gefroren, und es war so bitterkalt, dass sogar die Vögel auf den Zweigen verstummt waren. Wer nicht unbedingt nach draußen musste, versuchte es zu vermeiden. Gehörte man zu jenen, die nicht umhinkamen, ihr warmes Heim zu verlassen, so war es, als atmete man Glassplitter, und die weißen Wölkchen, die man ausstieß, schienen vor dem Gesicht zu filigranen Gebilden zu gefrieren.

Die Menschen schüttelten die Köpfe. So etwas hatten sie noch nie erlebt. Noch vor wenigen Tagen hatte es ausgesehen, als hätte der Winter sie dieses Jahr vergessen. Jetzt aber hatte er das Land mit einer Unerbittlichkeit überfallen, mit der niemand gerechnet hatte.

Joerdis sah sich um. Sie stand inmitten von Bäumen, die Hunderte von Jahren alt sein mussten. Zumeist waren es hohe Fichten. Aber auch Ulmen befanden sich darunter, Birken und Ahorne, Buchen und Eichen. Obwohl man es sich an einem Tag wie diesem kaum vorstellen konnte, so würden sie doch im Sommer, sobald ihre Kronen Laub trugen, ein mächtiges Blätterdach bilden und diesen Ort in eine grüne Kathedrale verwandeln.

Ja, es würde ihm hier gefallen, dachte sie und war froh darüber, dass sie Sven dazu hatte überreden können, die Asche seines Bruders auf dem Waldfriedhof zu bestatten und nicht auf dem kleinen Dorffriedhof unweit der Schreinerei. Sie betrachtete die bemerkenswert krummgewachsene Eiche, an deren Fuß Fedors Urne ihren Platz finden würde.

Sie ist genau der richtige Ort für mich, hörte sie seine Stimme in ihrem Ohr. *Ein wenig krumm und schief gewachsen. Nicht gerade das schönste Exemplar unter der Sonne.*

Sie musste lächeln. Manchmal hatte sie das Gefühl, als stünde er neben ihr.

Trotz der Kälte waren außer Fedors Familie weitere Menschen erschienen, um ihm die letzte Ehre zu erweisen. Sie erkannte Frauke und Saskia vom Tierpark. Sie standen beieinander, in dicke Mäntel gehüllt, und unterhielten sich verhalten. Neben ihnen standen drei Personen, eine Frau und zwei Männer, die Joerdis nicht kannte. Vielleicht arbeiteten auch sie im Tierpark. Nächste Woche, mit Beginn des neuen Jahres, würde sie dort zu arbeiten anfangen.

Sogar einige von Fedors Kunden waren gekommen. Jene, die seine Arbeit sehr geschätzt und ihn hin und wieder im Wald aufgesucht hatten.

Ihr gegenüber stand Sven, frierend, mit roter Nase und verquollenen Augen, die Mütze tief ins Gesicht gezogen. Sie wusste, dass er um Erlaubnis gebeten hatte, das Loch für die Asche seines Bruders in den frostharten Boden graben zu dürfen. Der letzte Dienst für seinen Bruder. Es musste eine mühsame Arbeit gewesen sein, aber sie konnte seine Beweggründe gut verstehen.

Der große Mann wirkte angeschlagen und suchte Halt bei seiner Frau. Seine Töchter, hübsche, blonde Frauen, die sich glichen, wie ein Ei dem anderen, standen mit ihren Familien hinter ihnen. Als Fedors Bruder aufsah und Joerdis entdeckte, nickte er ihr zu. Im selben Augenblick schluchzte er auf.

Die Worte, die der Pastor sprach, waren kaum zu vernehmen. Joerdis hatte den Eindruck, als versuchte er, mit seinem Atem hauszuhalten, um seine Lunge nicht mehr als nötig der beißenden Kälte auszusetzen. Es war ihr gleich. Seine Worte brauchte sie ohnehin nicht. Sie wusste, wer Fedor gewesen war und hatte ihn gekannt, wie sonst niemand.

Ihr Blick ruhte voller Ehrfurcht auf der knorrigen Eiche vor ihr. Vermutlich könnte sie unzählig viele Geschichten erzählen über Liebe und Hass, über Leben und Tod von Generationen. Hunderte von Sommern und Wintern hatte sie kommen und gehen gesehen. Und würde nicht der Mensch oder ein unbändiger Sturm sie vorher fällen, so würde sie weitere Jahrzehnte überdauern.

Ihre Augen wanderten über den Stamm, der von tiefen Furchen durchzogen war, bis zu den Wurzeln und der Vertiefung im Boden. Hier würde das, was von Fedor geblieben war, für immer ruhen. Joerdis dachte an jenen Winkel in ihrem Herzen, der hell und warm war. Auch dort ruhte er. Ein Teil von ihm würde immer bei ihr sein.

Sie blickte auf. Der Himmel war grau und schwer. Die Luft roch nach Schnee. Henni würde sich freuen, denn bisher war noch keiner gefallen.

Nicht der leiseste Windhauch regte sich. Aufmerksam lauschte sie in die Stille. Sie wusste, dass er kommen würde. So wie es auch die Menschen wussten, die sich hier versammelt hatten. Sie fürchteten den Augenblick, da er eintraf und sie mit eisigen Zangen dort kneifen würde, wo er auf bloße Haut traf. Es war nur eine Frage der Zeit. So war es in den letzten Tagen immer gewesen.

Seit dem Augenblick, da er aus Skandinavien zurückgekehrt war, fegte er, erfüllt von Trauer und Seelenqual, über das Land. Eiskalt und ohne Erbarmen. Sobald er jedoch zu ihr ins Blockhaus trat, wurde er still, lehnte seinen Kopf an ihre Schulter und schloss die Augen. Erschöpft und seelenwund. Sie sprachen nicht viel. Hatte er Kraft dazu, so redeten sie über Fedor. Dennoch waren da Momente, in denen es nur sie beide gab. Dann bekam sie eine Ahnung davon, wie es sein würde, wenn seine tiefe Trauer zu wehmütiger Erinnerung geworden war und ihre gemeinsame Zeit vor ihnen lag.

Noch wusste Borg nichts von dem, was Fedor ihr vorsichtig angedeutet hatte. Was er für möglich gehalten hatte. Das würde sie ihrem Geliebten erst dann erzählen, wenn sie es mit Sicherheit wusste. Denn es würde alles ändern.

„Deine Selbstheilungskräfte sind beträchtlich, Joerdis", hatte er eines Abends nachdenklich gesagt. „Es könnte durchaus sein, dass dein Körper nur äußerst langsam altert. Womöglich – aber das wage ich kaum, laut auszusprechen – wird er überhaupt nicht altern."

Sie hatte ihn verständnislos angesehen.

„Das heißt", hatte er mit einem weisen Lächeln hinzuge-fügt, „dass es sein könnte, dass euch beiden eine lange, ge-meinsame Zeit beschieden ist."

Sie hatte eine Weile gebraucht, bis sie die Bedeutung von Fedors Worten verstanden hatte. Noch immer lag es für sie jenseits der Vorstellungskraft, dass seine Vermutung zutref-fen könnte. Aber was, wenn er recht hatte? Was, wenn sie wirklich aufhörte zu altern? Vielleicht war es sogar schon geschehen. Dass sich ihr Körper in den letzten Jahren kaum verändert hatte, war offensichtlich. *Spätentwicklerin*, nannte ihre Mutter sie oft liebevoll.

Joerdis hatte beschlossen, erst dann genauer darüber nach-zudenken, wenn sie sich dessen gewiss war. In ein oder zwei Jahren vielleicht. Trotzdem schlich sich der Gedanke immer wieder heimlich in ihren Kopf.

Um sich abzulenken, dachte sie an ihre Familie. Auch wenn die Feiertage schön gewesen waren, so hatte sie sich letztendlich doch nach der Stille des Waldes und des Holz-hauses gesehnt. Am Tag nach Weihnachten, als ihre Tasche gepackt auf dem verschlissenen Sofa neben der Haustür stand, hatte Mama sie am Arm genommen und gebeten, sie ins Atelier zu begleiten.

„Ich habe etwas für dich."

In dem großen Raum unter der Dachschräge angekom-men, begann sie in Schubladen und Schachteln zu wühlen, bis sie schließlich ein Blatt Papier hervorzog und es ihr reich-te. Darauf war mit Kohle ein Gesicht gezeichnet.

„Ich bin damals gleich am nächsten Tag zur Grotte gelau-fen und habe es dort gezeichnet. Ich hatte Angst zu verges-sen, wie er aussah. Nie hätte ich geahnt, dass ich mich noch so viele Jahre später an jeden einzelnen seiner schönen Ge-sichtszüge erinnern würde."

Das Portrait war gelungen. So gut, dass man sich der be-strickenden Anmut des bretonischen Windbruders kaum ent-ziehen konnte. Aber es waren die Augen, die den Blick des Betrachters wie magisch anzogen. Grit hatte ihnen, als sie aus dem Urlaub heimgekehrt war, ihre natürliche Farbe gegeben.

„Wenn du magst, kannst du es behalten", hatte ihre Mutter mit einem unsicheren Lächeln gesagt.

Joerdis hatte es mitgenommen. Sie wusste nicht genau, was sie damit tun sollte. Noch lag es auf dem Tisch im Blockhaus und sie kam nicht umhin, es zu betrachten, wenn sie daran vorbeilief. Die Ähnlichkeit zwischen ihr und dem Windbruder empfand sie noch immer als seltsam. Kein Wunder, dass Borg vermutet hatte, sie sei Torins Windbestimmte. Außergewöhnlich ähnlich oder entsprechend gegensätzlich. Wenn sie füreinander bestimmt waren, so würde das Schicksal sie zwangsläufig zusammenführen. Wie den Windfürsten und seinen Gefährten.

Gegensätzlich?

Der Gedanke kam wie aus heiterem Himmel und ließ sie nach Luft schnappen. Sofort sträubte sich ihre Lunge gegen den eisigen Schwall, und sie unterdrückte ein Husten. Ihr Herz aber raste. Borgs und ihr eigenes Aussehen unterschieden sich extrem voneinander. Darüber hatte sie noch nie nachgedacht. War das möglich? Konnte es auch für den Windfürsten eine Windbestimmte geben? Und konnten seine Gefährtin und seine Windbestimmte ein und dieselbe Person sein? Oder war das völlig absurd? Was war mit Fedor? Hatte er diese Möglichkeit in Erwägung gezogen? Hatte er darauf vertraut, dass sie es selbst herausfinden würde? Aber wie sollte sie jemals sicher sein?

Und Borg? Würde er ihr weiterhelfen können? Nein, beantwortete sie sich diese Frage selbst. Auch er würde es nicht mit Sicherheit sagen können, wenn es ihn selbst betraf. Das hatten sie erlebt. Gewissheit gab es erst in jenem Moment, da sich fand, was sich finden sollte. Und was zusammengehörte, würde sich finden. Daran gab es keinen Zweifel.

In diesem Augenblick hörte sie ihn. Zuerst nur ein leises Flüstern, das durch das kahle Geäst der Bäume strich. Unaufhaltsam aber und mit einem Brausen, das unkontrolliert und beängstigend klang, näherte er sich. Pfiff um verwitterte

Grabsteine und entlockte ihnen ein Jammern, das die Menschen entsetzt zusammenfahren ließ. Plötzlich ein Heulen, so schaurig, dass der Pastor zu sprechen aufhörte und den Blick zum Himmel richtete. Ein stummes Gebet um Erbarmen.

Er war gekommen, der Nordwind. Fuhr seufzend und klagend über den Friedhof, ließ das verbliebene Laub der alten Eiche sein Lied von Tod und Vergehen singen, von Trauer und Schmerz. Die Menschen erschauerten und drückten sich aneinander, in der Hoffnung, der schneidenden Kälte zu entgehen. Mützen wurden tiefer ins Gesicht gezogen, Schals bis zu den Nasen hinauf. Dennoch tränten ihnen die Augen. Auf ihren Armen aber stellten sich die Härchen.

Später würde man sich hinter vorgehaltener Hand erzählen, dass der Nordwind selbst in jenem Winter einen Toten betrauert und ihm sein Klagelied gesungen habe. Dass dies der Wahrheit entsprach, wusste nur Joerdis.

Sie stand abseits der Menschen, das Gesicht dem weinenden Wind entgegengehoben. Als er ihr einen verzweifelten, eisigen Kuss auf die Wangen hauchte, wusste sie es plötzlich ohne jeden Zweifel. Sie war die Gefährtin des Windfürsten. Aber das war nicht alles. Sie war überdies die Bestimmte des Nordwinds!

Eine Woge von Zärtlichkeit und Glück ließ ihren Bauch zu einem glühenden Ball werden. Mit heißen Fingern öffnete sie die obersten Knöpfe ihrer Jacke.

Komm zu mir, Liebster.

Kaum einen Atemzug später umfing er mit eiskalten Armen ihren Körper. Schmiegte sich an sie. Grub sich in ihr Haar und löste Strähnen aus dem Zopf. Ein verzweifeltes Flehen um Trost. Um Nähe. Um Liebe.

Sie öffnete den Mund. Beinahe unhörbar flüsterte sie:

„Ich werde dich halten und dich trösten. Ich werde deinen Schmerz lindern und dich wieder zum Lachen bringen. Vor allem aber werde ich dich lieben. An jedem einzelnen Tag meines Lebens. Lass uns nach Hause gehen."

Seine Lippen streiften die ihren und fingen begierig die Worte auf, die sie sprach. Ein letztes Mal fuhr er durch die nackten Kronen der Bäume und verließ mit einem Raunen den Friedhof.

Stille.

Ungläubig blickten die Menschen sich um. Nicht der leiseste Wind regte sich. Schließlich atmeten sie erleichtert auf und zogen die Köpfe zwischen den Schultern hervor. Er war fort.

Joerdis hob die Hand, winkte Sven einen Gruß zu und wandte sich zum Gehen. In diesem Augenblick fielen die ersten Flocken vom Himmel. Sie hatte den Ausgang des Friedhofs noch nicht erreicht, als der Boden bereits weiß war. Wie gut, dass sie nach Hause laufen konnte, dachte sie glücklich. Nach Hause. Zu Calla und Rusty. Und zu Borg.

Er wartete auf sie.

ENDE

Danke

Ich möchte mich an dieser Stelle bei meinen treuen Testleserinnen und KorrekturleserInnen bedanken, die mir immer wieder hilfreiche Rückmeldung geben, bzw. aufmerksam nach Fehlern suchen, die sich trotz größter Mühe eingeschlichen haben (diese Schlingel). Ein besonderes Dankeschön geht an die engagierten Bloggerinnen auf Facebook und Instagram, die mich bei der Veröffentlichung dieses Romans unterstützt haben. Die Zusammenarbeit mit ihnen macht mir unglaublich viel Spaß, und ich habe dabei schon einige tolle Menschen kennengelernt, die ich nicht mehr missen möchte.

Außerdem danke ich Jaqueline, die mir auch für den zweiten Teil meiner Windbrüder ein wunderschönes Cover entworfen hat.

Nur mit euch ist es mir möglich, eine Geschichte zu schreiben, die mich selbst rundum zufrieden macht und meine Leser für eine Weile in eine andere Welt entführt.

Zur Autorin

Karin Ann Müller wurde 1964 in Aachen geboren und wuchs mit zwei Geschwistern in einem fröhlichen Elternhaus auf. Mit ihrer Familie und zwei Katzen lebt sie in einer alten Hofreite in der Nähe von Darmstadt und verbringt ihre Tage am liebsten in der Natur, mit Geschichtenschreiben oder mit Handwerken. Inspiriert wird sie, sobald sie durch Wald und Wiesen läuft, durch die Berge wandert oder sich in der Bretagne den Wind um die Nase wehen lässt. Sie veröffentlicht ihre Bücher verlagsunabhängig.

Vielleicht magst du eine Rezension schreiben? Ein paar wenige Worte reichen völlig aus. Gerne auf Amazon.de, LovelyBooks oder wo du sonst unterwegs bist.

Falls du Fragen hast, zum Buch oder allgemein, so nimm gerne Kontakt auf:

Mail: karinann@hotmail.de
Facebook: AutorinKarinAnnMueller
Instagram: karinannmueller
Homepage: www.karin-ann-mueller.de

Weitere Romane:

Tadamun – Für immer verbunden
Liebe, Magie und der Geruch nach Feuer
Das Lied des Prinzen
Elaine (Windbrüder 1)